目次

I 海の巻

『海の文学史』序論

鈴木　健一

一　なぜ〈海〉なのか

三弥井書店より、二〇一一年から一五年にわたって、『鳥獣虫魚の文学史』全四巻、『天空の文学史』全三巻を刊行することができた。今回三部作の最後として、ここに『海の文学史』全一巻を刊行することとしたい。

『鳥獣虫魚の文学史』では、〈動物〉について考えた。犬・猫・牛・馬などいわゆる獣類を第一巻で扱った後、鳥類・虫類・魚類を後続の各巻に配して、考えた。『天空の文学史』では、日(太陽)・月・星と雲・雪・風・雨をそれぞれ一巻ずつに配して、〈天象〉について考えた。

そのようにして、大きな分野ごとの切り口を用いながら、〈自然と人間の共生〉を日本文学の表現を素材として探究するというのが、本シリーズの主要な目的である。と同時に、この試みによって、旧来の日本文学史の枠組みに一石を投じたいという目論見もあった。

三部作の最後としては、〈植物〉や〈山野〉という選択肢もあったと思う。どちらも魅力的であり、〈海〉と併せて三つのうちどれを選ぶか大いに迷った。最終的に、〈海〉としたのは、まず第一に、〈植物〉と〈山野〉は比較的伝統的な美意識の範疇に収まるものであり、既視感があるのに対して、〈海〉と設定することで、それらを相対化でき、新しい視座を獲得できるのではないかと考えたからである。第二の理由としては、現在、日本という国も、日本文学の研究状況も、国際化の波にさらされており、今日わたしたちが拠って立つべきありかたを探る意味でも、島国としての日本を意識すること――海上に存在する共同体の存立基盤を把握すること――が重要なのではないかと考えたことがある。

二　神秘性ということ

本シリーズの重要な鍵語として、〈神秘性〉ということがある。

『鳥獣虫魚の文学史』第一巻の序論「鳥獣虫魚の文学史」で論じたことだが、〈動物〉の文学表現において、上代文学が最も神秘性が強く、時代が経るごとにそれは薄らいでいく（もっとも、このことは〈動物〉に限らないが）。ただし、どんなに時が経っても神秘性がなくなることは決してないということも、重要な点である。

『天空の文学史』では、日（太陽）・月・星という上空に存在するものと、雲・雪・風・雨という空中に時々に応じて出現するものというように区分して、前者の方が神秘性が強いと規定した。

〈動物〉〈天象〉、そしてこれから論じる〈海〉、また〈植物〉〈山野〉といった〈自然〉は、〈人間〉より原始的な力を温存し神に近い。〈人間〉は、産業や文化の発達とともに〈自然〉の持つ超越的な力を手放してしまった。この後、わたしたちは〈自然〉に対して謙る気持ちを持つことで、〈自然〉に近かった頃の〈人間〉の本来性を取り戻さなくてはならないという問題意識も個人的には強く抱いている。

ただ、営々と文化的なものを築き上げてきた〈人間〉が、たんにそれらを捨てて〈自然〉の中に一体化すればいいとは思わない。わたしたちの文化にも、十分に価値があるはずだ。そのことを失わずに、〈自然〉の持つ力をも利用できるような、欲張りかもしれないけれども、そんな形での〈自然と人間の共生〉を目指すべきだとも考えている。

さて、当面の課題である『海の文学史』では、神秘性はどうなっているか。

第一巻では「海」、第二巻では「浜（浦・岸・潟）」を扱うのだが、前者においてよりはっきりと見出せるだろう。そのことを前置きした上で、本論に入っていくこととする。

第一巻　海

日本古典文学が描いた海

鈴木　健一

一　海の向こう側にあるものを意識する――神秘性

海とは、「地球上の陸地以外の部分で、塩水をたたえた所」（『広辞苑』）である。逆に言えば、陸地と陸地の間にある、塩水に満たされた所であり、日本という島から見れば、大陸や島との間に横たわるものと言える。

したがって、海を扱った文学作品においては、そこを経て、隔たっている向こう側へ辿り着くということ、あるいは辿り着けなくても、向こう側を意識するということが重要な主題となる。その向こう側とは、たいていの場合、日本人（狭義の意味での）にとって馴染みのない（あるいは薄い）場所であり、そこに神秘性の生じる余地がある。

1　現実にある地の場合――外国

「向こう側」とは具体的にどこなのか。それは現実にある地と架空の地に大きく分けられよう。

まずは、中国・朝鮮・ヨーロッパなどの諸外国が想定される。

『万葉集』に載る、有名な額田王《ぬかたのおおきみ》の歌から始めよう。

熟田津《にきたつ》に船乗りせむと月待てば潮もかなひぬ今は漕《こ》ぎ出《い》でな　（万葉集・巻一）

「熟田津」は、現在の愛媛県松山市付近にあった港。この歌は、斉明《さいめい》天皇七年（六六一）正月、唐・新羅連合軍と戦う百済を救援するために、天皇や中大兄皇子らがこの港から筑紫に向けて出航する際に詠まれたとされる。

古代に中国大陸へ赴くということだと、推古天皇時代に小野妹子《おののいもこ》らを派遣した遣隋使や、七世紀前半に開始され、九世紀末に菅原道真の提議によって廃止された遣唐使などが挙げられる。

阿倍仲麻呂《あべのなかまろ》（六九八～七七〇）は、養老元年（七一七）に吉備真備《きびのまきび》らとともに留学生として唐へ渡り、玄宗《げんそう》皇帝に寵遇された。天宝勝宝五年（七五三）、遣唐船の帰国に同行しようとした際に、百人一首にも載る、

天《あま》の原《はら》ふりさけ見れば春日《かすが》なる三笠《みかさ》の山に出《い》でし月かも　（古今集・羈旅）

が詠まれたとされる。遠い故国にも同じ月が出ているという異国での感慨は、読む者の胸を打つ。「天の原」という初句は、『土佐日記』では「青海原《あをうなばら》」となっていて、海ということがより強く意識されている。そして、そこでの和歌は漢詩に翻訳されて、かの地の人々に伝えられたのである。

『うつほ物語』俊蔭《としかげ》巻では、清原俊蔭が十六歳で遣唐使に選ばれ、唐に渡ることになったものの、嵐に遭って三隻の船のうち二隻が壊され、多くの人々が海に沈んでしまった。俊蔭の乗っていた船は、波斯国《はしこく》に流されてしまう。この「波斯国」とは東南アジアの国のどこかを言うのであろう。そこから、栴檀の林へと導かれた俊蔭は琴を習い、やがて帰国するところから、物語は始発する。海を隔てた神秘的な場所から、不思議な力を得ることができたのだ。

時代が下って、江戸時代の詩人頼山陽《らいさんよう》（一七八〇～一八三二）は「阿嵎嶺《あくね》」と題して、

危礁乱立大濤間　危礁《きせう》乱立す　大濤《だいたう》の間
決眥西南不見山　眥《まなじり》を決すれど西南に山を見ず

鶻影低迷帆影没　鶻影《こつえい》は低迷し　帆影《はんえい》は没す
天連水処是台湾　天の水に連なる処　是《こ》れ台湾

（『山陽詩鈔』）

【現代語訳】海上に見え隠れする岩に大波が打ち寄せる中、目を見張り遠くを見ても、西南の方角に山は見えない。はやぶさの姿が低くさまよい、船の帆影は見えなくなった。空が海に接するあたりが台湾であろう。

と詠んでいる。「阿嵎嶺」は、現在の鹿児島県阿久根市のあたり。そこから、海の彼方を遠望して、台湾を想像するという詩である。起句では海岸を見まわし、承句以降、大海原に目を転じて、その広大さに思いを馳せている。

以上、海の向こう側にあるのは、朝鮮・中国・台湾、いずれも東アジアであり、比較的近い。しかし、江戸時代の初めにはヨーロッパの国々も日本を訪れており、その後鎖国政策が取られるものの、時代の後半になると、遠くの異国が徐々に強く意識されるようになる。

大黒屋《だいこくや》光太夫《こうだゆう》（一七五一〜一八二八）は伊勢の船頭だったが、天明二年（一七八二）、アリューシャン列島のアムトチカ島に漂着して、その後首都ペテルブルグに至り、女帝エカテリーナ二世（大帝）に謁見した。寛政四年（一七九二）、遣日使節ラクスマンに伴われて帰国し、自らの見聞を幕府に具申した。

さらに明治になって、欧米に外遊するようになると、海の向こう側にヨーロッパが強く意識されることになる。薩摩藩出身の中井《なかい》桜洲《おうしゅう》（一八三八〜九四）は、慶応二年（一八六六）にイギリスに留学した。明治維新以後、外国事務官となり、明治六年（一八七三）に視察のため、欧米に渡航する。いったん帰国したものの再び渡航し、明治九年に帰国するまでの体験に基づいて記したのが『漫遊《まんゆう》記程《きてい》』という書である。以下に掲げるのは、帰国直前の航海上での感慨を詠んだ作品である。

太平洋

金門東去駕孤舟　金門　東のかたに去りて　孤舟《こしう》に駕す
白浪連天感壮遊　白浪　天に連なりて　壮遊に感ず
却喜順風吹不絶　却《かへ》つて喜ぶ　順風吹きて絶えざるを
煙波深処是皇州　煙波《えんぱ》深き処　是れ皇州

【現代語訳】金門海峡は東の方角に去っていき、私はただ一艘の船に乗っている。白い波が空に連なるかのように続いて、この勇壮な旅に感慨を催す。航海ではふつう風を嫌うのに、日本へ帰る追い風が絶えず吹くことを喜ぶ。もやが深くたちこめている彼方が我が皇国日本である。

以上、取り上げた表現は、必ずしも神秘性と直接結び付くものばかりではないかもしれない。しかし、海を隔てた向こう側の異国は、通常は知ることのできない地なのであり、そこに馳せる人々の思いは特別だったろうし、やはり日常の感覚とは違う神秘的な感覚が醸成されていたと見たい。

2　現実にある地の場合——国内

つづいて、国内に目を転じてみよう。
赴任地と往来するため、海を渡っていく場合についても考えてみたい。紀貫之《きのつらゆき》の『土佐日記』は、土佐国守の任期が満ち、承平四年（九三四）正月に土佐を発って、二月に京に着くまでを描いたもの。海路を行く苦労や亡児への愛着、さらには歌論などが記される。女性に仮託するという執筆方法が仮名日記文学の確立を促したという点でも意義深い。先ほど触れた「青海原」の歌の直後には次のような一首がある。

　さて、今、そのかみを思ひやりて、ある人のよめる歌、

みやこにて山の端《は》に見し月なれど波より出でて波にこそ入れ

都では、山の端に出たり入ったりするのを見た月であったが、この海上では、同じ月が波から出て、波へと沈んでいく。つまり、ひたすら大海原が続いているのである。

江戸時代では、福岡藩士の青柳種信《あおやぎたねのぶ》が記した『瀛津島《おきつしま》防人日記』がおもしろい。沖ノ島の在番勤務のため、船で向かう際の紀行文である。現実の旅を記述する中で、『土佐日記』の世界が意識されてもおり、この作品が船旅を表現する上での規範として長く尊重されていたことがわかる。

島についても述べておこう。日本という国自体が島からできているので、まずはその事実を押さえておく必要がある。

北海道・本州・四国・九州を除くと、特に重要なのは、佐渡と隠岐。佐渡は、順徳天皇・日蓮・世阿弥らが流された遠流の地であり、また金山も有名である。隠岐も流刑地で、後鳥羽天皇や後醍醐天皇が流されている。

隠岐の島に流された後鳥羽天皇が、島に到着後まもなく詠んだのが、

われこそは新島守《にひじまもり》よ隠岐の海の荒き波風心して吹け　（『増鏡』）

である。自分こそが新しい島守なのだから、荒海に向かって穏やかに吹くようにと堂々と命じるという解釈もあるが、まだ島に馴れない自分のために静かに吹いてほしいと懇願・哀願しているという解釈が近年では有力視される（吉野朋美『コレクション日本歌人選28　後鳥羽院』笠間書院、二〇一二年）。

『平家物語』において描かれるように、鹿ケ谷の談合が密告により露顕し、鬼界が島に流されるのは、俊寛《しゅんかん》僧都。近松門左衛門が脚色した『平家《へいけ》女護島《にょごのしま》』（享保四年〈一七一九〉初演）では、いったんは許されるものの自分の意志によって島に残ることを選択する。そうは言っても、遠ざかっていく船の影を見るにつけ、浜で伏しまろび、叫び続

ける俊寛のさまは感動的である。

思ひ切っても凡夫心《ぼんぷ》、岸の高見にかけあがり、つま立って打ち招き、浜のまさごに臥しまろび、こがれてもさけびても、哀れとふらふ人とても、鳴く音は鷗、天津雁、さそふはおのが友衛《ちどり》、独りを捨てて沖津波、幾重の袖やぬらすらん。

島ではないが、『平家物語』で描かれる、屋島や壇の浦の合戦の描写も海を扱ったものとして印象的である。『平家物語』巻十一「那須与一」では、波が高いにもかかわらず、神経を集中させて、扇の的を射るところが、読者の感動を誘うのである。陸地だったら、ここまでの感動は得られまい。

3 架空の地の場合

架空の地の場合、最も一般的に取り上げられる海の向こう側とは、海底にあるとされる竜宮城である。御伽草子「浦島太郎」に描かれる、浦島太郎が亀を助けてやったことで、亀の化身である美しい女に伴われて竜宮に行き、契りを結ぶという浦島伝説は、古代から見られる。

『平家物語』灌頂《かんじょう》巻「六道《ろくだう》の沙汰」においては、平家滅亡後、建礼門院が明石を訪れる。その際に見た夢の中では、海底にある竜宮城に平家一門がいたという。『太平記』では、俵藤太《たわらとうだ》秀郷が竜宮の使いである男とともに瀬田の唐橋から水中にもぐり、竜宮の楼門に到達する。

能「海人《あま》」では、面向不背《めんこうふはい》の珠《たま》が竜宮に奪われてしまい、淡海公（藤原不比等《ふひと》）と契った海人が我が子を世継ぎにすることを約束させた上で、それを奪い返すという話が語られる。

二　和歌的美意識

つづいて、海を詠んだ和歌についても触れておきたい。

多くの歌々が詠まれているが、ここでは三首のみ挙げておく。以下に挙げるものは、詠まれた時代も異なっているが、海の広大さを目の当たりにして、視野が広がっていく、のびのびした感じがあるという点で共通しているように思う。それが海の持っている美意識の最たるものではないだろうか。

新院位におはしましし時、海上遠望といふことをよませ給ひけるによめる

わたのはら漕ぎ出でて見れば久方の雲ゐにまがふ沖つ白波　（詞花集・雑下・藤原忠通《ただみち》）

箱根の山をうち出でて見れば波のよる小島《こじま》あり。供のものに此うらの名はしるやとたづねしかば、伊豆のうみとなむ申すと答侍《こたへはべり》しをきゝて

箱根路をわが越え来《く》れば伊豆の海や沖の小島に波の寄る見ゆ　（金槐集・源実朝《さねとも》）

紀の海の南のはての空見れば汐《しほ》けにくもる秋の夜の月　（藤簍冊子《つづらぶみ》・上田《うえだ》秋成《あきなり》）

「わたのはら」の歌は、百人一首にも収められる。大海原に漕ぎ出して見渡すと、はるか沖の白波は白雲と混じって、波なのか雲なのかが判別できない、の意。「わたのはら八十島《やそしま》かけて漕ぎ出でぬと人には告げよあまの釣舟」（古今集・羇旅・小野篁《たかむら》）が意識されている。遠望するという意味では、「田子の浦ゆ打ち出でて見れば真白《ましろ》にそ富士の高嶺に雪は降りける」（山部赤人）という万葉歌の二句目と構造的に近似する。

「箱根路を」の歌は、伊豆・箱根両権現に参詣した折の歌。箱根の山路を越えてくると、伊豆の海、すなわち相模

湾があり、沖の方にある小島には波が打ち寄せるのが見える、の意。難所である箱根の山を越えると眺望が開けて、海が眼前にあるという景観把握が好もしい。

「紀の海の」の歌は、紀伊の国の海で南の果ての空を見上げると、海から立ち上る潮気で曇った秋の夜の月が目に入った、の意。紀伊の海は果てしない。

三　その他

海では狩猟もなされるし、廻船などが運航する商業の場でもあった。海に囲まれた島国である日本は、海との関わりが深いと言えるだろう。

ただ、ヘミングウェイ「老人と海」やメルヴィル「白鯨《はくげい》」のような本格的な海洋小説が、日本にもあるかというとそれほど多くないのではないだろうか。もしそれに該当するものを挙げるとすれば、曲亭馬琴《きよくていばきん》『椿説弓張月《ちんせつゆみはりづき》』〈文化四～八年〈一八〇七～一一〉刊〉だろうか。大きく分けて、前半は大島に流された源為朝が伊豆諸島を巡歴し、後半は琉球で妖僧曚雲《もううん》と戦い、舜天王が即位するのを助ける。続篇巻一第三十二回「忠魂鰐《わに》に憑《のりうつり》て幼主を救ふ」で、沙魚《わにさめ》に高間太郎と磯萩夫婦の魂が乗り移って舜天丸《すてまる》を助ける場面をはじめ、海を舞台にした名場面は数多い。

『古事記』海幸山幸神話
——「海原」という世界

兼岡　理恵

はじめに

『古事記』において、「海原」が一つの世界として初めて登場するのは、黄泉国から戻ったイザナキが、禊によってアマテラス、ツクヨミ、スサノヲの三貴神を生み、それぞれの神に統治すべき国を定める場面である。[*1]

（イザナキは）天照大御神《あまてらすおほみかみ》に賜ひて、詔ひしく、「汝《な》が命《みこと》は、高天原を知らせ」と、事依して賜ひき。（中略）次に、月読命《つくよみのみこと》に詔ひしく、「汝が命は、夜之食国《よるのをすくに》を知らせ」と、事依しき。次に、建須佐之男命《たけはやすさのをのみこと》に詔ひしく、「汝が命は、海原を知らせ」と、事依しき。

このうち「海原」を任されたスサノヲは、「妣《はは》が国の根之堅州国《ねのかたすくに》」に行きたいと泣きわめき、「神やらひやらひ」されてしまうのは周知の通りである。そして「海原」の統治者は誰なのか、明確に示されぬまま物語は進んでいく。「海原」とは、どのような世界なのか。それが具体的に語られるのが、『古事記』上巻の最後を飾る、いわゆる海幸山幸神話である。その概略を示すと、天孫ホノニニギノミコトと大山津見神の女・コノハナサクヤビメから生まれたホデリノミコトとホヲリノミコトは、兄・ホデリが海、弟・ホヲリが山の産物を採っていた。ある日、弟・ホヲリが兄・

ホデリに頼んで鉤《ち》（つり針）を貸してもらうが、魚は全く獲れず、おまけに鉤を海で失くしてしまう。鉤を返すよう兄に責められ、困ったホヲリは、塩椎神《しおつちのかみ》の助力のもと、わたつみの宮に赴く。そこでトヨタマビメという海神の娘と出会い、結婚する。三年経ち、ホヲリは、そもそもこの国にやってきた理由を海神に告げる。そこで海神は魚を呼び集め、鉤は見つかった。海神は鉤を兄に返却する際の呪文、また塩盈珠《しおみちのたま》、塩乾珠《しおひのたま》をホヲリに授け、兄を苦しめる術を教える。帰還したホヲリは鉤を兄に返すとともに、海神の言葉通りに兄を苦しめ、その結果、兄は弟の守護人となることを誓う。その後、ホヲリの子どもを宿したトヨタマビメが、出産のため海辺にやってくるが、出産するところを見るなという禁を破ったホヲリに、本来の姿—ワニであるところを見られたため、子を残して海原に帰る。その子どもはウガヤフキアヘズノミコト、さらにその子どもが、カムヤマトイハレビコノミコト—後の神武天皇である。
同話は『古事記』のほか、『日本書紀』正文、同・一書第一～四に見られ、細部にはそれぞれ相違がある。またその内容は、兄弟争い、海宮訪問、異類婚姻譚など様々な要素を含み、伝承の形成背景については、安曇氏の関与、隼人の服属伝承など、各方面から論じられている。[*2] しかし本稿では、『古事記』や『日本書紀』所伝の海幸山幸神話を通じて、古代における「海」の認識、それを掌る「海神」の特質などを確認し、さらに『古事記』における「海原」の位置づけについて見ていきたい。

一　海と「風」と「波」

はじめに、『古事記』海幸山幸神話の冒頭部分を掲げよう。

火照命《ほでりのみこと》は海佐知毘古《うみさちびこ》と為《し》て、鰭《はた》の広物《ひろもの》・鰭の狭物《さもの》を取り、火遠理命《ほをりのみこと》は山佐知毘古《やまさちびこ》と為て、毛の麁物《あらもの》・毛の柔物《にこもの》を取りき。

爾《しか》くして火遠理命、其の兄火照命に謂はく、「各、佐知《さち》を相易《あひか》へて用ゐむと欲ふ」といひて、三度乞へども、許さず。然れども、遂に纔《わづ》かに相易ふること得たり。爾くして、火遠理命、海さちを以て魚を釣るに、都《かつ》て一つの魚も得ず。亦、其の鉤《ち》を海に失ひき。是に其の兄火照命、其の鉤を乞ひて曰ひしく「山さちも、己《おの》がさちさち、海さちも、己がさちさち。今は各さちを返さむと謂ふ」といひし時に、其の弟・火袁理命の、答へて曰ひしく、「汝が鉤は、魚を釣りしに一つの魚も得ずして、遂に海に失ひき」といひき。然れども其の兄、強《あなが》ちに乞ひ徴《はた》りき。故、其の弟、御佩《みは》かしせる十拳《とつか》の剣を破り、五百《いほ》の鉤を作り、償へども取らず。亦、一千《ち》の鉤を作り、償へども、受けずして、云ひしく「猶其の正しき本の鉤を得むと欲ふ」といひき。

「鰭の広物・鰭の狭物」を採る兄・火照命（海佐知毘古）と、「毛の麁物・毛の柔物」を採る弟・火遠理命（山佐知毘古）、ここで「佐知（＝道具）」の交換を提案しているのは弟・ホヲリである。嫌がる兄に無理矢理頼んだ上、その大切な鉤を紛失してしまうのだから、兄の怒りも、もっともと言えるが、これが『日本書紀』一書第三では、交換を提案するのは兄・ホデリであり、さらにその理由が、次のように語られている。

兄は風雨有る毎に、輙《すなは》ち其の利《さち》を失ふ。弟は風雨に逢ふと雖も、其の幸忒《さちたが》はず。時に兄、弟に謂《かた》りて曰く「吾試みに汝と換幸《さちかへ》せむと欲ふ」といふ。

すなわち、海における漁撈と陸における狩猟では、風雨など気象条件に大きく左右される前者、漁撈は、採取効率性という点から見れば甚だ不利である。そこで兄は、狩猟を試みたいと申し出た、というのである。これについて『古事記伝』が、

さて此ノ幸取易《サチカヘ》の事、此ノ記にては、弟ノ命の御方より乞《コヒ》賜へるなり、書紀は、本書及《マタ》一書にては、兄弟互《タガヒ》に相語

らひて、易《カヘ》給へるなり、又の一書にては、兄ノ命の方より乞《コヒ》賜へるなり、此ノ三ッの伝への中に、兄ノ命の方より乞賜へるぞ、此ノ段の終リまでの趣に、よく叶へりける。

と述べるように、[*3]確かにこの方が、その後の展開――弟・ホヲリが兄・ホデリを懲らしめ、最終的に兄が弟に服属する――に叶うと言えるが、今、ここで注目したいのは、先述した漁撈の不利たる要因――すなわち、漁撈の場である「海」のはらむ危険性、具体的には「風」と「波」についてである。

漁撈を行うためには、まず海に船を出さねばならない。それを阻むのは「風」、そして風によって生じる「波」である。『万葉集』巻13・三三三五には、海路の困難さが次のように詠まれている。

玉桙《たまほこ》の　道行き人は　あしひきの　山行き野行き　にはたづみ　川行き渡り　鯨魚《いさな》取り　海道《うみぢ》に出《い》でて　恐《かしこ》きや
神の渡りは　吹く風も　和《のど》には吹かず　立つ波も　凡《おほ》には立たず　とゐ波の　ささふる道を　誰《た》が心　いたはし
とかも　直《ただ》渡りけむ

また時代は下るが、『枕草子』には、「うちとくまじきもの」として、「船の路」について、「日のいとうららかなるに、海の面《おもて》のいみじうのどかに、浅緑の打ちたるを引きわたしたるやうにて、いささかおそろしきけしきもなき」状態であるのが、暴風によって一変する様が、次のように表現されている。

風いたう吹き、海の面ただあしにあしうなるに、物もおぼえず、泊《とま》るべき所に漕ぎ着くるほどに、舟に波のかけたるさまなど、かた時にさばかりなごかりつる海とも見えずかし。

このように、海での航行を阻むものが「風」「波」であり、それはすなわち、海を掌る海神の霊威のあらわれとされた。次の歌では、波を立てるのが、まさに海神の霊力によるものと詠まれている。

海神《わたつみ》は　奇《くす》しきものか　淡路島　中に立て置きて　白波《しらなみ》を　伊予《いよ》に廻《もと》ほし…

（『万葉集』巻3・三八八）

また次は、遣唐使の航行の安全を、海神に祈った歌である。

海神《わたつみ》のいづれの神を祈らばか行《ゆ》くさも来《く》さも船の早けむ

（『万葉集』巻9・一七八四）

こうした海上の航行はもちろんのこと、海人の漁、中でも鮑採りなどの潜水漁撈は、とりわけ危険な行為であった。

海神《わたつみ》の持てる白玉見まく欲《ほ》り千遍《ちたび》そ告《の》りし潜《かづ》きする海人《あま》は

（『万葉集』巻7・一三〇二）

潜《かづ》きする海人は告れども海神の心し得ねば見ゆといはなくに

（同・一三〇三）

これらの歌にある「千遍そ告りし」「海人は告（る）」とは、海神に安全を祈願する呪文のこととされる。『万葉集』に、海人に関する歌は多数あるが、「告る」行為をするとされるのは、「潜きする海人」と、潜水を意味する語を冠される場合であり、漁撈の中でも、特に「潜く」＝潜水が、危険かつ特殊な行為であることを示していよう。それゆえ海神にひたすら「告る」行為が必要とされたのである。

こうした「風」「波」を操る海神の力を示す表現を、海幸山幸神話から確認しよう。たとえば『日本書紀』一書第一、紛失した鉤を海宮で手に入れ、帰還せんとするホヲリに対し、海神は、兄・ホデリを懲らしめる方法として、次のように語る。

汝の兄、海を渉らむ時に、吾必ず迅風《はやち》・洪濤《おほなみ》を起て、其れを没溺《おぼほ》れ辛苦《たしな》めむ。

同様の表現は、同・一書第四にも「兄、海に入りて釣せむ時に、天孫、海浜に在《ま》して、風招《かざをき》を作《な》したまふべし。風招は即ち嘯《うそぶき》なり。如此《かく》せば、吾瀛風《われおきつかぜ》・辺風《へつかぜ》を起《おこ》し、奔波《はやなみ》を以ちて溺《おぼほ》し悩さむ」とある。このような海神のもつ「風」「波」を操る霊力を、さらによく示すのが、海神の娘・トヨタマビメが出産のため、陸にやってくる場面である。以下、具体的にみていこう。

二　海原から陸へ——トヨタマビメの到来

ホヲリの子どもをもっていたトヨタマビメは、「天の神の御子は、海原に生むべくあらず。故、参ゐ出で到れり」（記）として、海辺の波限に鵜の羽で葺いた産殿を作り、出産に備える。そして、いざ出産が迫った際、海原から陸にやってくるのだが、その様子について、『古事記』『日本書紀』所伝をみると、まず『古事記』では、その場面に関する具体的な記述は見られない。一方、『日本書紀』正文や、同・一書第一では「妾已に娠《はら》めり。産まむとき久にあらじ。妾必ず風濤急峻《かざなみとくさが》き日を以ちて、海浜に出で到らむ」「直に風波を冒して、海辺に来到《きた》る」（紀・正文）、「妾已《あれ》に有身《はら》めり。必ず風濤壮《つよ》けむ日を以ちて、海辺に出で到らむ」（紀・一書第一）のように、風波の強い日にやってくるという。「必ず」風波の強い時に来るのはなぜか。ここに、風波を操る力を有する海神の娘として、その霊力が示されているといえよう。同様の表現は、『伊勢国風土記』逸文で、伊勢の在地神・伊勢津彦が海を渡る場面にも、見ることができる。

天の日別命、問ひて云《の》りたまはく「汝の去く時、何を以《も》ちて験《しるし》となさむ」とのりたまふ。（伊勢津彦）啓云《まを》さく「吾、今夜《こよひ》を以ちて八風《やかぜ》を起《おこ》して海水《うしほ》を吹き、波浪《なみ》に乗りて東に入らむ。こは則ち吾が却《しりぞ》ける由《よし》なり」とまをす。天の日別命、兵を整へて窺ふに、中夜《よなか》に比及《いた》りて大風《おほかぜ》四《よも》ゆ起《おこ》り、波瀾《なみ》を扇挙《うちあ》ぐ。光曜《ひかりかかや》くこと日の如く、陸国《くが》も海も共《みな》朗《あきら》けし。遂に波に乗りて東にゆきぬ。古語《ふること》に云はく「神風《かむかぜ》の伊勢の国、常世浪寄《とこよなみよ》する国」といふは蓋《けだ》しこの謂《いひ》ならむや。

また、この中の「光曜《ひかりかかや》くこと日の如く、陸国《くが》も海も共朗《みなあきら》けし」という表現は、紀・一書第三のトヨタマビメ到来の場面でも、「豊玉姫、自ら大亀に馭《の》り、女弟《いも》玉依姫《たまよりひめ》を将ゐ、海を光《てら》し来到《きた》る」とあり、また『古事記』神代、オホクニヌシのもとに海からやってきた御諸山の神を「海を光して依り来る神あり」とするなど、海における神の登場場面の常套表現であることが窺える。

　こうしたトヨタマビメの海原からの到来表現は、「日本紀竟宴和歌《にほんぎきょうえんわか》」にも受け継がれる。「日本紀竟宴和歌」とは、『日本書紀』編纂以降、朝廷で行われた日本紀講筵の折、講義の後に開かれた宴――「竟宴」において、『日本書紀』に登場する神や人名を題にし、その事蹟を和歌に詠んだものである。このうち天慶六年（九四三）、藤原俊房が「豊玉姫」題で詠んだ歌に、次のようにある。[*4]

　波《なみ》をわけわが日《ひ》のもとをたづねこしひじりのみよのおやにぞありける

その左注には「とよたまひめのいはく「われすでにはらめり。なみのたか〻らんひ、わたのへだにいでむ。うぶやをつくりてまて」とあり、まさに『日本書紀』所伝に基づくものとなっている。

　このように、海神の娘としての霊力を発揮した形で、陸への到来が語られるトヨタマビメだが、これが後代になると、異なった様相を示す。海幸山幸神話を題材にした絵巻で、院政期頃の成立とされる『彦火々出見尊絵巻《ひこほほでみのみことえまき》』では、ホヲリは弟「みこ」、トヨタマビメは「龍神」のむすめと称され、その陸への到来場面の詞書には、次のようにある。[*5]

　「やんごとなき尊《みこ》の御子《おおんこ》なり。此処《ここ》にては産《む》ませじ。元の国にて産ませ奉らむ」とて、橋を他《ほか》の国の岸に造り出で〻、産屋《うぶや》はその浜になん造りたりける。

この詞書通り、同場面の絵には、確かに「橋」が描かれている（※図）。すなわち、海原から地上へ、という異なる世界への移動という行為において、神自体の霊威をもって語る海幸山幸神話に対し、異界を結ぶ手段としての「橋」――境界としての「橋」――を設定する『彦火々出見尊絵巻』、両者の相違は、神話と説話、それぞれの語り方の相違、

図：『彦火々出見尊絵巻』（明通寺所蔵）

また戻橋《もどりばし》説話の例に見られるように、橋が異界との境界として位置づけられる空間意識なども、窺わせるものだろう。

また、海から陸への到来を示す後代の例として、海幸山幸神話とは異なるが、鎌倉期の成立と推定される『毘沙門堂古今集註』に、「宇治橋姫」に関する説話として、次のような記事がある。[*6]

> 山城国風土記云、宇治ノ橋姫七尋ノ和布ヲツハリニ願ケル程ニオトコ海邊ニ尋行テ笛ヲ吹ケルニ、龍神メテ、聟《ムコ》ニトレリ。姫、夫ヲ尋テ海ノハタニ行ケルニ老女ノ家アルニ行テ問程ニ「サル人ハ龍神ノ聟ニ成テオハスルガ龍宮ノ火ヲイミテ此ニテ物ヲ食スルナリ。ソノ時ニミヨ」ト云ケレバ、カクレ居テ見之ニ、龍王ノ玉ノ輿ニカヽレテ来テ供御ヲ食シケリ。サテ女、物語シテナク〳〵別レケリ。遂ニハカヘリテ彼女ニツレタリト云リ。

本話は「山城国風土記云」とあるが、奈良時代に編纂された古風土記の逸文とは見なされない記事である。宇治橋姫は「さむしろに衣かたしき今宵もや我を待つらむ宇治の橋姫」（『古今和歌集』恋四・六八九）で著名な、宇治橋の女神であるが、本話の内容は、妻・宇治橋姫のため、つわりに良いとされる和布を採ろうと海に行った夫が、その笛の音を龍神に愛でられ、聟とされる。しかし食事のため龍宮より戻る際に「玉の輿」に乗ってくると記されている。説話自体は、いわゆる「笛吹き聟」の類型だが、ここで海から陸への移動が「玉の輿」とあるのは、「龍王の聟」という立場から「玉の輿」という乗り物が選ばれているのだろう。

三　陸から海原へ――ホヲリの場合

以上、見てきたように、記紀におけるトヨタマビメの海原から陸への到来は、海神としての霊力をいかんなく発揮した形で表現されたものであった。これに対し、そのような力を持たない「山佐知毘古」――ホヲリが陸から海原へ行く場面を見ると、自らの力ではない、外部の力によって海原に導かれていることがよくわかる。『古事記』の該当場面を見てみよう。

爾くして、塩椎の神、「我、汝命《ながみこと》の為《ため》に善き議《はかりこと》を作《な》さむ」といひて、即ち無間勝間《まなしかつま》の小船を造り、其の船に載せて、教へて曰ひしく「我、其の船を押し流さば、差暫《ややしま》らく往《ゆ》け。味《うま》し御路《みち》有らむ。乃ち其の道に乗りて往かば、魚鱗《いろこ》の如く造れる宮室《みや》、其綿津見神《それわたつみのかみ》の宮ぞ。其の神の御門《みかど》に到らば、傍の井上《ゐのへ》に湯津香木《ゆつかつら》有らむ。故、其の木の上に坐《いま》さば、其の海の神の女、見て相議《あひはか》らむぞ」といひき。

「塩椎の神」は、潮目をよむ神とされ、ホヲリに移動手段をはじめ、様々な助言をあたえる。ホヲリが乗った乗り物については、①船…「無間勝間《まなしかつま》の小船」（記）「無目堅間の小船」（紀・一書第三）、②籠…「無目籠」（紀・正文）「大目麁籠（一説「無目堅間による浮木」）」（紀・一書第一）、③ワニ…「一尋鰐魚」（紀・一書第四）とバリエーションがある。このうち①②の「無間勝間」「無目堅間」は、編み目の隙間無く編んだものとされている。[*7] また③のワニは、ホヲリが海宮から帰還する際にも、『古事記』はじめ『日本書紀』所伝に登場するものであり、トヨタマビメが出産する時の姿でもある（記、紀・一書第一〜三）。トヨタマビメが「凡そ他の国の人は、産む時に臨みて、本つ国の形を以て産生《う》むぞ。故、妾、今本の身を以て産まむと為《す》」（記）というように、ワニが海の神をあらわす動物であったことは、『肥前国風土記』佐嘉郡・佐嘉川の記事からも知られる。

又、この川上に石神あり、名を世田姫《よたひめ》と曰《い》ふ。海の神［鰐魚《わに》を謂ふ］、年常《としごと》に、流れに逆《さか》へて潜《かづ》き上《のぼ》り、この神の所《もと》に至るに、海の底の小魚《こうを》、多《さは》に相従《あひしたが》ふ。或《あ》るは、人、その魚を畏《かしこ》めば殃《まが》なく、或るは、人、捕り食《くら》はば死ぬることあり。凡《すべ》て、この魚等《うをども》、二三日住《ふつかみかとど》まり、還《かへ》りて海に入《い》る。

ホヲリは、このような移動手段によって、導かれるままに「味し御路」に到達、「其の道に乗りて」、綿津見神の宮に行き着くという。ここで「道に乗る」という表現について見ておきたい。同様の表現は『万葉集』巻11・二三六七に

海原《うなはら》の路《みち》に乗りてや我が恋ひ居らむ　大船のゆたにあるらむ人の児ゆゑに

とあり、この場合の「乗る」は、「船に乗る」とも解釈されるものだが、一方、『日本霊異記』上二縁では、自分の妻を探そうと「曠野」に行った男が、「路に乗りて」一人の美しい女性と出会う、という記述があり、「路に乗る」とは、自らの力では行方を定められぬ、受動的な状態にあることを示す表現ともいえる。

このように、導かれるままに陸から海原へ移動するホヲリと、海神としての霊威――「風」「波」――を如何なく発揮した形でその到来を表現されるトヨタマビメは、まさに対照的である。そして海幸山幸神話は、海神の力、その支配する「海原」の世界が、主体的なものとして語られていることが、改めて確認できよう。

四　海神の力——「水」の支配

さて、ここまで海神の霊威を示すものとして「風」「波」を見てきたが、もう一つ、海神が掌るものに「水」——「雨」がある。これは、海上のみならず地上世界——農耕に影響を及ぼすものである。これを示すものとして『古事記』では、海宮からホヲリノミコトが帰還する際、兄・ホデリノミコトを苦しめる方法として、海神が次のように語っている。

「其の兄、高田《たかた》を作らば、汝命は、下田《ひきた》を営《つく》れ。其の兄、下田を作らば、汝命は、高田を営れ。然為《しかせ》ば、吾、水を掌るが故に、三年の間、必ず、其の兄、貧窮《まづ》しくあらむ。」

同様の記述は、紀・一書第三にも「兄、高田を作らば、汝は洿田《くぼた》を作りませ。兄、洿田を作らば、汝は高田を作りませ」とある。こうした海神の「水」「雨」を掌る力を、よく示しているのが、天平感宝元年（七四九）、当時、越中守であった大伴家持が詠んだ歌である。

天皇《すめろき》の　敷きます国の　天《あめ》の下　四方《よも》の道には　馬の爪《つめ》　い尽くす極《きは》み　船舳《ふなのへ》の　い泊《は》つるまでに　古《いにしへ》よ　今の現《をつつ》に　万調《よろづつき》　奉るつかさと　作りたる　その生業《なりはひ》を　雨降らず　日の重なれば　植ゑし田も　蒔きし畑も　朝ごとに　凋《しほ》み枯れ行く　そを見れば　心を痛み　みどり子の　乳《ち》乞ふがごとく　天《あま》つ水　仰《あふ》ぎてそ待つ　あしひきの　山のたをりに　この見ゆる　天《あま》の白雲　海神《わたつみ》の　沖つ宮辺《みやへ》に　立ち渡り　との曇《ぐも》り合ひて　雨も賜《たま》はね

（『万葉集』巻18・四一二二）

その題詞には「天平感宝元年閏五月六日より以来、小旱《せうかん》を起し、百姓《はくせい》の田畝《でんぽ》稍《やくや》くに凋《しほ》む色あり。六月朔日に至りて、忽《たちま》ちに雨雲の気を見る。仍りて作る雲の歌」とあり、国守として、国の豊穣のため、海神へ降雨を祈念する家持の姿が窺える歌である。

このように海神は「風」「波」といった海上における自然現象のみならず、「水」「雨」を掌ることによって、地上世界の豊穣をも左右する力を有しているのである。

おわりに――『古事記』上巻の終わり方――「海原」と「妣の国」

以上、『古事記』および『日本書紀』所伝の海幸山幸神話を通じて、「海原」「海神」の諸相を辿ってきたが、最後に、『古事記』における「海原」の位置づけについて見ておきたい。次に掲げるのは、『古事記』上巻の末尾、トヨタマビメの子・ウガヤフキアヘズの系譜を示す記事である。

（ウガヤフキアヘズは）其の姨《をば》、玉依毘売命《たまよりびめのみこと》を娶りて、生みし御子の名は、五瀬命《いつせのみこと》。次に稲氷命《いなひのみこと》。次に御毛沼命《みけぬのみこと》。次に若御毛沼命《わかみけぬのみこと》、亦の名は、豊御毛沼命《とよみけぬのみこと》、亦の名は、神倭伊波礼毘古命《かむやまといはれびこのみこと》〈四柱〉。故、御毛沼命は、浪の穂を跳みて常世国に渡り坐し、稲氷命は、妣《はは》の国と為《し》て、海原に入り坐しき。

ここで注目したいのは、「御毛沼命」と「稲氷命」について、前者が「常世国」、後者は「妣の国」、すなわちトヨタマビメの妹であるタマヨリビメの国＝「海原」に行った、と語られる点である。これに対して『日本書紀』では、両者は兄・五瀬命とともに、カムヤマトイハレビコに従って征討に赴いており、熊野の海で暴風に行く手を阻まれる。

而して熊野の神邑に到り、且天磐盾《あまのいはたて》に登り、仍りて軍を引き漸《やくやく》に進む。海中にて卒に暴風に遇ひ、皇舟漂蕩《ただよ》ふ。時に稲飯命《いなひのみこと》、乃ち嘆きて曰はく「嗟乎、吾が祖は則ち天神、母は則ち海神なり。如何ぞ我を陸に厄め、復我を海に厄むる」とのたまふ。言ひ訖へ、乃ち剣を抜き海に入り、鋤持神《さひもちのかみ》に化為《な》りたまふ。三毛入野命《みけいりののみこと》、亦恨みて曰はく、「我が母と姨とは、並びに是海神なり。何為ぞ波瀾《なみ》を起てて灌溺《おぼほ》れしむる」とのたまひ、則ち波秀を蹈みて常世郷に往でましぬ」（『日本書紀』神武即位前紀戊午年六月丁巳条）

ここでは彼らは、ヤマトタケル東征におけるオトタチバナヒメの入水の如く、海に身を捧げる形で、海神の霊威のあらわれである暴風を鎮めるとされ、その様相は『古事記』とは大きく異なったものになっている。『古事記』では、彼らはカムヤマトイハレビコに従軍することも無く、それぞれの国に赴いたという事柄が淡々と、あたかも海の彼方にフェイドアウトしていくような静かな語り口で記される。

さらにここでは、本稿冒頭に示した『古事記』上巻・三貴神の分治の際、スサノヲによって「妣の国」に行きたいとして否定された「海原」が、今度は逆に「妣の国」として、天孫が赴く世界と位置づけられている。このように『古事記』における「海原」は、上巻・末尾において、天と海の調和的世界を示すような形で表現され、神の世界から人の世へ――中巻へと引き継がれるのである。

注

（1）本稿で用いた『古事記』『日本書紀』『風土記』『万葉集』『枕草子』は、新編日本古典文学全集（小学館）に拠る。また神名表記については、テキスト引用部分は本文ママの表記とし、それ以外は、基本的にカタカナで記す。

（2）吉井巌『天皇の系譜と神話』（塙書房、一九六七年）、三品彰英『日本神話論』（平凡社、一九七〇年）、三宅和朗『記紀神話の成立』（吉川弘文館、一九八四年）、次田真幸「海幸山幸神話の形成と阿曇連」（『日本神話の構成と成立』明治書院、一九八五年）、荻原千鶴「海宮遊行神話諸伝考」（『日本古代の神話と文学』塙書房、一九九八年）、壬生幸子「『古事記』の海宮遊行神話―海神の位置づけとトヨタマヒメ歌謡」（『記紀・風土記論究』おうふう、二〇〇九年）、『古事記』の海宮遊行神話―海神の位置づけとトヨタマヒメ歌謡」（『記紀・風土記論究』おうふう、二〇〇九年）、勝俣隆『異郷訪問譚・

来訪譚の研究―上代日本文学編』（和泉書院、二〇一〇年）など。

（3）引用は、『本居宣長全集』第九巻（筑摩書房、一九六八年）に拠る。

（4）引用は、『契沖全集』第一五巻（岩波書店、一九七五年）に拠り、適宜表記を改めた。

（5）引用は、小松茂美編『続日本の絵巻十九　彦火々出見尊絵巻・浦島明神絵巻』（中央公論社、一九九二年）に拠る。また『彦火々出見尊絵巻』と記紀の比較については、浜口俊裕「彦火火出見尊絵巻」の海幸山幸譚について」（『東洋研究』第一一三号　一九九四年十一月）、飯村高広「神話の図像化とテキスト―〈海幸山幸神話〉享受の方法―」（『記紀万葉論攷』中村啓信先生古稀記念論文集刊行会、二〇〇〇年）など参照。

（6）引用は、国文学研究資料館館蔵和古書目録データベース貴重書「古今集註」九九―一六九―一一～六により、適宜表記を改めた。

（7）西郷信綱は、「マナシ」を、目がない状態という意味で、眠っている間に海底の異郷に達することを示すとしている（『古事記注釈』）。またアンダソヴァ・マラルは、この解釈をふまえた上で、船が他界との一つの「交渉手段」であることを指摘している（「古事記の他界観とシャーマニズム―交渉手段の考察を通して―」『佛教大学大学院紀要　文学研究科編』第三十七号　二〇〇九年）

『万葉集』「熱田津に」の歌

月岡　道晴

はじめに

日本列島は海に囲まれている。大和王権が伸張を目指す方面も、同じ列島の東よりは寧ろ、先進的な文化の流入してくる大陸の側を向いていた。広開土王碑の碑文からは、早く五世紀には大和王権が朝鮮半島に侵入を試みていたことを窺い知ることができる。また石上神宮に伝存する七支刀の刀身に記された金象嵌の文章からは、これを百済の近肖古王が作成し、その暦年には諸説あるが、おそらく西暦三七二年頃に倭王に贈与したことが窺い知られる。大和王権の大陸との交流は長く百済を窓口として行なわれ、百済の側にとっても、北の強国高句麗と対抗するために伽耶諸国や倭と緊密な連携を計ることは外交戦略の柱とされた。かくて『古事記』や『日本書紀』は、外交や軍事面のみならず、文化面においても百済と多くの交流があったことを記す。記紀には神功皇后の新羅征討記事以降、和邇吉師《わにきし》（王仁《わに》）による『論語』十巻及び『千字文』一巻の将来をはじめ、継体紀七年（五一三）六月条より見られる五経博士の派遣など、多くの文化的恩恵を百済から蒙ったことが記されている。考古学の世界に目を転ずると、近年著しく発掘成果を挙げている木簡の分野からは、例えば長く国字だと考えられてきた「畠」や「鮑《あはび》」、また「椋《くら》」（万葉歌でも

「小椋山《をぐらのやま》」（⑨一六六四）等の使用例がある）などは朝鮮半島の文字資料に共通してあらわれることが報告されているし、歴史学の分野で長く争われてきた所謂「郡評論争」を解決した藤原宮などの発掘を通じて、大宝元年（七〇一）の大宝律令制定以前に書かれた木簡には総て朝鮮半島式にコホリが「評」と記され、逆にこれ以降は総て中国式にコホリを「郡」字に切り替えて表記していることが明らかとなった。文学の前提となる文字表現を、この国は勿論文化の先進地である大陸から学んだのだったが、その方式も初期は朝鮮半島を通じてこれを学び、中国に倣って律令を中枢に据える国家へと舵を切ってからは、その方式を直接中国に倣って運用することに改めたのである。

だがそのように大陸と多くの交流をもつ一方で、その交通の場所となる海は万葉びとにとってまず何よりも他界だった。例えば『古事記』上巻は初代神武天皇までの系譜を通じて、天照大神の孫ニニギが黄泉国・根の国の力を司る出雲系の血を継ぐ者であり、ここに山の神の娘木花之佐久夜毘売《このはなのさくやびめ》の血が、次いで海の神の娘豊玉毘売《びめ》と玉依毘売《たまよりびめ》の血が取り込まれることで、その王権の及ぶ範囲を葦原中国だけでなく、ありとあらゆる他界にまで至るべきことを描き出そうとしている。海は人の手の及ばない神の領ずる空間であり、そこでは時の流れや生命観さえも異なると考えられた。そのような海に対する万葉びとの観念は、文学史においてどのように作品に反映しているのだろうか。以下に掲出する歌を通じて接近を試みてみたい。

一　熟田津出航

後岡本宮御宇天皇代（天豊財重日足姫天皇 譲位後即後岡本宮）〔後岡本宮に天下治らしめしし天皇の代（天豊財重日足姫天皇、譲位後に後岡本宮に即きたまふ）〕

額田王歌〔額田王の歌〕

熟田津尓船乗世武登月待者潮毛可奈比沼今者許藝乞菜

〔熟田津に船乗りせむと月待てば潮もかなひぬ今はこぎいでな〕

右検山上憶良大夫類聚歌林曰　飛鳥岡本宮御宇天皇元年己丑九年丁酉十二月己巳朔壬午　天皇大后幸于伊豫湯宮　後岡本宮馭宇天皇七年辛酉春正月丁酉朔壬寅　御船西征　始就于海路　庚戌御船泊于伊豫熟田津石湯行宮　天皇御覧昔日猶存之物　當時忽起感愛之情　所以因製歌詠為之哀傷也　即此歌者天皇御製焉　但額田王歌者別有四首〔右、山上憶良大夫の類聚歌林に検すに、曰く、「飛鳥岡本宮に天下治めたまふ天皇の元年己丑、九年丁酉の十二月、己巳の朔の壬午、天皇・大后、伊予の湯の宮に幸す。後岡本宮に天下治めたまふ天皇の七年辛酉の春正月、丁酉の朔の壬寅に、御船西つかたに征き、始めて海路に就く。庚戌、御船、伊予の熟田津の石湯の行宮に泊つ。天皇、昔日の猶し存れる物を御覧して、当時に忽ちに感愛の情を起したまふ。所以に因りて歌詠を製りて哀傷したまふ」といふ。即ち、この歌は天皇の御製なり。ただし、額田王の歌は、別に四首あり。〕

斉明六年（六六〇）九月、後岡本宮に百済の使者沙弥覚従らが来朝した。七月十日、唐の将軍蘇定方の船団と共に新羅王春秋智が兵馬を率いて侵攻し、十三日には王城が陥落したという。その後、鬼室福信らが新羅軍を破り、王城を奪還したものの、百濟王義慈とその妃恩古を始めとする五十余人が唐に連れ去られた。ついては過日人質として差し出していた王子余豊璋を即位させて百済王としたいので、王子に援軍を付けて派遣してほしいとの旨である。斉明女帝は直ちに詔を発し、筑紫に行幸して救援の軍を派遣すると決した。曳航中の軍船が夜中に理由も無く転覆したり、蒼天に至るほどの蝿の大群が信濃国の大坂を越えて西へ向かったりなど、敗軍の兆しと見られる怪異現象が頻発し、また意味不明の童謡が俄かに流行したにも関わらず、派兵及び行幸は強行された。翌斉明七年（六六一）正月に天皇の率いる船団は難波津を出航する。

その行程は『日本書紀』に拠れば（引用は岩波日本古典文学大系に拠る）、

七年の春正月《むつき》の丁酉《ひのとのとり》の朔《ついたち》壬寅《みづのえとらのひ》（六日）に、御船《みふね》西に征きて、始めて海路《うみつみち》に就く。甲辰《きのえたつのひ》（八日）に、御船、大伯《おほくの》海に到る。…（中略）…庚戌《かのえいぬのひ》（十四日）に、御船、伊予の熟田津《にきたつ》の石湯行宮《いはゆのかりみや》に泊《は》つ。熟田津、此をば儞枳柁豆といふ。三月《やよひ》の丙申《ひのえさる》の朔庚申《かのえさるのひ》（二十五日）に、御船、還《かへ》りて娜《なの》大津に至る。磐瀬《いはせの》行宮に居《おはし》ます。天皇《すめらみこと》、此を改めて、名をば長津と曰《のたま》ふ。…（中略）…

五月《さつき》の乙未《きのとのひつじ》の朔癸卯《みづのとうのひ》（九日）に、天皇、朝倉橘廣庭宮《あさくらのたちばなのひろにはのみや》に遷りて居ます。

という航路を辿った。即ち正月六日に出航して、八日には岡山県瀬戸内市に至り、十四日には愛媛県松山市の熟田津に寄港して道後温泉の行宮にしばらく滞在。三月二十五日に九州博多に着いて磐瀬行宮での滞在を経た後、五月九日に目的地である福岡県朝倉市の朝倉宮に入る（ある書物には朝倉宮遷居は四月だったと記されているともいう）という経路である。本章冒頭に引いた歌は、この航路の引用部傍線箇所で詠まれたものだ。

なおこの目的地の朝倉宮を造営する際にも、

是の時に、朝倉社《あさくらのやしろ》の木を斮《き》り除《はら》ひて、此の宮を作る故に、神忿《いか》りて殿《おほとの》を壊《こほ》つ。亦《また》、宮の中《うち》に鬼火《おにび》見《あらは》れぬ。是に由《よ》りて、大舎人《とねり》及び諸《もろもろ》の近侍《ちかくはべるひと》、病みて死《まか》れる者衆《ものおほ》し。

と、朝倉神社（『延喜式』神名帳に記載される「麻氏良布神社」にあたるらしい）の神木を伐採したために神の怒りに触れて宮殿が壊されたり、鬼火が出現するなどの怪異が生じて天皇の近侍者に多くの犠牲者が出たと記されていることには、格別の注意が必要だろう。『日本書紀』はその直後、六月に伊勢王の薨去を、そして七月には天皇自身の崩御を続けて記している。さらにその遺骸を磐瀬宮へ遷す葬列を、「是の夕《よひ》に、朝倉山《あさくらのやま》の上に、鬼有りて、大笠を着て、喪《みも》の儀《よそほひ》を臨《のぞ》み視《み》る。衆《ひとびと》皆嗟怪《あやし》ぶ。」と、大笠を被った鬼が山上から遠望していたことをも特記しているのだ。この際の海外派兵と、そして後世に「白村江の戦い」と呼ばれるようになるその軍の潰滅的な大敗に至るまでの経緯は、以上見るように終始まるで呪われたかのように怪異に満ち満ちていたことが『日本書紀』には表現されている。熟田津を出航する際の額田王の歌も、このような航海の途上にあって詠まれたものだということは、読者にとってまず念頭に置かれるべきだろう。

無論、白村江の大敗から半世紀も後に記された『日本書紀』に拠る行幸及び派兵の表現と、当事者としての内部的な視点からうたわれた当該歌のそれとを同一の平面に置いて理解してよいはずもない。『日本書紀』の記事は、いわば推理小説の結末を既に読んでしまったような視点から結末に至るまでの過程を捉え返し、そして描き直したものと言えよう。しかしながら、少なくともこの航海が野心や希望に満ちたような外征だったのではなく、国際的に多くの国々が巻き込まれた戦乱の厳戒体制下にあり、また同時に斉明女帝の最晩年にもあたる緊張感に満ちていたことだけは認識しておかなければならない。冒頭に引いた歌の結句「今はこぎいでな」は、歌の同時代において、決してのどかな響きを帯びてうたわれたのではなかった。

二　海を領《うしは》く神

『日本書紀』には同じく朝鮮半島への外征という内容を有しながら、これと好対照の表現によって著されている箇所がある。巻九・神功皇后摂政前紀における三韓征討の記事を以下に引こう。

既《すで》にして皇后《きさき》、則《すなは》ち神《かみ》の教《みこと》の験《しるし》有《あ》ることを識《しろ》しめして、更《さら》に神祇《あまつかみくにつかみ》を祭《いの》り祀《まつ》りて、躬《みづか》ら西《にしのかた》を征《う》ちたまはむと欲《おもほ》す。…（中略）…皇后、橿日浦《かしひのうら》に還《かへ》り詣《いた》りて、髪《みぐし》を解《と》きて海《わた》に臨《のぞ》みて曰《のたま》はく、「吾、神祇の教《みこと》を被《う》け、皇祖《おほみおや》の霊《みたまのふゆ》を頼《かうぶ》りて、滄海《あをきうなはら》を浮渉《わた》りて、躬《みづか》ら西《にしのかた》を征《う》たむとす。是《ここ》を以《も》て、頭《かしら》を海水《うしほ》に滌《すす》がしむ。若《も》し験《しるし》有らば、髪《みぐし》自《おの》づからに分《わか》れて両《ふたつ》に為《な》れ」とのたまふ。即《すなは》ち海《わた》に入れて洗《すす》ぎたまふに、髪自《みぐしおの》づからに分れぬ。皇后、便《すなは》ち髪《みぐし》を結分《あ》げたまひて、髻《みづら》にしたまふ。因《よ》りて、群臣《まへつきみたち》に謂《かた》りて曰《のたま》はく、「夫《そ》れ師《いくさ》を興《おこ》し衆《もろもろ》を動《うごか》すは、国《くに》の大事《おほきこと》なり。安《やす》さも危《あやふ》さも成り敗れむこと、必《ふつく》に斯《これ》に在《あ》り。今《いま》征伐《う》つ所《ところ》有り。…（中略）…吾婦女《われたをやめ》にして、加以不肖《またをさな》し。然《しか》れども暫《しばら》く男《ますらを》の貌《すがた》を仮《か》りて、強《あながち》に雄《をを》しき略《はかりごと》を起《おこ》さむ。上《かみ》は神祇の霊を蒙《かうぶ》り、下《しも》は群臣《まへつきみたち》の助《たすけ》に藉《よ》りて、兵甲《つはもの》を振《おこ》して嶮《たか》き浪《なみ》を度《わた》り、艫船《ふね》を整《ととの》へて財土《たからのくに》を求む。若し事成《な》らば、群臣、共《とも》に功《いさをしきこと》有り。事就《な》らずは、吾独《われひとり》罪有れ。既《すで》に此《こ》の意《こころ》有り。其《そ》れ共に議《はか》らへ」とのたまふ。…（中略）…

秋九月《あきながつき》の庚午《かのえうま》の朔 己卯《ついたちつちのとのうのひ》に、諸国《くにぐに》に令《みことのり》して、船舶《ふね》を集《つど》へて兵甲《つはもの》を練《ね》らふ。…（中略）…爰《ここ》に吉日《よきひ》を卜《うら》へて、臨発《たちたまは》むとすること日有り。…（中略）…既《すで》にして神《かみ》の誨《をし》ふること有りて曰《のたま》はく、「和魂《にきみたま》は王身《みついで》に服《したが》ひて寿命《みいのち》を守《まも》らむ。荒魂《あらみたま》は先鋒《さき》として師 船《みいくさのふね》を導《みちび》かむ」とのたまふ。和魂、此《これ》をば珥岐濔多摩《にきみたま》と云《い》ふ。荒魂、此をば阿邏濔多摩《あらみたま》と云ふ。即《すなは》ち神の教《みこと》を得《え》て、拝礼《ゐやま》ひたまふ。…（中略）…既にして則ち荒魂《あらみたま》を撝《を》ぎたまひて、軍《いくさ》の先鋒《さき》とし、和魂《にきみたま》を請《ね》ぎて、王船《みふね》の鎮《しづめ》としたまふ。

冬十月《ふゆかむなづき》の己 亥《つちのとのゐ》の朔 辛 丑《ついたちかのとのうしのひ》に、和珥津《わにのつ》より発《た》ちたまふ。時に飛廉《かぜのかみ》は風《かぜ》を起《おこ》し、陽侯《うみのかみ》は浪《なみ》を挙《あ》げて、海《うみ》の中《なか》の大魚《おほいを》、悉《ふつく》に浮《うか》びて船《みふね》を扶《たす》く。則ち大《おほ》きなる風順《おひかぜ》に吹《ふ》きて、帆船波《ほつむなみ》に随《したが》ふ。艫楫《かぢかい》を労《いたつ》かずして、便《すなは》ち新羅《しらき》に到《いた》る。時に随船潮浪《ふななみ》、遠《とほ》く国の中に逮《みちおよ》ぶ。即《すなは》ち知《し》る、天神地祇《あまつかみくにつかみ》の悉《ふつく》に助《たす》けたまふか。新羅《しらき》の王《こきし》、是《ここ》に、戦戦慄慄《をぢわなな》きて厝身無所《せむすべなし》。則ち諸 人《もろもろのひと》を集《つど》へて曰《い》はく、「新羅の、国を建《た》てしより以来《このかた》、未《いま》だ嘗《むかし》も海水《うしほ》の国に凌《のぼ》ることを聞《き》かず。若《けだ》し天運《よのかぎり》尽《つ》きて、国、海と為《な》らむとするか」といふ。是《こ》の言《こと》未《いま》だ訖《をは》らざる間《あひだ》に、船師《ふないくさ》海に満《み》ちて、旌旗《はた》日《ひ》に耀《かかや》く。鼓 吹声《つづみふえこゑ》を起《おこ》して、山川《やまかは》悉《ふつく》に振《ふる》ふ。新羅《しらき》の王《こきし》、遥《はるか》に望《おせ》りて以為《おも》へらく、非常の兵《おもひのほかつはもの》、将《まさ》に己《おの》が国《くに》を滅《ほろぼ》さむとすと。

讋《お》ぢて志失《こころまど》ひぬ。乃今《いまし》醒《さ》めて曰《い》はく、「吾《われ》聞《き》く、東《ひむかしのかた》に神国《かみのくに》有《あ》り。日本《やまと》と謂《い》ふ。亦《また》聖王《ひじりのきみ》有《あ》り。天皇《すめらみこと》と謂《い》ふ。必《かなら》ず其《そ》の国《くに》の神兵《みいくさ》ならむ。豈《あに》兵《いくさ》を挙《あ》げて距《ふせ》くべけむや」といひて、即《すなは》ち素旆《しろきはた》あげて自《みづか》ら服《まつろ》ひぬ。素組《しろきくみ》して面縛《みづからとらは》る。図籍《しるしへふみた》を封《ゆひかた》めて、王船《みふね》の前《まへ》に降《くだ》す。…（中略）…是《ここ》に、高麗《こま》・百済《くだら》、二《ふたつ》の国の王《こきし》、新羅の、図籍《しるしへふみた》を収《とりをさ》めて日本国《やまとのくに》に降《まつ》りぬと聞きて、密《ひそか》に其の軍勢《みいくさのいきほひ》を伺《うかが》はしむ。則ちえ勝《か》つまじきことを知りて、自《みづか》ら営《いほり》の外《ほか》に来《まうき》て、叩頭《の》みて款《まう》して曰《まう》さく、「今より以後《のち》は、永《なが》く西蕃《にしのとなり》と称《い》ひつつ、朝貢《みつきたてまつること》絶《た》たじ」とまうす。故《かれ》、因りて、内官家屯倉《うちつみやけ》を定《さだ》む。是所謂三韓《これいはゆるみつのからくに》なり。

神功皇后は仲哀天皇の崩御の後を受け、身重の体を押してこの外征を行ない、帰還して後に応神天皇となる皇子を産んだ。その勝利は右の引用箇所の傍線部に明らかなように、「神祇の教」や「神祇の霊」、そして「和魂」・「荒魂」の導きを蒙ったためと表現されている。その結果、風の神飛廉・海の神陽侯、及び海中の大魚がこぞって軍船を運び、船を運ぶ高浪ごと新羅の国の陸上奥深くにまで軍勢を至らせたのだという。特徴的なのはここに合戦の叙述が一切記されていないことで、勝利は軍勢の強弱ではなく、この遠征が神の意思に沿ったものだったのかどうかを専らその要因として描き出そうとしているのが右からは読み取られよう。

ここで注目しておきたいのは波線部で、皇后が滄海を渡り征西することについて神祇の意思を訊ねた際に、これが「海に臨みて」行なわれていることである。もし神意について験あるものならば、これより海ですすぐ髪を左右二つに分けて下さいとの皇后の宣言に応じ、二つに分れた髪を皇后は髻に結い固めた。これは点線部に明らかなように「男の貌を仮り」て外征するのを海神が諾ったことを意味する。こうして神の後援を受けながら押し寄せた軍勢を防ぐことは到底できないと悟った新羅王は自ら白旗を挙げて服従し、高句麗も百済も内つ屯倉《みやけ》として朝貢を誓うに至ったと『日本書紀』は記している。

そもそも神功皇后が皇子を胎内に収めたまま外征の途に就かなければならなかったのも、熊襲遠征中の仲哀天皇が表筒男《うはつつのを》・中筒男《なかつつのを》・底筒男《そこつつのを》の住吉三神などの神々から、

「茲《こ》の国《くに》に愈《まさ》りて宝有《たからあ》る国、譬《たと》へば処女《をとめ》の睩《まよびき》の如くにして、津《つ》に向《むか》へる国有《くにあ》り。睩、此《これ》をば麻用《まよ》弭枳《びき》と云《い》ふ。眼炎《まかかや》く金《こがね》・銀《しろかね》・彩色《うるはしきいろ》、多《さは》に其《そ》の国に在《あ》り。是を栲衾新羅国《たくぶすましらきのくに》と謂《い》ふ。若《も》し能《よ》く吾《われ》を祭《まつ》りたまはば、曾《かつ》て刃《やきは》に血《ちぬ》らずして、其の国必《かなら》ず自《おの》づから服《まつろひしたが》ひなむ。」

と、神祭りをすれば戦火を交えずとも新羅が自ずから服従してくるだろうとの神託を受けたにも関わらず、それに応じるどころか、逆に「誰《なに》ぞの神ぞ徒《いたづら》に朕《われ》を誘《あざむ》くや。」と、この教えを疑うことで神の怒りを蒙って崩御に至ったためだった。神意を疑った天皇は崩じ、神意に従って親征した皇后は三韓を得たことが、ここでは対照的に著されていると読み取られよう。『日本書紀』ではこのように、海外への遠征の成否はひとえに海を領する神の意思に沿うものかどうかにかかっているものとして表現されていることがわかる。従って斉明紀六年から七年にかけての当該の航海とその準備の記事における怪異現象の列挙についても、これが神の意思に沿わない外征だったことを意味していると判断することが妥当だ。この遠征の途上における斉明女帝の崩御も、あくまでも『日本書紀』の立場からは、仲哀天皇の場合と同様に神意に敢えて背いたためとして表現されているのである。

併せてここで注意しておきたいのは、斉明七年正月十四日に熟田津に停泊した船団が再び航海を始めるまでに約二ヶ月の記事の空白があることで、この理由について先行諸説は、晩年の斉明女帝が石湯行宮に隣接する道後温泉で療養していたのではないか、[*1]あるいはここで兵船や資材を調達していたのではないか等々、[*2]様々な背景を推測している。だがこれについても、神功皇后紀の外征記事が第一に参考とされるべきところだろう。引用部における□で括った箇所に注目しておきたい。先に見てきたように、皇后は神意を得て外征を既に宣言しているのだが、その軍勢

の進発は直ちに行なわれず、吉日を占った結果、十月になってからようやく行なわれたことがここには記されている。斉明紀における熟田津での約二ヶ月の船団の滞在も、これを記事の空白と捉えるべきではなかろう。『日本書紀』はこの滞在を海に臨んで神意を「卜」するなどの儀礼を行なっていた期間として扱っていることが考えられる。また事実としてもそうだったと考えてこそ、緊張感に充ちた熟田津の滞在を経て、「今はこぎいでな」と当該歌に詠まれたこの瞬間の作歌動機を理解することができるだろう。無論、この遠征の結末を知る『万葉集』の読者の目からは、その感得の瞬間が遠征を前にして強いて歌のことばによって達成させられた、空しい幻だったことを併せて読み取ることになってしまうのだが。

なお『万葉集』には、「……待てば〜ぬ」という歌句はこの一首しかなく、また「……待てば」に限ってみても、同じ条件節を有する歌は、

怨鶯晩哢歌一首〔鶯の晩《おそ》く哢《な》くを恨むる歌一首〕

うぐひすはいまはなかむとかたまてばかすみたなびきつきはへにつつ　（万⑰四〇三〇）

のたった一首に過ぎない[*3]（「待つに」は六例を数える）。待てども待てども訪れぬものをそれでも待つと表現することこそが、歌という形式に本来求められる心情であるはずだからだ。従ってこの歌で待望したものが果たして到来したと表現されていることは、通常の人や物ではない、至極特別な何かが訪れたということになる。従来「月待てば」という条件節に対し「潮もかなひぬ」と詠まれていることについて、待望されているのは「月」なのに「潮も」かなったとしている点ばかりが問題にされてきたが、そもそも万葉歌において「月を待つ」とする表現は、恋人同士が月光の下での逢会の時間を待ち焦がれるものばかりであって、当該歌のように出航の機会を待つという意味で用いられたものが他に一首もないことにはさほど注意が向けられていない。月や日は、万葉歌ではいつの間にか「経」ていくと詠

まれるものなのである。ここではそれが格別に待たれた上でなお、潮やその他の諸々の自然現象と共にこぞって「かなひぬ」――相応しいと詠まれた。この瞬間は、以上の検討から想定される歌の背景から推察すれば、長期にわたって待ち続けた神意の兆しがたったいま齎《もたら》されたときをおいて他には想定しづらい。

それにしてもこのような重要な宣言を、神功皇后のように遠征を主体となって担うわけではない額田王という一人の女性がなぜ成し得たのだろうか。当該歌左注の□で括った箇所に注目しておきたい。『万葉集』が参照した資料に、山上憶良が編纂したものの現在では散逸してしまった『類聚歌林』という歌集があったことが知られるのだが、これに拠れば、当該歌は斉明天皇の御製と記されており、額田王の歌は別に四首が採録されていたというのだ。他にも『万葉集』では、「額田王歌」との題を有する巻一・七歌や、「中皇命往于紀温泉之時御歌（中皇命、紀の温泉に往く時の御歌）」との題の下に括られる巻一・一〇～一二歌において、『類聚歌林』がいずれも天皇御製としてこれらの作を収録している旨の左注が記されていることを捉えながら、伊藤博[*4]はこれらの異伝の理由を、実際の作者は題の通りなのだが、「天皇の御意に融合し、その立場にたってうたったため」に生じたものと解釈している。そして当時の宮廷歌人の主たる役割は、天皇に相応しいことばの代弁・歌の代作にあったと推定し、折口信夫の用語に倣って額田王を〝御言持ち歌人〟と称したのだった。つまり当該歌でもこれを宣言する作中の主体は、やはり神功皇后の場合と同様に、遠征を主体となって担ったその人――即ち斉明女帝だったのだろう。歌の作者の役割は、いわば現代における作詞者の場合のように、歌の場とそこで歌をうたう主体に相応しいことばを取捨選択して整理することにあった。日本文学における最初の専門歌人であり、また同時に最初の作家でもあった宮廷歌人たちは、こうして自らとその心に向き合うよりも、寧ろ歌の場面ごとに必要とされることばとは何かという問題を主たる関心の対象とし、その技量を彫塑してゆくなかで次代以降の和歌の展開の土台を築いていったのだろう。

三　海をワタツミということ

航海とその目的の達成の成否は、『日本書紀』の著述と同時代にあった万葉びとにとっても、専ら神の意思にかかっているものと考えられた。それは例えば、

讃岐狭岑嶋視石中死人柿本朝臣人麻呂作歌一首并短歌

〔讃岐の狭岑の島にして、石の中の死人を見て、柿本朝臣人麻呂が作る歌一首并せて短歌〕

玉藻吉《よ》し讃岐の国は　国からか見れども飽かぬ　神からかここだ貴き　天地日月と共に　満《た》り行かむ神の御面《みおも》とつぎ来たる中の水門《みなと》ゆ　船浮《う》けて吾が榜《こ》ぎ来れば　時つ風雲居に吹くに　奥《おき》見ればとゐ浪立ち　辺《へ》を見れば白浪騒く　鯨魚《いさな》取り海を恐み　行く船の梶引き折りて　をちこちの嶋は多けど　名ぐはし狭岑《さみね》の嶋の　荒磯面《ありそも》に廬《いほ》りて見れば　浪の音のしげき浜辺を　敷妙《しきたへ》の枕になして　荒床《あらとこ》にころ伏す君が　家知らば往《ゆ》きても告げむ　妻知らば来も問はましを　玉桙の道だに知らず　欝悒《おほほ》しく待ちか恋ふらむ　愛しき妻らは　（万②二二〇）

反歌二首

妻も有らば採《つ》みてたげましさみの山野の上のうはぎ過ぎにけらずや　（二二一）

奥《おき》つ波来よする荒礒を色妙の枕とまきてなせる君かも　（二二二）

などの歌によっても確かめられる。海路を辿り讃岐国狭岑の島に至って強風に直面した人麻呂一行は、これを恐れていったん島の磯のほとりに退避したところ、浜辺に打ち上げられている死者に遭遇した。この死者は人麻呂ら生者の世と「沖つ波」の寄せる荒礒との狭間にあって、この世ならぬ世界からもたらされる威力の怖ろしさを端的に表現し、

また実際その威力を真っ向から蒙ってしまった、いわば海の神意を示す兆しとして一行には受け止められただろう。従ってこの死者とまたその死をもたらした者に対して正しく畏怖し、これに敬意をもって遇することが一行には求められた。長歌冒頭で讃岐国を「神の御面」と表現し、その「国から」や「神から」を殊更に讃美しながら、この海に吹く風、そして沖に海辺に起こる高波に対する畏れを詠みこむのも、それがこの地の神の意思のあらわれであると認識されていたからに他ならなかった。

先に引用した神功皇后摂政前紀で「海」をワタと訓んでいたことからわかるように、この時代、海にはまたワタやワタツミという別称もあった。ワタは朝鮮語の pata と関係するという説（『岩波古語辞典』など）もあって、他に「海の底」の意で「和多能曽許」（万⑤八一三）と記した例や、海中の意で「渡中」（万①六二）と記した例などがある。ツは目《ま》ツ毛などと同じ用法の格助詞で、ミは山祇（山つミ）などと同じく神霊の意だが、神（かミ）とは上代特殊仮名遣いの甲乙の種類が異なる。よってワタツミは海の神霊の意を有することになる。従って、

（中大兄近江宮御宇天皇三山歌（中大兄近江宮に天下治らしめしし天皇の三山の歌））

（反歌）

渡《わた》つ海《み》の豊旗雲《とよはたぐも》にいりひみし今夜《こよひ》の月夜清明《さや》けかりこそ　（万①一五）

或娘子等贈腸乾鰒戯請通観僧之呪願時通観作歌一首（或る娘子等が腸《つつ》める乾し鰒《あはび》を贈りて、戯れて通観僧の呪願を請ふ時に、通観の作る歌一首）

海若《わたつみ》の奥《おき》に持ち行きて放つともうれむそ此が死還生《よみがへ》りなむ　（万③三二七）

などのように、意味の上では単に海それ自体を指すと見られる場合でも、前者ではワタツミに靡いた豊旗雲が瑞祥のごとく扱われるのに続けて、今夜はよい月夜であってほしいとの願いが詠まれるし、また後者でも、題詞に娘らが通

観をからかって干し鮑を蘇らせて欲しいと頼んだとの事情が記されるのに続けて、歌では霊力ある海に放ったたってそれは無理だと応じた旨が詠まれている。以上からは万葉びとはそれと明確に記さない場合でも、海に常に大いなる霊威を意識していたことが窺われる。

波が「寄す」と他動詞で詠まれたりするのも、木下正俊[*5]によれば、神がそうした自然現象をもたらすと考えられた観念のあらわれだという。以下に引く作者未詳の長歌でも、

羇旅歌一首并短歌〔羇旅の歌一首并せて短歌〕

海若《わたつみ》は霊《くす》しき物か　淡路嶋中に立て置きて　白浪を伊予に廻《もと》ほし　座待月《ゐまちづき》明石の門ゆは　暮《ゆふ》されば潮を満たしめ　明けされば潮を干《か》れしむ　塩さゐの浪を恐み　淡路嶋礒《いそ》隠り居て　何時しかも此の夜の明けむと　侍従《さもら》ふに寐《い》の宿《ね》かてねば　瀧の上の浅野の雉《きぎし》　開けぬとし立ち動《さわ》くらし　率児等《いざこども》あへて榜《こ》ぎ出む　にはもしづけし

（万③三八八）

と、海神が浪を立たせ、また朝夕に潮を満ち引きさせることが詠まれている。なお此歌でのワタツミの原漢字表記「海若」（『万葉集』に他六例）は、『楚辞』「遠遊」篇からの引用（『文選』巻二「西京賦」にも見える）で、王逸注には「海若、海神名也」とある。『日本書紀』巻一神代上第五段の一書第六で海神を「少童命」と称し、同段の一書第七末尾にまとめて置かれる訓注に「和多都美」と記されているのも、同様の観念の反映と見られる。

これは、よく知られた高橋虫麻呂作の伝説歌に、

詠水江浦嶋子一首并短歌〔水江の浦《うら》の嶋子《しまこ》を詠む一首并せて短歌〕

春の日の霞める時に　墨吉《すみのえ》の岸に出で居て　釣船のとをらふ見れば　古への事そ念《おも》ほゆる……

水江の浦の嶋児《こ》が　堅魚《かつを》釣り鯛釣り矜《ほこ》り　七日まで家にも来ずて　海界《うなさか》を過ぎて榜《こ》ぎ行くに、海《わた》つみの神のを

とめに　たまさかにいこぎむかひ　相誂《とぶ》らひ言成りしかば――かき結び常代《とこよ》に至り　海つみの神の宮の　内のへのたへなる殿に　携はり二人入り居て　耆《お》いもせず死にもせずして　永き世にありけるものを！
世間《よのなか》の愚人《おろかひと》の　吾妹児《わぎもこ》に告《の》りて語らく、
「しましくは家に帰りて　父母に事もかたらひ　明日のごと吾は来なむ」
と　言ひければ妹がいへらく、
「常世辺《とこよへ》に復《ま》たかへり来て　今のごと相《あ》はむとならば　此の篋《くしげ》開くなゆめ」
と　そこらくに堅めし事を――
墨吉に還《かへ》り来りて　家見れど宅《いへ》も見かねて　里見れど里も見かねて　恠《あや》しみとそこに念はく、
「家ゆ出でて三歳《みとせ》の間に　垣も無く家うせめや」
と
「此の筥《はこ》を開きて見てば　本のごと家はあらむ」
と　玉くしげ少しひらくに、白雲の箱より出でて　常世辺に棚引きぬれば、
立ち走り叫び袖振り　こいまろび足ずりしつつ　頓《たちま》ちに情消《こころけ》失《う》せぬ。若かりし皮《はだ》も皺《しわ》みぬ。黒かりし髪も白けぬ。ゆなゆなは氣《いき》さへ絶えて　後遂に寿《いのち》死にける……
水江の浦の嶋子が　家どころ見ゆ　（万⑨一七四〇）

　反歌
常世辺《とこよへ》に住むべき物を剣刀己《つるぎたちな》が行《こころ》からおそや是の君　（一七四一）

と、浦島子が持たされていた櫛笥を開けてしまってたちまち年老いたと詠まれ、また海神の宮に留まっていたならば

永遠に生きただろうにと詠まれているのとも関わることで、生きとし生けるものの若さは海中の他界に集められていると信じられたことが、これらの例からは窺われよう。先掲三二七歌で僧通観が、いくら海に放ったところで干し鮑はさすがに蘇らないと詠んだのも、海の神が生命力や若さを司っていると考えられたことを背景とすれば、まるで突拍子もないことでもなかったのである。

また海神は玉を持つと詠まれることが多い。瀬間正之[*6]によれば、これは類書『経律異相』を通じて仏典に学んだ表現で、龍王は海底に宝珠を持って住んでおり、雨を降らせる能力があると記されていることに由来するという。家持が国司として雨を乞う際の歌で、

天平感寳元年閏五月六日以来起小旱百姓田畝稍有彫色也　至于六月朔日忽見雨雲之氣仍作雲歌一首短歌一絶
〔天平感宝元年閏五月六日より以来、小旱を起こし、百姓の田畝稍くに凋む色有り。六月朔日に至りて忽ちに雨雲の気を見る。よりて作る雲の歌一首短歌一絶〕

すめろきのしきますくにの　あめのした四方《よも》のみちには　うまのつめいつくすきはみ　ふなのへのいはつるまでに　いにしへよいまのをつつに　万調《よろづつき》まつるつかさと　つくりたるそのなりはひを　あめふらず日のかさなれば　うゑし田もまきしはたけも　あさごとにしぼみかれゆく　そを見ればこころをいたみ　みどり児のちこふがごとく　あまつみづあふぎてそまつ　あしひきのやまのたをりに　この見ゆるあまのしらくも　わたつみのおきつみやへに　たちわたりとのぐもりあひて　あめもたまはね　（万⑱四一二二）

反歌一首

このみゆるくもほびこりてとのぐもりあめもふらぬかこころだらひに

右二首六月一日晩頭守大伴家持作之〔右の二首、六月一日の晩頭に守大伴家持作る。〕　（四一二三）

と、海神に祈っていることはこれと関わっているだろう。記紀の所伝でワタツミ三神は阿曇連らの祖神と記されており、以上から総合すると、万葉びとの抱いた海に対する思想のありかたは、阿曇氏ら氏族の将来した伝承の上に、類書などの渡来の観念が重ねられて成立したものだと推察される。

注

(1) 阿蘇瑞枝「熱田津の歌の周辺」(『論集上代文学』第十二冊、笠間書院、一九八二年)など。

(2) 座談会「月・潮・風——『万葉集』巻第一、八番——」(『文学』五六巻六号、一九八八年六月)における益田勝実の発言など

(3) 平舘英子「額田王論」(『セミナー万葉の歌人と作品』第一巻、和泉書院、一九九九年)

(4) 伊藤博「御言持ち歌人」(古代和歌史研究三『萬葉集の歌人と作品 上』塙書房、一九七五年)

(5) 木下正俊「『雨が降る』という言い方」(『萬葉集語法の研究』塙書房、一九七二年)

(6) 瀬間正之「『海宮訪問』と『経律異相』」(『記紀の文字表現と漢訳仏典』おうふう、一九九四年)

『竹取物語』「龍の首の珠」

大井田　晴彦

はじめに――龍と珠の話型

熱心に求婚する五人の貴公子に、かぐや姫は「ゆかしき物」を所望した。いずれも、話には聞いていても誰も見たことのない品々であり、その獲得には大きな苦難が予想される。この難題に見事に応じた者が、その武勇と英知、そして「心ざし」の深さを認められ、姫との結婚を許されることになる。第四の求婚者、大伴御行の大納言が求められたのは、「龍の首に五色に光る珠」であった。

この「龍の首の珠」の典拠について、諸註釈は『荘子《そうじ》』「列禦寇《れつぎょこう》」の「夫れ千金の珠は、必ず九重の淵の、而も驪《り》龍《りょう》の頷下に在り」を指摘する。宋王から多くの車を賜わり得意がっている男に、荘子が次のような譬話をした。「貧家の息子が淵に潜って千金の珠を得ました。父親は、たまたま龍が眠っていたから得られたのだ、もし龍が目を覚ましていたら、お前など跡形もなく食い殺されていたであろう、そんな珠などさっさと砕いてしまえ、と戒めました。あなたが車を賜ったのも宋王が眠っている時だったからです。王が目を覚ましたら、どうなることやら。」ちなみに龍といえば「逆鱗」も有名だが、これは『韓非子《かんぴし》』「説難」の故事による。

恐ろしく獰猛な龍から珠を奪い取ることは、まさに命を賭すものといえよう。五つの品々はいずれも得がたいものではあるけれども、最も危険な難題を、大伴の大納言は課せられたのであった。大伴御行の挿話は、いわゆる龍退治の話型を踏襲している。すなわち、荒ぶる龍を退治して人々を救い、かつ美しい姫君を娶るという類型であり、ギリシア神話のペルセウス、『古事記』のスサノヲなどが想起される。高天の原を追放されたスサノヲは、獰猛なヤマタノヲロチを酒に酔わせ、斬り捨てた。かくしてスサノヲはクシナダヒメと草薙《くさなぎ》の剣を得ることとなった。なお、美姫を得たわけではないものの、仁徳紀（六十七年）には、吉備国の川島河で人々を苦しめていた大虬を退治した笠県守の話も見える。

また、龍と珠の結びつきは多くの神話や説話に語られる。記紀の山幸彦（ホヲリノミコト）は、龍宮を訪ね、その名も宝珠を意味するトヨタマヒメと結婚し、塩盈珠《しほみつたま》と塩乾珠《しほふるたま》を授かった。『今昔物語集』巻十第三十八は、赤龍に敗れた青龍を救った猟師が宝珠を譲り受けるという報恩譚である。「諸の財、心に任せて出で来て乏しき事無し。然れば、家豊に成りて、財宝に飽き満ちぬ」と、宝珠はこの善良な猟師に大きな富をもたらした。同じく『今昔』巻十六第十五では、蛇（竜王の娘）を救った信心深い男が龍宮に招かれ、やはり「如意の珠」を得て富み栄えている。これらの例のように、はたして大納言も宝珠を得て、かぐや姫と莫大な富を掌中に出来るのだろうか。

一　大納言の人物造型

大納言は、多くの一族郎党を呼び集め、次のように命じている。もとより大納言みずから珠を捜し求めて行くわけではない。

大伴の御行の大納言は、我が家にありとある人を集めてのたまはく、「龍の首に五色の光ある珠あなり。それを取りて奉りたらむ人には、願はむ事を叶へむ」とのたまふ。をのこども、仰せの言を承りて申さく、「仰せの言は、いとも尊し。ただし、この珠、たはやすくえ取らじを、いはむや、龍の首の珠はいかが取らむ」と申しあへり。大納言のたまふ、「君の使ひと言はむ者は、命を捨てても、おのが君の仰せ言をば叶へむ、とこそ思ふべけれ。この国になき天竺、唐土の物にもあらず、この国の海山より龍は降り昇るものなり。いかに思ひてか、汝ら、難き物と申すべき。」をのこども申すやう、「さらば、いかがはせむ。難き物なりとも、仰せ言に従ひて求めにまからむ」と申すに、大納言、見笑ひて、「汝らが君の使ひと名を流しつ。君の仰せ言をば、いかがは背くべき」とのたまひて、龍の首の珠取りにとて出だし立て給ふ。この人々の道の糧、食ひ物に殿の内の絹、綿、銭など、ある限り取り出だして、遣はす。「この人々ども、帰るまで、潔斎をして我はをらむ。この珠取り得では、家に帰り来な」とのたまはせたり。おのおの、仰せ承りてまかりぬ。

（大井田晴彦『竹取物語　現代語訳対照・索引付』四八～四九頁　以下、引用は同書による）

求婚者たちが、壬申の乱で大海人皇子（のちの天武）に従って軍功のあった五人をモデルとしていることは、つとに加納諸平『竹取物語考』の解くところである。実在の大伴御行は戦陣で活躍し、「大君は神にしませば赤駒《あかこま》の腹ばふ田《た》居《ゐ》を都となしつ」（万葉集・巻一九・四二六〇）の讃歌も残している。周知のように、大伴氏は古くから軍事をもって朝廷に仕えてきた名門であった。右の大納言の言葉に「君の使ひ」「君の仰せ言」と繰り返されているのが注意されよう。臣下たるもの、命を擲ってでも主人の言葉に従わねばならぬ、と君臣主従の道を強要するのである。このあたり、大伴家持の「陸奥国に金を出だす詔書を賀《ほ》ける歌」の「大君の　辺にこそ死なめ　顧みは　せじと言立て　ますらをの清きその名を　古よ　今の現《をつつ》に　流さへる　祖《おや》の子どもぞ　大伴と　佐伯の氏は　人の祖の　立つる言立て　人の

子は　祖の名絶たず　大君に　まつろふものと　言ひ継げる　言《こと》の官ぞ」（万葉集・巻一八・四〇九四）といったくだりを想起させるものがある。「この国になき天竺、唐土の物にもあらず、この国の海山より龍は降り昇るものなり」との大納言の言葉については、「即位の間、乾《いぬゐ》の角の山中より黄龍天に騰《のぼ》る」（扶桑略記・寛平元年十月一日）がしばしば引かれるが、「空中に龍に乗れる者有り。貌《かたち》、唐人に似れり。青き油笠を着て、葛城嶺より馳せて胆駒《いこま》山に隠れぬ」（日本書紀・斉明元年五月）のような例もある。ともあれ、龍退治にふさわしい、猛々しい武人として大伴御行が選ばれたのは確実である。

「『龍の首の珠取り得ずは、帰り来な』とのたまへば」、「いづちもいづちも足の向きたらむ方へ去なむず」、「かかる好き事をし給ふこと」と誇りあへり。給はせたる物、おのおの分けつつ取る。あるは、おのが家に籠もりゐ、あるは、おのが行かまほしき所へ去ぬ。「親、君と申すとも、かくつきなきことを仰せ給ふこと」と、こと行かぬ物ゆゑ、大納言を誇りあひたり。「かぐや姫据ゑむには、例やうには見にくし」とのたまひて、うるはしき屋を造り給ひて、漆を塗り、蒔絵して、壁し給ひて、屋の上には糸を染めて、色々葺かせて、内々のしつらひには、言ふべくもあらぬ綾織物に絵を描きて、間ごと張りたり。もとの妻どもは、かぐや姫を必ず婚はむ設けして、一人明かし暮らし給ふ。（四九～五〇頁）

嵐におびえる大納言

大納言が信頼しているほど、主従の絆は強固ではない。面従腹背、主人の理不尽ぶりにあきれ果てた家臣たちは、誰一人

として珠を求めに出かけようとしない。一方、御行は、珠が手に入るのを心待ちにして、邸を飾り立て、北の方を離縁までして、かぐや姫を迎える準備に余念がない。右の場面は、次の段末に照応している。

遣はししをのこども、参りて申すやう、「龍の首の珠をえ取らざりしかばなむ、殿へもえ参らざりし。珠の取り難かりし事を知り給へればなむ、勘当あらじとて、参りつる」と申す。大納言、起きゐてのたまはく、「汝ら、よく持て来ずなりぬ。龍は鳴る神の類にこそありけれ。それが珠を取らむとて、そこらの人々の害せられむとしけり。まして、龍を捕らへたらましかば、また、こともなく我は害せられなまし。よく捕らへずなりにけり。かぐや姫てふ大盗人の奴が、人を殺さむとするなりけり。家の辺りだに今は通らじ。をのこどももな歩きそ」とて、家に少し残りたる物どもは、龍の珠を取らぬ者どもに給びつ。これを聞きて、離れ給ひしもとの上は、かたはらいたく笑ひ給ふ。糸を葺かせ造りし屋は、鳶、烏の巣に皆くひもて去にけり。（五三〜五四頁）

何も手柄のなかった家臣たちが、むしろそれゆえに褒賞され、禄を得たというのだから滑稽である。離縁された北の方も、ただ失笑するばかりである。実在の大伴御行は、三田首五瀬なる人物に騙され、彼を冶金のため対馬に派遣するという失態があったという（続日本紀・大宝元年八月）が、家臣を疑うことなく見事に裏切られる、大納言の単純な性格に通ずるものがある。また、実在の御行の妻は、その貞節によって、丹比嶋《たぢひのしま》（石作の皇子のモデルに比定される）の妻とともに五十戸を賜った（同・和銅五年九月）。物語の作者はかかる記事を反転させて引用している。武門の頭領の人徳のなさ、愚かさのみならず、古い氏族的紐帯に今もなお固執している頑迷さ、融通のなさが、何よりも笑いの対象となっているのである。大納言の造型でもう一つ注意すべきは、彼が一切歌を詠んでいない点である。大伴氏が軍事だけでなく和歌の名門であったことは言うまでもない。大納言にあえて歌を詠ませないことで、風流とは無縁な、彼の武張った性格をいっそう誇張し、貶めているのである。

なお、ここで大納言が「龍は鳴る神の類にこそありけれ」と言っている。龍や蛇が雷神・水神・海神であることは多くの事例が示す通りであり、喋々するには及ぶまいが、ここで留意しておきたいのは『今昔物語集』所収の竹取説話（巻三十一「竹取翁、女児を見付けて養ふ話　第三十三）との関連である。『今昔』説話では求婚者は三人で、難題は「空に鳴る雷」「優曇華《うどんげ》といふ花」「打たぬに鳴る鼓」というものであった。後代に編纂された『今昔』説話のほうがむしろ『竹取物語』より素朴な古態を示しており、「空に鳴る雷」が「龍の首の珠」へ転じたと想像されるのである。

二　海の嵐

派遣した家来たちは、梨の礫である。しびれを切らした大納言は二人の舎人を連れ、難波に出かけ、みずから船に乗り込む。

「我が弓の力は、龍あらば、ふと射殺して、首の珠は取りてむ。遅く来る奴ばらを待たじ」とのたまひて、船に乗りて海ごとに歩き給ふに、いと遠くて、筑紫の方の海に漕ぎ出で給ひぬ。いかがしけむ、速き風吹き、世界暗がりて、船を吹きもて歩く。いづれの方とも知らず、船を海中にまかり入れぬべく吹き廻して、波は、船に打ちかけつつ巻き入り、神は、落ち懸かるやうに閃《ひらめ》き懸かるに、大納言は、惑ひて、「まだかかるわびしき目見ず。いかならむとするぞ」とのたまふ。舵取り答へて申す、「ここら船に乗りてまかり歩くに、まだかかるわびしき目を見ず。御船海の底に入らずは、神落ち懸かりぬべし。もし幸ひに神の助けあらば、南海に吹かれおはしぬべし。うたてある主の御許に仕うまつりて、すずろなる死にをすべかめるかな」と舵取り泣く。大納言、これを聞きてのたまはく、「船に乗りては、舵取りの申すことをこそ、高き山と頼め、などかく頼もしげなく申すぞ」と、青反吐《あをへど》をつきてのたまふ。舵取り答へて申す、「神ならねば、何わざをか仕うまつらむ。風吹き波激しけれども、神さへ頂きに落ち懸かるやうなるは、龍を殺さむと求め給ひ候へば、あるなり。疾風《はやて》も龍の吹かするなり。はや、神に祈り給へ」と言ふ。「よき事なり」とて、「舵取りの御神、聞こし召せ。おとなく心をさなく、龍を殺さむと思ひけり。今より後は、毛一筋をだに動かし奉らじ」と寿詞《よごと》をはなちて、立ち居、泣く泣く呼ばひ給ふこと千度ばかり申し給ふけにやあらむ、やうやう神鳴り止みぬ。少し光りて、風はなほ速く吹く。舵取りの言はく、「これは龍のしわざにこそありけれ。この吹く風はよき方の風なり。あしき方の風にはあらず。よき方に赴きて、吹くなり」と言へども、大納言は、これを聞き入れ給はず。

（五〇～五二頁）

この段の圧巻ともいうべき場面である。雷鳴が轟き、暴風が吹き狂い、今にも荒海が船を呑み込もうとする、迫真の描写となっている。大納言と舵取りの緊迫した会話も臨場感に富む。かかる場面を描くにあたって、作者は、遣唐使などの海難記事を参考にしたとおぼしい。「（承和）六年夏本朝に帰る。路狂飈《きやうへう》に遭ひ、南海に漂落す。風浪緊急にして、舶艫を鼓《う》つ。俄に雷電霹靂し、梔子《きし》擢《くだ》け破れ、天昼なほ黒暗にして、路は東西を失ふ。須臾《しばらく》して寄り着く、何れの島なるかを知らず」（文徳実録・仁寿三年六月二日）とは菅原梶成の漂流の記事であり、後の『うつほ物語』の俊蔭漂流譚の源泉の一つとも指摘される。漢学者と想像される作者の周辺には、かかる悲話が数多く伝えられていたであろう。自身の家にもかかわる、そのような深刻な話題をも物語に取り込み、笑いへと転じてしまう作者のしたたかさ、戯作精神を感ぜずにはいられまい。

嵐に見舞われ、生命の危機に瀕することで、次第に大納言の本性が明らかになる。これまでの尊大な猛々しさも、実は臆病さを包み隠す虚勢に過ぎなかったのである。「君の仰せ言」を絶対視する彼が、荒れる海上では舵取りの言葉を「高き山」として取り組るのも滑稽である。

三四日吹きて吹き返し寄せたり。浜を見れば、播磨《はりま》の明石の浜なりけり。大納言、南海の浜に吹き寄せられたるにやあらむと思ひて、息つき臥し給へり。船にあるをのこども、国に告げたれども、国の司まうでとぶらふにも、え起き上がり給はで船底に臥し給へり。松原に御筵《むしろ》敷きて降ろし奉る。その時にぞ、南海にあらざりけりと思ひて、からうして起き上がり給へるを見れば、風邪いと重き人にて、腹いと膨《ふく》れ、こなたかなたの眼には李《すもも》を二つつけたるやうなり。これを見奉りてぞ国の司もほほ笑みたる。

（五二〜五三頁）

熱心な誓願が龍神に受け入れられたのか、船は海岸に漂着し、大納言は一命を取り留めた。南海かと思いきや、明石の浜に打ち寄せられたというのだから、スケールの小さい話である。普段は勇ましく振る舞っていても、実は小心で臆病な彼の人物に対応するかのようである。生命に別状はないものの、風邪を煩い（暴風に吹かれて「風邪」をひいた、という洒落であろう）、両目が李のように腫れてしまった。龍の珠ならぬ、二つの李を得てしまった、というのが落ちで、「食べがた」「堪へがた」の語源譚となっている。

明石の浜と嵐といえば、『源氏物語』の次のような場面が直ちに想起されよう。

にはかに風吹き出でて、空もかきくれぬ。御祓もしはてず、立ち騒ぎたり。肘笠雨《ひぢかさあめ》とか降りきて、いとあわたたしければ、みな帰りたまはむとするに、笠も取りあへず。さる心もなきに、よろづ吹き散らし、またなき風なり。波いといかめしう立ちきて、人々の足をそらなり。海の面は、衾《ふすま》を張りたらむやうに光り満ちて、雷鳴りひらめく。落ちかかる心地して、からうじてたどりきて、「かかる目は見ずもあるかな」「風などは、吹くも気色づきてこそあれ。あさましうめづらかなり。」とまどふに、なほやまず鳴りみちて、雨の脚、当たる所とほりぬべくはらめき落つ。かくて世は尽きぬるにやと心細く思ひまどふに、君はのどやかに経うち誦じておはす。暮れぬれば、雷少し鳴りやみて、風ぞ夜も吹く。（中略）おどろきて、さは海の中の龍王の、いといたうものめでするものにて、見入れたるなりけりと思すに、いとものむつかしう、この住まひたへがたく思しなりぬ。

（新編日本古典文学全集②須磨・二一七～二一九頁）

いろいろの幣帛《みてぐら》捧げさせたまひて、「住吉の神、近き境を鎮め護りたまふ。まことに迹を垂れたまふ神ならば助けたまへ」と、多くの大願を立てたまふ。（中略）また海の中の龍王、よろづの神たちに願を立てさせたまふに、いよいよ鳴りとどろきて、おはしますに続きたる廊に落ちかかりぬ。（中略）やうやう風なほり、雨の脚しめり、星の光も見ゆるに

（同②明石・二二六～二二七頁）

これらの場面が『竹取』を踏まえていることは明らかであろう。もちろん、源氏は大伴の大納言のように怖じ気づいたりせず、毅然と運命に立ち向かう。滑稽さもみじんもない。むしろ『源氏』を『竹取』が引用し、パロディとしているような錯覚をさえ起こさせる。物語史における、かかる倒錯、逆転現象を生じせしめるような要素が『竹取』の本質にある。

なお、『史記』秦始皇本紀も、「龍の首の珠」の重要な典拠としてあるらしい。

方士徐市《じょふつ》等、海に入りて神薬を求め、数歳なれども得ず。費多し。譴《せ》められむことを恐れ乃ち詐りて曰く、蓬莱の薬、得可し。然れども常に大鮫魚《だいかうぎょ》に苦しめらる。故に至ることを得ざりき。願はくは善く射るものを請ひて與に倶にせむ。見《あら》はれなば、則ち連弩《れんど》を以て之を射む、と。（中略）乃ち海に入る者をして巨魚を捕ふる具を齎《もたら》さしめ、而して自ら連弩を以て大魚の出づるを候《うかが》ひ之を射むとす。（中略）射て一魚を殺す。遂に海に竝《そ》ひて西のかた平原津に至りて病む。

（新釈漢文大系　史記　一）

蓬莱に派遣された徐市は、大鮫魚に妨げられて仙薬を得られずにいると偽る。自ら出陣した皇帝は巨漁を射止めたも

のの、罹病し、まもなく崩御してしまう。龍の首の玉を取りに命じられた家臣たちと徐市、自ら出向いて龍に立ち向かい、大病を患う大納言と始皇帝とがそれぞれ対応しているのである。

三 『竹取物語』と海

『竹取物語』における海の描写はこれにとどまらない。難題の品々に見られるように、この物語には海彼の世界への強い憧れがうかがえる。

　さをととしの二月の十日ごろに、難波より船に乗りて、海の中に出でて、行かむ方も知らずおぼえしかど、思ふ事ならで、世の中に生きて何かせむと思ひしかば、ただ空しき風にまかせて歩く。命死なば、いかがはせむ。生きてあらむ限り、かく歩きて蓬莱といふらむ山に逢ふやと、海に漕ぎ漂ひ歩きて、我が国の内を離れて歩きまかりしに、ある時は、波荒れつつ海の底にも入りぬべく、ある時には、風につけて知らぬ国に吹き寄せられて、鬼のやうなる物出で来て殺さむとしき。ある時には、来し方行く末も知らず、海にまぎれむとしき。ある時には、糧尽きて草の根を食ひ物とし、ある時は、言はむ方なくむくつけげなる物の来て食ひかからむとしき。ある時は、海の貝を採りて命を継ぐ。旅の空に、助け給ふべき人もなき所に、色々の病をして行く方そらもおぼえず。船の行くにまかせて海に漂ひて、五百日といふ、辰の刻ばかりに、海の中にはつかに山見ゆ。船のうちをなむせめて見る。海の上に漂へる山、いと大きにてあり。その山のさま、高くうるはし。これや我が求むる山ならむと思ひて、さすがに恐ろしくおぼえて、山のめぐりをさしめぐらして二三日ばかり見歩くに、天人の装ひしたる女、山の中より出で来て、白銀の金椀《かなまり》を持ちて水を汲み歩く。これを見て、船より下りて、「この山の名を何とか申す」

と問ふ。女、答へて言ふ、「これは蓬莱の山なり」と答ふ。これを聞くに、嬉しき事限りなし。（二八～二九頁）

「蓬莱の玉の枝」の段の、大きな比重を占める車持の皇子の偽りの漂流譚である。「心たばかりある人」と称されるだけに、憎らしいほどに周到な騙りとなっている。「さをとしの二月の十日ごろ」「五百日」などと具体的な日数を示して現実味を与え、「ある時には～殺さむとしき」「ある時には～まぎれむとしき」と、数多くの苦難を、過去の助動詞「き」によってあたかも自分が直接体験したように語る。蓬莱に至ってからの語りは現在形を用いることで、臨場感のあるものとなっている。次第に蓬莱へと近づいてゆく、遠近感のある文体も見事である。『列子』「湯問篇」、『史記』「封禅書」、白楽天「海漫漫」などがこの叙述の背景にあるが、文体的には「是に於て舟人漁子、南に徂《ゆ》き東に極《いた》る。或ときは黿鼉《げんた》の穴に屑没し、或ときは岑嶅《しんがう》の峯に挂罥《けいけん》す。或ときは裸人の国に掣掣洩洩し、或ときは黒歯の邦に汎汎悠悠す。或ときは乃ち萍《うきくさ》のごとく流れて浮転し、或ときは帰風に因りて以て自づから反る」（文選・巻一二・海賦）といった表現の影響が顕著である。

「龍の首の珠」の段は、龍退治や龍宮訪問譚の話型の変奏、パロディといった趣があるのだが、山幸彦の龍宮訪問譚の影響は、『竹取物語』全体を通じて極めて濃厚である。右の、車持の皇子と仙女の出逢いは、「井上に一の湯津《ゆつ》杜《かつら》樹《のき》有り。枝葉扶疏《しきも》し。時に彦火火出見尊、其の樹下に就き、徙倚彷徨《よろほひたたず》みたまふ。良久しくして一の美人有りて、闥《わきのみかど》を排《おしひら》きて出づ。遂に玉鋺を以ちて来り水を汲まむとす」（神代紀下）という場面を彷彿させる。また、「燕の子安貝」の段では、石上の中納言に、荒籠に入って天井まで吊り上げられるよう、翁くらつまろが助言をする。これは山幸彦が塩土老翁《しほつちのをぢ》に助けられ、目無籠《まなしかたま》に入って龍宮へと赴いた話のパロディである。『竹取』が龍宮訪問譚に執着するのは、これが王権の由来を語る重要な神話だからである。もちろん、『竹取』の求婚者たちは誰一人として、龍宮に行けるはずもなく、トヨタマヒメ＝かぐや姫との結婚もかなわない。『竹取』は、神話をしたたかに物語への次元へと転換し、なし崩しにしてしまった。

むすび

見てきたように、「龍の首の珠」の段は、神話的な枠組み、王権的な発想を踏まえながら、それを大きく反転させてゆく物語となっている。もちろんこれは『竹取物語』という作品を一貫する特徴であるけれども、この段においてはかかる傾向がいっそう顕著である。当然のことながら大納言は龍の珠も、かぐや姫をも得ることはできない。スサノヲや山幸彦のような神や英雄にはなり得ないのである。古代名門の長として、多くの郎党を従え、その武勇を誇る大納言が、次第にその小心さ、臆病者ぶりを暴き立てられてゆくのは痛快だが、それには荒れ狂う海の描写が大きく与っていよう。多くの漢籍に学んだとおぼしい、この段の荒海の描写の見事さを強調しておきたい。

ところで、あの激しい雷雨は、大納言の言うように、本当に龍のしわざだったのだろうか。答えは否である。周知のように、天人女房譚（白鳥処女説話）と難題求婚譚という異質な物語が結びつくことで『竹取物語』は成立した。前者が浪漫的な雰囲気を湛えた伝奇的色彩の強い物語であるのに対し、後者は、貴族生活の現実を活写した物語といえる。求婚譚を貫くのは、徹底したリアリズムの精神であり、ここでは非現実的・非日常的な要素は、ことごとく排除される。求婚譚においては、かぐや姫は何の超能力も持たない、無力な姫君に過ぎない。五つの品々も、空想の産物であり、蓬萊も車持の皇子のそらごとの中にしか存在しない。龍もまた、嵐を恐れる大納言の怯懦の心が生んだ幻影だったのである。

参考文献

・南方熊楠『十二支考』「田原藤太竜宮入りの譚」（『南方熊楠全集』第一巻　平凡社、一九七〇年、初出は一九一六年）
・網谷厚子『平安朝文学の構造と解釈』（教育出版センター、一九九二年）
・大井田晴彦「五人の求婚者たちと難題」（曽根誠一・上原作和・久下裕利編『竹取物語の新世界』武蔵野書院、二〇一五年）

『土佐日記』の海

鈴木　宏子

一　『土佐日記』の船旅

『土佐日記』は、土佐国の国司であった紀貫之《きのつらゆき》が、任期を終えて上京する際の船旅を、仮名文によって書き綴った日記である。「男もすなる日記といふものを、女もしてみむとてするなり」という有名な書き出しのとおり、日記の「書き手」は同船する「ある女性」に仮託されており、綴られる内容も、事実と虚構がないまぜになっていると考えられている。たとえば日記の中には土佐で亡くした女児を悼む思いがくり返し記されるが、この女児は実在せず、喪失した大切な存在の象徴であると捉える説もある。『土佐日記』は掌編ではあるが、一筋縄では捉えられない、複雑な性格を持つ作品である。[*1] しかしながら、この作品の素材の一つに男性官人としての貫之が日々の出来事を記録した漢文日記があったことはまちがいなく、少なくとも旅程の大枠は事実を反映したものと見てよいであろう。

『土佐日記』の船旅は、おおよそ次のようなものである。起筆の日、つまり「書き手」たちが国司の官舎を出て「大津」（高知県高知市大津）の港に赴いたのは、承平《じょうへい》四年（九三四）十二月二十一日であった。送別会の後、同月二十七日に出航するが、二十九日から年明けの一月九日までの十日間は、悪天候などのために近隣の「大湊《おおみなと》」（物部川河口付近か）

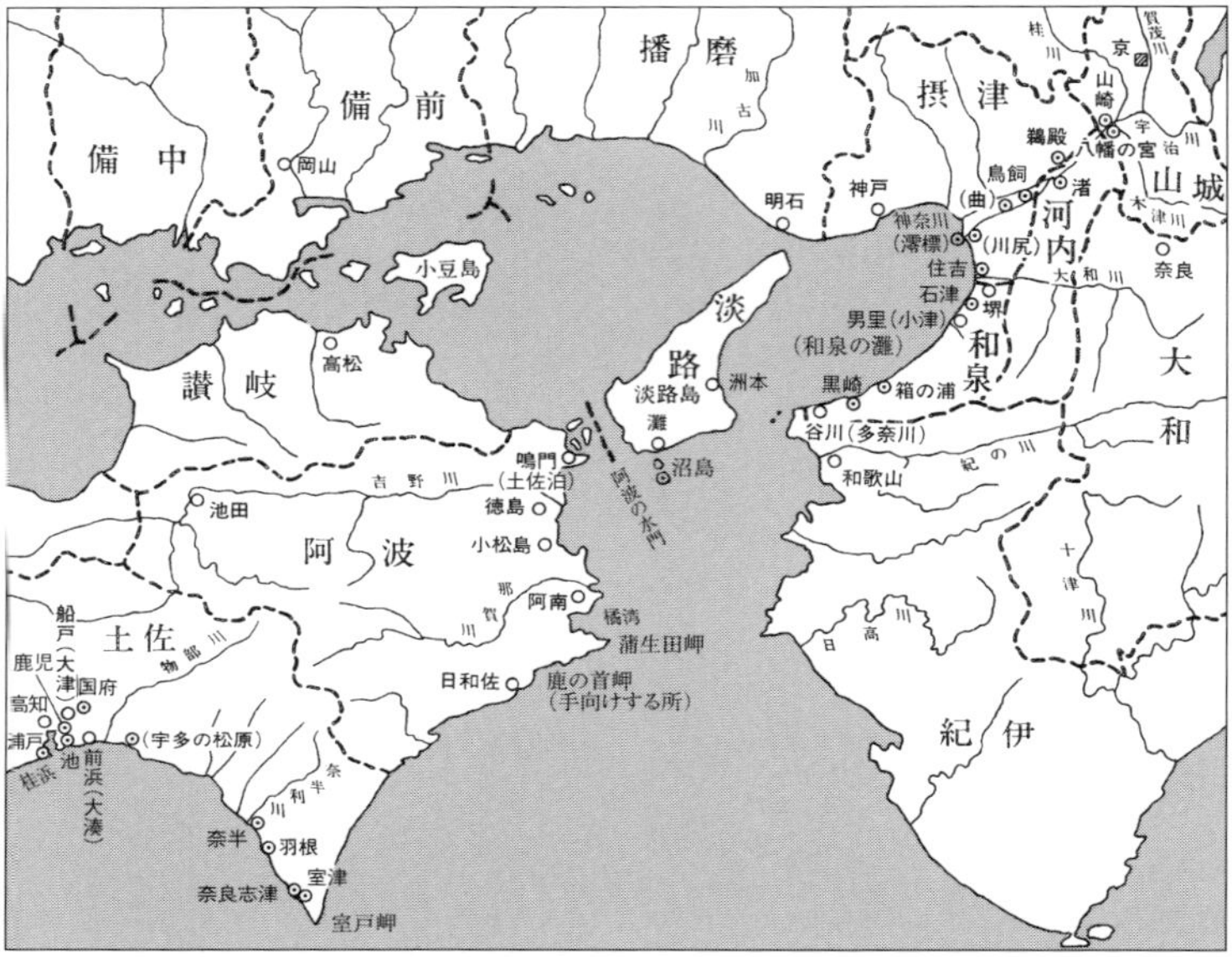

◉土佐日記に見る地名
○現在の市町村
（　）は土佐日記の地名の推定地

『新潮日本古典集成・土佐日記　貫之集』（新潮社　1988年より転載）

に足止めされている。再び出立して「奈半《なは》の泊」（高知県安芸郡奈半利町）を経て「室津《むろつ》」（高知県室戸市室津）へと移動するが、今度は室津において風雨に災いされ、十日間の停泊を余儀なくされる。一月二十一日に室津を出てからは、比較的順調に阿波国《あわ》（徳島県）沿岸を北上し、同月三十日には鳴門海峡、紀淡海峡を一息に渡りきって、無事和泉国（大阪府南部）に到達。さらに和泉国沿岸を漕ぎ進み、住吉神社《すみよしじんじゃ》沖合を通過して、二月六日には「河尻《かわじり》」（淀川の河口）にたどり着く。以降は岸から曳航《えいこう》されつつ川を遡上《そじょう》する旅となり、京の自邸に帰り着いたのは二月十六日の夜であった。旅の期間は五十五日間、このうち船が海上にあったのは十二月二十七日から二月五日までの三十九日間である。『延喜式《えんぎしき》』によれば、土佐国と都の船旅は二十五日と規定されており、『土佐日記』の旅は通常よりも日数を多く要したことになろうか。日記中には海賊襲来の噂に怯える記述もしばしば見られ、[*2]不安のともなう船旅であった。史実に照らしてみても、承平四年五月には海賊平定の諸社祈願も行なわれており、『土佐日記』の海が決して平穏ではなかったことが知られるのである。[*3]
都育ちの貫之にとって、海上の旅が新奇な体験であったことは想像に難くない。かつて延喜《えんぎ》五年（九〇五）に『古今和歌集』を編み、その生涯において屏風歌《びょうぶうた》を量産しつづけた歌人貫之は、老境に入って――貞観《じょうがん》十三年（八七一）生まれとする説に従えば数え年で六十四歳である――初めて体験した「海」を、どのように形象化したのだろうか。
そのような興味をもって『土佐日記』を眺めると、この作品の海の捉え方には、大きく二つの特徴があることが見えてくる。一つは〈見立て〉というレトリックを駆使すること、もう一つは海上に「月」を配することである。小稿では、この二つの点から『土佐日記』の海について考察したい。

二　美しい海――波を見立てる

『土佐日記』の船旅は、冬から仲春にかけてのものである。本来ならとりどりの花鳥に恵まれるはずの佳節であるが、海上には春らしい景物は見当たらない。眼前に広がるのは白い波濤ばかり。その波立つ海の姿は、多様な〈見立て〉によって捉えられている。

1雲もみな波とぞ見ゆる海女《あま》もがないづれか海と問ひて知るべく（一月十三日）
2霜だにも置かぬかたぞといふなれど波の中には雪ぞ降りける（一月十六日）
3磯ふりの寄する磯には年月をいつともわかぬ雪のみぞ降る（一月十八日）
4風による波の磯には鶯も春もえ知らぬ花のみぞ咲く（右に同じ）
5立つ波を雪か花かと吹く風ぞ寄せつつ人をはかるべらなる（右に同じ）

6わが髪の雪と磯辺の白波といづれまされり沖つ島守《しまもり》（一月二十一日）
7波とのみひとつに聞けど色見れば雪と花とにまがひけるかな（一月二十二日）
8祈り来る風間《かざま》と思《も》ふをあやなくもかもめさへだに波と見ゆらむ（二月五日）

確認すれば、〈見立て〉とは「視覚的な印象を中心とする知覚上の類似に基づいて、実在する事物Aを非実在の事物Bと見なす表現」であり、『古今集』を特徴づけるレトリックの一つである。〈見立て〉の主要なパターンには「雪と花の見立て」や「紅葉と錦の見立て」などがあるが、見立てることによって結びつけられる「A（＝雪・紅葉）」と「B（＝花・錦）」とが、実はかけ離れたものである点が重要である。〈見立て〉というレトリックの命は、種々の相違を捨象した上でたった一つの類似性を発見し、そのことによってイメージの飛躍を生み出すところに認められる。『古今集』歌人の中でも貫之は、〈見立て〉の歌に際立った手腕を発揮しており、ことに「花」を「空に知られぬ雪」（拾遺集・春・六四）と表現するような、捨象したはずの相違点に言及して〈見立て〉の不可思議さを浮き彫りにする歌を多く詠じてきた。貫之はまず、こうした技を活用して海を捉えようとする。*4

個々の例を見てみよう。1から5は荒天のため室津に停泊する日々に詠まれた歌である。1は、明け方の海を見やって「雲」と波とが渾然《こんぜん》一体となって見分けがたいさまを歌う。2は「誰か言ふ南国霜雪なしと」（白氏文集《はくしもんじゅう》・巻十六）という詩句を踏まえて、霜すらも置かないと言われる南国土佐であるけれど、波の中には「雪」が降っているではないかとする。3は、荒波（「磯ふり」）を「年月をいつともわかぬ雪」と捉える。雪は冬のものであるが、波の見立てである雪は時の区別もなく降るという、貫之一流の言い回しである。4では、波を「鶯も春もえ知らぬ花」つまり鶯も春も知ることのできない花と表現する。5は、3と4を受けて詠まれた歌で、立つ波を「雪か」（3歌）あるいは「花か」（4歌）と見まがうのは、風の謀略によるのであろうと推し量っている。旅の行く手をはばむ「波」は、

「雪」「花」「雲」といった、美的なものとしてかたどられている。

さらに6以降の例には、見立てを行なうのにふさわしい詠者の設定の工夫や、散文部分との協調関係が認められる。6は、老齢の「船君《ふなぎみ》」が海の恐ろしさに白髪になってしまったと嘆いたことを記し、つづいて「七十路《ななそぢ》、八十路《やそぢ》は、海にあるものなりけり」という諧謔的な言辞があるのを受けて登場する歌で、波を「頭の雪」つまり「白髪」に見立てている。7は、「今日、海荒《あら》げにて、磯に雪降り、波の花咲けり」という叙述に続いて、波を「花」と「雪」の双方に見立てた歌。8は、鷗《かもめ》が群れ飛ぶのを目にして「ある童《わらは》」が詠んだ歌である。〈波と鷗の見立て〉は和歌には珍しい、破格ともいえる表現で、幼い子供の言とするのにふさわしいのであろう。

このように『土佐日記』の中には、波にまつわる〈見立て〉の、考えられるほぼすべてのパターン――「雪」「花」「雲」「白髪」「鷗」――が出揃っており、その様相は〈波の見立て〉の見本帖のようでさえある。歌人貫之は、まずは『古今集』以来培ってきた表現・発想の型を駆使して、美しい海の形象化を試みている。

三　海の広がり――入る月／出づる月

天候に左右される船旅の記である『土佐日記』には、日々の空模様についての細かな記述が見られるが、夜半や明け方の空に浮かぶ月も、しばしば話題にされる。その中でも特に、「海に入る月」と「海より出づる月」に注目したい。[*5] この二つは、海の無辺際の広がりを捉えると同時に、『土佐日記』の中に時間と空間の広がりをもたらすものでもある。

まず「海に入る月」は、大湊に停泊中の一月八日に登場する。

八日。さはることありて、なほ同じところなり。今宵、月は海にぞ入る。これを見て、業平《なりひら》の君の、「山の端《は》逃げて入れずもあらなむ」といふ歌なむ思ほゆる。もし海辺にてよまましかば、「波立ちさへて入れずもあらなむ」ともよみてましや。今、この歌を思ひ出でて、ある人のよめりける、

てる月の流るるみれば天の川出づる港は海にざりける

とや。（二四頁）

八日の月が海に沈むのを見て、船中の人々は在原業平の「飽かなくにまだきも月の隠るるか山の端逃げて入れずもあらなむ」（古今集・雑《ぞう》上・八八四・在原業平＝伊勢物語・八十二段）という古歌を想起する。この歌を参照することによって、都であったら山の端に入るはずの月が、いま海の中に沈んでいくという光景の不思議さが確認され、あらためて感興が催されるのである。そして、その感興は「ある人」の「てる月の流るるみれば…」つまり「照る月が流れて海に入るのを見ると、天の川の河口も、地上の川と同じ海であったのだなあ」という機智的な歌に結実する。八日の記事はこうした構造を持っている。

「ある人」の歌に「天の川」が歌われることについて木村正中氏は、『伊勢物語』八十二段の世界において、業平たち一行がやがて「天の川」という場所に赴くことと連想関係があるかと指摘する。[*6] また『古今集』においては、業平の歌の二首前に「天の川雲の水脈《みを》にてはやければ光とどめず月ぞ流るる」（古今集・雑上・八八二・よみ人知らず）という、空を渡る月を詠んだ、当該歌と歌句の類似する歌が配列されているので、『土佐日記』の記述には、『古今集』内部の歌ことばの連関も影響を与えているかと思われる。いずれにしても「海に入る月」という人々にとって新鮮な光景は、先行する文学の表現・発想を呼び覚ますことを通して、初めてかたちをなすのであった。

「海より出づる月」は、室津に停泊中の一月二十日の記事に見られる。

二十日。昨日のやうなれば、船出ださず。……［中略］……二十日の夜《よ》の月出でにけり。山の端もなくて、海の中よりぞ出で来る。かうやうなるを見てや、昔、阿倍仲麻呂《あべのなかまろ》といひける人は、唐土《もろこし》にわたりて、帰り来ける時に、船に乗るべきところにて、かの国人、馬のはなむけし、別れ惜しみて、かしこの漢詩《からうた》作りなどしける。飽かずやありけむ、二十日の夜の月出づるまでぞありける。その月は、海よりぞ出でける。これを見てぞ仲麻呂のぬし、「わが国に、かかる歌をなむ、神代《かみよ》より神もよん給《た》び、今は上《かみ》、中《なか》、下《しも》の人も、かうやうに、別れ惜しみ、喜びもあり、悲しびもある時にはよむ」とて、よめりける歌、

あをうなばらふりさけみれば春日《かすが》なる三笠《みかさ》の山に出でし月かも

とぞよめりける。かの国人、聞き知るまじく、思ほえたれども、言《こと》の心を、男文字《をとこもじ》にさまを書き出だして、ここのことば伝へたる人にいひ知らせければ、心をや聞き得たりけむ、いと思ひのほかになむ賞《め》でける。唐土とこの国とは、言《こと》異なるものなれど、月のかげは同じことなるべければ、人の心も同じことにやあらむ。さて、今、そのかみを思ひやりて、ある人のよめる歌、

みやこにて山の端に見し月なれど波より出でて波にこそ入れ

（三三一―三五頁）

二十日の記事は、停泊中の船から海上の「月」を見る、その月から古歌と故事が想起される、そして古歌・故事を思いやりながら「ある人」が歌を詠む、という構造を持つ点では八日と共通するが、「古歌と故事」の部分が拡大し、多様な要素が盛り込まれている。[*7]ここでは特に、仲麻呂の「あをうなばら」の歌の、詠歌事情と歌句の異同に注目したい。

阿倍仲麻呂の歌は、初句「天の原」のかたちで『古今集』羇旅《きりょ》部の巻頭に置かれている。

天の原ふりさけ見れば春日なる三笠の山に出でし月かも

（古今集・羇旅・四〇六・阿倍仲麻呂）

『古今集』の詞書《ことばがき》は「唐土にて月を見てよみける」という簡素なものであり、また同集の左注には、仲麻呂が唐から

帰国する際に明州《めいしゅう》の海辺で催された送別の宴において、折から昇ってきた月を見て詠んだ歌であるとする伝えが記されるが、その月が「二十日の月」であり「海より出づる月」であるという、肝心な要素が欠落している。散逸した資料があった可能性もあるものの、『土佐日記』は二十日の記事に仲麻呂の故事をはめこむべく、詠歌事情に脚色を施したと見てよいのではないか。また初句の異同も、何らかの異伝に基づいたというよりも、諸注釈の指摘するように、意図的な改変ではないかと考えられる。というのも『古今集』の「天の原ふりさけ見れば」が万葉歌以来頻出する類型句であるのに対して、「あをうなばら」は用例の稀な、珍しい歌ことばなのである。

歌ことば「あをうなばら」の先行例として確認できるのは、次の二首である。

1青海原風波なびき行くさ来《く》さつつむことなく船は早けむ　（万葉集・巻二十・四五一四・大伴家持＝綺語抄《きごしょう》）

2あをうなばらいざなぎみればおほやしままませきとどものかそにぞありける
（延喜六年日本紀《にほんぎ》竟宴《きょうえん》和歌《わか》・藤原菅根《すがね》／伊弉諾尊《いざなぎのみこと》）

1は、天平宝字二年（七五八）に藤原仲麻呂の邸宅で行なわれた渤海《ぼっかい》大使の餞別の宴で、大伴家持が詠んだ歌（ただし披露されなかった）。「青海原」は音仮名で「阿乎宇奈波良《あをうなはら》」と表記される。早く契沖『万葉代匠記《まんようだいしょうき》』（精撰本）は、『日本書紀』に「滄海之原」という語句が見えること、「あをうなばら」が『和名抄《わみょうしょう》』において「滄溟」の訓とされる語であることを指摘しており、[*8] 近年の注釈では『岩波文庫　万葉集』が「初句の「青海原」は万葉集に唯一の例。懐風《かいふう》藻《そう》の新羅使《しらぎし》関係の詩に「滄波」「青海」などの詩語が見えるのと関係があるだろう」と述べていることが注目される。[*9]
2は、原文の表記は「阿遠宇那波羅」。イザナギ、イザナミの二神が「滄溟」をかきなして国生みをする神話を歌った詠史歌である。『土佐日記』の注釈史に目を転じると、岸本由豆流《きしもとゆづる》『土佐日記考証』（文化十二年〈一八一五〉成立）が、「あをうなばら」の頭注に、王維《おうい》が仲麻呂の送別の宴で詠じたという「積水極むべからず　安《いづく》んぞ知らん　滄海の東」

の詩句を引用し[10]、品川和子氏も、この歌ことばと詩語との関連を示唆している[11]。さらに中丸貴史氏は、日中の漢詩を精査することによって、「あをうなばら」が詩語を背景に持つであろうことを補強している[12]。これらのことから、歌ことば「あをうなばら」が始発において「滄海」「青海」「滄溟」などの詩語を背後に持つ表現であったこと、そして、その詩語は――歌ことばも――海のかなたの国々との間を行き来する文脈において多く用いられることが確認できよう。初句を「天の原」から「あをうなばら」へと改変することによって、仲麻呂の歌は、上空にある月ではなく「緲々《びょうびょう》たる海上の月」を的確に捉えたものとなった。そして、そのような仲麻呂の古歌・故事を描き込むことによって、『土佐日記』の中に遠い異国にまで続いていく広大な海のイメージがもたらされている。

一月二十日の記事は、「ある人」の詠じた「みやこにて山の端に見し月なれど波より出でて波にこそ入れ」――都では山の端にあるものとして見た月であるけれど、ここ海上では波の中から昇り波の中に沈んでいくことよ――という機智的な歌によって締め括られる。この歌は、仲麻呂の「……三笠の山に出でし月かも」という感慨に重なるものであると同時に、一月八日条に見られた業平の「……山の端逃げて入れずもあらなむ」をも連想させよう。『土佐日記』は一日単位の旅の記の集積という形状をもつが、八日と二十日とを併せ読むことで、「月が昇り、月が沈む」広々とした海が形象化される[13]。そして、そうした海の広がりは、業平や仲麻呂の故事とも結びついて、『土佐日記』の中に時間と空間の広がりを創出するのであった。

四　海の深さ――映る月

一月十七日、雲の晴れ間を得た一行は室津を出発し、明け方の「月」に照らされる海に漕《こ》ぎ出していく。

十七日。曇れる雲なくなりて、暁月夜《あかつきづくよ》、いともおもしろければ、船を出だして漕ぎ行く。このあひだに、雲の上も、海の底も、同じごとくになむありける。むべも、昔の男は、「棹《さを》は穿《うが》つ波の上の月を、舟は圧《おそ》ふ海の中《うち》の空を」とはいひけむ。聞き戯《ざ》れに聞けるなり。また、ある人のよめる歌、

A水底《みなそこ》の月の上より漕ぐ舟の棹にさはるは桂《かつら》なるらし

これを聞きて、ある人のまたよめる、

Bかげ見れば波の底なるひさかたの空漕ぎわたるわれぞわびしき

かくいふあひだに、夜やうやく明けゆくに、楫取《かぢとり》ら、「黒き雲にはかに出で来ぬ。風吹きぬべし。御船《みふね》返してむ」といひて船返る。このあひだに、雨降りぬ。いとわびし。　（三一―三二頁）

月光の下、海と空とが分かちがたい中を船は進んでいくが、その光景から想起されるのは、唐の詩人賈島《かとう》の「棹は穿つ波の上の月を、舟は圧ふ海の中の空を」という詩句であった。[*14] そして、船中の人が詠じた二首の歌のうち、A歌――水底にある月の上を通って、漕いで行く舟の棹にさわるのは、月に生えているという桂の木であるらしい――が「棹は穿つ波の上の月を」に、またB歌――海に映る月影を見ると、波の底にもはてしない空がある、その空を漕ぎ渡っていく私は、なんと寂しいことか――が「舟は圧ふ海の中の空を」に対応していることは、諸注釈の指摘するとおりである。「月」を見ることから、先行する文学作品が呼び覚まされ、それを踏まえつつ「ある人」が歌を詠むという構造は、前節で見た一月八日、二十日とも共通している。

「波の上の月」という詩句に明示されるとおり、この日の月は海面に映じているが、貫之が「水に映る影」を好む歌人であったことは、すでに広く知られている。[*15] 水に映る「月」の歌にかぎっても、次のような例が見られる。

1ふたつなきものと思ひしを水底に山の端ならで出づる月影

（古今集・雑上・八八一・紀貫之／池に月の見えけるを詠める）

2空にのみ見れども飽かぬ月影の水底にさへまたもあるかな

（貫之集・三一一／延喜の末よりこなた、延長七年よりあなた、内裏《うち》の仰せにて奉れる御屏風の歌）

3手にむすぶ水にやどれる月影のあるかなきかの世にこそありけれ

（貫之集・九〇二）

1は『古今集』歌。山の端ならぬ池の中にもう一つの月があるという発想は、前節で見た一月八日や二十日とも似通っていよう。2は延長七年（九二九）以前、つまり土佐赴任に先行する屏風歌で、空にあるだけでも見飽きない月が、もう一つ水の底にもあることだと歌う。3は貫之の辞世の歌で、自らの一生を、手に掬《すく》い取った小さな水に映っている月影のように、はかなくささやかなものであったと観じている。「水に映る影」が、貫之という歌人の終生のモチーフの一つであったことがうかがわれよう。『土佐日記』一月十七日の月も、まずはこうした作品群の中に位置づけることができる。

これらの歌と比べたとき、『土佐日記』を特徴づけているのは、「海に映る月」を要として世界全体が反転させられていること、つまり「月の映る海」が「空」に見立てられていることである。確認すれば〈海と空の見立て〉自体は、七夕伝説などとも結びついた発想で、早く万葉歌以来の用例が見られるものであった。たとえば次のような先行歌を挙げることができる。

4天《あめ》の海に雲の波立ち月の舟星の林に漕ぎ隠《かく》る見ゆ　（万葉集・巻七・一〇六八・人麻呂《ひとまろ》歌集歌《かしゅうか》）

5秋風に声をほにあげてくる舟は天《あま》の門《と》渡る雁《かり》にぞありける　（古今集・秋上・二一二・藤原菅根）

6桜花散りぬる風のなごりには水なき空に波ぞ立ちける　（古今集・春下・八九・紀貫之）

4は七夕歌の中の一首で、天空が海に、雲が波に、月が舟に、そして星が林に見立てられている。5は、空を渡る雁の鳴き声を舟の櫓《ろ》の音と聞きなすことから、空全体を海に置き換えた歌。6は貫之自身の歌で、風に吹かれて散っていった花を「水なき空に立つ波」と表現する。花を波に見立てることに伴って、天空が水面と見なされている。ただし、これらはみな空から海（あるいは水面）への見立てであり、『土佐日記』一月十七日のような、海から空へという逆方向の見立ては、和歌の世界ではきわめて稀なのであった。『土佐日記』は、賈島の詩句を跳躍台にして、遥かな海上の旅にふさわしい新しい表現の型を切り開いたといってよいであろう。[*16]

こうしたことを踏まえて、再度一月十七日条に向かい合ってみよう。薄明の大海原を小さな舟が漕ぎ進んでいく。舟の下には深々とした水の堆積があるはずだが、水面に映る月を見ると、茫漠と広がる「ひさかたの空」があるようにも感じられる。海に映る月は、〈海と空の見立て〉を誘い出し、底知れない海の深さをも描出する。そのような海とも空ともつかない洞々《とうとう》とした深みの上を進んでいく「われ」は、なんと頼りなく寂しい存在であろうか——「われぞわびしき」という詠嘆には、海原《うなばら》の小舟の孤独感が凝縮されているのであった。[*17]

五　海の文学史における『土佐日記』

『土佐日記』は海上の旅の日記であり、その背景にはまぎれもなく貫之の実体験があったはずである。しかし、そこに描かれた海は、先行する和歌や漢詩の表現・発想を踏まえたものであった。既成の文学を参照しないことには、『土佐日記』の海はかたちをなさないのである。けれども「海の文学史」という観点から見つめたとき、この作品の中に、もっとも初期の、もっとも印象的な海があることもまた、確かであろう。『土佐日記』以前に、白い波濤の美しさや、海の広がり、海の深さを、やまと言葉によって的確に描いてみせた作品はあっただろうか。老境の紀貫之は、生涯をかけて練り上げて来た古今的表現によって未知の海に向かい合い、和語による新しい海を切り開いたのであった。

○『土佐日記』の引用は『新編日本古典文学全集』（小学館）によるが、一月二十日の「青海原」を「あをうなばら」と仮名に開いた。『万葉集』の引用と歌番号は佐竹昭広氏他校注『岩波文庫』による。その他の歌集は『新編国歌大観』（角川書店）によるが、読みやすさを考えて表記を変えた部分がある。

注

（1）『土佐日記』には、それぞれの研究者の立場や作品観を反映した、個性的な注釈書が揃っている。たとえばa萩谷朴氏『土佐日記全評釈』（角川書店、一九六七年）、b品川和子氏『土佐日記全訳注』（講談社学術文庫、一九八三年）、c木村正中氏『新潮日本古典集成　土佐日記　貫之集』（新潮社、一九八八年）、d長谷川政春氏『新日本古典文学大系　土佐日記』（岩波書店、一九八九年）、e菊地靖彦氏『新編日本古典文学全集　土佐日記』（小学館、一九九五年）、f東原伸明氏・ローレン＝ウォーラー氏『新編土左日記』（おうふう、二〇一三年）などがある。

（2）海賊襲来への恐怖は、一月二十一日に室津を出てから同三十日に和泉国沿岸にたどり着くまでの十日間の記述に集中する。この間は寄港する地名もほとんど記されない、異郷の旅である。

（3）日本史の研究成果を盛り込んだ最近の書に、木村茂光氏編『歴史から読む『土佐日記』』（東京堂出版、二〇一〇年）があり、有益である。

（4）〈見立て〉の諸相や貫之の歌の特色については、鈴木宏子『古今和歌集表現論』（笠間書院、二〇〇〇年）、『王朝和歌の想像力　古今集と源氏物語』（笠間書院、二〇一二年）、渡部泰明氏編『和歌のルール』（笠間書院、二〇一四年）を参照されたい。

（5）竹村義一氏『土佐日記の地理的研究　土佐国篇』（笠間書院、一九七七年）は、地理的条件からみて「大湊」の月は「物部河口から西北西七㎞の鉢伏山の稜線に沈み」（八四頁）、また「室津」において月が「直接海上から出ることは絶対にない」（一七五頁）と述べる。「海に入る月」「海より出づる月」という印象的な場面はいずれも、『土佐日記』の脚色である可能性が高いと考えられる。

（6）注（1）c書。

（7）当該部分については、①仲麻呂の発言として、『古今集』仮名序に通じる和歌起源説や、人の心が歌のかたちをとる機序が記されていること、②漢詩と和歌を対にして、和歌が漢詩に比肩する価値を持つと主張されることも注目され、筆者貫之の歌論の表出と捉えられている。

（8）引用は『契沖全集』七巻（岩波書店、一九七四年）による。

（9）佐竹昭広氏他『万葉集㈤』（岩波文庫、二〇一五年）。

（10）引用は架蔵版本による。

（11）注（1）b書。

（12）中丸貴史氏「『土左日記』の「あをうなはら」」（『武蔵野文学』61号　二〇一三年）。なお中丸氏の論考は、東アジア世界における漢字による筆談コミュニケーションを想定することに主眼が置かれる。

（13）余談だが、海の大きさを捉える際に水平線上の月（あるいは日）を配することは、文部省唱歌「ウミ」の歌詞「ウミハヒロイナ、大キイナ、ツキガノボルシ、日ガシズム」（作詞・林柳波　作曲・井上武士）とも通じていよう。

（14）原詩は「棹ハ穿ツ波ノ底ノ月ヲ、舟ハ圧フ水ノ中ノ天ヲ」であり、ここにも『土佐日記』の改変が見られると指摘されている。

（15）大岡信氏『日本詩人選7　紀貫之』（筑摩書房、一九七一年）。東原伸明氏『土左日記虚構論　初期散文文学の生成と国風文化』（武蔵野書院、二〇一五年）は「貫之的鏡像宇宙」と呼ぶ。

（16）なお「海（水面）を空に見立てる」歌の例には、貫之自身が後年に詠んだ次の歌がある。

　月影の見ゆるにつけて水底を天つ空とや思ひまどはん

（貫之集・四六五／天慶四年〈九四一〉正月、右大将殿の御屏風の歌十二首、女どもの池のほとりなる対に群れゐて、水の底を見る）

池辺の対の屋に女たちが集っている絵に添えられた屏風歌である。画中の水面には月が描き込まれていたのだろうか。覗き込む仕草だけなのだろうか。

（17）大岡信氏注（15）書は、注（16）の『貫之集』四六五番歌などと比べて『土佐日記』B歌を出色の作であると評価して、「珍らしくも、「われ」の孤独感が、広い海原を背景としてこの歌に定着されているからだという点に理由の一つを求めざるを得まい」（六九頁）と述べている。

遣唐使、海をゆく

富澤　萌未

はじめに

平安時代の海は、海賊や大風などに遭うと命を落としかねない非常に危険なものだった。しかし同時に、大陸やさまざまな国々へとつながる海に人々は憧れを抱いてもいた。人々は、海に対して、畏れと憧れが綯い交ぜとなった意識を持っていたのである。遣唐使をめぐる記録に、そうした海への意識が垣間見える。

遣唐使は、日本の文化において欠くことのできない重要なものである。約二六〇年続いた遣唐使は、書籍や唐物、文化、宗教などの文物だけではなく、さまざまなものを日本にもたらした。平安時代の文化は国風文化といわれることが多かったが、遣唐使が伝えた唐の文化が平安時代の文化に与えた影響は大きい。一方で、遣唐使は漂流することも多く、人々は遣唐使に選ばれると、無事に帰国できるよう住吉の神に祈願していた。有名な小野篁《おののたかむら》の入船拒否の事件からも窺えるように、遣唐使は危険を伴う旅でもあった。

『うつほ物語』は、遣唐使の途中で波斯《はし》国に漂着した清原俊蔭《きよはらのとしかげ》が、さらに西方にて得た秘琴・秘曲を子孫が継承してゆく物語と、源正頼やその娘あて宮をめぐる物語の二つの物語を中心としている。特に、俊蔭の得た秘琴・秘曲の伝授は『うつほ物語』の中心的な話題となっている。

本稿では、死と隣り合わせでありながらも計画・派遣され続けた遣唐使の実態を探ることで、『うつほ物語』における遣唐使や流離がどのような意味をもつのか、その意味を確認したい。

一　遣唐使、清原俊蔭

式部大輔《しきぶのたいふ》兼左大弁《さだいべん》であった清原大君《きよはらのおおきみ》と皇女との間に俊蔭という男子が一人いた。俊蔭は生まれついて学才があり、朝廷においてその才を発揮してみるまに出世してゆく。十六才の時、俊蔭はそのすぐれた学才によって遣唐使に選ばれることとなった。しかし、父母の悲しみは例えようもなかった。

> 父母、「眼だに二つあり」と思ふほどに、俊蔭十六歳になる年、唐土船出だし立てらる。こたみは、殊に才かしこき人を選びて、大使・副使と召すに、俊蔭召されぬ。父母悲しむこと、さらに譬ふべき方なし。一生に一人ある子なり。かたち・身の才、人にすぐれたり。朝に見て夕べの遅なはるほどだに、紅の涙を落とすに、遥かなるほどに、あひ見むことの難き道に出で立つ。父母・俊蔭が悲しび思ひやるべし。三人の人、額を集へて、涙を落として、出で立ちて、つひに船に乗りぬ。[*1]　（俊蔭　九〜一〇）

出発してしまったらもはや再会することは難しい船路に俊蔭が発つことを、父母は紅の涙を流して悲しむ。父母と俊蔭は三人額を合わせ揃って涙を流し悲しんでいたが、ついに船に乗る時が来てしまった。

唐に向かう途中、俊蔭たち遣唐使の船に大風が襲った。船は三船のうち二船が沈没し、かろうじて俊蔭の乗っていた船のみ波斯国[*2]に漂着した。俊蔭は、そこで観音に祈りを捧げた。すると、白馬が俊蔭を首に乗せ、栴檀《せんだん》の木の下で琴《きん》[*3]を演奏する三人のもとへと運ぶ。俊蔭はそこで三人の琴の演奏法を習得する。

翌年の春、俊蔭は西方から木を倒す音を聞く。三年経っても音は止まず、その音が自分の弾く琴の音と似ていると感じた俊蔭は、琴を作るために木を尋ねる旅に出る。そのさらに三年後、ようやく音の出所まで辿り着く。俊蔭が聞いていた音は、非常に深い谷の底に根ざし、末は天につくほど高く、枝は隣の国にまで及ぶほど大きな桐の木を、阿修羅《あしゅら》が切り倒していた音だった。恐ろしい形相の阿修羅を見た俊蔭は、命の危険を感じつつも阿修羅の前に出る。

俊蔭は、父母と離れてからの苦難の連続を語る。それに共感して阿修羅の怒りはいったんは静まるが、俊蔭が次のように語ると、阿修羅はさらに怒り狂ってしまう。

阿修羅と出会う俊蔭（学習院大学文学部日本語日本文学科所蔵　文化三年補刻本『宇津保物語』より）

さるを、俊蔭、仇の風・大いなる波に会ひて、輩を滅ぼして、一人、知らぬ世界に漂ひて、年久しくなりぬ。しかあれば、不孝の人なり。この罪を免れむために、倒さるる木の片端を賜はりて、年ごろ労せる父母に琴の声を聞かせて、そのめいとなさむ」　（俊蔭　一二）

俊蔭は、父母への不孝の罪を免れるために、阿修羅が切り倒す木の端から琴を作って父母に聞かせたいと伝える。その申し出に腹を立てた阿修羅は、この木の由来を語る。阿修羅によれば、この木を植えた天女は、木を三分に分け、上の品は仏から忉利天《とうりてん》、中の品は天女の前の世の親、下の品は天女の後の世の子孫のものにせよと阿修羅に言ったという。阿修羅は自らの罪を軽減するためにこの木と山を守り続けてきたのに、どうして俊蔭にその大事な木を譲れるのかと怒り狂い、俊蔭に襲いかかろうとする。ちょうどその時、激しい雷雨とともに龍の上に乗る天稚御子《あめわかみこ》が現れ、黄金の札《ふだ》を阿修羅に渡す。札には三分のうち下の品は俊蔭に渡すと書いてあった。阿修羅が俊蔭こそ天女の後の世の子孫であったと言って木を切り出し削っていると、天稚御子や天女や織女が協力して三十面の琴を作り上げる。

三十面の琴を得た俊蔭は、さらに西にある栴檀の林でそれらを演奏する。そのうち二十八面は同じ音だったが、二面だけは演奏すると山は崩れ地は避けるほどの音を立てた。この二つは後に天女によって南風《なん》・波斯風《はし》*4と呼ばれる。三年後、俊蔭はさらに西にある花園に移り、「父母のこと思ひやりつつ」（俊蔭　一四）、春を感じながら琴を弾いていると、天女が下りてくる。天女は、俊蔭が「天の下に、琴弾きて族立つべき人」（俊蔭　一四）であると話し、ここより西にいる自分の子七人から琴の奏法を継承して日本に帰るよう促す。

天女の発言に従い、俊蔭は天女の七人の子のもとへと向かう。道中、谷や険しい山、虎や狼の騒ぐ場所を通るなど、さまざまな試練があったが、龍や仙人、象の力を借りて乗り越えてゆく。琴は風が巻き起こって運んでくれた。七つの山に到着した俊蔭は、天女の子七人に協力を求める。七つ目の山にて、俊蔭と天人の七人の子は、七日七夜の間、琴を合奏する。その演奏を聞いた仏は、文殊菩薩《もんじゅぼさつ》に偵察を命じる。文殊菩薩は、天女の七人の子が、もとは将来仏になるべき菩薩の住処である兜率天《とそつてん》の内院にいたことを聞き出す。文殊菩薩による報告を聞いた仏は、俊蔭たちのもとに現れ、天女の子のうち、七つ目の山にいた者が、俊蔭の三代の孫となるだろうと予言する。この三代の孫がのちの藤原仲忠《ふじわらのなかただ》である。それを聞いた俊蔭は、仏と文殊菩薩に一つずつ琴を献上するのだった。

日本への帰国を考えた俊蔭は、天女の七人の子に琴を一つずつ渡す。天女の子たちは、餞別として十面の琴に名前を書き付けた。俊蔭はこれらの琴とその他の琴を携えて帰って行った。帰る途中、まだ名付けられていなかった白木の琴を、最初に琴を教えてくれた三人に一つずつ、波斯国の国王・后・東宮にも一つずつ献上する。波斯国では、琴の演奏、滞在を求められるが、「日本に、歳八十歳なる父母侍りしを、見捨ててまかり渡りにき。今は、塵・灰にもなり侍りにけむ。『白き屍をだに見給へむ』とてなむ急ぎまかるべき」（俊蔭　一九）と答え、急いで帰国する。

こうして、俊蔭は交易の船に乗って、ついに日本に帰国する。出発からすでに二十三年経ち、俊蔭も三十九歳になっていた。日本に戻ると、すでに父が亡くなってからは三年、母が亡くなってからは五年経過していた。

「父隠れて三年、母隠れて五年になりぬ」と言ふ。俊蔭、嘆き思へども、効もなくて、三年の孝送る。
（俊蔭　一九）

俊蔭は嘆き悲しむが、今になってはどうすることもできず、通常一年間である父母の喪に三年間服した。俊蔭の帰国を聞いた嵯峨帝は、俊蔭を式部少輔《しきぶのしょうふ》、東宮学士《とうぐうがくし》（東宮の学問の師）に任命する。その後、一世の源氏と結婚し娘を一人儲けた俊蔭は、とうとう父と同じ官職である式部大輔兼左大弁まで出世する。

娘が四歳になった夏、俊蔭は娘に琴を伝授しようとしたことをきっかけに、帝の御前で琴の演奏をすることになる。その演奏はすばらしく、六月にもかかわらず雪が一面に降り積もった。帝は、俊蔭の弾いた曲が唐の皇帝が雪を降らせた曲だとわかり、学士はやめて東宮の音楽の師となって欲しいと依頼する。しかし、俊蔭は遣唐使に選ばれたために若くして父母と別れたまま再び会えなかったことを理由にその依頼を断り、官位を辞して、三條京極に邸を建て、そこに籠もって娘に琴を伝授する。娘は美しく成長し、十二三歳の時には、帝や東宮からも求婚を受ける。だが、俊

漂流する遣唐使（『日本の絵巻15 東征伝絵巻』中央公論社、1988年より転載）

蔭は、それらの求婚を断り、いっそう家に籠もるようになる。娘が十五歳の時、俊蔭の妻は亡くなり、ついで俊蔭も病に倒れる。俊蔭は娘に対して、南風と波斯風のことを伝え、この二面だけは幸いや災いを極めた時でなければ弾いてはならないと言う。そして、もし子が生まれたらその子に託せと遺言する。その後、俊蔭の娘は、藤原兼雅《ふじわらのかねまさ》との間に子を儲け、その子仲忠に秘曲を伝授してゆき、最終的には仲忠の子いぬ宮にまで秘曲が相伝されることとなる。

以上が、『うつほ物語』「俊蔭」巻で語られる物語の発端である。俊蔭は遣唐使着任とその漂流・流離によって、秘琴・秘曲という人知を超えたものを手に入れる。だが、同時に遣唐使に選ばれ漂流・流離しているうちに、孝行すべき父母を喪ってしまう。こうした俊蔭の姿は実際の遣唐使の漂流とつながったものといえそうである。

二　遣唐使の漂流の原因

俊蔭のように、当時の遣唐使はたびたび漂流していた。実際に出発した十五回の遣唐使派遣のうち、記録された漂流の回数は、往路復路合わせて八回で、一度目に漂流して失敗し二度目も漂流してしまった場合を含めると、十回もの記録が残っている。[*5] 遣唐使の漂流の原因については、複数の考えがあるが、大きく分けると三つの説に分かれる。

一つ目として、航路の問題が原因として挙げられる。遣唐使の航路に関しては、森克己氏が整理したものが定説となっていた。[*6] 前期（舒明～天智朝）を北路、中期（文武～淳仁朝）を南東路、後期（光仁朝以降）を南路とし、臨時の航路として渤海路があったとする説である。北路は、新羅道とも呼ばれ、朝鮮半島西岸を北上し、黄海を横断して山東半島に上陸する比較的安全性の高い航路だったが、七世紀末になって新羅との関係が悪化すると次第に用いられなくなり、南西諸島の島々を島伝いに南下する南東路や、東シナ海を直接横断する南路が採用されたといわれてきた。しかし、現在では南東路は「南路の往復から気象条件によって外れてしまった遣唐使船が、やむをえずとった」[*7] 臨時の航路であったことが証明され、第一期（前期）が北路、大宝《たいほう》二年（七〇二）以降の第二期（後期）が南路であったとされている。遣唐使の漂流・遭難は、この第二期に多いことから、古くから航路が南路であったことが漂流の原因だとされている。[*8] しかし、北路も約七〇年と短い期間の中で、全七次の派遣のうち二回は漂流、遭難しているため、航路の問題だけでは説明しきれない。

そこで、南路を用いる上に、その時期が原因だとするのが二つ目の説である。[*9] 木宮泰彦氏・森克己氏の両氏は、南路の時期を用いる遣唐使の場合、南東風の盛んに吹いている六・七月頃に船出していることが多いことを確認し、その危険性を指摘している。[*10] 夏に逆風を衝いて出帆した遣唐使船のうち特に南路を選んだものは、ほとんど例外なく遭難しているという。木宮氏と森克己氏は、それを政府や遣唐使の季節風に対する無知によるものだとしているが、東野氏は、遣唐使は朝貢使・朝賀使として、出発や帰国の時期を選ぶことができなかったためだと指摘する。遣唐使は、朝賀使の使として唐の都で行われる元日朝賀の儀礼に参列する原則があったため、大陸での旅程を計算に入れると、最終的な出発は現在の九月ごろである必要があったようである。確かに、遣唐使が漂流や遭難に遭った時期を確認すると、七月や八月に多い傾向にあり、やはり時期が大きく関係していることがみてとれる。だが、十一月から三月にも漂流・遭難は起きている。この点についても、木宮氏が、十月から三月までに唐を出発する場合、東北季節風に逆らうばかりではなく、冬季の荒波を乗り切らなければならず、厳しい帰路であったと指摘する。東シナ海を横断する南路をとる場合、時期が重要なのである。

三つ目として、遣唐使船の問題や遣唐使船の水手《かこ》の技術不足の問題が指摘される。木宮氏は、遣唐使船が脆弱である上、南路を通らなければならなかったためだとしている。佐伯氏は、遣唐使漂流の最大の原因として、遣唐使船の大型化を挙げている。第一期の遣唐使は、一隻の要員が百二十人、第二期には百四五十人であったのが、第三期になると、百六七十人にまで膨れあがったという。佐伯氏は、乗員の増加に伴う積載物資の増大によって船も大型化し、それに比例して海難の危険率が上がったのだと結論付けている。森公章氏は、大型の遣唐使船に要する用材の確保が重要であり、短期間のうちに派遣された遣唐使、特に天平宝字《てんぴょうほうじ》五年（七六一）に任命された第十四次遣唐使船の座礁・破損の原因には「用材に起因する船舶強度の問題」[*11]があった可能性を指摘している。さらに、森公章氏は、遣唐使の派遣が時代が下るにつれて次第に少なくなり、間隔が空いてしまったため、航海の経験が蓄積できず、水手の技術が低下したとも推測している。一方、東野氏は、遣唐使船が大陸の外洋船と遜色のない出来であったとして、遣唐使船が漂流や遭難の原因ではないとする。東野氏の指摘するとおり、遣唐使船を直接の原因とするには注意が必要であるが、小野篁が乗船を拒否した際には、副使の小野篁も正使の藤原常嗣《ふじわらのつねつぐ》も船に拘っており、少なくとも当時の意識として船に対する不安があったと考えてよい。

遣唐使の漂流、遭難の原因はこのように複数の考えがあるが、原因を一つに限定することはできない。むしろ、これらの不利な原因が重なって漂流、遭難が起きたといえそうである。このような複数の原因により漂流、遭難が頻繁に起こってしまった。しかし、それでも遣唐使は約二六〇年もの間停止とならなかった。危険を伴う旅であったにもかかわらず、なぜ遣唐使は計画・派遣され続けていたのか。次節にて遣唐使が日本の文化にもたらしたものを確認したい。

三　遣唐使がもたらしたもの

そもそも遣唐使の派遣の目的は、朝貢だけではなく、大陸の先進の文化を取り入れることだった。そのため、遣唐使の構成員には、使節や通訳、乗組員の他に、細工や鋳金、舞、薬や香料などについての技術を学ぶ技術研修生や、法制度や儒学、暦、天文、陰陽道といった唐の最新の学問を学ぶために派遣された留学生、仏教を学ぶために派遣された留学僧などがいた。[*12]この構成からは、主に技術や学問、仏教を積極的に学ぶ姿勢があったことが窺える。遣唐使の影響はあまりにも多く、ここではすべてを指摘しきれないため、主に学問・仏教についての文物や人の移動を確認する。そして、詳細は次節で述べるが、技芸の習得についても触れる。

まず、遣唐使が果した中心的な役割の一つとして仏教の受容が挙げられる。天平勝宝《てんぴょうしょうほう》五年（七五三）には、唐の学僧鑑真《がんじん》が遣唐使の船に乗って来日する。鑑真の来日は、戒律の受容、木彫の仏像の定着、天台宗の仏典の請来など、さまざまな影響を日本の仏教界に与え、奈良時代の仏教の転換を促した。[*13]平安時代には、平安仏教の基礎を確立した空海《くうかい》や最澄《さいちょう》はもちろん、元昉《げんぼう》や円仁《えんにん》、円珍《えんちん》などさまざまな僧たちが遣唐使として唐に留学・活躍し、仏教の教えやおびただしい数の仏教経典、仏像を日本に持ち帰った。奈良時代末から平安時代にかけての仏教は、主に遣唐使によって確立されたといっても良いだろう。

同様に、学問に関する知識、書物も、吉備真備《きびのまきび》や橘逸勢《たちばなのはやなり》をはじめとした多くの留学生によって日本にもたらされ、日本の法制度や政治の基盤を作り上げた。文学への影響では、日本文化に多大な影響を及ぼした『白氏文集《はくしぶんしゅう》』を全面的に受容することになったことが重要である。『白氏文集』は、承和《じょうわ》五年（八三八）に太宰少弐であった藤原岳守が唐人の貨物を検校したところ元稹《げんしん》と白居易《はくきょい》の詩集を得て奏上したことが、『文徳天皇実録』仁寿《にんじゅ》元年（八五一）九月乙未条にみえ、承和頃には稀少であったものの、すでに知られていたことがみてとれる。[*14] 古瀬奈津子氏は、承和の遣唐使には文章道出身者が多く、承和の遣唐使の目的の一つとして、文章道に多大な影響を与えた『白氏文集』の全面的受容を挙げている。確かに、承和の遣唐使に選ばれた入唐僧の円仁や恵萼《えがく》が『白氏文集』を請来したことが記録に残っており、[*15] 承和の遣唐使が日本の『白氏文集』受容の要因の一つであったと考えられる。承和年間は、白居易の存命中であり、承和の遣唐使は当時の唐の最新の文化を日本にもたらしたのだといえる。その後、『白氏文集』は瞬く間に日本で流行することとなる。

仏教や学問だけではなく、唐で過ごす間に多くの技芸の習得が行なわれたことも無視できない。先に細工や鋳金、舞、薬や香料などを学ぶ技術研修生については触れたが、他にも技芸を学んだものは多く、例えば藤原貞敏《ふじわらのさだとし》は琵琶、菅原梶成《すがわらのかじなり》は医術、伴須賀雄《とものすがお》・伴雄堅魚《とものおかつお》は囲碁を学んだ。また、菅原梶成とともに大隈国に漂着した良岑長松《よしみねのながまつ》は琴の名手とされていた。

漂流、遭難する危険性があるにもかかわらず、遣唐使が派遣され続けたのは、このようにさまざまな文物や人々が遣唐使を通して日本にもたらされたためだった。苦難の末に価値あるものを手にするという遣唐使のあり方は、『うつほ物語』の俊蔭漂流譚に大きな影響を与えている。また、遣唐使として派遣された俊蔭の姿は、学問や技芸を学ぶために任命・派遣された留学生の姿と重なる。さらに、俊蔭の漂流・流離の末に琴とその奏法を日本に持ち帰ったことは、苦難の末に仏教の教えと大量の仏典を持ち帰った僧たちの姿とも重なっている。[16]

四　『うつほ物語』と承和の遣唐使

『うつほ物語』における俊蔭漂流の物語は、計画・派遣された数が二十回に及ぶ史上の遣唐使のさまざまな姿が投影されている。特に影響を与えたのは、天平《てんぴょう》五年（七三三）第十次遣唐使の判官であった平群広成《へぐりのひろなり》の崑崙《こんろん》国漂着と、実際に派遣されたもののうち最後の遣唐使であった承和五年（八三八）第十九次の承和の遣唐使だと考えられている。[17]すでに指摘されているように、承和の遣唐使は、四隻中三隻が漂流、破損しており、「三つある船、二つは損はれぬ」（俊蔭　一〇）とされる『うつほ物語』「俊蔭」巻の遣唐使と似ている。また、在唐中に琵琶の演奏法を習得した藤原貞敏は、漂流し波斯国のさらに西方にて琴を習得した俊蔭のモデルとなったといわれる。

藤原貞敏については、『日本三代実録』貞観《じょうがん》九年（八六七）十月四日条の卒伝に記されている。藤原貞敏は若くから音楽を好んで楽器の演奏を学び、琵琶の名手だった。承和の遣唐使の准判官として、承和五年に長安に到着した貞敏は、劉次郎《りゅうじろう》（廉承武《れんしょうぶ》）から二・三か月間琵琶の妙曲を伝授され、譜数十巻を贈られる。そして、劉次郎の娘と結婚し、娘からも琴箏の新曲を数曲相伝した。翌年、貞敏は、帰国に際して、劉次郎から「紫檀紫藤琵琶各一面」を譲り受け、帰国後は雅楽助、ついで雅楽頭の役琵琶の名手として名を馳せたという。

貞敏が劉次郎から琵琶の秘曲・秘琴を授かったことは、形を変えて『教訓抄《きょうくんしょう》』や『文机談《ぶんきだん》』に載るが、『文机談』[18]では、貞敏が帰国に際して譲り受けた紫檀の琵琶は玄象、紫藤の琵琶は牧馬であったことを加え、四巻の家譜を贈られたとしている。さらに帰国に際し秘曲三曲を相伝される話を加えている。玄象《げんじょう》や牧馬《ぼくば》という宮中に伝えられた名器を貞敏が持ち帰ったと伝えているように、貞敏の琵琶の相伝は有名な話であり、俊蔭の漂流譚に影響を与えた可能性がある。

貞敏の琵琶の秘曲・秘器伝授は、俊蔭の秘琴・秘曲伝授の話と近いものがある。だが、俊蔭は波斯国に漂着し、命からがら秘琴や秘曲の奏法を得ており、より切迫した状況にある。さらに、西方の地において天女の子から秘曲を授かっており、より神秘性が強いものとなっている。俊蔭が漂流していることは、『日本三代実録』元慶《がんぎょう》(八七九)三年十一月十日条に載る話(笛の名手良岑長松が大隈国に漂流したものの、現地の木を材料として船を建造し、からくも帰国した話)と似ているが、長松の場合はすでに笛の名手であり、俊蔭のように苦難の末に楽器の演奏法を身につけたわけではない。

俊蔭の漂流、秘琴、秘曲の伝授は、承和の遣唐使に派遣された楽器の名手たちの影響がみられるものの、漂流や阿修羅との出会い、七つの山越えなど、苦難の末に秘琴・秘曲の奏法を得ている点で大きく異なっている。また、『うつほ物語』では、遣唐使に選ばれ、漂流したことで父母と死に別れ、不孝の罪を背負ったことが主題化されてもいる。俊蔭が琴を得ようとした動機は、父母に琴の音を聞かせ、不孝の罪を軽くすることだった。

あて宮の求婚者の一人良岑行正《よしみねのゆきまさ》も、楽器の演奏に長けた人物であり、唐人にさらわれ渡唐するうちに、父母と死別する境遇を持つ人物である。[*19] ここから、俊蔭との人物像の類似や、笛の名手であった良岑長松との影響関係が指摘される。[*20] だが、俊蔭が帰国後に、東宮の音楽の師を断ったのに対して、行正は東宮の琵琶の師を務めている。最も大きな違いは、俊蔭が波斯国に漂着し、さらに西方の地にて苦難の末に秘琴・秘曲を得たのに対して、行正は唐でも楽器の名手として活躍したことが語られていることである。

物語の発端となる俊蔭の秘琴獲得、秘曲の習得は、大きな苦難と犠牲を伴ったものだった。俊蔭は、漂流してしまったために、父母と二度と会うことはかなわなかったが、父母への不孝の罪を免れるために秘琴・秘曲を得た。最終的には、天女に琴の一族の始祖となるという予言、天女の子が仏から三代の孫に転生するという予言を受けることになった。したがって、俊蔭が琴を演奏し伝授する目的は、父母への孝心と、琴の一族の確立、さらに三代の孫への秘琴・秘曲の継承といえる。帝が東宮の琴の師を依頼しても辞退したのは、東宮の琴の師になり世俗的な栄誉を得ることが目的ではなかったからである。俊蔭は、漂流・流離することで、人知を越えた能力を得たが、父母という大きな犠牲を払ったのである。

おわりに

以上、『うつほ物語』における遣唐使船漂流を中心に、実際の遣唐使が漂流・遭難の憂き目に遭いながらも、なぜ計画・派遣され続けていたのか確認した。航路や時期、遣唐使船の建造、乗り組む水手の技術など、さまざまな原因が重なり、遣唐使に選ばれた多くの人々が漂流・遭難し命を落とした。それにもかかわらず、遣唐使が計画・派遣され続けたのは、大陸の先進の文化、すなわち仏教に関する知識や書物、学問、技芸を学ぶことが、当時の朝廷や仏教に必要だったからである。『うつほ物語』は、このように苦難を乗り越え、唐の文化を学んだ遣唐使の姿を物語冒頭に組み込むことで、物語の枠組みを作った。漂流・流離によって苦難を超えたからこそ、人知を超えた力を俊蔭は得ることができたが、そのために父母を喪ってしまう。

このように、『うつほ物語』において、遣唐使とその漂流は、秘琴・秘曲を得る契機となっている。俊蔭が流離している時に、天女や仏から得た予言は、その後の物語の展開を切り開く重要なものとなった。また、父母への不孝の意識は、絶えず俊蔭の心中に影響を与えた。こうした孝の意識は、俊蔭の娘や仲忠にもみえ、最終巻の「楼の上・下」巻では、伝授を達成することで、俊蔭への孝行を果たすなど、物語の基調となってゆく。

注

(1)『うつほ物語』本文の引用は、室城秀之注『うつほ物語全　改訂版』(おうふう、二〇〇一年)により、適宜傍線を付けた。なお、巻名と頁数については括弧内に記した。

(2) 俊蔭が漂着した波斯国が現在のどこであるのか、その場所についてはさまざまな説がある。一つ目は、西アジア・ペルシアとする説である。これは、『旧唐書《くとうじょ》』などの漢籍に拠る説であり、『続日本紀《しょくにほんぎ》』の天平八年(七三六)八月二十三日条及び同年十一月三日にみえる「波斯一人」、「波斯人李密翳」は、ペルシア人だと考えられている。二つ目は、インドネシア・スマトラの一部など東南アジアとするものである。これは、『江談抄《ごうだんしょう》』にみられる波斯国のことばが、インドネシア語と考えられることに由来している。そして、三つ目は、二つのイメージを含んだより広い場所を指したとする説である。確かに、俊蔭は西へ西へと向かっており、仏教的な西方浄土や入竺求法僧が仏典を求めて旅した西域とは切り離すことができない。また、当時の遣唐使が漂着した南方の国や島々も無視することができず、広い範囲で考える必要がある。

(3) 本稿では、特に断らない場合、「琴」は七弦琴を指す。

(4)「風」の読み方については、「かぜ」とも「ふ」とも読め、決めがたい。

(5) 田中隆昭「『うつほ物語』俊蔭の波斯国からの旅」(『日本古代文学と東アジア』勉誠出版、二〇〇四年)

(6) 森克己『遣唐使』(至文堂〔日本歴史新書〕、一九五五年)。なお、森克己氏の説については、森克己氏の著書を参照しつつ、森公章『遣唐使の光芒　東アジアの歴史の使者』(角川書店〔角川選書〕、二〇一〇年)の整理を参照した。

(7) 東野治之『遣唐使』(岩波書店〔岩波新書〕、二〇〇七年)

(8) 木宮泰彦『日華文化交流史』(冨山房、一九五五年)、注6森克己前掲書。

(9) 遣唐使の次数はさまざまな数え方があるが、実行された回数だけでなく計画のみの場合も歴史的な意義は高い。本稿では、計画のみに終わったものを含める注7東野前掲書が示す次数に従った。

(10) 注8木宮・注6森克己前掲書。

(11) 森公章「漂流・遺難、唐の国情変化と遣唐使事業の行方」(『遣唐使と古代日本の対外政策』吉川弘文館、二〇〇八年)

(12) 東野治之「『延喜式』にみえる遣外使節の構成」(『遣唐使と正倉院』岩波書店、一九九二年)、注7東野前掲書、古瀬奈津子「遣唐留学生と日本文化の形成」(『専修大学東アジア世界史研究センター年報』第一号、二〇〇八年三月)。また、『延喜式』やその他の記録については、特に明記しない場合、吉川弘文館の新訂増補国史大系を参照した。

(13) 注7東野前掲書。

(14) 注12古瀬論文。さらに、古瀬氏は、承和四年、五年における小野篁と惟良春道との唱和詩において『白氏文集』に出典をもつ語句がみえるという小島憲之氏の指摘(『古今集以前』塙書房、一九七六年)から、『白氏文集』が承和五年以前からある程度日本に知られ注目されていたと推測している。

(15) 浜田久美子「日本と渤海の文化交流—承和年間の『白氏文集』受容を中心に—」(『専修大学東アジア世界史研究センター年報』第六号、二〇一二年三月)

(16) 江戸英雄「長篇の序章、俊蔭の物語の誕生—入唐僧の文学との関わりから」(『うつほ物語の表現形成と享受』勉誠出版、二〇〇八年)

(17) 石川徹「宇津保物語の人間像」(『平安時代物語文学論』笠間書院、一九七九年)、三田村雅子「うつほ物語の〈琴〉と〈王権〉—繰り返しの方法をめぐって—」(『東横国文学』第一五号、一九八三年三月)、室城秀之「波斯国—『うつほ物語』」(『国文学 解釈と鑑賞』七一巻五号、二〇〇六年五月)、注5田中論文、岡部明日香「良岑行正—清原俊蔭との違いと独自性—」(『日本古代文学と東アジア』勉誠出版、二〇〇四年)、大井田晴彦「『うつほ物語』の俊蔭漂流譚」(『王朝文学と交通』(平安文学と隣接諸学七)、竹林舎、二〇〇九年)参照。

(18) 岩佐美代子『文机談 全注釈』(笠間書院、二〇〇七年)

(19) 『うつほ物語』では、俊蔭の他にも遣唐使に任命された藤《ふじ》原《わらの》季英《すえふさ》(藤英《とうえい》)の父がいる。

(20) 注17岡部論文。

海を描いた絵画とことば

——「須磨の巻」をめぐって

木谷眞理子

1　問題の所在

「海を描いた絵画とことば」の名品として、『源氏物語』に出てくる「須磨の巻」を取り上げたい。これは、光源氏が須磨で描き、帝の御前の絵合に出品した作品である。朱雀帝の時代、源氏は右大臣方に目をつけられ、須磨への退去を余儀なくされた。生きて都に帰ることができるのかも分からない辛い時期、源氏は眼前の須磨の海の景をしばしば絵に描いている。暴風雨を機に、源氏は須磨から明石へ移り、さらに都への返り咲きを果たす。冷泉帝が即位し、その御前で絵合が開かれることになる。光源氏を後楯とする梅壺女御方と、権中納言を後楯とする弘徽殿女御方とが、左右に分かれて競うのである。

A1 左はなほ数ひとつある果てに、須磨の巻出で来たるに、中納言の御心騒ぎにけり。あなたにも心して、果ての巻は心ことにすぐれたるを選《え》りおきたまへるに、かかるいみじきものの上手の、心の限り思ひ澄まして静かに描きたまへるは、たとふべき方なし。親王《みこ》よりはじめたてまつりて、涙とどめたまはず。その世に、心苦し悲しと思ほししほどよりも、おはしけむありさま、御心に思ししことども、ただ今のやうに見え、所のさま、おぼつかなき浦々磯の隠れなく描きあらはしたまへり。草《さう》の手に仮名の所どころに書きまぜて、まほのくはしき日記にはあらず、あはれなる歌などもまじれる、たぐひゆかし。誰も他《こと》ごと思ほさず、さまざまの御絵の興これにみな移りはてて、あはれにおもしろし。よろづみなおしゆづりて、左勝つになりぬ。

（新編日本古典文学全集　絵合②三八七〜三八八）

「須磨の巻」は、「たとふべき方なし」、「誰も他ごと思ほさず、さまざまの御絵の興これにみな移りはてて、あはれにおもしろし」などと、絵合参会者の心を奪い、勝負を決する。しかし、いくら源氏が「いみじきものの上手」であるにしても、絵合に出品された「さまざまの御絵」はいずれも一流の絵師の手に成るものだったはずである。そのような絵がなぜ、源氏の作品に負けてしまうのか。

　さらに気になるのは、「須磨の巻出で来たるに、中納言の御心騒ぎにけり」という箇所である。なぜ権中納言は「心騒」いだのか。「出で来たる」という表現からして、「須磨の巻」を巻き広げて鑑賞した後に「心騒」いだわけではあるまい。だとすれば、作者と画題に「心騒」いだのではないか。源氏みずからが描いた須磨の絵となれば、それは絵合参会者たちにとって無関係な絵ではない。源氏のような優れた人物が須磨の地で帰京の見込みもなく過ごさざるをえなかったことを気の毒に思い、そういう事態を止められなかったことを恥ずかしく申し訳なく思う、そういう感情が参会者たちの心のなかに湧き起こるはずである。そうなれば一も二もなく源氏方の勝利が決するはず、と中納言は予感しているように思われる。

　同情や罪悪感を引き出すことによって勝ちをさらうというのは、なんとも小狡い作戦であるように思われるが、源氏はほんとうにそんなことを狙っていたのか。源氏の須磨流離に多少とも加担した人が、絵合の場にもしいたならば、源氏の描いた須磨の絵を見て居心地の悪い思いをしそうである。絵合の場にいなくて噂を耳にしただけでも、心理的な負担を感じるのではないか。源氏はそうやって、須磨流離に加担した人々に復讐しているのだろうか。

「須磨の巻」とはどのような作品だったのか。この作品を絵合に出品した狙いは何だったのか。キンベル美術館蔵の源氏物語図屛風を参考にしながら、以下考えていきたい。

2　須磨・明石で描いた絵

源氏は須磨・明石でたびたび絵を描いている。まずは須磨で次のような絵を描く。

B（源氏ハ供人タチニツイテ）げにいかに思ふらむ、わが身ひとつにより、親兄弟《はらから》、片時たち離れがたくほどにつけつつ思ふらむ家を別れて、かくまどひあへると思すに、いみじくて、いとかく思ひ沈むさまを心細しと思ふらむと思せば、昼は何くれと戯《たはぶ》れ言《ごと》うちのたまひ紛らはし、つれづれなるままに、いろいろの紙を継ぎつつ手習をしたまひ、めづらしきさまなる唐《から》の綾《あや》などにさまざまの絵どもを書きすさびたまへる、屛風の面《おもて》どもなど、いとめでたく見どころあり。人々の語りきこえし海山《うみやま》のありさまを、はるかに思しやりしを、御目に近くては、げに及ばぬ磯のたたずまひ、二《に》なく書き集めたまへり。「このごろの上手《じやうず》にすめる千枝《ちえだ》、常則《つねのり》などを召して作り絵仕《つか》うまつらせばや」と心もとながりあへり。

（須磨②一九九～二〇〇）

「千枝、常則」は村上朝頃に活躍した高名の絵師である。「作り絵」というのは墨の線で描かれた下絵に彩色することであるから、源氏の絵は墨線だけで描かれていたことが分かる。すなわち、ここで源氏が作成しているのは、「磯のたたずまひ」を墨線だけで唐の綾に描いた屛風の面などである。ただし、二重傍線を施した「など」の使用から、源氏が須磨で描いたのは、唐の綾に描いた屛風の面だけではなかったことも窺われる。

さて、明石に移った源氏は、紫の上に見せるため、絵を描き集める。

[C]絵をさまざま描き集めて、思ふことどもを書きつけ、返りごと聞くべきさまにしなしたまへり。見む人の心にしみぬべき物のさまなり。いかでか空に通ふ御心ならむ、二条の君も、ものあはれに慰む方なくおぼえたまふをりをり、同じやうに絵を描き集めたまひつつ、やがてわが御ありさま、日記《にき》のやうに書きたまへり。（明石②二六一）

紫の上も源氏と同じように絵を描き集め、自身の日々の思いや様子を書き添えている。これらの絵に何が描かれているのかは明らかでない。

冷泉朝になると、帝が絵を好むことから、後宮では競うように絵の蒐集が始まる。源氏も自邸の絵の厨子を開き、帝の御覧に入れる絵の選定を、紫の上とともに行う。

[A2]かの旅の御日記の箱をも取り出でさせたまひて、このついでにぞ女君にも見せたてまつりたまひける。……今まで見せたまはざりける恨みをぞ聞こえたまひける。

「ひとりゐて嘆きしよりは海人《あま》のすむかたをかくてぞ見るべかりける

……」……中宮ばかりには見せたてまつるべきものなり。かたはなるまじき一帖《でふ》づつ、さすがに浦々のありさまさやかに見えたるを選《え》りたまふ……。（絵合②三七七～三七八）

ここで「旅の御日記」から選り出された絵は、帝の御前の絵合に出品されることになる。

[A3]かかること（＝帝ノ御前デノ絵合ノ開催）もやとかねて思しければ、中にもことなるは選《え》りとどめたまへるに、かの須磨、明石の二巻《ふたまき》は、思すところありてとりまぜさせたまへりけり。（絵合②三八三）

この絵が絵合に出品された場面[A1]は、すでに見た通りである。ただ、[A1]には「須磨の巻出で来たるに」とだけあり、「明石の巻」が実際に出品されたかどうかは定かでない。

A3に「二巻」、A1に「須磨の巻」とあるので、これらは巻子である。しかし、A2には「一帖づつ」とあることから、「旅の御日記」はもともと冊子であったが、A2の後で巻子に仕立て直した、とする説がある。[※1] いずれにせよ「旅の御日記」は紙絵である。紙絵とは絵巻・冊子絵など、紙に描かれた小品画のことで、平安時代、屏風絵・障子絵などの大画面絵画がもっぱら絹に描かれたのに対して言う。つまり「旅の御日記」は、Bの「屏風の面」とは別物である。また、紫の上が今まで見ていなかったこと、中宮だけには見せるべきものとあることから、Cの紫の上宛ての絵とも別物であろう。

「旅の御日記」には「海人のすむかた」が描かれており、なかでも源氏が選り出した帖は「浦々のありさまさやかに見えたる」ものであった。つまり風景を主とする絵であり、その点でBの「屏風の面」と通いあう。また「屏風の面」（B）と同様、墨線だけで描かれていた可能性が高いが、帰京後に「作り絵仕うまつらせ」た（B）可能性もなくはない。さらに、「草の手に仮名の所どころ書きまぜて、まほのくはしき日記にはあらず、あはれなる歌などもまじれる」（A1）とあるように詞が添えられており、その点でCの紫の上宛ての絵と通いあう。

絵合に出品された「須磨の巻」は風景を主とする絵であったが、しかしまた巻子であり「日記」でもあることから、時間の経過を孕んでいたと考えられる。巻子は、左手で巻き広げ、右手で巻き取りながら、眼前に広げられた紙面を見ていくものである。右手のなかには、すでに眼前から消え去った過去、左手のなかには、これから現れようとする未来、そして両手の間には、いま目の前に広がる現在がある。巻子は時間を表すのに適した媒体なのである。

源氏は須磨・明石で、風景を主とする絵に詞を添えた「旅の御日記」という紙絵の作品（A）、唐の綾に墨線で風景を描いた「屏風の面」（B）、紫の上宛ての絵と詞（C）という3種類の絵を描いていたわけである。そのうち絵合に出品されたのはなぜ、「旅の御日記」から選り出された「須磨の巻」であったのか。紫の上宛ての絵はあまりに私的なものなので、帝の御前の絵合に出品するには相応しくない。また、帝の御前の絵合の準備を語っている箇所に、「このころの世には、ただかくおもしろき紙絵をととのふることを天の下営みたり」（絵合②三八三）とあることから、出品作は「紙絵」でなければならなかったのだと考えられる。

3　絵の腕前の見分け方

源氏の「須磨の巻」が絵合で「たとふべき方なし」（A1）などと激賞された理由を考えるために、まずは、『源氏物語』において素晴らしい絵とはどのような絵なのか、ということころから考えていきたい。帚木巻、雨夜の品定めで左馬頭が語る絵画論を見よう。

> また絵所《えどころ》に上手多かれど、墨書《すみが》きに選ばれて、次々に、さらに劣りまさるけぢめふとしも見え分かれず。ⓐかかれど、人の見及ばぬ蓬莱《ほうらい》の山、荒海《あらうみ》の怒れる魚《いを》のすがた、唐国《からくに》のはげしき獣《けだもの》の形、目に見えぬ鬼の顔などのおどろおどろしく作りたる物は、心にまかせてひときは目おどろかして、実《じち》には似ざらめど、さてありぬべし。ⓑ世の常の山のたたずまひ、水の流れ、目に近き人の家居《いへゐ》ありさま、げにと見え、なつかしくやはらいだる形《かた》などを静かに描きまぜて、すくよかならぬ山のけしき、木深《こぶか》く世離れて畳みなし、け近き籬《まがき》の内をば、その心しらひおきてなどをなむ、上手はいと勢ひことに、わろ者は及ばぬところ多かめる。
> （帚木①六九～七〇）

絵の上手下手が露わになるのはどのような絵か、について論じている箇所である。この文章の前半ⓐには「人の見及ばぬ蓬莱の山」「目に見えぬ鬼の顔」という表現があり、後半ⓑには「世の常の山のたたずまひ」「目に近き人の家居ありさま」という表現があって、おそらく対照されていよう。ⓐは人が見ることのできないものを描く場合、ⓑは人が普段目にしているものを描く場合について、それぞれ述べているように思われる。

ただⓑには、「すくよかならぬ山のけしき、木深く世離れて畳みなし」という箇所もある。「世離れ」た山というのは、「世の常の山」とどういう関係にあるのか。すくよかな山というのは中国絵画などに見られる険峻な山であろうと言われるが、だとすれば「すくよかならぬ山」というのは日本の山ということになる。「すくよかならぬ山」で、かつ「木深く世離れ」た山とは、容易に目にすることはできないものの、日本のどこかに確かにありそうな山、その気になれば見に行くことができそうな山、実際に目にした人もいるであろう山なのではないか。「世の常の山」には、こういう山も含まれるのである。

つまり、絵の腕前がほんとうに明らかになるのは、かつて誰も目にしたことがないようなモノを描く場合ではなく、日本のどこかにきっと実在していて目にした人もいるであろうものを描く場合なのだ、と雨夜の品定めの絵画論は述べているのではないか。

須磨の嵐のなか、源氏の夢には「そのさまとも見えぬ人」（須磨②二一九）が、明石の入道の夢にも「さまことなる物」（明石②二三一）が現れる。これらは同じものを指しており、どうやら住吉神の使いらしい。覚めているときに目にすることができないものも、夢のなかでは見ることができるのである。夢に現れた異形の者を絵に描けば、ⓐタイプの絵となる。

では、絵合に出品された「須磨の巻」は、夢のなかの異形の者などを描いていたのだろうか。「須磨の巻」は、「浦々のありさまさやかに見えたる」（A2）、「おはしけむありさま、御心に思ししことども、ただ今のやうに見え、所のさま、おぼつかなき浦々磯の隠れなく描きあらはしたまへり」（A1）というもので、ⓑタイプの絵であったと推測される。「かかるいみじきものの上手」（A1）といわれる光源氏だけに、ほんとうの実力が見えるタイプの絵を出品したものと思われる。

ところで須磨の源氏は、若紫巻、北山での供人たちの話（後掲D）を思い出しながら、「人々の語りきこえし海山のありさまを、はるかに思しやりしを、御目に近くては、げに及ばぬ磯のたたずまひ、二なく書き集め」ている（B）。かつて噂話に聞いて「はるかに思しや」った「西国のおもしろき浦々、磯」（若紫①二〇二）を、須磨の源氏は「目に近く」見ることとなり、それを絵に描いているのである。

源氏が須磨で描いた絵と、帚木巻の絵画論の後半ⓑで語られている「上手」の絵は、似た表現で語られている。まず、「目に近」い景を描いているという点。また源氏の絵について、「かかるいみじきものの上手の、心の限り思ひ澄まして静かに描きたまへるは、たとふべき方なし」（A1）と語られるが、絵画論においても、「上手」は「静かに描きまぜて」いる点。さらに、絵画論に「げにと見え」という表現があるが、源氏の絵についても「その世に、心苦し悲しと思ほししほどよりも、おはしけむありさま、御心に思ししことども、ただ今のやうに見え、所のさま、おぼつかなき浦々磯の隠れなく描きあらはしたまへり」（A1）という表現がある。都の人々は須磨の源氏をはるかに思いやっていたものの様子がよく分からなかった、その須磨の様子が源氏の絵のなかに「ただ今のやうに」「隠れなく」見えているという。これは、「げにと見え」という表現と通いあうだろう。

以上のように、源氏が須磨で描いた絵は、帚木巻の絵画論が述べる「上手」の絵とよく合致しているのである。

4　絵の上達法

次に、Bで「人々の語りきこえし海山のありさま」と想起されていた場面を見ておこう。若紫巻、瘧病を治すために北山へ出向いた源氏は、背後の山に登り、そこから京のほうを眺める。

D はるかに霞みわたりて、四方《よも》の梢そこはかとなうけぶりわたれるほど、「絵にいとよくも似たるかな。かかる所に住む人、心に思ひ残すことはあらじかし」と（源氏ガ）のたまへば、「これはいと浅くはべり。他《ひと》の国などにはべる海山《うみやま》のありさまなどを御覧ぜさせてはべらば、いかに御絵いみじうまさらせたまはむ」、「富士の山、なにがしの岳《たけ》」など語りきこゆるもあり。また西国《にしくに》のおもしろき浦々、磯のうえを言ひつづくるもありて、よろづに紛らはしきこゆ。（若紫①二〇二）

北山から眺めた景は、源氏にとっては良い景である。しかし供人たちは、これはまだまだ浅い、地方の国々の海山のありさまはもっと深いと言い、「富士の山、なにがしの岳」「西国のおもしろき浦々、磯」などを挙げる。B に「人々の語りきこえし海山のありさまを、はるかに思しやりしを、御目に近くては」とあることから、「西国のおもしろき浦々、磯」のなかには須磨も含まれることが分かる。良い景のなかにも、浅い深いの別があり、須磨は深い景なのである。

源氏は北山からの景について「絵にいとよくも似たるかな」と言う。おそらく良い景は、絵に描かれることも多いのだろう。また、良い景はそこに住む人のなかにありとあらゆる思いを引き起こす、とも言っている。では、良い景を描いた絵には、良い景によって引き起こされた思いが反映されるのだろうか。

源氏の描いた須磨の巻は、目にした景を客観的に写し取っただけのものではなかった。「おはしけむありさま、御心に思ししことども、ただ今のやうに見え、所のさま、おぼつかなき浦々磯の隠れなく描きあらはしたまへり」（A1）とあるように、景を隠れなく描きあらわした絵であるとともに、源氏の暮らしぶりや思いが手にとるように見え感じられる絵でもあったのだ。このような絵が絵合参会者の心を奪う。ほんとうに素晴らしい絵には、その所のさまが隠れなく描かれているにとどまらず、その景に向きあいながら心に思ったことも描き込められている、ということなのだろう。

景を描く絵というのは、人が景と語りあうための媒体なのではないか。景を描き、その所のさまをつかもうとしながら、景によって自分のなかに引き起こされたさまざまな思いにも形を与える。絵に描くことで景に語りかけ、景から返ってくるものを、さらにまた絵にうち込めるのである。

絵合終了後の宴の席で、源氏は螢宮に対して次のように語っている。

E「……絵描くことのみなむ、あやしくはかなきものから、いかにしてかは心ゆくばかり描きてみるべきと思ふをりをりはべりしを、おぼえぬ山がつになりて、四方《よも》の海の深き心を見しに、さらに思ひよらぬ隈《くま》なくいたられにしかど、筆のゆく限りありて、心よりは事ゆかずなむ思うたまへられしを、ついでなくて御覧ぜさすべきならねば、かうすきずきしきやうなる、後《のち》の聞こえやあらむ」（絵合②三八九）

傍線部は解釈の難しいところだが、周囲の海の深い心を見たので、こう描いたらどうか、ああ描いたらどうかと、ありとあらゆる可能性を探りつけ、これぞという絵が心のなかに描かれるようになった、ただ実際に筆を走らせるとなると思うようには行かなかった、くらいの意味であろうか。Dで供人が、深い景を見ると絵が上達する、と語っているが、源氏は自身の体験としてそのことを実感しているようである。

源氏のような「いみじきものの上手」が、深い景と語りあった結果である「須磨の巻」には、景の深さ、それによって引き起こされる思いの深さがうち込められていた。これが絵合の勝敗を決しないわけがない。地方の深い景の地に住み、日々その景と語りあった源氏には、たとえ一流の絵師であっても太刀打ちできないのである。

5　キンベル本

ここで、キンベル美術館蔵の源氏物語図屏風（以下キンベル本と称す）を見ていきたい。源氏の「須磨の巻」について、ヒントをくれるように思われるからである。

キンベル本は現在一隻で伝来しているが、鷲頭桂氏は十六世紀の制作当初は六曲一双屏風の右隻であった可能性があると指摘している。[※2] 一部に濃彩と砂子が施されているが、墨線を主軸とした絵である。この作品は長らく「隠岐配流図屏風」と呼ばれ、後醍醐天皇もしくは後鳥羽院の隠岐配流を描いたものとされてきた。[※3] しかし、ディアンヌ・ドゥ・セリエ社のフランス語版『源氏物語』において「須磨」巻の挿絵として使用され[※4]て以降、キンベル本を源氏絵とする説[※5]が主流となっている。ただし、『源氏物語』のどの場面を描いたものかについては、多少の揺れがある。鷲頭論文[※2]を参考にしながら、絵を見ていくことにしよう。

第一扇から順に見ていく。茅葺きの家、中には無紋の直衣を着た貴人、その傍らに琴、奥の棚には書物が見える。ごつごつした柱、貴人の前には石段もある。これらは須磨巻の、「茅屋《かやや》ども」（②一八七）、「鎌《かとり》の御直衣」（②一九〇）、「さるべき書《ふみ》ども、文集など入りたる箱、さては琴《きん》一つぞ持たせたまふ」（②一七六）、「石の階《はし》、松の柱」（②二一三）といった記述に対応している。つまり茅屋のなかの貴人は、須磨の源氏と考えてよいだろう。

茅屋の周囲には、幹の細い桜が描かれている。源氏の須磨到着は三月下旬、その後まもなく「植木どもなどして」（須磨②一八八）庭をととのえたのだが、それから十一ヶ月ほどが経ち、「植ゑし若木の桜」が「ほのかに咲きそめ」る（須磨②二一二）。「二月二十日あまり」（須磨②二一二）、源氏は都の桜や過去の桜を思っているが、キンベル本第一扇は

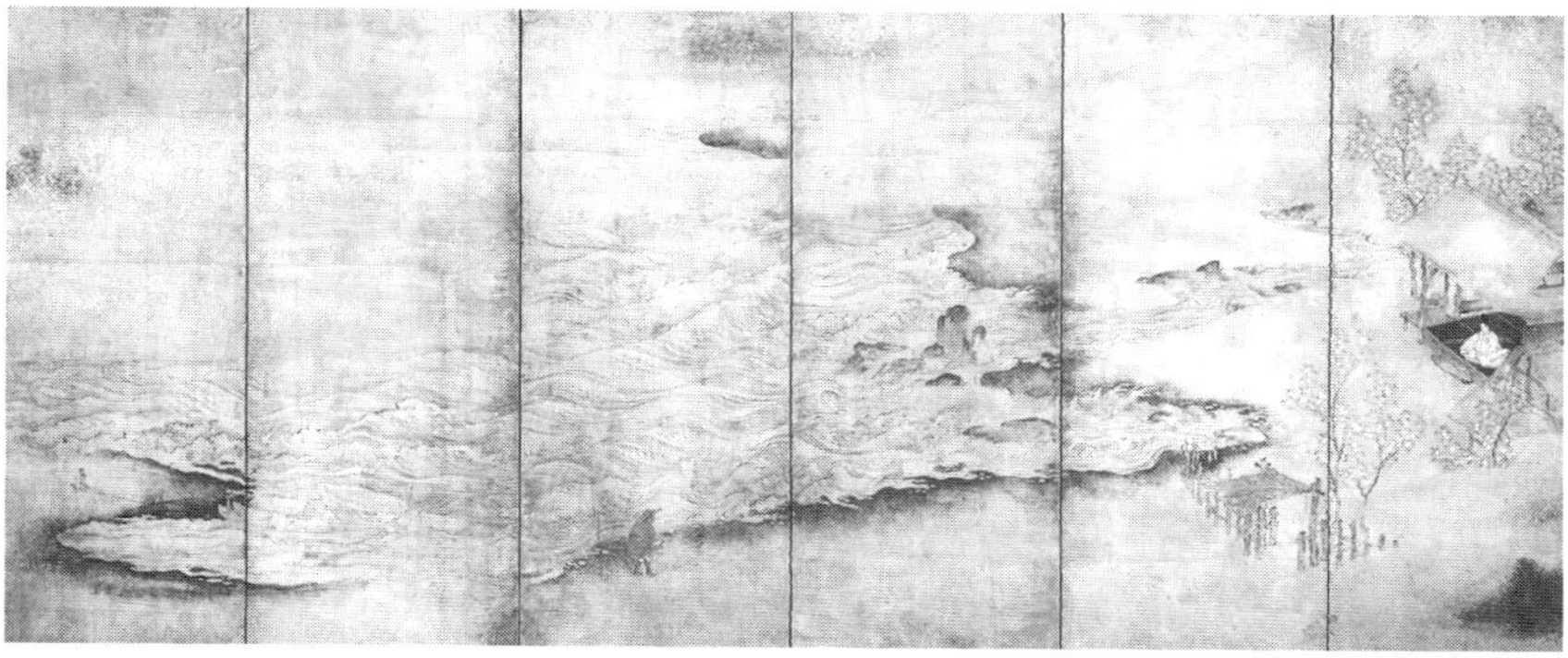

源氏物語図屏風　キンベル美術館蔵
（『源氏絵集成』藝華書院より転載）

その様子を描いたものか。その後まもなく三位中将（後の権中納言）が須磨を訪れるのだが、画中にその姿はない。「弥生の朔日《ついたち》に出で来たる巳《み》の日」（須磨②二一七）、源氏が海辺に出て上巳《じょうし》の祓《はらえ》を行うと、にわかに暴風雨となる。雨風も雷も静まらないまま日数が過ぎていくが、そこへ都から紫の上の使者が「あやしき姿にてそぼち参れる」（明石②二二四）。鷲頭氏は、この「あやしき姿」という箇所に、『花鳥余情』が「蓑かさきたるすかたをいふ也」と注していることなどを指摘、第四扇の蓑笠の男は紫の上の使者であるとする。[※2] 使者が来た翌日、三月十三日の夜明け前から暴風雨は激しさを増し、ついに源氏の座所に続く廊屋《ろうのや》に落雷する。ようやく風雨が静まり、すこしまどろんだ源氏の夢枕に亡父桐壺院が立ち、「はや舟出《ふなで》してこの浦を去りね」（明石②二二九）と言う。その明け方近く、「渚に小さやかなる舟寄せて」（明石②二三〇）、明石の入道が源氏を迎えにやって来る。第五扇に描かれているのは、この舟ではないか。

なお、源氏の住まいは「海づらはやや入《い》りて」（須磨②一八七）という立地だが、画中の茅屋は海辺にあるように見える。これは「いましばしかくあらば、波に引かれて入りぬべかりけり」（須磨②二一八）、「潮高う満ちて、浪の音荒きこと、巌《いはほ》も山も残るまじきけしきなり」（明石②二二五）、「潮の近く満ち来ける跡もあらはに、なごりなほ寄せかへる波荒きを、柴《しば》の戸おし開《あ》けてながめおはします」（明石②二二七～二二八）といった描写に対応していよう。

キンベル本は不思議な絵である。第一扇の桜は二月下旬であることを示しているが、第二～六扇の荒波は三月前半の暴風雨、第四扇の蓑笠の男は三月十二日に来た使者、第五扇の舟は三月十四日に来た入道の舟を表しているものと思われる。おおむね右から左へと時間がゆるやかに移ろっているのであるが、画面全体は須磨の海辺の景である。

鷲頭氏は、キンベル本に名所絵の枠組みが生きていると言う。[※2] 土谷真紀氏は、荒波と洲浜がキンベル本の主役とも言えると述べているが、[※6] 太田昌子氏は「「荒磯」と「洲浜」の二つのイメージの中にこそ、人びとは、海の両極を代表する、もっとも海らしい海の姿を見いだしてきた」と指摘する。[※7] キンベル本は「もっとも海らしい海の姿」を描き出しつつ、そこに二月下旬から三月中旬までの時間の流れをも表しているのである。

第2節で見たように、源氏が須磨で描いたのは、紙絵の「旅の御日記」（A）と「屏風の面」（B）である。キンベル本の、主として風景を描いた、墨線を主軸とする絵という点はAとBの両方、屏風絵であり、詞を伴わない点はB、時間の経過を孕む点はAを思わせる。キンベル本には、源氏が須磨で描いた絵を想起させる面があるのだ。

6 記憶

源氏は「須磨、明石の二巻」を、「思すところありて」絵合出品候補作の中に入れたという（A3）。「思すところ」とは何なのだろう。源氏は「須磨の巻」を絵合に出品して、「おはしけむありさま、御心に思ししことども、ただ今のやうに見え」るようにする（A1）。彼は須磨流離の苦しみ哀しみを人々に見せて、同情や罪悪感を引きだそうとしているのだろうか。しかし絵合参会者の反応は、「誰も他ごと思ほさず、さまざまの御絵の興これにみな移りはてて、あはれにおもしろし」（A1）というものであった。人々は、須磨での源氏の暮らしぶりや思いを見たのに、気の毒とも申し訳ないとも思っていないようである。なぜそんなことが可能なのか。

おそらくその秘密は、「須磨の巻」が風景を主とする絵であったことにある。

須磨の源氏には、「はかばかしうものをものたまひあはすべき人」（須磨②一八八）もいない。そんな彼が、都へと思いを馳せ、あるいは、過去や未来へと思いをのばして、いま都のあの人はどうしているか、なぜこんなことになってしまったのか、これからどうなるのか、などと思いに沈んで、自分のうちに閉じこもってしまったとしても不思議はない。彼は実際、遠く離れた都を思い、過去を思い出している。しかしまた、都人と手紙を交わしたり、花散里邸の築地が崩れたと聞けば修理させたりといったように、人々のことを気にかけ交流してもいる。源氏が須磨で絵を描いていることがはじめて語られるBを、もう一度読んでみてほしい。源氏は、自分が思い沈んでいては供人たちが心細く思うだろうと考え、彼らに冗談を言ったり、手習をしたり、須磨の景を絵に描いたりしている。須磨の絵を描くことは、思いに沈み込まないための方策の一つなのである。景と向かいあい、絵に描いて景と語りあうとき、源氏の心は、過去や都など遠いところを彷徨うのではなく、今ここにたしかに在るはずである。景と向かいあうことで、さまざまな思いがかきたてられるにしても、心はかならず眼前の景へと戻ってくるはずである。「須磨の巻」には「御心に思ししことども」が「ただ今のやうに見え」るというが、しかしこの絵を源氏は「心の限り思ひ澄まして静かに描きたまへる」（A1）ともいう。濁り湿った思いに沈み込まないよう、源氏は心を凛と張り、「四方の海の深き心」（E）と向かいあっている。だから「須磨の巻」は、見る者に同情や罪悪感を抱かせないのだと思われる。

しかし、「須磨の巻」が風景を主とする絵であることこそが重要だとすれば、帝の御前の絵合に出品する作品は紙絵でなければならない、と定めた作者の意図が気にかかる。「紙絵は限りありて、山水《やまみづ》のゆたかなる心ばへをえ見せ尽くさぬもの」（絵合②三八六）であり、風景を描くにはかならずしも適さないからである。風景こそが重要ならば、作者は、帝の御前の絵合を屏風絵対決と設定し、須磨の景を描いた屏風（B）を源氏に出品させたほうが良かったのではないか。

　作者が絵合を紙絵対決と設定して、「須磨の巻」（A）を源氏に出品させたことは、風景だけが重要だったわけではないことを示していよう。第2節に述べたように、巻子は時間を表すのに適している。「須磨の巻」には、源氏が須磨の景と語りあった日々が刻みつけられている。だから「旅の御日記」（A2）とも呼ばれるのである。「須磨の巻」は、「所のさま、おぼつかなき浦々磯」を「隠れなく描きあらはし」ただけでなく、「おはしけむありさま、御心に思ししことども、ただ今のやうに見え」るものでもあったことが重要なのである（A1）。

　源氏の須磨流離は、源氏や紫の上にとって「忘れがたく、その世の夢を思しさますをり」もないのであるが（絵合②三七八）、世間の人々の記憶からは当然ながら徐々に抜け落ちていく。そのような記憶の落差は、ディスコミュニケーションの原因ともなりかねない。だからといって、薄れゆく記憶を、他人がむりやり新しく鮮明なものにしようとすれば、記憶を押しつけられた側は不愉快に思うだろう。記憶の共有は重要であるが、容易ではない。源氏はこの難問を、帝の御前の絵合に、須磨の景とそこで過ごした源氏の日々の様子や思いが刻みつけられた巻子本を出品することによって解決したのである。キンベル本と同様「須磨の巻」も、「四方の海の深き心」（E）を描いた名所絵でありながら、時間とともに移ろいゆく人間の営みや思いをも写し出している。そのような作品だからこそ、忘れてほしくない記憶の更新・共有を、新たな火種を生むことなく成し遂げることができたのである。

注

（1）伊井春樹「須磨の絵日記から絵合の絵日記へ」（『中古文学』三九、一九八七年）

（2）鷲頭桂「大画面形式の源氏物語図屏風の成立について――いわゆる「隠岐配流図屏風」（キンベル美術館）を手がかりに――」（『美術史』一六六、二〇〇九年）

（3）田中一松「隠岐配流圖屏風について」（『國華』八二四、一九六〇年）

（4）*Le Dit du Genji*, Paris, Éditions Diane de Selliers, 2007. 挿絵解説はエステル・レジェリー＝ボエール氏による。

（5）『世界の源氏物語』（ランダムハウス講談社ＭＯＯＫ、二〇〇八年）の小町谷照彦氏による作品解説、注2鷲頭論文、佐野みどり監修・編著『源氏絵集成』（藝華書院、二〇一一年）の土谷真紀氏による作品解説。

（6）注5『源氏絵集成』の土谷氏解説。

（7）太田昌子『絵は語る9　俵屋宗達筆　松島図屏風――座敷からつづく海』（平凡社、一九九五年）

『平家物語』屋島から壇の浦へ

原田　敦史

はじめに

寿永三（一一八四）年二月、一ノ谷の戦いのあと、生き残った平家の人々は船で逃れ、讃岐国屋島に身を寄せた。翌年二月、義経《よしつね》に率いられた源氏の軍勢は、屋島に築かれた内裏を攻撃し、三月二十四日、平家は長門国壇の浦の合戦に敗れた。平家滅亡に至るこの二つの戦いは、いずれも海辺や海上で繰り広げられたものである。彼らの運命を語る『平家物語』は、最後の戦いが行われたその海を、どのような舞台として描き出すのだろうか。

一　延慶本『平家物語』

平家と源氏が讃岐国屋島で合戦を繰り広げたのは元暦《げんりゃく》二（一一八五）年二月のことだが、その日付は諸資料や『平家物語』諸本で異なっていて、はっきりしない。九条兼実《くじょうかねざね》の日記『玉葉』は、二月十六日に義経ら源氏勢の「解纜」があったことを繰り返し記していて、これを信ずべきという説[*1]があり、諸書でずれるといっても数日の幅である。一方、屋島に続く源平の激突であり、最終的な勝敗を決することにもなった壇の浦の戦いが同年三月二十四日であったことは諸説一致しており、間違いはないだろう。その間、およそ一ヶ月あまり。

本稿では、与えられた論題そのままに、二つの合戦に挟まれた期間を『平家物語』がどのように描いているかということに注目するところから始めたい。屋島合戦の終結から、壇の浦合戦の開始まで。船で逃れた平家は、寄る辺を求めて海上をさまよっていただろうか。周知のように、『平家物語』には多種多様な異本が存在し、「屋島から壇の浦へ」の部分をとってみても、内容や表現には諸本によって揺れがある。それらの差異から見えてくるものを探るため、まずは最も詳しい叙述を有する、読み本系の延慶《えんぎょう》本から注目していく。屋島合戦の最終局面から、壇の浦合戦の火蓋が切って落とされるまでの延慶本の内容を、適宜本文の引用を交えつつ、いくつかのブロックに分けて整理してみる。

[A]かつて平家と親しかった熊野別当湛増《たんぞう》、鶏合をして神意を伺い、源氏方へ加勢。

[B]源氏勢に追われ、平家屋島から離脱。

平家遂ニ責落サレテ、第二日ノ巳剋ニハ屋島ヲ漕出テ、塩ニ引レ風ニ随テ、イヅクヲ指テ行トモナク、ユラレ行コソ悲シケレ。

[C]平家方の有力武将である田内左衛門《でんないざえもん》、義経の策略により降人となる。

[D]平家、引島へたどりつく。

判官ハ二月十九日勝浦ノ戦、廿日屋島軍、廿一日志度ノ戦ニ討勝テケレバ、四国ノ兵、半ニ過テ付従ニケリ。「先ヅ事ノ瑞相コソ不思議ナレ。源氏ハ阿波国勝浦《かつうら》ニツキ、軍ニ勝チ、平家ハ白鳥《しらとり》丹生社《にうのやしろ》ヲスギ、長門国引島《ひくしま》ニ付ク。何ガ有ベカルラン、オボツカナ。平家ノ行末イカニモ〳〵ハカ〴〵シカラジ」

E平家、九州を流浪するが、入れられず。

引島ヲモ漕出テ、浦伝島伝《うらづたいしまづたい》シテ、筑前国筥崎ノ津ニ着給ヌ。九国ノ輩モサナガラ源氏ニ心ヲ通シテ、筥崎ノ津へ寄ベシト聞ヘケレバ、筥崎ノ津ヲモ出給ヌ。何クヲ定テ落着給ベシトモナケレバ、海上ニ漂ヒテ、涙ト共ニ落給ケルコソ無慚ナレ。

F三月十九日、住吉社において鏑矢の音が鳴り響く奇瑞あり。朝敵追討疑いなし。

G平家、壇の浦へたどりつく。

平家屋島ヲ落ヌト聞ヘケレバ、「定テ長門国ヘゾ着ンズラン」トテ、参川守範頼《のりより》ハ相従所ノ棟ノ軍兵卅余人ヲ相具テ、安芸、周防ヲ靡《なびかし》テ、長門地ニテ待懸タリ。緒方三郎惟栄《これよし》ハ九国ノ者共駈具テ、数千艘ノ船ヲ浮テ、唐地ヲゾ塞《ふさ》ギケル。平家ハ屋島ヲバ落レヌ、九国ヘハ不レ被レ入《いれられず》、寄方ナクテアクガレテ、長門国檀浦《だんのうら》、門司関ニテ浪上ニ漂ヒ、船中ニテ日ヲ送ル。白鷗ノ群居ヲ見テハ、夷《えびす》旗ヲ上ルカト疑レ、イサリノ火ノ影ヲ見テモ、夜討ノ寄ルカト驚テ、各ノ今ハ思切テ、「檀浦ノ波トキヘ、門司関ニ名ヲ留ム」トゾ被レ申ケル。

H知盛の下知(1)

新中納言知盛《とももり》宣ケルハ、「アヤシノ鳥獣モ恩ヲ報ジ、徳ヲ報ズル志シアムナリ。度々ノ軍、九郎一人ニ被二責落一《せめおとされ》ヌルコソ安カラネ。今ハ運命尽ヌレバ、軍ニ可レ勝《かつべし》トハ思ワズ。何ニモシテ九郎一人ヲ取テ海ニ入ヨ。(中略)九郎進寄ラン所ヲ、後ヨリ押巻テ、中ニ取籠テ、ナジカハ九郎一人可レ不レ討《うたざるべき》」ト宣ケレバ…

I源氏、平家を追って興津辺津《おいつへいつ》へ着く。

J壇の浦合戦開始。知盛の下知(2)

新中納言知盛、船ノ舳ニ立出テ宣ケルハ、「軍ハ今日ゾ限リ。各少モ退ク心アルベカラズ。天竺、振旦、日本我朝ニモ、ナラビナキ名将勇士ト云ドモ、運命ノ尽ヌル上ハ、今モ昔モ力及ヌ事ナレドモ、名コソ惜ケレ。穴賢《あなかしこ》、東国ノ奴原ニ悪クテ見ユナ。イツノ料ニ命ヲ可レ惜《おしむべき》ゾ。何ニモシテ九郎冠者ヲ取テ海ニ入ヨ。今ハ夫《それ》ノミゾ思事」

：

少々長くなったが、平家の動向を伝える記述を中心に、着目したい部分の本文を掲げた。屋島を離れてからの平家の動向に関しては、この延慶本が最も詳しい。平家は屋島を去ってから一度東へ出て、そこから長門国を経由して九州を目指し、九州の勢力に拒まれて、再び長門国壇の浦へと至ったという。もっとも、その内容はいわゆる史実に照らせば大いに疑わしいということは、冨倉徳次郎氏『平家物語全注釈 下巻（一）』（一九六七年、角川書店）が指摘する通りで、『玉葉』が断片的に記すように、実際には讃岐や安芸あたりの瀬戸内海を転々としていたのだろうということなのだが、そうであればこそ、延慶本が右のような叙述によって何を描き出そうとしたのかということが問題となるだろう。

「イヅクヲ指テ行トモナク、ユラレ行（A）」と屋島からの離脱を語って以降、あてもなく海上をさまよい続ける平家の人々の姿を、彼らが抱いた悲しみを、延慶本の視線が追い続けていることに、十分注意をしておきたい。それは、延慶本の特質というべきものである。[*2] Dで引島に着いたことの不吉を述べた後、Eでは九州に、九州の勢力からも拒否されて、わずかな望みも潰えた平家の「涙」を描く。かつて平家の影響力の下にあったはずの九州に、今は立ち入ることすらできず、海上を漂う。その寄る辺なさ、その絶望こそが、流浪の果てに行き着いた壇の浦の海で戦って散ることを決意させたと語るGの記述は、とりわけ重要だ。こうしてさまよい続けるくらいなら、名を留めて死ぬほうがいい。そう思い極めるに至るまでの平家の人々の心の動きに、延慶本は焦点をあてている。安住の地を求め得ないまま海上を漂い続けなければならないという絶望は、最後の合戦の序曲となって物語の世界に響くのである。

そしてその思いは、H・Jの知盛の言葉に結晶していく。「檀浦ノ波トキへ、門司関ニ名ヲ留ム」と誓ったからには、自分たちに苦渋を味わわせ続けてきた義経だけは、何としても仕留めよう、と。生形貴重氏[3]が析出されたように、知盛のその執念は、延慶本の描く壇の浦合戦の一つの特質なのであり、彼の死の間際まで途絶えることのないものであった。もはや勝敗が決した後、なおも猛り続ける教経《のりつね》に、知盛は次のように言っている。

新中納言宣ケルハ、「能登殿、イタク罪ナ作リ給ソ。シヤツバラケシカル者共トコソミレ。無レ詮《せんなし》トヨ。サリトテ吉敵《よきかたき》カハ」…

その教経が、義経打倒を果たさずに死ぬ様を目にして、

新中納言是ヲ見給テ、「哀レ、無レ由《よしなき》事シツル者哉。キヤツバラハ、ケシカル者共ニコソアムメレ。見ルベキ程ノ事ハミツ。今ハカウゴサンナレ」…

と無念を滲ませながら、知盛も海に沈んでゆく。[4]壇の浦合戦はこうして終結した。

延慶本は、壇の浦にたどり着くまでの平家の姿を見つめ続ける。彼らの思いは、結晶し、壇の浦の海域を満たす。海を舞台とする二つの合戦を、海上をさまよう平家の心情の描写が繋ぐ。壇の浦の海には、追い詰められた人間の執念が充満している。その行く末を見届けようとする視線を、確かに延慶本は有しているようである。

二　語り本の諸相

次いで、語り本系と呼ばれる諸本に目を向けよう。その表現は、延慶本とは大きく異なるものであり、中でもそれは覚一本において際立っている。そのことを確認するために、他二種の語り本系諸本も加えて記事内容をまとめ、延

慶本と対比させてみたい。表中のアルファベットは前掲の延慶本のものと対応し、○数字は延慶本には見られなかった記事である。

屋代《やしろ》本	覚一本	中院《なかのいん》本
C、田内左衛門降人。 A、熊野別当湛僧、源氏へ加勢。 B、平家屋島離脱。 ①、梶原景時《かじわらかげとき》、屋島へ到着し、嘲笑される。 F、住吉社の奇瑞。 ②、義経、兄範頼と合流。 D+I、平家は引島へ、源氏は赤間関へ。 ③、義経と景時が口論。壇の浦合戦開始。景時活躍。 J、知盛の下知(2)	B、平家屋島離脱。 C、田内左衛門降人。 ①、梶原景時、屋島へ到着し、嘲笑される。 F、住吉社の奇瑞。 ②、義経、兄範頼と合流。 D+I、平家はひく島へ、源氏はおい津へ。 A、熊野別当湛増、鶏合の後、源氏へ加勢 ③、義経と景時が口論。壇の浦合戦開始。景時活躍。 J、知盛の下知(2)	C、田内左衛門降人。 A、熊野別当湛僧、源氏へ加勢。 ①、梶原景時、屋島へ到着し、嘲笑される。 F、住吉社の奇瑞。 ④、平家九州へ入れられず、西海をさまよう。 ②、義経、兄範頼と合流。 I+D、源氏はをいつへ、平家はひくしまへ着く。 ③、義経と景時が口論。壇の浦合戦開始。景時活躍。 J、知盛の下知(2)

記事の有無や順序にばらつきはあるが、肝心なのは、屋島離脱後の平家の動向を伝える記事が欠けているということである。覚一本にそくしていえば、わずかにBの

　又舟にとりのッて、塩にひかれ、風にしたがッて、いづくをさすともなくおちゆきぬ。四国はみな大夫判官においおとされぬ。九国へは入られず。たゞ中有の衆生とぞ見えし。

があるにすぎない。以後、壇の浦に至るまでの足取りには全く触れられず、延慶本において重視したEやGなど、平家の人々の心情にまで分け入るような描写も、一切見られないのである。

右の覚一本の引用に「九国へは入られず」という一言が入り込んでいることには、注意を要する。屋島を離れた直後の段階で、いきなり九州のことを話題にするのは、かなり苦しい。いつ九州まで行ったというのだろうか。時間的に無理がある上に、「入られず」という書きぶりも不可解である。何か一悶着あったかのようだが、すんなりとは飲み込めない。延慶本Eのような説明がなければ、何のことかわからないだろう。類似の情報は、八坂系第一類の中院本では、壇の浦合戦直前の④に、

去程に平家は、九国の内へはいれられす、さぬきの八島をもをひいたされ、なみにたゝよひ、風にまかせて、いつちともなくゆられつゝ、いまたせんやう、さいかいのしほちにまよひ給けり

とある。こちらも具体的にどのような出来事を指しているのかが不明なことには変わりないが、時期の問題に限れば、屋島を離れてからの一ヶ月あまりの間に九州にも行ったのだろうと想像することはでき、覚一本ほど不自然ではない。この④を参考にすれば、「延慶本のような詳しい描写→その痕跡としての④→それを無理な位置に移した覚一本」と仮定することができる。すなわち、語り本系の諸本に共通の源流を想定するとすれば、その詳細な全貌まで明らかにすることは困難だとしても、平家の動向に関する記述については、延慶本に類するような描写を一部なりとも有するものであったと考えてよいのではないかということである。語り本系諸本が、それを整理することによって成った物語なのだとするならば、その視線の先に見ようとしているものも、自ずと延慶本とは異なってくるであろう。

延慶本で特に重要だったG中の、「白鷗ノ群居ヲ見テハ、夷旗ヲ上ルカト疑レ、イサリノ火ノ影ヲ見テモ、夜討ノ寄ルカト驚テ」という部分は、類似する表現が覚一本では大原御幸のときの建礼門院の述懐の中に見えている。それ

が、壇の浦合戦の場面に用られることはないということを重視しておきたい。Gで吐露された人々の思いを、続く知盛の言葉が集約していくような連関もない。源平最後の戦いの舞台を、人々の悲しみや怨念が充満する場として作り上げようとする意志を、語り本は有していないと見るべきだろう。壇の浦の海を満たしているのは、別の何かであるに違いない。それは、覚一本において特に強く顕現しているようである。

> [F]判官都をたち給ひて後、住吉の神主長盛《ながもり》、院の御所へまいッて、大蔵卿泰経朝臣《やすつねあそん》をもッて奏聞しけるは、「去十六日丑剋に、当社第三の神殿より鏑矢《かぶらや》の声いでて、西をさして罷候ぬ」と申ければ、法皇大に御感あッて、御剣以下、種々の神宝等を長盛して大明神へまいらせらる。むかし神功皇后《じんぐうこうごう》…
>
> [D+I]平家は長門国ひく島にぞつきにける。源氏阿波国勝浦について、八島のいくさにうちかちぬ。平家ひく島につくときこえしかば、源氏は同国のうち、おい津につくこそ不思議なれ。
>
> [A]熊野別当湛増は、平家へやまいるべき、源氏へやまいるべきとて、田なべの新熊野《いまぐまの》にて御神楽《みかぐら》奏して、権現に祈誓したてまつる。白旗につけと仰けるを、猶うたがひをなして、白い鶏七つ赤き鶏七つ、是をもッて権現の御まへにて勝負をせさす。赤きとり一もかたず。みなまけてにげにけり。

立て続けに記される、平家敗北の予兆。人知の及ばない力の存在。それが、物語の世界をはっきりと縁取っているのである。刑部久氏が、

> 思えば、壇浦合戦程に多くの予兆託宣にその結果を保証された合戦は少ない。源氏の「勝浦」、平家の「ひく嶋」といった語呂合的なもの。熊野別当湛増の新熊野での鶏合（『延慶本』では屋嶋合戦に際してとする）。そして、八幡縁《ゆかり》の住吉大社より西を指して飛んでいった鏑矢も又、時期的には義経の四国侵攻と重なるものであっても、該記事が壇浦合戦の直前に配置されていることもあって、壇浦の海上にも、猶も高く響き渡ったに相違ない。[*5]

と説かれたとおり、いま壇の浦の海を覆っているのは、紛れもなく神々の意志なのだ。その力によって、合戦の行方はすでに決定されている。Ａの位置を屋島合戦の終盤から壇の浦の直前にずらし、屋代本や中院本が触れようとしない闘鶏のことまでも記す覚一本が、如上の意味を極度に強く表現しようとしたものであることは間違いない。こうした言葉に導かれて、平家は壇の浦に姿を現してくる。そこはもはや延慶本とは異質な物語の舞台である。

三　覚一本『平家物語』

もちろん、右に掲げた一つ一つの記事自体は、延慶本にも見られたものだ。だが、すでに見たとおり、延慶本においては寄る辺ない日々の苦しみが平家の人々を死地に向かわせたとする文脈こそが物語の基調を形作っており、その果てのＧは、壇の浦合戦へと至る最後の階梯だった。平家の人々のあずかり知らぬところで起こった出来事が、予兆記事として合間にちりばめられている。一方の語り本は、その基調を共有していない。それと入れ替わるように、源平最後の戦いの場を支配するのは人知の及ばない力の存在であることが刻印されて、壇の浦合戦の導入となってゆくのである。そのことを、覚一本は特に集約的に表現する。

屋島合戦まであれほど圧倒的な力を発揮してきた義経が、壇の浦では全くといっていいほど活躍しないのは、おそらく上記のことと連動する問題である。義経に大した見せ場がないこと自体は諸本で共通するのだが、延慶本では知盛の言動を通して、義経は最後まで、討つべき敵であり続けていた。「檀浦ノ波トキへ、門司関ニ名ヲ留ム」と決意した人々は、せめて義経だけでも討ち取ることを願い、知盛はＨ・Ｊと二度にわたってそれを全軍に指示し、彼の執心は最後までその一点にあった。そうした意味において、延慶本の義経は、十分に存在感を保っていた。

語り本の義経にはそれがない。Jで知盛は、もはや義経の名を口にせず、ただ「名こそおしけれ。東国の物共《ものども》によはげ見ゆな」と言うだけである。わずかに義経らしいシーンといえば、後世に八艘飛びとして伝承されていく軽業くらいだが、それも正面からぶつかっても勝ち目のない教経から逃げたにすぎない。[*6] 並外れた機動力、統率力によって連勝を重ねてきた義経の、力も存在感もすでにない。屋島までの活躍ぶりや、後に頼朝から戦功による増長を危険視されることなどを考えれば、不自然なほどである。だがそのことを、ひとり義経像の問題としてのみとらえるだけでは十分ではない。物語は、義経の力のかわりに戦局を支配したものが何であったのかを、明示しているからである。

> されども、平家の方には、十善帝王、三種の神器を帯してわたらせ給へば、源氏いかゞあらんずらんとあぶなうおもひけるに、しばしは白雲かとおぼしくて、虚空にたゞよひけるが、雲にてはなかりけり、主もなき白旗ひとながれまいさがッて、源氏の船のへに棹づけのおのさはる程にぞ見えたりける。
> 判官、「是は八幡大菩薩の現じ給へるにこそ」とよろこンで、手水うがひをして、是を拝し奉る。兵どもみなかくのごとし。

という記述が端的に示すように、源氏の勝利は八幡大菩薩のおかげだった。出現したイルカの動きを占って、平家が敗北を悟る記事が、これに続く。平家の滅亡は神々の意志による必然であり、ゆえに源氏の勝利もまた、神々の加護によるものなのだった。

義経の力ではなく、神々の意志こそが勝敗を左右する。その意味において、連続する合戦でありながら、実は壇の浦合戦は、屋島とは対照的な、それまでとは明らかに異なる戦いであったのだ。そのことは、語り本においてことさらに際立っているという点を、もう一度強調しておこう。③の存在は、その意味で特に目を引くものである。合戦に先立って、義経と梶原景時が先陣争いを繰り広げ、お互いに悪口を吐いて同士討ち寸前にまで至るという記事である。

重要な合戦の前に勃発した、義経と景時の大人気ない争い。指揮官でありながら、最前線に出なければ気がすまない義経の闘争心。『平家物語全注釈』が指摘したように、それは屋島攻略のために船出をしようとしていた際に、船に逆櫓を取り付けるか否かで二人が激しく争った、巻十一冒頭の「逆櫓」の再現であるかのようである。「逆櫓」の焼き直しにすぎないような争いが壇の浦合戦の前にも繰り広げられたとき、我々は今度の合戦もまた同じ展開となることを期待するに違いない。屋島の時のように、義経が圧倒的な力で平家を攻め落とし、対立した景時の鼻を明かしてやるはずだと。ところが、案に相違して、壇の浦で活躍し、「其日の高名の一の筆に」ついたのは、景時であったというのである（③）。あえて焼き直しのような場面を用意したのは、壇の浦合戦が屋島の時のようにはいかない合戦であることを印象づけるためではなかっただろうか。

続く「遠矢」についても同様の指摘ができそうである。壇の浦合戦の序盤、源平の遠矢自慢が力量を競う場面、敵に対抗できる人材が自軍にないかと尋ね、後藤実基が阿佐里与一の名を挙げ、義経が「さらばよべ」と命ずる。とりわけ語り本の内容は、「那須与一のリクエスト版」のようだとの指摘[*7]がすでにある。ゆえに我々は、続く展開に屋島合戦と同じような義経像を期待する。そして、決してその通りにはいかないのである。

義経の能力を存分に発揮して勝利した屋島合戦から、神々の意志が支配する壇の浦の戦場へ。那須与一や錣引きや弓流しなど、個人の技芸がきらめいた屋島の海辺から、人知を超えたものの力が満ちた壇の浦の海上へ。義経像の描き方だけが変わったのではない。物語は、合戦の舞台を大きく変貌させたのであり、それまでの合戦とは異なる特別な舞台として用意された壇の浦には、義経個人の見せ場はなかったということなのだ。それが仕組まれた演出であったことを明瞭に示しているのは、語り本の中でもやはり覚一本である。Aの位置と内容に手を加えることによって壇の浦合戦の導入部を整備したことと、同じ意図に基づくと見られる改編の跡が、他にも覚一本には散見する。第一にそれは、Ｆの表現である。住吉神社から鏑矢の音が西を指して鳴り響いたこと、それは朝敵たる平家滅亡を暗示する奇瑞であるという。実際に京都に報告されたことであったらしいのだが、延慶本は三月十六日の出来事としている。物語の進行に合わせた日付なのだろうが、『玉葉』の記録では二月十六日のこと、屋代本や中院本でもそうなっている。覚一本はこれを、「判官都をたち給ひて後」と語り出す。二月十六日という日付だけですむところを、あえて義経が出立した後の出来事であると言うのである。先の刑部氏も言及していたように、日並みから言えば、「伝聞、九郎去十六日解纜、無為著㆓阿波国㆒了云々、件日、住吉神鏑鳴日也、可㆑謂㆓厳重㆒云々」と記す『玉葉』（二月二十七日条）のように、屋島合戦の勝利と関連づける方が自然だろう。それを壇の浦合戦の直前に記すのみならず、義経にはかかわりのないことだと強調する。住吉の神意が関与するのは、彼が活躍した屋島ではなく、これから始まる合戦なのだと、言わんとしてるかのようではないか。さらに、壇の浦開戦の直後には、次のような一節がある。

大将軍九郎大夫判官、まッさきにすゝンでたゝかふが、楯も鎧もこらへずして、さん〲にゐしらまさる。

他本では義経の名前を出さず、ただ源氏が劣勢になったとだけ記す。覚一本はそれを、義経の劣勢だと念押しする。もはやそこは、義経の力が状況を変えていくような世界ではないことを、はっきりと告げるのだ。

覚一本における如上の新たな二つの改編は、連動しながらその世界の輪郭を明らかにする。それまでの合戦とはちがう特別な場としての壇の浦。平家の人々の悲しみを見つめ続ける、その表現によって屋島から壇の浦への連続性が確保されていた延慶本の世界とは明らかに異質な舞台。それを覚一本は、とりわけ入念に仕立て上げた。ならばその中に、文学は何を描き出そうとするのだろうか。

四　壇の浦の海

平家の滅びは、人知を超えた存在によって決定されている。ならば、避けようのないその滅びを、人々はどう生きたのか。焦点はそこにこそ結ばれることになるはずだ。物語は、彼らの最期の姿に何を見出すのか。壇の浦の海は、それを見届けるために用意された特別な舞台なのではなかっただろうか。

語り本は、平家方に離脱者が相次いだことを繰り返し表現する。Aの末尾には

> 源氏の船は三千余艘、平家の舟は千余艘、唐船《とうせん》少々あひまじれり。源氏の勢はかさなれば、平家のせいは落ぞゆく。（覚一本A末）

とあり、八幡の奇瑞の後、阿波民部の裏切りによって平家方が総崩れになるときにも、

> さる程に、四国・鎮西の兵ども、みな平家をそむいて源氏につく。（中略）かの岸につかむとすれば、浪たかくしてかなひがたし。このみぎはによらんとすれば、敵矢さきをそろへてまちかけたり。

これらは、延慶本のE・Gのような情報を、合戦の最中のこととして描き直したもののようにも思える。物語は、そうして選別した者たちだけを壇の浦の海上に残してゆく。彼らは最後の決断をし、次々に海へと身を投げた。中でも覚一本における二位尼《にいのあま》の入水には、物語が人々の最期の姿の中に見出そうとしたものが集約されていると考えたい。

安徳帝を抱いた二位尼が船端に臨む場面には、

> いとけなき君にむかいたてまつり、涙ををさへ申されけるは、「君はいまだしろしめされさぶらはずや。先世の十善戒行の御ちからによって、今万乗のあるじと生れさせ給へども、悪縁にひかれて、御運既につきさせ給ひぬ」

…

とあった。帝位に即いた身でありながら今このような最期を遂げなければならないのは、「悪縁」ゆえのことだという、その一言は極めて重い。幼い帝を道連れにしようとしている本人が、「悪縁にひかれて」ゆくのだと口説く。それはすなわち、帝を抱いて海に沈もうとしている自らの存在が、「悪縁」そのものなのだと認めているに他ならないではないか。言い換えるならば、天皇すら道連れにしなければ片のつかない事態を引き起こしたのが自らの一門であることの表明であり、その歴史を生きた者としての生涯を完遂しようとしているのが今の自分の行為なのだと、宣言しているということではないのか。それは、清盛の栄華を見続けてきた二位尼の言葉によって平家の歴史が総括され、意味づけられた瞬間なのだ。二位尼の最期は、この一瞬のために描き出されたもののようですらある。

　そのほかに最期の姿が詳述される教経や知盛にもまた、同じ視線が注がれているように思われる。合戦に先立って全軍に

　「いくさはけふぞかぎり、物ども、すこしもしりぞく心あるべからず。天竺・震旦にも日本我朝にもならびなき名将勇士といへども、運命つきぬれば力及ばず。されども名こそおしけれ。東国の物共によはげ見ゆな。いつのために命をばおしむべき。是のみぞおもふ事」（覚一本J）

と告げた知盛は、最後まで平家を「あるべき武家集団」として統率し、教経もまた、卓越した戦闘力によって「平氏一門の武家集団としての面目」を示しているという指摘が、佐倉由泰氏にある。[*8] 彼らの存在ゆえに、平家の滅びはまぎれもなく武の家の終焉であり得ていた。

　抗い得ない運命の中で、海に沈んでいった人々が示したもの、それは、彼らの最期の姿が、平家の滅亡という歴史に対してそれぞれに意味を付与しているということではなかったか。海という舞台は、それをしくじった者を飲み込

もうとはしない。自ら飛び込もうとしなかった宗盛父子は、なまじ泳ぎが達者だったために捕らえられて生き恥をさらし、助け上げられてしまった建礼門院《けんれいもんいん》は、残りの人生を鎮魂に生きた。彼らの存在もまた、平家滅亡という歴史を壇の浦で生ききった者たちの姿を、背後から照射する。そういう形で、平家の滅びという事実がいかなる歴史であったのかを描いて見せたのが語り本なのであり、特にそれを先鋭化させているのが、覚一本であるようだ。

壇の浦の海とは、そのために仕立て上げられた舞台だった。同じ『平家物語』でありながら、延慶本などに比して大きく表情を変えたその海は、歴史文学としての有り様を反映するものでもあるのだ。

注

(1) 平田俊春氏「屋島合戦の日時の再検討—吾妻鏡の記事の批判を中心として—」(『日本歴史』四七四。一九八七年一一月)。

(2) 屋島から壇の浦にかけての平家の動向について、『源平盛衰記』が延慶本に準ずる記事を持つが、簡略であり、以下で延慶本について考察するような特質をそなえていない。

(3) 「「新中納言物語」の可能性—延慶本『平家物語』壇浦合戦をめぐって—」(『大谷女子短期大学紀要』三二、一九八八年三月)

(4) 生形氏注3論文。

(5) 「『平家物語』壇浦合戦の事—表現が意味性を増幅する時—」(『リポート笠間』二八、一九八七年一〇月)

(6) 佐倉由泰氏「『平家物語』における源義経—〈制度〉とのかかわりに着目して—」(『日本文芸論稿』一六・一七、一九八九年七月)

(7) 生形氏注3論文。

(8) 「覚一本『平家物語』における平氏一門の運命の表現—平重盛、平知盛、建礼門院の存在様態と機能に着目して—」(『日本文芸論叢』七、一九八九年一〇月)

後鳥羽院と隠岐

吉野　朋美

一　狂った歯車——承久の乱に至る経緯と乱の顛末

なぜこんなことになったのか。時は承久三年（一二二一）七月十三日、戦《いくさ》に敗れ洛南の離宮鳥羽殿《とばどの》に護送されたのち出家した後鳥羽院（一一八〇―一二三九）は、数名の女房とわずかな供を連れ、「甲冑勇士」（『吾妻鏡《あづまかがみ》』同日条）に前後を囲まれて隠岐に向かう逆輿《さかごし》（罪人用の手輿）[*1]のなかで、自身の運命の歯車がどこで狂ったのか何度も自問したに違いない。

おそらく、最初に大きく歯車が狂ったのは、治天《ちてん》の君（院政を執り行う上皇のこと）である後鳥羽院に心からの尊崇と忠誠の念を抱いていた源実朝《さねとも》が、承久元年正月に横死したことであったろう。実朝は、母である北条政子とその一族の強大な力に押されながらも、名付け親でもある後鳥羽院を頂点とする公家政権の政治・文化を理想とし、それを学び実践することで一翼たる武家政権の首長たらんともがいていた青年将軍だった。[*2]後鳥羽院は、そうした実朝の見せる姿勢をよしとし、幕府との融和・協調路線の拡大、あわよくばその包摂をもくろんでいた。それが実朝の不慮の死で、すべて水泡に帰したのであった。

次に後鳥羽院のもくろみが外れ、またひとつ運命の歯車が狂ったのは、実朝没後の幕府との交渉であろう。実子のいない実朝の後継に後鳥羽院の皇子をあてる、という内約を実朝生前に双方でかわしていたこともあり、幕府は親王将軍の早急な東下を申請してきた。しかし後鳥羽院はその回答を留保、ついで愛妾の白拍子《しらびょうし》亀菊《かめぎく》の所領の地頭の罷免を要求する。幕府は有力氏族の動きを抑えるためにも絶対的な権威を持つ将軍を擁立する必要にせまられていたが、時の執権《しっけん》北条義時は院の要求を拒否する。鎌倉幕府にとって地頭の任免権は政権の生命線であり、落ち度のない地頭を罷免するわけにいかなかったからである。結局、要求の通らなかった院は親王将軍も認めず、将軍は摂関家の九条家から出すこととなった。思惑通りにことが運ばなかったことに、院はいらだちを募らせたであろう。

そして、もっとも大きく思惑が外れ、狂った運命を決定づけたのは、承久三年五月十五日に義時追討の官宣旨《せんじ》・院宣を諸国の荘園の守護・地頭に発した後の動きであろう。後鳥羽院の構想では、王威のもと当然自分の側に皆がなびくはずであった。が、実際はまったく違っていた。政子がこれを「非義ノ綸旨《りんじ》（道理に反する君の命令）」（『吾妻鏡』承久三年五月十九日条）として幕府存亡の危機を訴え団結を求めたことで、関東の御家人たちのほとんどは幕府への忠誠を誓う。そして一致団結して都に攻め上ることを決し、十九万の大軍を東海・東山《とうさん》・北陸三道から上洛させた。対する院側は、院の近習《きんじゅう》、北面・西面《さいめん》の武士、検非違使《けびいし》、院分国・院領の兵士、関東方の脱落者、僧兵の一部、そして西国守護（在京御家人）の総勢わずか二万数千、しかも寄せ集めの武力であり戦の計画もずさんだった。

結果、後鳥羽院の起こした軍事行動は、多くの犠牲者を出し、わずか一ヶ月で幕府方の勝利に決した。院方の敗将たちは次々に壮絶な最期を遂げた。のちに承久の乱と称される内乱の顛末である。

二　隠岐へ

敗戦後の処理は峻烈を極めた。後鳥羽院はもちろん、その計画に参与するため譲位した順徳院がそれぞれ隠岐と佐渡へ遠流《おんる》、計画に荷担した親王達も配流、倒幕にいっさい関与していなかった土御門院も自主的に土佐へ遷《うつ》ることとなった（のちに阿波に遷る）。また戦の首謀者と目された院近臣の公家はことごとく捕らえられ、関東護送中に多くは斬殺もしくは自殺させられ、また院側に与《くみ》した在京の御家人たちは梟首《きょうしゅ》（さらし首）となった。

ところで、後鳥羽・順徳両院の配流先はどのように決せられたのであろうか。慈光寺本《じこうじぼん》『承久記』は、後鳥羽院の隠岐配流を「同《おなじ》王土トイヘドモ、遙《はるか》ニ離《はなれ》タル隠岐国へ流シマイラスベシ」という北条義時の指示によるものと記す。他に配流先に関する資料が存しないため、これが義時の独断かは不明だが、そもそも皇位にあった人物が内海ではなく外海の辺境の島へ遠流とされたのは、このときが初めてであった。[*3] 両院以前の配流先というと、淳仁《じゅんにん》天皇（淡路廃帝）の淡路、保元の乱に敗れた崇徳《すとく》院の讃岐などがあるが、どちらも瀬戸内海沿岸の国であった。崇徳院の場合、最初の行在所《あんざいしょ》は直島だったが、島とはいえ内海の小島であって、外海の隠岐・佐渡とは都からの遠さも環境もまるで異なっている。

ではなぜ、隠岐と佐渡だったのであろうか。管見の限りでは従来論じられたことはなく想像の域を出ないが、古く『延喜式』において遠流の地と定められていたのは、伊豆、安房《あわ》、常陸《ひたち》、佐渡、土佐、隠岐の六国、うち前三者は関東である。歴史的には六国以外への遠流もおこなわれていたが、幕府はまず律令に則ったのであろう。また関東三国のいずれかに両院を迎えて監視する手もあったろうが、勢力圏内に〝貴種〟が来ると、決して一枚岩ではない関東の

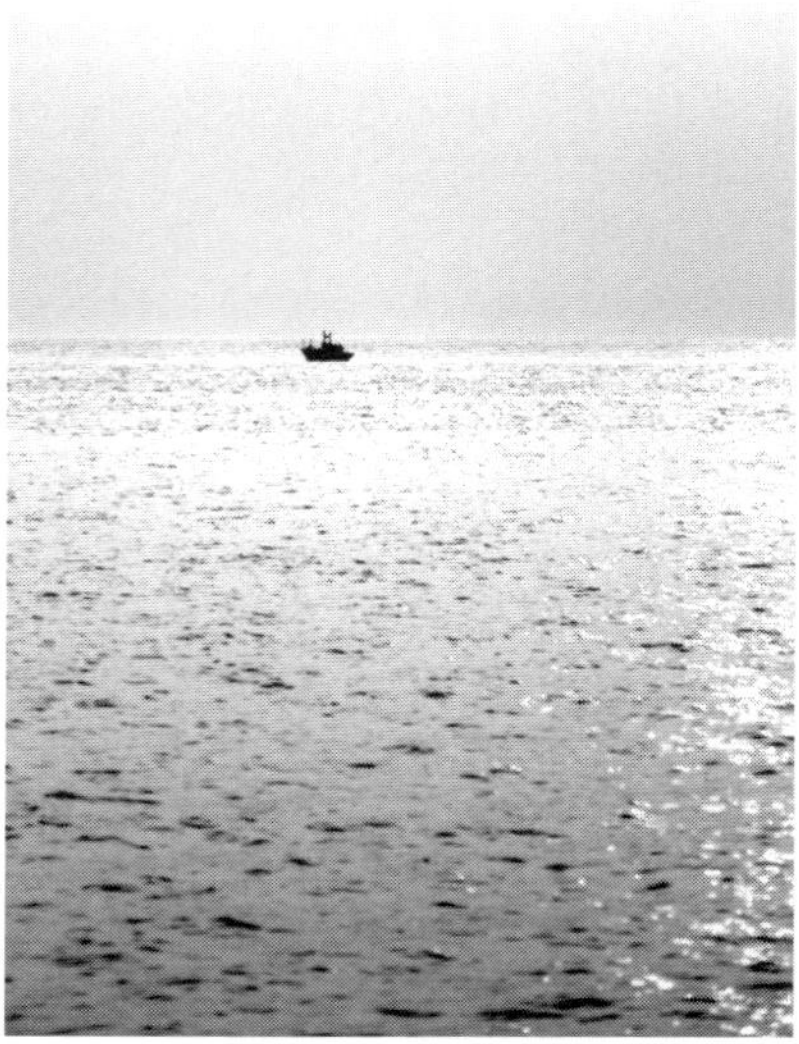
夕陽に染まる隠岐の海

有力武士団のなかに、それを戴いて幕府、というより北条に反旗を翻す氏族が出て来る可能性があると思ったのかもしれない。天皇在位経験者の先例に倣う選択もあったろうが、両院の影響力を幕府が脅威と考えていたならば、瀬戸内海沿岸は都に近すぎると判断したのかもしれない。さらに想像を膨らませれば、外国との交易が盛んにおこなわれていた日本海に位置する境界の大きな島それぞれに、この国を統《す》べていたかつての天皇を据えることによって、いまこの国を実質的に支配するのが幕府であり、その支配がすべての国土に及ぶことを、対外的にも象徴的に示そうとしたのかもしれない。いずれにせよ、両院には思いも寄らぬ地への配流だったであろう。

後鳥羽院は隠岐に遷るにあたり、事前に息子である仁和寺《にんなじ》の道助《どうじょ》法親王を戒師として出家（法名良然）、それに先だって似絵《にせえ》の名手藤原信実《のぶざね》に自らの肖像画を描かせた（『吾妻鏡』承久三年七月八日条、慈光寺本『承久記』）。そして愛してやまなかった離宮水無瀬殿を見たいという願いもむなしく西下、出雲国大浜浦から風を待って隠岐国に舟で出立した。[*4]

配流途次も後鳥羽院の望郷の念、母七条院や妃修明門院《しゅめいもんいん》（順徳母）への思慕の念はやみがたく、思いのたけを詠んだ歌が諸資料に残されている。慈光寺本『承久記』には、隠岐に渡る海上で、船酔いだろうか、「御ナヤミ（ご病気）サヘ有」りつつ、今までに体験したこともない波風を聞きながら

都ヨリ吹《ふき》クル風モナキモノヲ沖ウツ波ゾ常ニ問《とひ》ケル

という歌を詠んだと記される。美保関から隠岐へ向かう船に乗ると、途中まったく陸地が見えず、どこを見ても一面海というところがある。見も知らぬ地に向かう舟に乗り、陸地の見えない沖合で波に揺られる後鳥羽院の、心細い思いがよく伝わってくる歌である。すでに都と隔絶された境遇にあることに思い至りつつ、風の便りも都からは聞こえないが沖合で舟に打ち寄せる波はつねに私を訪ねてくる、と詠むところからは、ことばの対比を生かしつつ、なかば諦念も漂う自虐的なユーモアも読み取れようか。

三　隠岐の暮らし

後鳥羽院は、隠岐諸島の島前《どうぜん》、阿摩《あま》郡刈田《かりた》郷（現隠岐郡海士《あま》町）に到着、「柴ノ桑門《さうもん》」、つまり草庵のような質素な御所に入ったという（『吾妻鏡』八月五日条）。『増鏡』上「新島守」は御所の様子を次のように記す。

このおはします所は、人離れ、里遠き島の中なり。海づらよりは少しひき入《い》りて、山陰《やまかげ》にかたそへて、大きやかなる巌《いはほ》のそばだてるをたよりにて（海辺からは少し引っ込んで、山の陰に一方が添っていて、大きな岩がそびえているのをよりどころにして）、松の柱に葦葺《あしふ》ける廊《らう》など、けしきばかりことそぎたり（御所とは外見ばかり、簡素な作りである）。まことに「柴の庵《いほり》のただしばし」と（「いづくにも住まれずはただ住までありなん柴の庵のしばしなる世に」と西行が詠んだように、仮の柴の庵でただしばらく生きるだけの世だからと）、かりそめに見えたる御やどりなれど、さるかたになまめかしくゆゑづきてしなさせ給へり（それなりに風雅に、由緒ある風情でお暮らしになっている）。水無瀬殿思し出づるも夢のようになん。はるばると見やらるる海の眺望、二千里の外も残りなき心地する、今更めきたり。潮風のいとこ

ちたく吹きくる（ひどく吹き付けてくる）を聞しめして

われこそは新島守《にひしまもり》よ隠岐の海の荒き浪風《なみかぜ》心して吹け

『増鏡』の作者は失われゆく王朝の優美さを愛惜する姿勢を貫いており、この御所の描写も、『源氏物語』須磨《すま》巻での光源氏の謫居の描写をふまえて多分に優雅に記していると思われるが、実際、簡素な中にも優美に住みなしていたというのは、ある程度の真実味がありそうである。それは、後鳥羽院が在島中に少なくとも七百首以上の歌を詠み、『新古今和歌集』の精撰をおこない、院を慕う都の旧臣たちと机上の歌合を催しているという和歌活動の事実、都と隠岐を往還する人々が都のさまざまな情報、消息を院にもたらしているという情報環境面、また出家者として仏道修行に励める環境にあったことを示す資料などからもうかがえよう。実際の例をひとつあげてみよう。

上賀茂社松下家伝来の後鳥羽院宸翰《しんかん》（東京大学史料編纂所所蔵影写本「後鳥羽院宸翰」三〇三一—一三）には、清寂入道という人物の様子が滑稽に記されている。清寂は俗名藤原清房、院近臣の長房の猶子で承久の乱後に出家、隠岐に随行していたが、一旦帰京、この折に戻ってきたようである。宸翰には、清寂が臆病で、隠岐へ渡海の折には高声《こうしょう》念仏の後失神したこと、院の仏道の知識を大げさにほめる様子、島の下女の用意した衣の丈がひどく短くて寸法に合わず皆が笑った様子、持仏堂での仏事が終わって退出するときに階段から積雪の中に転げ落ちたことなどが語られている。後鳥羽院自身が切り取る穏やかな日常風景の一コマだが、ここからは、隠岐随行者が往復できたこと、御所には持仏堂があり、院が日ごろから仏道修行に励んでいたことも読み取れる。

隠岐の後鳥羽院の仏道への専心ぶりは、清寂の大げさな称賛にたがわぬものだったようである。隠岐配流から六年経った嘉禄二年（一二二六）四月、在京の藤原家隆に加判を依頼した『後鳥羽院自歌合』には、仏法を説き明かした「法文《ほうもん》」を詠む歌二首

おしなべてむなしき空のうすみどり迷へば深きよものむら雲（左歌）

袖の上にあだに結びし白露や裏なる玉のしるべなるらん（右歌）

が番《つが》えられ、左歌には、さまざまの事象は本来「空《くう》」であり不変であるが、煩悩に悩まされると本来仏性があることを忘れてしまうものであること、すべての真理は万物に宿り、和歌を詠むことはすなわち仏道だといった自注が、また『法華経《ほけきょう》』「五百弟子受記品《ごひゃくでしじゅきほん》」を詠んだ右歌には、仏教書『摩訶止観《まかしかん》』の文言を用いての、一切すべてのものに仏法があることを説く自注が付され、その該博ぶりを示している。『古今著聞集』『沙石集』といった鎌倉時代成立の説話集にも、仏道に専心する後鳥羽院の姿が描かれる。

ただ、仏道が隠岐の院を真の救済に導いたかといえば、そうとも言えないようである。これほど修行し救済を願いつつも救われないかもしれない予感を、晩年の院が抱いていたことは、「我は法花経に導かれ参らせて、生死をばいかにもいでんずるなり。たゞし、百千に一、この世の妄念にかゝはられて、魔縁となりたる事あらば……」という有名な文言ではじまる嘉禎三年（一二三七）八月二十五日付置文《おきぶみ》案*5によって知られるからである。

また、宸翰に島の下女の話が出て来るように、隠岐の暮らしでは島の人々と交流があったこともうかがえる。出雲・隠岐両国の当時の守護、佐々木義清の息泰清《やすきよ》が後鳥羽院を和歌の師と仰ぎ慕っていたことは、藤原隆祐《たかすけ》の家集『隆祐集』において、後鳥羽院の崩御を知らせた泰清と隆祐とが歌群で贈答をしているなかに「和歌の浦の道の心をおほせけん君のみ跡はさぞしのぶべき」（三一六）の一首を泰清が詠んでいることから知られる。隆祐は、乱後も後鳥羽院を思慕する姿勢を貫き、還京を願う奉納和歌を源家長らとおこなったり、『後鳥羽院自歌合』の判者も務めたりした藤原家隆の子息である。ここからは、鎌倉方の御家人である守護と在京の後鳥羽院旧臣の関係者が交流している事実も知られよう。

また、その歌群の詞書には、泰清からは後鳥羽院の崩御に際して「心なき海士《あま》の袖まで朽ちぬべくみえ侍りしよし、くはしく申送」ってきたともあり、島の人々も院の死を嘆き悲しんだ様子が伝えられている。隠岐には牛突きと呼ばれる闘牛の伝統があるが、これは後鳥羽院を慰めるために島民が始めたという謂われがある。[*6] 後鳥羽院は流人とはいえ島で丁重にもてなされており、ゆえに、玉座を追われた失意のうちの侘び住まいのなかにも、文化的な、またある意味優雅な生活を営むことができたのである。

このように、後世に伝わるさまざまな記述に見える後鳥羽院の隠岐での暮らしぶりが、たとえば讃岐に配流された崇徳院の悲惨なそれと大きな差がある理由について、後鳥羽院と在地の豪族（院を実際に警護し世話をした豪族村上氏など）とがなじんでいたこと、隠岐の経済的、文化的に豊かな地域性が関連する可能性が指摘されている。[*7] 崇徳院といえば、『山家集』には自身の不運と世を歎き仏道に専心しきれない心境が歌に詠まれ、『保元物語』には四方を板で囲んだ罪人護送の舟で流され、高い塀に囲まれ武士が始終監視するという幽閉状態で過ごし、自身の運命と世を呪い、生きながら天狗の姿となって憤死したと描かれる。『保元物語』の陰惨極まる描写は脚色によるところ大だとしても、これらの描かれ方に見える暮らしぶりや待遇の、後鳥羽院との違いは歴然としている。

ただ、単に豊かな地域性がその差の理由とも思えない。都に近く、海運漁業の盛んな瀬戸内海沿岸も、経済的・文化的に豊かな地域である。とすればその差は、警護体制とその土地の人々の親近の差なのではなかろうか。そしてそれは、誰に流されたかの違いによるのではないだろうか。同じ上皇であっても、崇徳院は皇族内部の争いで敗れ放逐された上皇である。勝者である都の天皇が、正統性を示すためにその待遇を厳しくするのは当然である。いっぽう、後鳥羽院は臣下の、新興の武士勢力に敗れて流された治天の君である。実質的に遠流に処した幕府としても、臣下として粗略な扱いはできなかったであろう。また、都には新しい天皇と上皇とが据えられたが、それはほとんど幕府の傀儡《かいらい》である。とすれば、乱に無関係の西国の豪族にとっては特に、また鎌倉方の御家人である守護にとっても、後鳥羽院は罪人というより国を統べていた治天の君のイメージのまま隠岐に来たといっても過言ではない。そうした違いが、在地の人々のもてなしにつながったのであろう。

四　『遠島百首』に詠まれること

島での暮らしは見てきたようなものであったが、いくら丁重にもてなされ、優美に住みなし仏道修行に励んでいたとしても、治天の君であった自分が臣下の武士によって絶海の孤島に流されたことの屈辱、怒り、絶望は、後鳥羽院の胸中に激しく去来したであろう。また、隠岐への護送時からすでに見えていた望郷の念や、愛するものとの別離による失意と落胆、さらには帝王としての矜恃もわき上がってきたに違いない。そういったさまざまな感情は、時に激情的に、時に隠微に、歌を通してあらわされている。

もとより、歌は実情実感だけを詠むものではない。特に後鳥羽院が都の歌壇を主宰していた時代には、和歌的美意識にもとづき、あらかじめ決められた題にふさわしい内容の歌を詠む「題詠」が主流であった。後鳥羽院も歌人としての始発のころから、ほとんど題詠で歌を詠んでいる。隠岐での詠として残されている多くの院の歌のほとんども題詠、しかも百首セットで詠むなど枠組みの決められている定数歌か歌合というかたちであり、そこに見える内容や感情を院自身に直結していいわけではない。しかし、隠岐に来て比較的早い頃に詠まれ、その後改訂が加えられた『遠島百首』*8には、次のような歌が見える。

墨染《すみぞめ》の袖の氷に春立ちてありしにもあらぬながめをぞする（二）

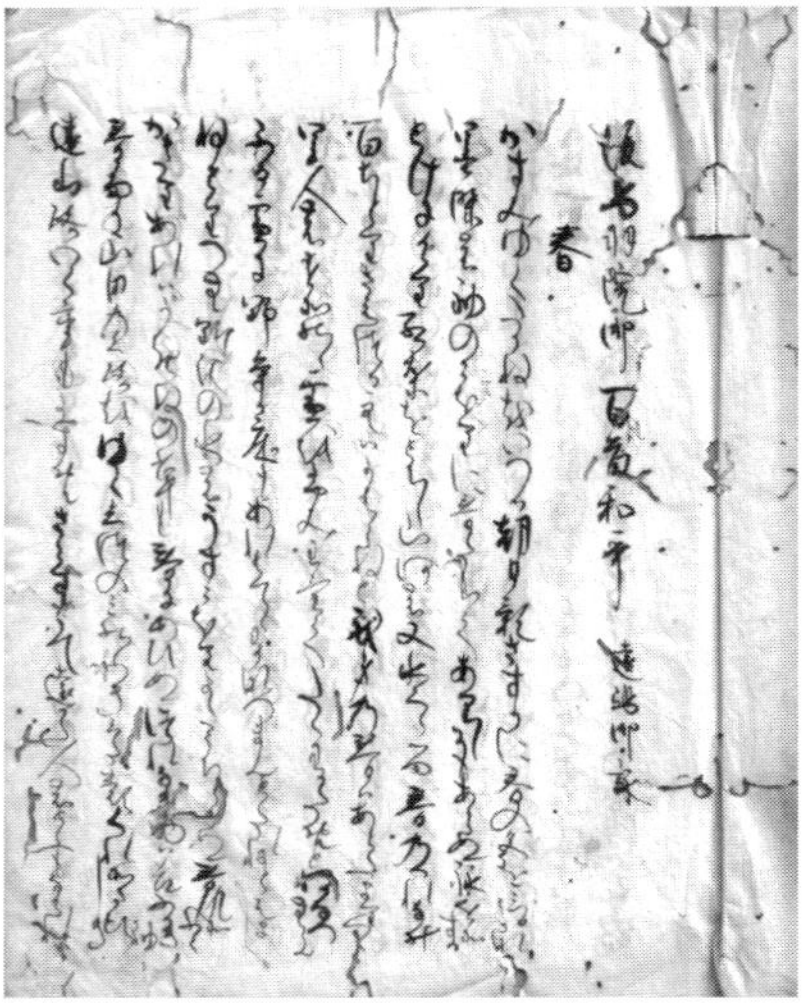

『遠島百首』（架蔵）巻頭

この歌には「墨染の袖」に出家者としての自身の姿が投影され、「ありしにもあらぬながめ」によって、以前とまるで違う物思いをする状態となったことを、『古今和歌集』の紀貫之詠「袖ひちて結びし水の氷れるを春立つ今日の風やとくらむ」（春上・二）を本歌にふまえながら隠微にこめている。

藻塩《もしほ》焼く海士《あま》のたく縄うち延《は》へてくるしとだにもいふ方《かた》ぞなき（七四）

この歌では、苦しいとさえも言いようのない自身の境涯を詠む下句を、漁師が栲縄《たくなわ》を手繰《たぐ》る様子という、隠岐ではありふれた風物であったろう動作の同音でさりげなく導いている。

遠山路《とほやまぢ》幾重《いくへ》も霞めさらずとて遠方人《をちかたびと》の訪《と》ふもなければ（一〇）

とはるるも嬉しくもなしこの海を渡らぬ人のなげの情けは（七九）

これらには、自分を訪ねてくる都人のいないことへの憤り、その裏返しとしての諦念がストレートに激情的に詠まれている。

いにしへの契《ちぎり》もむなし住吉やわがかた削《そ》ぎの神と頼めど（七一）

靡《なび》かずは又やは神に手向《たむ》くべき思へば悲し和歌の浦波（一〇〇）

都にあったときに加護を願っていた住吉明神に対しても、歌による祈りが何の意味もなかったこと、もはや期待できないことを、このように怨嗟と諦念のうちに詠んでいる。『遠島百首』では、後鳥羽院は百首の枠組みの中で表現技巧を工夫しながら、ほぼすべての歌に濃淡交え、隠岐にいる自らの実情実感を投影しているのである。
同百首には、隠岐で体感したであろう烈しい風が何首にも詠まれている。先掲の『増鏡』にも「潮風のいとこちたく吹きくる」とあるように、潮風の吹きすさぶのが隠岐であった。

春雨に山田のくろを行く賤《しづ》の蓑《みの》吹き乱る暮《くれ》ぞさびしき（九）

青《あを》むとて恨みし山のほどもなくまた霜枯れの風おろすなり（六二）

山風のつもればやがて吹き立てて降れどたまらぬ峰の白雪（六六）

塩風に心もいとど乱れ芦《あし》のほに出でて泣けどとふ人もなし（七七）

ことづてむ都までもし誘はればあなしの風にまがふ村雲（九三）

挙げた何首かを見ても、さまざまに吹く潮風に心を乱し、遠い都への郷愁の念を抱き、思わぬ風の荒さに辺境の地にあるわびしさを実感させられていることがわかるだろう。海に隔てられ身動きの取れない自分とは対照的に、風は自由に空を渡っていくところから、北西の風にさまよう雲に託し、自分の伝言を都に伝えたい（九三）とも願われるのである。
日常の暮らしのまわりにある自然へのまなざしが読み取れる歌も、同百首には散見する。

あやめ葺《ふ》く茅《かや》が軒端《のきば》に風過ぎてしどろに落つる村雨の露
（二一五、玉葉集・夏）

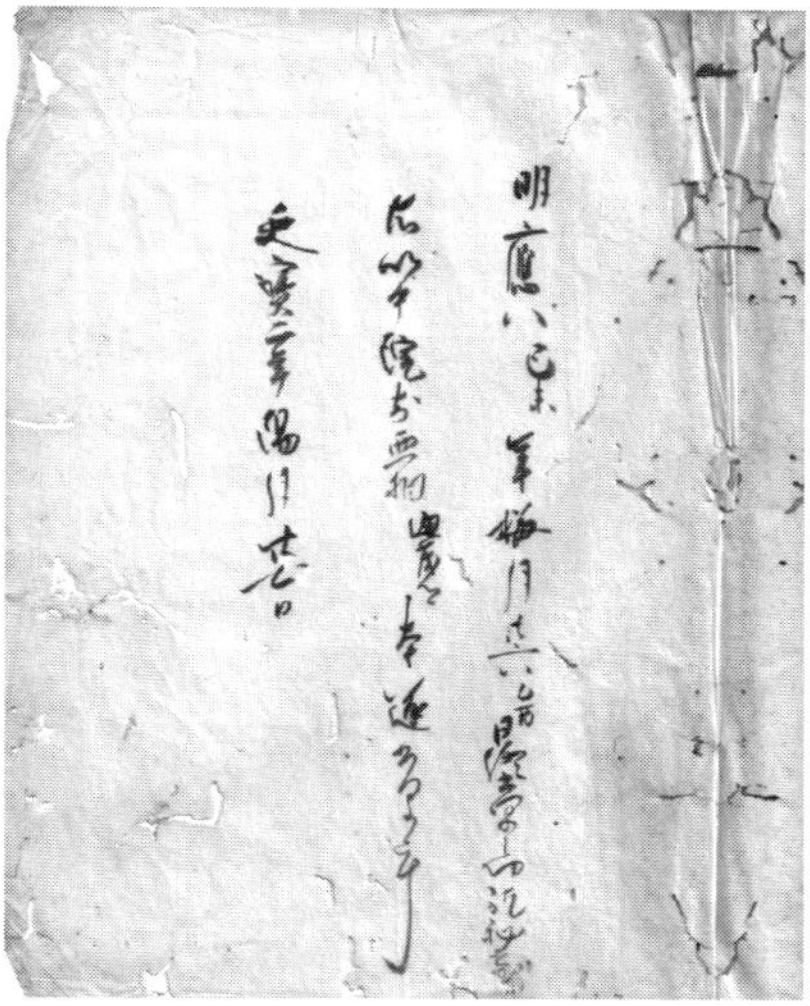
『遠島百首』（架蔵）奥書部分

『増鏡』上「新島守」に、夏になり狭い謫居で、菖蒲を葺いた

後鳥羽上皇行在所跡（旧源福寺）
後鳥羽院歌碑

軒端に風が吹いて不規則に滴の落ちる様子を珍しげに眺めて詠んだとされる。『増鏡』の記述には虚構があるかもしれないが、日常生活の中の些細な瞬間に目を留め、それに心を寄せて詠まれた一首である。眼前の景を写生のように詠みながら心情を託す歌境は、次のような歌にも見える。

夕立の晴れ行く峰の雲間より入日涼しき露の玉笹《たまざさ》
（三一、続拾遺集・夏）

冬くれば庭の蓬《よもぎ》も下晴《したは》れて枯葉の上に月ぞ冴え行く
（五七）

しかしいっぽうで、後鳥羽院は隠岐の自然を次のようにもとらえる。

かすみ行く高嶺《たかね》を出づる朝日影さすがに春の色を見るかな（一）

『遠島百首』巻頭歌であるこの一首は、都から遠く離れたこの隠岐の地にもやはり春がやってくることに安堵の気持ちを抱くところからはじまる。ところがその後、都の風雅な年中行事も通用しない、季節の進み方もまるで異なることを痛感する次のような歌が続く。

里人の裾野《すその》の雪を踏み分けてただ我がためと若菜つむらん（五）

根芹《ねぜり》つむ野沢の水の薄氷《うすごほり》まだうちとけぬ春風ぞ吹く（七）

つまり、後鳥羽院は歌を詠む行為を通して「同王土《おなじ》」（慈光寺本『承久記』）にいることを再確認しつつも、都との〝落差〟

をわざわざ詠むのである。ここからは、院が隠岐を辺境ととらえ、本来詠む対象ではない地と認識していることがうかがえよう。

その認識は、実は隠岐の具体的な地名を詠んでいないところにもあらわれている。隠岐の地名を詠んだ歌としては「蛙《かはづ》鳴く勝田《かつた》の池のゆふだたみ聞かましものを松風の音」が知られ、現在も御所のあった旧源福寺境内に歌碑があるが、この歌は伝承歌である。[*9] 家集や私撰集、百首歌の作品などで後鳥羽院の隠岐での詠として知られるなかには、歌枕として認識されている「隠岐（の海）」以外に地名を詠んでいる歌はないのである。

野辺染むる雁《かり》の涙は色もなし物思ふ露のおきの里には（四七）

浪間より隠岐の港に入《い》る舟の我ぞこがるる絶えぬ思ひに（七六）

とにかくにつらきは隠岐の島つ鳥うきをばなれが名にや答へん（八二）

隠岐の海をひとりや来つる小夜《さよ》千鳥鳴く音《ね》にまがふ磯の松風（八五）

美保の浦を月とともにや出でぬらん隠岐の外山《とやま》に更《ふ》くる雁がね（八九）

これら「隠岐」を詠む歌も、いずれも『遠島百首』中にある。自由に海をわたる鳥、海を渡る舟などとともに、掛詞や縁語などを駆使しつつ隠岐にひとりいるわが身のつらさが詠まれている。しかし、隠岐の地名どころか隠岐で実際に目にし体験した自然などを実情実感をまじえて詠んだと見なせる歌は、その後に詠まれた『詠五百首和歌』などほかの作品にはほとんど見えない。後鳥羽院は隠岐に配流されている現実と、歌を詠むこととを『遠島百首』以外では意図的にリンクさせていないのである。それはなぜか。

後鳥羽院は、隠岐を詠まないことで、辺境にあっても都と変わらぬ詠歌の営みができることを、矜恃を持って示そうとしていたのではないだろうか。政からも都からも追われたが、どこに居ようとも自分こそが王朝文化の体現者であるという自負が、『新古今和歌集』の精撰作業や都にいる歌人たちとの歌合、『時代不同歌合』の撰歌などにも向かわせたのであろう。しかし、遠島にあっても天下を統べていた帝王であるという強烈な自意識を抱く一方で、辺境隠岐でのわびしい流人暮らしというのが、後鳥羽院に突きつけられている厳然たる現実である。そこで、唯一『遠島百首』だけは在島初期の実情実感や隠岐で見た風景を歌に託した作品とし、その後改訂を施しても全体像をそこなわないことで、逆に言えば、隠岐での後鳥羽院の〝現実と本音〟を代弁させていたのではないだろうか。

五　隠岐の海――「我こそは」の一首をめぐって

我こそは新島守よ隠岐の海のあらき浪風心して吹け

最後に、隠岐で詠まれた後鳥羽院の歌でもっとも有名なこの一首について、後鳥羽院が目の前に広がる海をどう見ていたのかを絡めて考えてみたい。

この『遠島百首』中の歌（九七）に、後鳥羽院のどのような心情が託されているかについては、大きくふたつの見方がある。すなわち、ひとつは配所の侘び住まいを描くなかでこの歌を挙げる『増鏡』のように、ひどく潮風が吹き付けるのを聞き「我こそは」の歌を詠んで、〝新参の島守である自分のために、荒い浪を立てる烈しい風よ、静かに吹けよ〟と頼んでいるというものである。もうひとつは室町期の同百首の古注にある次の話――隠岐国を訪れた藤原家隆（実際には来ていない）が帰京する際、海風が荒く吹いたので、なぜ罪のない家隆を浪風は都に帰そうとしないのか、と言ってこの歌を詠んだところ、俄に風が鎮まった――を敷衍し、この島を守る者として「あらき浪風」に呼びかけ、海に命令しているというものである。作家の丸谷才一が後者の見方を魅力的に示したこと、島の番人の意である「島守」の語は『万葉集』以来、本来は辺境警備の兵を意味するところから、荒々しい武のイメージで王の気迫を示しているという後者の見方が大勢を占めている。

しかし、後鳥羽院は「新島守」を辺境警備の兵の意で用いているのだろうか。そもそも、辺境警備と言うからには、その兵が見つめる先は海の向こうに広がる異国であろう。けれども、隠岐の後鳥羽院が見つめる海は、決して隠岐から朝鮮半島の方向に広がる海ではない。「とはるるも嬉しくもなしこの海を渡らぬ人の……」と詠む「この海」は、自分と都のある本土とを隔てている海でしかない。「ひとりや来つる」（八五）と千鳥に呼びかけた「隠岐の海」も当然、自身の渡ってきた、本土との間に横たわる眼前の海である。

そう考えると、後鳥羽院の詠む「新島守」には辺境警備の兵のイメージなどなく、従って、風に命ずる荒々しい気迫がこめられているという解釈はあたらないのではなかろうか。むしろ、『増鏡』以来の〝この私が新参の島守なのだから、風よ、気を遣って穏やかに吹けよ〟と頼んでいるととるべきであろう。もちろん「我こそは」と取り立てていう言うところには、この国を統べていた自分が、という矜持と、そんな自分も今は新米の島の番人風情になっている、という自嘲の入り交じった気持ちが含まれているのだろう。

この歌を『遠島百首』のなかに戻しても考えておこう。百首中では、一首隔てて同じく「島守」と自分を詠む歌がある。

同じ世にまた住の江の月や見む今日こそよその隠岐つ島守（九九）

これは「隠岐つ島守」の境遇にある自分にいつか帰京できる日が来るのだろうかという、なかば諦念漂う詠である。やはり後鳥羽院には、自身を「島守」と詠むなかに王の気迫を示す考えはなかったであろう。

おわりに

隠岐配流から十九年の間には、二度還京案が幕府に提示され拒否された。ついに眼前の海をふたたび生きて渡ることなく、後鳥羽院は六十歳の生涯を隠岐の地で閉じた。死の直前にもっとも気に掛けていたのは、愛してやまなかった水無瀬殿であった。暦仁二年（一二三九）二月、死の床についた後鳥羽院は、死んだら天翔《あまがけ》って水無瀬殿を常に見ようと思う、くれぐれも他人に荒らされないようにと書き置いた手紙の一通にしたためている。

隠岐を吹き荒れる風のように、あるいは海を渡ってくる鳥たちのように、この身は戻れなくても魂を天翔らせて還りたい。そう願った後鳥羽院は、隠岐で荼毘に付され、まず水無瀬殿に遺骨の一部が戻ってきたという。[*10] 配流当初から海波の向こうの本土、都に還ることだけを夢想し続けた帝王は、愛した地に骨となってようやく還ったのだった。

引用本文は、『承久記』（慈光寺本・古活字本とも）、『遠島百首』は新日本古典文学大系、『吾妻鏡』は新訂増補国史大系、『増鏡』は講談社学術文庫、『後鳥羽院自歌合』は和歌文学大系『後鳥羽院御集』による。その他の和歌は新編国歌大観による。ただし、表記を私に改めたところがある。

注

（1）慈光寺本『承久記』による。

（2）強大な力を持つ母政子のもと、北条氏の傀儡に過ぎない、都に憧れ和歌に心を傾けるしかなかった文弱の将軍と見なされてきた実朝だが、近年ではその人物像のとらえ方が変化してきている。坂井孝一『源実朝「東国の王権」を夢見た将軍』（講談社選書メチエ、二〇一四年七月）、五味文彦『源実朝　歌と身体からの歴史学』（角川選書、二〇一五年七月）参照。

（3）天皇ではないが、親王では舎人親王の子である船王が、藤原仲麻呂の乱に関係したとして諸王に貶され、隠岐に流された例（天平宝字八年〈七六四〉）がある（続日本紀、二五）。
（4）慈光寺本『承久記』による。古活字本では水無瀬殿を通って下向したとする。また、出雲国からの出港地について、古活字本『承久記』では大八浦、見尾崎とする。現、島根半島東端部にある松江市美保関《みほのせき》町のこと。
（5）引用は東京大学史料編纂所所蔵『水無瀬神宮文書』影写本による。
（6）隠岐の島町観光協会HP、近藤泰成編『隠岐・流人秘帳』（山陰中央新報ふるさと文庫4、一九七九年）による。牛突きは現在は観光でおこなっており、勝敗もつけていないという。
（7）平田英夫「隠岐の後鳥羽院」（鈴木彰、樋口州男編『後鳥羽院のすべて』新人物往来社、二〇〇九年三月）
（8）そのため、伝本によって大きく表現の異なる歌や差し替えられた歌が複数存する。
（9）一方で、歌枕は陸奥国に至るまで多く詠まれている。
（10）墓所は大原西林院で、そこに後に水無瀬殿が移築され、御堂が作られた。

参考文献（注に挙げたものを除く）

関幸彦『敗者の日本史6　承久の乱と後鳥羽院』（吉川弘文館、二〇一二年一〇月）
田渕句美子『中世初期歌人の研究』（笠間書院、二〇〇一年）
寺島恒世『後鳥羽院和歌論』（笠間書院、二〇一五年）
吉野朋美『後鳥羽院とその時代』（笠間書院、二〇一五年）

鎌倉・室町期の文芸と佐渡

芝﨑有里子

はじめに

日本海に浮かぶ孤島佐渡（現新潟県佐渡市）は、古代から中世にかけて北の最果てであり、伊豆・安房・常陸・隠岐・土佐などとともに遠流《おんる》の地であった。遠流とは流罪の中で最も重い処分であり、死罪に次ぐ厳罰である。

文学に関連するところでは、早く伊弉諾《いざなぎ》と伊弉冉《いざなみ》の国生み神話に登場し、『万葉集』には養老六年（七二二）穂積朝《ほづみのあ》臣老《そんおゆ》が流された時に詠んだとされる和歌がある。しかし佐渡が文学史上とくに重要な場所となるのは、鎌倉時代の中頃以降、鎌倉幕府と公家政権の緊張が高まる中で、順徳院《じゅんとくいん》、京極為兼《きょうごくためかね》、日野《ひの》資朝《すけとも》といった上皇や上流貴族達がこの地に流されるようになってからである。そこでまずは、鎌倉時代から室町期にかけて佐渡を舞台とした文学の流れを概観し、その上で佐渡の海の描かれ方について述べていきたい。

一　順徳院の配流

順徳院は和歌や有職故実《ゆうそくこじつ》に精通した才覚あふれる天皇であったが、父後鳥羽院《ごとばいん》の鎌倉幕府倒幕計画に連座したため、承久三年（一二二一）七月、幕府の命により佐渡へと流された。

順徳院の配流生活は二十一年に及ぶが、その間も和歌を創作し、歌論書『八雲御抄《やくもみしょう》』、有職故実書『禁秘抄《きんぴしょう》』の改訂に励み続けた。[*1] とくに『順徳院百首《じゅんとくいんひゃくしゅ》』は、藤原定家《ふじわらのていか》のもとに送られ、評語を付けてもらったものである。代表的な和歌として次の一首がある。

人ならぬ岩木もさらにかなしきはみつのこじまの秋の夕暮

この歌は定家にも「感涙を抑へ難く候ふ、玄の玄最上に候ふか」と高く評価されている。人情を解さない岩や樹木でさえも悲しまずにはいられない、ものさびしい秋の夕暮れ時を詠んだ歌である。「みつのこじま」（三津の小島）とは陸奥国の地名だが、現在の研究では佐渡配流の悲しみを託した歌と解釈されている。『順徳院百首』は、同じく承久の乱で隠岐に流された父後鳥羽院のもとにも送られている。後鳥羽院は順徳院を鍾愛《しょうあい》しており、ともに幕府を倒し王政復古を志す同志でもあった。順徳院の佐渡での生活を知ることのできる数少ない史料として『御製歌少々《ぎょせいかしょうしょう》』がある。[*2] 延応元年（一二三九）三月十七日、三週間遅れで父後鳥羽院《ごとばいん》が隠岐で崩御したという一報を受けてから、一周忌を迎えるまでの間、父を失った悲しみを季節の移ろいとともに三十六首の歌に詠んだもので、その中には日頃から隠岐との間に手紙のやりとりがあったことを思わせる歌もある。

御悩の、ちありける御ふみをこの、ちひらき見て

君もげにこれぞ限りのかたみとはしらでや千代の跡をとめけん

玉づさの跡みる程のなぐさめも浪のいくえに絶やはてなん

「玉づさの跡みる程のなぐさめも」とあることからも、隠岐にいる父の存在が順徳院にとって心の支えとなっていたことがうかがえる。

順徳院は我が子を天皇として即位させることで、自らも帰洛し再起を図ろうとした。一回目は貞永元年（一二三二）四条天皇《しじょうてんのう》の譲位、二回目は仁治三年（一二四二）後堀河天皇《ごほりかわてんのう》の譲位の時である。しかし二回とも幕府には認められず、皇子即位の可能性もなくなってしまうと、同じ仁治三年（一二四二）の九月自ら命を絶ってしまった。

二　京極為兼

京極為兼《きょうごくためかね》（一二五四―一三三二）は、『小倉百人一首《おぐらひゃくにんいっしゅ》』や『新古今和歌集《しんこきんわかしゅう》』の撰者としても有名な藤原定家を曾祖父にもつ歌人である。前述のとおり定家は順徳院の和歌にも評語を付けていた。定家の子孫は、孫の代になると二条《にじょう》・冷泉《れいぜい》・京極《きょうごく》の三家に分裂し、そのうちの一人、京極為教《きょうごくためのり》の子として生まれたのが為兼である。[*3] 為兼は伏見院《ふしみいん》の信任を受けて歌壇を領導し、のちには単独で伏見院勅撰の『玉葉和歌集《ぎょくようわかしゅう》』を撰進する栄誉に預かることになる。しかし和歌のことだけでなく、政治にも介入したためだろうか。永仁四年（一二九六）五月十五日に権中納言《ごんのちゅうなごん》を辞去する事態に追い込まれ、約二年の蟄居《ちっきょ》の後、永仁六年（一二九八）三月十六日に佐渡に流されたとされている。

為兼が佐渡で詠んだ和歌の中で特徴的なのは、帰洛への願いが込められた歌群である。いずれも神仏に帰洛を祈願するのがその趣旨であるが、独自の設定に沿って和歌を詠んでいくことで、念願を果たそうとしたものである。そのいくつかを紹介したい。

まずは『為兼鹿百首《ためかねしかひゃくしゅ》』である。これは、奈良の春日明神の夢告により、『堀河百首《ほりかわひゃくしゅ》』の題（四季・恋・雑《ぞう》の歌）に従って鹿を詠み込んだ歌を百首詠み、春日社に奉納したというものである。春日明神は為兼も属する藤原氏の氏神であった。

三とせふる秋のうれへは春日野に音《ね》に鳴く鹿も思ひしるらん

など三年目の秋であることを暗示した歌があることから、権中納言を辞去してから三年目、永仁六年（一二九八）の秋に詠まれたものと推測されている。春日の鹿は神の使いとされているが、本来秋の題材である鹿を春や冬の情景として詠み込むことは困難な試みである。我が身を憂う歌や無実を訴える歌としては、

鹿の音《ね》も草の枕もかなしきは都こひしき松風の夜半《よね》

あやまらぬ身をやはすてんことはりをあはれさだめし春日野の鹿

などがある。しかし全ての歌が帰洛を願うものであるわけではなく、和歌題の規範とされる『堀河百首』の題に沿って神鹿の姿を詠むことで、春日の神に届けようとしたのであり、和歌の力にかける為兼の自負がうかがえる。*4

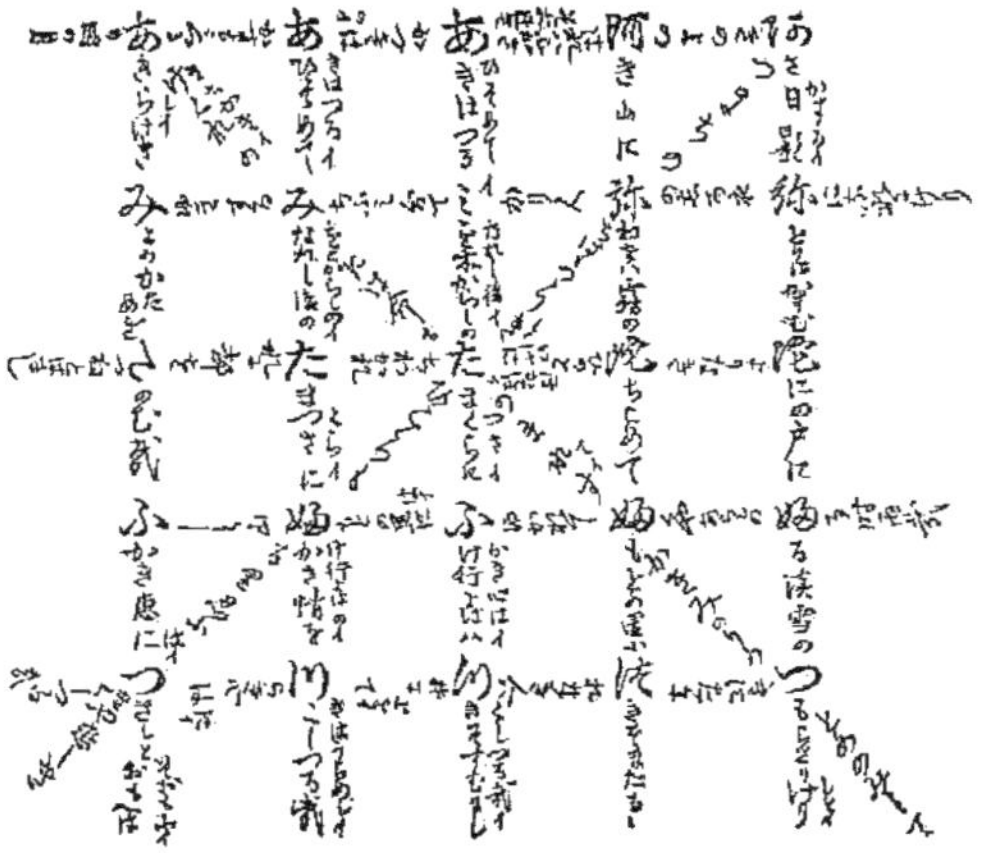

「あみたふつ」木綿襷（『入道大納言為兼卿集』付載）
（国立国会図書館蔵『続群書類従　第16輯上　和歌部』〔オンデマンド版〕八木書店より転載）

「為兼三十三首《ためかねさんじゅうさんしゅ》」は、まず、四季・恋・雑・祝による短歌三十一首を横に並べ、さらにこの三十一首の和歌の一文字目を

横につなげていくとこれも一首の和歌になっており、これが三十二首目。同じく各和歌の最後の一文字をつなげていくと、これもまた一首の和歌となり合計三十三首という構成である。この他にも三十一首それぞれの和歌の最後の句（七音）だけに注目すると、「かすむ木の下《した》」→「高《たか》まどのをの」→「のこるしら波《なみ》」というように、文字鎖（しりとり形式）でつながっていくようにできているなど、細部まで緻密な設定がなされている。三十三首目の歌には「頼み来し賀茂の川水さてもかく」とあることから、この三十三首は賀茂社に帰洛を祈願したものとされている。さらに「あみたふつ」（阿弥陀仏）の五文字を五行五段に置いて、和歌を縦横・ななめに詠んだ木綿襷《ゆうだすき》形式の十二首（前ページ図参照）、同じ要領で「南無白山冥利権現《なもはくさんみょうりごんげん》思ふこと叶へ給へよ」を五段五行に配した二十首の和歌も為兼の作とされている。「白山冥利権現」とは佐渡で最も高い山、北山（金北山《きんぼくざん》）に祀られた白山権現のこととされている。北山に白山信仰のあったことは世阿弥《ぜあみ》の『金島書《きんとうしょ》』からもうかがえる。

為兼が自らに課した設定はいずれも困難なものであったが、あえて難しい設定をし、それを達成することで帰洛を果たしたいという気概が伝わってくる。その甲斐あってか、乾元二年（一三〇三）閏四月に帰還することができた。

三　古典化への過程

順徳院や京極為兼の配流は、次の南北朝・室町期になると新たな文学的題材となっていく。ここでは世阿弥《ぜあみ》の『金《きん》島書《とうしょ》』を紹介したい。世阿弥は室町幕府三代将軍足利義満《あしかがよしみつ》の庇護のもと、父観阿弥《かんあみ》の後を受けて夢幻能による作品を多く残したが、永享六年（一四三四）七十二歳の夏、佐渡へと流された。その理由は明らかにされていないが、六代将軍の足利義教《あしかがよしのり》が音阿弥《おんあみ》を寵愛し、世阿弥を疎んじたことが関わっているものと見られている。世阿弥は佐渡までの旅路と、佐渡での見聞を作品化し、八篇の短編謡曲集『金島書』（最後の一篇のみ「薪の神事」について）にまとめている。虚構ではあるが、世阿弥の佐渡における足跡を知ることのできる貴重な資料でもある。この中には順徳院や為兼の配所を訪れる場面もあり、彼らの配流がすでに歴史として、都の人々に慕われるようになっていたことがうかがえる。

為兼の配所である八幡宮を訪れた際の出来事を謡った「時鳥《ほととぎす》」は、次のような話である。八幡宮を訪れた時、ここだけ時鳥が全く鳴いていないのを不思議に思っていると、宮司がここは為兼の配所であり、時鳥が鳴くのを聞いて、都を恋しく思い、「鳴けば聞く、聞けば都の恋しきに、この里過ぎよ山ほとぎす」という和歌を詠んで以来、ここでは時鳥が鳴かなくなったと教えてくれた――。落合博志氏によると、これと似たような話が当時の連歌論書『古今連談集《ここんれんだんしゅう》』や御伽草子《おとぎぞうし》『横座房物語《よこざぼうものがたり》』などにもあることから、世阿弥は佐渡に行く以前からこのエピソードを知っていた可能性が高いという。[*5] よって、八幡宮だけ時鳥が全く鳴いておらず、地元の宮司からこの話を聞いたという設定は世阿弥による虚構であると落合氏は指摘されるのである。世阿弥の配流は、為兼が流されてから一三〇年以上経過しているが、鎌倉時代に起こった為兼の佐渡配流が、室町期には文学的な素材として都で語られるようになっていたのである。

『金島書』には順徳院の配所を訪れた場面もある。世阿弥は順徳院の御製をはじめ古歌を引用しながら、上皇という高貴な身にして佐渡配流を経験した順徳院の悲しみを追慕していく。例えば「泉」の次の一節である。

げにや人ならぬ、岩木もさらに悲しきは、美豆《みつ》の小島の秋の夕暮と、詠《なが》めさせ給しも、御身の上となりにけり。

傍線部は、前述の『順徳院百首』の中の一首「人ならぬ～」の引用であり、この歌に詠まれた通りなんとも寂しい境遇となってしまったことよと、順徳院の孤独に思いを馳せている。この歌は鎌倉時代文永二年（一二六五）に成立した『続古今和歌集《しょくこきんわかしゅう》』（後嵯峨院《ごさがいん》下命）にもおさめられており、順徳院の配流から二〇〇年以上の時を経て、同じく佐渡へ流された世阿弥によって、その滞在記に取り入れられている。

四　隔ての海

鎌倉期の佐渡配流が文芸化されるようになった南北朝・室町期において、佐渡の海はどのように描かれているのだろうか。ここでもうひとつ鎌倉期の佐渡配流を題材とした伝説を紹介したい。後醍醐天皇《ごだいごてんのう》の倒幕計画の中心的存在であった権中納言日野資朝《ごんのちゅうなごんひのすけとも》の佐渡配流と処刑をもとにした阿新《くまわか》伝説である。その概要は、資朝の幼子阿新が処刑を控えた父に一目会うため、海を渡り佐渡を訪れるものの、ついに対面を許されないまま資朝は本間三郎《ほんまさぶろう》に斬られてしまう。対面を果たせなかったことを恨んだ阿新は、本間邸に忍び込み敵の本間三郎を討った。追っ手が迫ってきながらも、偶然出会った山伏の力を借りて船に乗り、阿新は佐渡を脱出することができた、というものである。阿新伝説は、『太平記《たいへいき》』（南北朝期成立）に採録され、後に謡曲「檀風《だんぷう》」として上演された。

『太平記』の阿新伝説では以下のようにある。

子は、その方を見やりて、浪路遙かに隔たりし鄙《ひな》のすまひをおもひやつて、心苦しく思ひつる涙は、更《さら》に数ならずと、袂《たもと》の乾くひまもなし。*6

佐渡に来ても父との対面を許されないつらさを思うと、都からはるか彼方の佐渡を思いやり流した涙など物の数にも入らないという、阿新の心情を語った部分である。「鄙のすまひ」とあるように、佐渡は、都とは文化水準の異なる辺境の地と見なされていた。こうした感覚は他の流人たちにも共通するもので、世阿弥が娘婿禅竹《ぜんちく》に宛てた手紙でも、佐渡を「不思議ノゐ中《（田舎）》ニテ候間、料紙ナンドダニモ候ワデ、」つまり、言葉では説明できない想像を絶する田舎だと表現している。また鎌倉期に佐渡へ流された僧日蓮《にちれん》が、隠岐や佐渡のことを「夷島《えぞがしま》」と称しているのも、「国の支配の障害になる悪しき存在」である「夷」が住むところという認識があったのではないかとされている。*7 このように都や鎌倉の人たちにしてみれば、もはや佐渡は異界であり、眼前に広がる海は本州からの断絶を意味していた。

その海を越えて父に会いに行く少年阿新のけなげな姿があわれを誘うが、この隔ての海が重要になってくるのは、往路よりもむしろ復路である。阿新は父の敵本間三郎を討ったあと、急いで佐渡を脱出しなければならない。本間側の捜索をかいくぐりながら逃走を続ける途中、阿新は偶然出会った山伏に助けられ、港までたどり着くことができた。港では大船がちょうど出港するところで、山伏は乗せてくれるよう頼むが、船はそのまま行ってしまう。山伏が激怒して祈祷を始めると、急に悪風が吹き、船は今にも転覆しそうである。たまりかねた船頭は慌てて船を戻し、阿新と山伏を船に乗せ越後の府《こう》（現在の直江津）を目指して走り去った。こうして阿新は本州に帰ることができたのである。

この佐渡脱出の場面の展開には諸本によって異同があり、阿新伝説のクライマックスとして人々の興味を惹いた部分のひとつであることが知られている。*8 例えば西源院本では、山伏が悪風を呼び起こしたことに慌てた船乗りたちが山伏の効験を褒め称え、山伏はそれにすっかり気を良くするという人間味あふれる一幕が加わっている。天正本では、父資朝が生前に熊野権現《くまのごんげん》を信仰していたことが今回阿新を助けてくれたとし、直江津に到着すると山伏はいつの間にか姿を消していたという。しかしいずれも

その後追手ども、百四、五十騎馳せ来たり、遠浅に馬をひかへて、「あの舟止まれ」と招けども、舟人これを見ぬ由にて、順風に帆を揚げたれば、舟はその日の暮程に、越後の府《こう》にぞ着にける。

とあるように、本間氏側は海を越えてまでは追いかけて来られないのであり、ここでも佐渡と本州を隔てる海として機能している。

五　『金島書』の海

佐渡の海について異なった一面を提示しているのが『金島書』「北山《ほくさん》」である。「北山」は、佐渡での見聞を記した中で最後の一篇に当たる。それは佐渡で最も高い北山を中心とした天地開闢《てんちかいびゃく》説話（天地創造神話）の体裁を取っている。

〔曲舞〕その初めを惟《おもんみ》れば、天祖の御譲り、天の浮橋より、光さしをろす矛まの、国の淡路を初めとして、あれは南海、これは北海の佐渡の島、胎金両部《たいこんりょうぶ》を具《そな》へて、南北に浮かむ。海上の、四涯を守る七葉の、金《こがね》の蓮《はちす》の上よりも、浮かみ出で立つ国として、神の父母とも、この両島を云とかや。

佐渡を囲む海が日本の国土が生み出される根源として描かれている。伊弉諾《いざなぎ》と伊弉冉《いざなみ》が国を生み出す時、天の浮き橋から矛をさしおろすと、まず南の海に淡路島ができ、北の海には佐渡が生まれた。淡路島は仏の悟りや知恵を表わす金剛界《こんごうかい》、佐渡島は仏の慈悲を示した胎蔵界《たいぞうかい》として南北に浮かび、この二つの島は諸神の父母とも言われている――。これらは中世神話の世界である。中世神話とは、『日本書紀』の神話そのものではなく、密教などの要素が加えられた神仏習合的な神話のことである。[*9] 続く部分には以下のようにある。

〔上う〕しかれば伊弉諾伊弉冉の、その神の代の今ことに、御影《みかげ》を分て伊弉諾は、熊野の権現とあらはれ、南山の雲に種蒔きて、国家を治め給へば、伊弉冉は、白山権現《はくさんごんげん》と示現《じげん》し、北海に種を収《おさ》めつゝ、菩提涅槃《ぼだいねはん》の月影、この佐渡の国や北山、毎月毎日の影向《ようごう》も、今に絶ゑせねば、国土豊かに民厚き、雲の白山も伊弉冊《（ママ）》も、治まる佐渡の海とかや。

今の世に至っては、伊弉諾は熊野権現として現れたのに対し、伊弉冉は白山権現として示現し、毎晩月となって佐渡の主峰北山に影向するという。伊弉諾を〈種蒔く〉とするに対し、伊弉冉を〈種を収む〉と結び付ける発想もまた中世神話的な言説であり、『伊勢物語髄脳《いせものがたりずいのう》』『玉伝深秘《ぎょくでんじんぴ》』『三流抄《さんりゅうしょう》』など中世の『伊勢物語』『古今和歌集』序の注釈や、謡曲「淡路《あわじ》」にも同様の詞章があるという。

このように『金島書』の「北山」は、中世神道の説を援用し、佐渡を神話的な世界として捉えることで、辺境地や流刑地として抱えていた負の異界性を払拭し、神秘性に置き換えているのである。そして「北山」の最後では、海をはじめとした佐渡の自然が、神秘性を支えるものとして讃美されている。

〔下〕抑《そもそも》かゝる霊国、かりそめながら身を置くも、いつの他生《たしょう》の縁ならん。よしや我雲水《くもみず》の、すむにまかせてそのまゝに、衆生諸仏《しゅじょうしょぶつ》も相犯さず、山はをのづから高く、海はをのづから深し、語り尽くす、山雲海月《さんうんかいげつ》の心、あら面白や佐渡の海、満目青山《まんもくせいざん》、なををのづから、その名を問へば佐渡といふ、金《こがね》の島ぞ妙《たえ》なる。

「満目青山」とは禅語であり、「美しい山々をそのままに美しいと感じられる」「なんのこだわりもない澄みきった心境を、清らかな自然に托したことば[*10]」とされている。相良亨氏によると、「たんに見渡す限りの山々の意にとどまらず、その全自然そのものに絶対性を観てとる」意味が含まれているという。[*11]「北山」に描かれた世阿弥は、佐渡にいる自己を受け容れ達観の境地にいるのである。

しかし『金島書』においても、小浜港から佐渡を目指す行程を謡った「海路《かいろ》」では、本州と佐渡を隔てるものとして海が捉えられている。

〔只うた〕（中略）佐渡の島までは、いかほどの海路やらんと尋ねしに、水手答ふるやう、遙々の船路なりと申《もう》しほどに、

〔下〕遠くとも、君の御蔭に洩れてめや、八島の外も同じ海山。

〔上〕今ぞ知る、聞くだに遠き佐渡の海に、老の波路の船の行末、

水主から佐渡までの道のりが「遙々の船路」と聞かされた世阿弥は二首の歌を詠んでいる。「遠い土地だとしても、天皇の御蔭からこぼれ落ちてしまうことがあるだろうか、日本の辺境に位置するここも同じ海山なのだから」と歌う一首目は、国土顕彰や天皇の治世への讃美に通じる祝言性の高い一首となっていることが指摘されているが、[*12]同時に「遠くとも」「八島の外も同じ海山」とあるように、佐渡の辺境性を強く押し出す結果となっている。そして続く「今ぞ知る」の歌でも「聞くだに遠き佐渡の海」（聞くのでさえ遠い佐渡）と詠むところには、七十歳を越えた身にして孤島へ赴かなければならない不安感が漂っているのであり、「北山」で見せたような境地には達していない。

まとめ

鎌倉期の配流を題材とした代表的な二作品について、先行研究に導かれつつ、海の描かれ方という視点から捉え直してきた。一般的に佐渡は流人の島であり、海は佐渡と本州を隔て、佐渡の孤絶を象徴するものであったが、阿新伝説では、それが伝説をよりドラマチックにするものとしても機能していた。『金島書』においても佐渡へ向かって行く場面では、隔ての海として描かれていたが、作品の終盤「北山」にいたると、佐渡が神話の世界のうちに捉えられており、海もまた神秘性という異なった一面を見せていた。孤島である佐渡にとって海は切り離すことのできないものであるが、文芸化においても、それぞれの作品や場面が佐渡をどのように描き出していくのかによって、海の描かれ方も変化し、作品の主要な部分に関わってくるのであった。

注

（1）順徳院については宇津木言行「順徳院―都から佐渡へ―」（『国文学　解釈と鑑賞』六九―一一、二〇〇四年一一月）をも参照した。

（2）『御製歌少々』については、『冷泉家時雨亭叢書　第五期第五十一回配本　第十三巻　中世私家集　六』（朝日新聞社、二〇〇二年六月）井上宗雄・浅田徹両氏解題と、田渕句美子・兼築信行「順徳院詠『御製歌少々』を読む」（『明月記研究』七、二〇〇二年一二月）を参照した。

（3）為兼と佐渡におけるその詠歌については、主に岩佐美代子『京極派和歌の研究〔改訂増補新装版〕』（笠間書院、二〇〇七年一〇月、一九八七年一〇月初版）、井上宗雄『京極為兼』（吉川弘文館、二〇〇六年五月）を参照した。

（4）浅田徹『百首歌　祈りと象徴』（臨川書店、一九九九年七月）『為兼鹿百首』については本書をも参照した。

（5）落合博志「世阿弥伝書考証二題」（二）『金島書』における虚構の問題―〈時鳥〉の場合―（『能　研究と評論』一七、一九八九年一二月）

（6）流布本。西源院本・神田本・天正本にも同様または類似の記述あり。

（7）大石直正「外が浜・夷島考」『中世北方の政治と社会』（校倉書房、二〇一〇年七月）

（8）長谷川端「巻二阿新説話の成立と発展」（『太平記の研究』汲古書院、一九八二年三月）

（9）「北山」の中世神話との関係については、黒田彰「淡路考」（『中世説話の文学史的環境』和泉書院、一九八七年一〇月）、石黒吉次郎「佐渡の風土と世阿弥―『金島書』の世界―」（日本文学風土学会編『文学と風土』勉誠出版、一九九八年六月）、高橋悠介「能と国土生成神話」（伊藤聡編『中世神話と神祇・神道世界　中世文学と隣接諸学3』竹林舎、二〇一一年四月）などを参照した。なお続く〈種蒔く〉〈種を収む〉の部分については、とくに黒田氏と高橋氏の論考によった。

（10）田上太秀・石井修道編著『禅の思想辞典』（東京書籍株式会社、二〇〇八年六月）

（11）相良亨「世阿弥の宇宙」終章―謡曲と世阿弥『超越・自然　相良亨著作集6』（ぺりかん社、一九九五年五月）

（12）原田香織「世阿弥『金島書』における「祝言」の問題」（『文学論藻』八五、二〇一一年二月）

※　各書の引用は以下の通り。漢文は書き下した。また読みやすさを考慮して、濁点を付すなど表記を改めた箇所がある。傍線は私に付した。

『順徳院百首』・『為兼鹿百首』＝『新編国歌大観』（角川書店）、「為兼三十三首」「あみたふつ」木綿襷「南無白山冥利権現思ふこと叶へ給へよ」木綿襷（以上、『入道大納言為兼卿集』）＝『続群書類従』〔オンデマンド版〕（八木書店）、『御製歌少々』＝『冷泉家時雨亭叢書』（朝日新聞社）、世阿弥書状・

『金島書』＝『日本思想大系』（岩波書店）、『太平記』＝『新潮日本古典集成』（新潮社）

参考文献　注としてあげたものは省略する。

・磯部欣三・田中圭一『佐渡流人史』（雄山閣、一九七五年九月）
・磯部欣三『世阿弥配流』（恒文社、一九九二年九月）
・山本仁・本間寅雄監修『定本・佐渡流人史』（郷土出版社、一九九六年三月）
・『国文学　解釈と鑑賞　特集　佐渡の文学と歴史　島の位相』六四―八（至文堂、一九九九年八月）特に、錦仁「佐渡の流人―順徳院・冷泉為兼・世阿弥など、中世文学の始発へ溯る―」、中西満義「佐渡と和歌」。
・能勢朝次『世阿弥十六部集評釈　下』（岩波書店、一九七〇年七月）
・三宅晶子「佐渡における世阿弥」（『国文学』五四―四、学燈社、二〇〇九年三月）

お伽草子が描く海

恋田　知子

はじめに

四方を海に囲まれた島国である日本において、海は古代より未知なる世界へと続く回路であった。海のはるか彼方には見知らぬ異郷が広がり、海の底には日常とは異なる別世界があると信じられ、憧れや畏怖をともないながら繰り返しイメージされ、語られ続けてきた。とりわけ、中世の人々の豊かな想像力や神仏への信仰によって支えられた物語群であるお伽草子（室町物語）には、海を隔てた遠い異国や海中の異郷など、誰も知らない海彼の世界が盛んに描かれており、現実世界と往還するような物語も散見される。

中世の人々は、海の彼方にいかなる思いを馳せ、どのような想像をめぐらせ、語り、描いたのか。その際、海はどのような意味を持っていたのか。お伽草子やその周辺の物語絵をひもときながら、その具体的なイメージについて探ってみたい。

一　海彼の異郷――蓬莱と竜宮

まずは、ご存知「浦島太郎」の物語から、海彼の異郷について見てみよう。「浦島太郎」は、古代の神仙譚から現代の童話に至るまで、もっとも広く親しまれてきた日本を代表する昔話のひとつである。*1 現在はＣＭでもキャラクター化され、さらなる人気を集めている。その発生は古く、『日本書紀』や『丹後国風土記《たんごのくにふどき》』逸文《いつぶん》、『万葉集』雑歌などに見える古代神話にまで遡る。そこでは、「浦島子《うらしまこ》」が釣り上げた亀から変化した美女に誘われ、舟で蓬莱山《ほうらいさん》（常世国《とこよのくに》）にいたるのであり、我々の慣れ親しんだ浦島話とは相違を見せる。「浦島太郎」の名はなく、後の乙姫も亀比売や神女、仙女などと表記され、竜宮城も登場しない。浦島の物語は、時代やジャンルに応じて、その内容を少しずつ変化させていったのである。

「浦島子」が訪れたという蓬莱山は、古代中国の神仙思想に見える架空の島であり、中国より東方の海上はるか彼方に存在し、不老長寿の神仙が住むと信じられていた。一方、古代日本にも同様の世界観があり、永遠という意味を持つ「常世」と称された。古代の人々は一様に、はるか海彼に憧憬すべき理想郷を想定していたのである。中国思想の広まりとともに、両者はやがて融合、あるいは混同され、浦島の訪れた場所も蓬莱山と記して「とこよのくに」と訓読された。蓬莱山にたどり着いた「浦島子」は、不老長寿を得たと信じられていたのであろう。浦島伝説発祥の地である丹後半島には、「浦島子」を祭神とする浦島神社（宇良《うら》神社）が鎮座する。

この浦島神社には、十四世紀前半の制作と目される『浦嶋明神縁起《うらしまみょうじんえんぎ》』が伝来する。物語内容を伝える詞書はなく、絵のみの一巻本であるが、絵解きによって享受された可能性をも示唆する。そこには丹後半島の磯を思わせる海辺の様子が細やかに描かれ、美女とともに訪れた蓬莱の宮殿は華麗な色彩で中国風に描写されている。当時の人々にとって、中国はもっとも身近な異郷であり、その描写をもって異国のイメージを作り上げていったのであろう。

現代の我々が浦島の訪れた異界はどこか、と尋ねられたならば、おそらくほとんどの人が「竜宮」と答えるに違いない。しかしながら、文献上、浦島の訪れた地を竜宮とするのは、お伽草子からなのである。ただし、お伽草子では竜宮城は海中ではなく、島もしくは大陸にあるかのように記されており、古代の浦島伝承における「蓬莱」の名残をうかがわせる。

ちなみに、蓬莱をめぐる八つの物語からなるお伽草子『蓬莱物語《ほうらいものがたり》』では、はるか海上にある不老不死の蓬莱山を、六匹の大亀の背に乗る浮島として描いている。最終話には、紀伊国名草郡の海人が蓬莱山に漂着し、七人の女に伴われ宮殿を見物、不老不死の薬を得て故郷に帰ると三百余年が経過していたとする物語があり、かつて浦島太郎が竜宮から戻ったときと同様であると記す点でも、蓬莱と竜宮はなかば一体化したものとして語られていたようである。

では、お伽草子『浦島太郎』は具体的にどのような「竜宮」世界を描いたのか。そこには、東南西北に同時に春夏秋冬の景色が見える「四方四季の庭」が広がっていた。

さて、女房申しけるは、「これは竜宮城と申す所なり、此所に四方に四季の草木をあらはせけり。入らせ給へ、見せ申さん」とて、引き具して出でにけり。先づ、東の戸を開けて見れば、春の景色と覚えて、梅や桜の咲き乱れ、柳の糸も春風に、なびく霞のうちよりも、鶯の音も軒近く、いづれの木末も花なれや。…

（国文学研究資料館蔵『浦島太郎』絵巻）

以下、南に夏、西に秋、北に冬の景観が続く。お伽草子『浦島太郎』は、日本民芸館蔵の室町後期写の絵巻をはじめ、奈良絵本や絵巻として盛んに仕立てられ、江戸中期には渋川版御伽文庫の一篇としても出版された。江戸中期の

第三図　竜宮と四方四季の庭

写しと見られる国文研本は金泥下絵入りの豪華絵巻で、詞書および挿絵は渋川版に近似する。図1も諸本に共通して描かれる場面ではあるが、竜宮を訪れ、漁師姿から貴公子姿となった太郎が中国風の宮殿で異国の衣装をまとった女たちに歓待されている。その庭先には四季折々の草木が丁寧に描かれ、平面的ではあるものの、四方四季の庭を表現していよう。

四方に四季を配する発想は陰陽五行説に基づくもので、古代中国の陵墓の障壁や平等院鳳凰堂の阿弥陀堂内部の扉絵などにも認められる。物語世界では、『宇津保物語』の「四方四季の館」や『源氏物語』の六条院における四季の庭などがよく知られる。四季を一望できる至高の贅沢ともとらえられるが、『浦島太郎』では、現実にはありえない、四方四季の庭を描写することで、太郎が訪れた世界が日常とは異なる空間であり、時間であることを端的に表している。

こうした描写は『浦島太郎』に限らず、お伽草子を見渡せば、同様の表現をいくつも見いだすことができる。たと

図1　国文学研究資料館蔵『浦島太郎』絵巻

えば、不老不死の妙薬を求めて旅する人々の逸話を集めた『不老不死』では、海中の竜宮を訪れた際に四方四季の景色を目にする場面があり、『浦島太郎』のそれと共通する。竜宮を語る際の常套句であったかというと、そうとも限らない。貴船神社の由来を説いた『貴船《きふね》の本地《ほんじ》』では、中将が鬼王の姫宮に恋をして、ともに訪れた鬼の御殿で四方四季の景色を眺めている。源頼光率いる四天王による鬼退治を描いた『酒呑童子《しゅてんどうじ》』でも、同様の四方四季の描写が見え、理想郷ばかりでなく、鬼の住処を描く際にも用いられたことがわかる。

　これは、四方四季が時間の停止、すなわち永遠を意味するものであり、[*2]不老不死の理想郷を表すと同時に、王による空間的・時間的な支配をも含みこみ、象徴的に用いられたと考えられる。したがって、酒呑童子が頼光に征伐されると再び時が流れ出し、四方四季の庭は消え、『大江山《おおえやま》絵詞《えことば》』（逸翁《いつおう》美術館蔵）に登場する二百歳の老女も死を迎えるのである。

　お伽草子における四方四季の描写は、どれも類型的で独自性に欠ける感は否めない。だがむしろ、同じ景観を繰り返し語ることで、読者はそこが人間界とは異なる世界であるという認識を共有することができたのであろう。『浦島太郎』は四方四季の庭を登場させることで、「竜宮」を「蓬莱」と同様、不老不死の理想郷として具体的かつ明確に描こうとしたのである。

二　海中の異界――竜宮往還の物語

それでは、「竜宮」とは本来どのような場であったのか。「竜宮」は海や水の世界を司る竜王の支配する場であり、インドや中国で発達し、日本では平安時代以降、仏教の普及とともに浸透していった。竜王城や海神の宮と呼ばれる宮殿には竜王やその娘たち、そして数多の眷属が集い、財宝が秘められると信じられていた。それは人々の願いをすべて叶える摩尼宝珠《まにほうじゅ》、あるいは金銀財宝などとされたが、仏教思想が浸透するにつれ、法華経などの経典類や密教修法の秘奥義、そして仏の骨である舎利などと考えられるようになっていく。古代の「常世」や中国神仙思想の「蓬莱」に比べ、「竜宮」はきわめて仏教的色彩の濃厚な異郷として語り継がれてきたのである。

お伽草子『浦島太郎』では、「竜宮」の語が用いられてはいるものの、竜王は登場せず、水中とも表現されず、実質的には「蓬莱」のままであったといえよう。だが、お伽草子やその周辺の物語絵などには、『浦島太郎』とは異なり、海中の竜宮を描いた作品がいくつも見える。たとえば『地蔵堂草紙《じぞうどうそうし》』では、法華経の聴聞に訪れた美女に誘われ、錦のようなものを身にまとった僧が、海を潜って水中の宮殿へと向かう。享楽の日々を送るものの、女の正体が竜であり、竜宮にいることを悟って故郷の地蔵堂に戻ると、堂は荒れ果て自らも大蛇と化していた。僧が一心に地蔵に祈ったところ、大蛇の背が割れて這い出ることができ、竜宮にいる間に二百年もの時が経っていたことを知るのである。

その後、僧は改心し往生を遂げたとする。

故郷に戻ると二百年も経っていたとし、竜宮と現実世界とで時間の経過が異なる点は浦島伝承に共通する。愛欲に溺れた僧が蛇と化すものの、地蔵の力で脱皮し救われるという展開は、破戒僧の失敗譚でもあり、特徴的である。女が嫉妬や愛欲の念によって蛇と化す話は、道成寺説話をはじめ、枚挙に暇ないが、本話のように男が蛇と化す物語はそれほど多くはない。しかも同じ愛欲が原因とはいえ、蛇と化したままの女と、蛇の背が割れて本来の姿を取り戻す僧とには大きな隔たりがある。『地蔵堂草紙』では、蛇身でなければ竜宮への往還が叶わないのであり、淫欲への戒めというよりはむしろ、異界を往還するためのツールとして蛇体が機能する。脱皮を描く点でも、地底を遍歴した甲賀《こうが》三郎が蛇と化してしまう『諏訪《すわ》の本地《ほんじ》』や、天界から人間界へと下る際に大蛇となって現れる『天稚彦草紙《あめわかひこそうし》』との共通性も指摘できる。

また、竜王に見初められ、竜宮に迎えられた男の物語に、『橋姫物語絵詞《はしひめものがたりえことば》』（東京国立博物館蔵）がある。海辺で中将の吹いた笛の音を愛でた竜王が竜宮へと連れ去り、婿としてかしずくものの、夫を探して海岸にたどり着いた妻の一人「橋姫」が、塩焼き小屋の老尼と出会い、その計らいで異形の眷属に護送された夫との再会を果たす。ここでは、竜宮にいたる道程や竜女とのやりとりは一切なく、再会後も、もう一人の妻が見てはいけない禁忌を犯したことですべてが消え失せ、板屋貝のみが残されたとする。住吉具慶《すみよしぐけい》筆と伝わる絵巻には、淡い色彩の穏やかな波の海が各場面に見え、竜宮の宮殿や異形の眷属に囲まれ、物思いにふける中将の様子が印象深く描かれる。『今昔物語集』などには、竜宮を訪れた者が富を得て帰るという説話が多く見えるが、そうした竜宮往還譚とは異なり、男は富を得られないばかりか二度と戻れないのであり、さまざまな伝承を背景に持つ「橋姫」を主人公に据える点でも、いささか特異な物語といえよう。

第14図　竜宮の宝珠を偵察する海女

　さらに、主人公の名前によって仮題された『月《つき》王《おう》・乙姫物語《おとひめものがたり》』は、これまでベルリン国立図書館蔵の絵巻が唯一知られていたが、[*3]近年題簽《だいせん》に「りうくう」と記された新出絵巻が紹介され、[*4]竜宮を舞台とした壮大な物語絵巻として注意される。花園の左大将の子息月王丸と竜王の乙姫との恋愛や如意宝珠をめぐる人間と魚類との合戦が描かれ、最終的に月王丸が竜王となる物語である。竜宮の乙姫や四方四季の庭など、随所に『浦島太郎』との類似が見てとれるだけでなく、竜宮の宝珠をめぐっては大施《たいせ》太子の仏教説話の影響なども指摘されている。[*5]『浦島太郎』をはじめ、竜宮往還の物語にはしばしば異界の女との恋愛が描かれるが、異類婚姻の物語に仕立てることで、海彼への憧れや畏怖の念をいっそう強調したのであろう。

　『月王・乙姫物語』と同様、竜宮の宝珠をめぐり、海彼の異国や海中の異界とを往還しながら、大海原を舞台に熾烈な争奪戦を描く物語絵に、幸若舞曲

図2　国文学研究資料館蔵『大職冠』

「大織冠《たいしょかん》」の奈良絵本・絵巻がある。舞曲「大織冠」は、大化改新の立役者、藤原鎌足《かまたり》（六一四―六九）を主人公とした海女の珠取り伝説を描いたもので、香川県の志度寺《しどじ》にもその伝説が伝わる。珠取り伝説は『日本書紀』の阿波国の海人説話をはじめ、さまざまな形で伝承されるが、なかでも鎌倉末期成立の掛幅絵「志度寺縁起」六幅のうち「大織冠」「志度道場縁起《しどどうじょうえんぎ》」二幅は、能「海人《あま》」や舞曲「大織冠」の素材として重要視されている。[*6]冠位の最高位で鎌足の尊称を題目に据えた舞曲「大織冠」では、権力の象徴であり、富の源泉でもある「無価《むげ》宝珠」が、唐帝の后となった鎌足の娘によってもたらされるのであり、その途次に唐将軍を誘惑する竜女に奪い去られ、鎌足の子を産んだ海女によって命と引き替えに竜宮から取り戻される。唐・日本・竜宮にわたる壮大な珠取りのきっかけはいずれも女性であり、鎌足を主人公としながらも、宝珠とともに異なる世界を越境する女たちの活躍を生き生きと描く、幸若舞曲の最高傑作のひとつである。

舞曲成立当初はもとより江戸時代にいたっても広く愛好され、絵巻や奈良絵本、屏風絵などにも展開した。大英図書館をはじめ、ニューヨーク公共図書館スペンサー・コレクションやチェスタービーティライブラリーなど多くの絵巻・絵本が伝存し、現在のところ三十種を超える絵入り写本が確認され、舞曲のなかでもっとも絵巻・絵本化された作品といえる。[*7] それらのうち、古い写しと推定される絵巻は内容に即して忠実に描かれ、場面の進展を詞章よりも絵によって理解させようとする絵巻本来の特長が顕著なのに対し、時代が下るにつれて絵は省略され重点化する傾向が認められる。[*8] 諸本の多くは絵入り版本の挿絵の影響を受けており、十六世紀まで遡りうる古写本では、大英図書館蔵の絵巻（上巻欠）と慈受院《じじゅいん》蔵の絵巻が注目される。[*9] とくに上下巻あわせて計四十図の絵を付す慈受院蔵本は、諸本の挿絵数の二倍以上に及び、従来古態とされてきた大英図書館蔵の絵巻に近似する点でも重要な伝本である。こうした現存諸本のなかで、書写年代は江戸前期とそれほど古くはないものの、版本の挿絵とは異なり、比較的古い絵巻と共通する挿絵を有するものとして、国文学研究資料館蔵の奈良絵本『太職冠』は注目に値する。

図2は、鎌足から宝珠を収める竜宮の様子を見てくるよう頼まれた海女が単身、竜宮へと赴き偵察する場面にあたる。異形の眷属に警護された宮殿で宝珠を崇敬する竜を戴いた竜神や竜女の様子が描かれるのだが、宮殿へと続く橋の上には様子をうかがう海女の姿が描き込まれている。日常世界と異界とを往還する海女の境界的な側面を象徴するかのような挿絵であり、興味深いのだが、現存する絵入り諸本のうち、この場面を描いたものは、確認し得た限り、大英本と慈受院本と国文研本の三本であり、海女の姿を描き込むものは国文研本のみなのである。さらに、この場面を含めて慈受院本の図像イメージの源泉には先の「志度道場縁起」があったと推察されるが、[*10] 当該縁起の竜宮の絵には、竜を戴く竜神や竜女が宝珠を守る様子とそれを門から覗き見る海女の姿が描かれており、見過ごせない。諸本と

異なる場面の挿絵を有する国文研本も、あるいはその図像イメージの源泉に「志度道場縁起」の絵像、ないしはその影響下になった絵入り本の存在があったのではないだろうか。

いずれにしても、異界の女や宝珠をめぐる竜宮の物語絵はジャンルを越えて盛んに紡ぎ出されていたのであり、中世の人々の海彼への思いやイメージを如実に伝えている。

三　海辺に漂着するモノ、流されるヒト

中世の物語類によれば、竜宮へは海からだけでなく、湖や滝壷といった水辺、さらには山中や林などにも竜宮につながる竜穴と呼ばれる洞穴があり、さまざまな場所からたどり着けると考えられていた。『太平記』では、琵琶湖畔の三井寺《みいでら》（園城寺《おんじょうじ》）の鐘について、かつて俵藤太《たわらのとうだ》が琵琶湖の底の竜宮より持ち帰ったと記すが、これをもとに作られたのが、お伽草子『俵藤太物語』である。そこでは、琵琶湖の竜蛇が三上山のムカデと対決するのを藤太が援助し、勝利した返礼として竜宮で歓待され、梵鐘を譲り受けるのであり、三井寺の鐘の由来を伝えている。先にもふれたように、古来竜宮を訪れた者が富を得る話は数多く見られるが、藤太も鐘に加えて巻絹や俵など無尽蔵の宝物を贈られており、不老不死の理想郷「蓬莱」に対し、竜宮はあくまで富や豊穣の異郷という側面の強いことがわかる。これは願いを叶える宝珠を祀るという竜宮の特徴に加え、古来の豊穣をもたらす水神の信仰も重ねられ、伝承されてきたことによるのであろう。

三井寺の鐘の由来にまつわる伝承はすでに鎌倉初期の説話集『古事談《こじだん》』にも確認されるが、藤太の龍宮訪問に結びつけるものとしては、『太平記』だけでなく、三井寺の古記録類にも認められ、三井寺が伝承管理に参与していたと

考えられている。加えて、竜宮出土の鐘の伝承は同じく聖水信仰を持つ紀三井寺《きみいでら》など、他の寺院の縁起伝承にもうかがえ、寺宝の重要性や神秘性を強調するのに、竜宮が一役買っていたことがわかる。

海の彼方から浦や浜へと漂着したものは、神からの贈り物ととらえられ、海中出土の仏像や流木を用いた仏像などの伝承も此所彼所に見え、『長谷寺縁起』などのように、縁起伝承を背景として霊験あらたかな像が人々の信仰を集めていた。神々や霊は境界的な領域に立ち現われることが常であるが、寺社縁起やお伽草子などを見ると、実にさまざまなモノが海辺などの境界に漂着、あるいは流される。浜辺に漂着したり、海中から出土したモノが聖性を帯びたものとして信仰されたように、たとえば海辺や絶海の孤島に流される継子なども特別な存在とみなされていた。

『秋月物語《あきづきものがたり》』では、継母に殺害を命じられた武士によって讃岐の蛭《ひる》が小島《こじま》で海に沈められた姫君が、亡母の化身の亀に助けられ、流れ着いた熊野詣での尼の一行に伴われて、九州の秋月へと下向する。『岩屋《いわや》の草子《そうし》』でも、継母の命で姫君を盗み出した武士は、姫の気高さから殺害を断念し、海中の岩に置き去りにする。その後、明石の海士に発見された姫君は岩屋で養われるのである。『月かげ』では、厳島明神の申し子である兄妹が実母と生き別れ、虐げられて海に沈められるが、大蛇と変じた厳島明神によって救われる。このように多くは海に捨てられるものの、実母の霊や神仏の加護で救われるのであるが、なかには絶命するものもあった。

西尾市岩瀬文庫蔵『釈迦《しゃか》並《ならびに》観音縁起《かんのんえんぎ》』は、『観世音菩薩往生浄土本縁経《かんぜおんぼさつおうじょうじょうどほんえんきょう》』という日本で作られた経典（偽経《ぎきょう》）をもとに、江戸初期に平仮名交じりに読み下しされ、絵の付された物語絵巻で、継母によって南海の絶島に置き去りにされた早離、速離の兄弟の哀話を伝える。[*11] 絶島に残された兄弟は実母の遺言に従い菩提心をおこし、ともに飢え死にし、後に観音、勢至となって衆生を済度したとする。早離速離の説話は鎌倉時代には成立し、広く流布したらしく、『平家物語』や『曽我物語』など中世の文芸において苦悩する兄弟のエピソードとしてしばしば引用される。

海辺や絶海の孤島に遺棄された姫や王子には艱難辛苦の限りが尽くされ、悲運の最期を描く場合もあった。一命を取りとめたにせよ、絶命したにせよ、いずれも流されたヒトを聖なる存在ととらえていたことには変わりなく、そこには貴種を海彼の異郷へと送り返そうとする意識も垣間見える。海や湖など水辺は異界への回路であり、日常世界と異界との境界に位置することから、聖なるモノやヒトが流され、漂着したのであった。

四　境界としての海――ちくらが沖をめぐって

そこで最後に、お伽草子や幸若舞曲などの中世文芸にしばしば登場する「ちくらが沖」を取り上げ、中世の国土意識にもふれながら、海の持つ境界性について具体的に見てみたい。

そもそも中世の人々は日本の国土をどのようにとらえていたのか。それを表すエピソードとして指摘されるのが、『曽我物語』巻二に見える頼朝の側近安達盛長《もりなが》の見た夢の話である。

今夜、盛長こそ、君のために、めでたき御示現をかうぶりて候へ。御耳をそばたて、御心をしづめ、たしかにきこしめせ。君は、矢倉嶽に御腰をかけられしに、一品房は、金の大瓶をいだき、実近は御畳をしき、也つなは銀の折敷に、金の御盃をすゑ、盛長は、銀の銚子に、御盃まいらせつるに、君、三度きこしめされて後は、箱根御参詣ありしに、左の御足にては、外浜《そとのはま》をふみ、右の御足にては、鬼界島《きかいがしま》をふみたまふ。左右の御袂には、月日をやどしたてまつり、小松三本頭にいたゞき、南むきにあゆませたまふと見たてまつりぬ…

（日本古典文学大系『曽我物語』岩波書店）

日本全土が頼朝の支配下に入ることを示す瑞夢で、日本の東西の果てを奥州「外浜」と「鬼界島」ととらえていた

第６図　ちくらが沖での海戦

ことがわかる。『源平盛衰記』巻十八や舞曲「夢合せ」にも同内容の記事が見え、『曽我物語』巻九にも「東は奥州外浜、西は鎮西鬼界島、南は紀伊路熊野山、北は越後の荒海までも、君の御息のおよばぬ所あるべからず」とあり、中世における日本の国土意識を表していよう。[*12]外の浜は津軽半島の陸奥湾側の海岸で、鬼界が島は鹿児島県の南方海上にある硫黄島と想定され、俊寛が流された古代の流刑地として広く知られており、辺境のイメージの色濃い地であった。

こうした伝承がある一方で、幸若舞曲の「大織冠」や「百合若大臣《ゆりわかだいじん》」などには、唐と日本の潮境《しおざかい》として「ちくらが沖」の名が見える。この地名は中世以前の文献には見当たらず、近世半ば以降には見えなくなることから、中世独特の辺境意識を反映するものとして注目される。[*13]

先にもふれた舞曲「大織冠」では、鎌足のもとへと運ばれる宝珠を奪うため、竜王が阿修羅に頼み、万戸将軍一行に戦いを仕掛ける際、次のように記さ

図3　国文学研究資料館蔵『大職冠』

れる。

かの修羅の大将、摩醯首羅《まけいしゅら》、もろもろの眷属を引き具してこそ出でられけれ。もとより好む闘諍なれば、百千若干の眷属共を、異形異類に出で立たせ、鉾、刀杖を取り持たせ、「敵は数万騎候とも、戦は家のものなれば、玉にをひては奪ひ取て参らせん」と申て、日本と唐土の潮境、ちくらが沖に陣をとり、万戸が船を待ち居たり。

（新日本古典文学大系『舞の本』岩波書店）

ここから宝珠をめぐって異類異形の者たちとの海戦が繰り広げられ、大織冠の物語前半の山場を迎える。絵入り本の伝本においても諸本を通じて必ず絵画化される場面である（図3参照）。人間と異界の者との合戦の舞台として「ちくらが沖」が登場するのであるが、それは舞曲「百合若大臣」においても同様であった。

蒙古《むくり》の襲来に対して追討を命じられた百合若が筑紫から高麗へと向い、それを察した蒙古軍が上陸させまいと防ぎ、対陣するのが、唐と日本の潮境「ちくらが沖」なのである。長期に及ぶ熾烈な海戦の果て、神々の助力によって百合若軍は蒙古軍に勝利することとなる。東京国立博物館所蔵の『百合若物語絵巻』には、ここでの海戦の様子が描かれているが、蒙古軍を異界の者さながら異類異形なる姿で描き、「大織冠」における修羅軍との海戦を彷彿とさせる。「大織冠」と同様、蒙古という外敵との合戦に際し、「ちくらが沖」が舞台となるのであり、異国や異界との攻防戦が繰り広げられるような境界性を帯びた水域ととらえられていたことがわかる。

さらに、異界との接点を持つ「ちくらが沖」は、不思議なモノの立ち現れる水域でもあった。お伽草子『住吉《すみよし》の縁起《えんぎ》』では、日本国を討ち取ろうとした唐帝がその知恵をはかるため、白楽天《はくらくてん》を渡海させたところ、「ちくらが沖」に老いた漁師が現れ、白楽天との問答を繰り広げる。漁師の教養に驚いた白楽天は日本を知恵第一の国とみなし、唐帝も攻め取ることをあきらめる。この「ちくらが沖」に現れた漁師こそ住吉明神であり、姿を消すと海が荒れ、竜王が出現したという。また、説経節「かるかや」では、弘法大部の母「あこう御前」が三国一の悪女として父の唐帝にうつぼ舟で流された末、拾い上げられるのが「ちくらが沖」であった。後に弘法大師を産む聖なる母もまた、海に流されたとする伝承を持つのであり、そのうつぼ舟が出現するのが「ちくらが沖」なのである。加えて、狂言「目近《めちか》」では一粒まけば万倍となる米の生じる「みねごしの田」のあるところとして、『狂言記』の「磁石《じしゃく》」では磁石の精のいる磁石山のあるところとして、唐と日本の潮境「ちくらが沖」が登場しており、聖なるモノや特異なるモノの寄り来る場と考えられていたのである。

こうした記述が中世の文芸に散見されるなか、お伽草子『浄瑠璃十二段草紙《じょうるりじゅうにだんぞうし》』では、義経の笛の音に魅せられた浄瑠璃御前に、侍女の十五夜御前が笛の主について報告する場面で、義経の衣に縫われた模様を次のように語る。

後ろの縫物には、唐土の猿と日本の猿と日本の猿と縫はせたり。唐土の猿は小国なれば、背も小さく面も赤く見えたりけり。唐土の猿は日本へ越さんとす。日本の猿は唐土へ越さんとす。唐土日本との潮境なる、ちくらが沖にて行き合ひて、越さう越さじの境をば、物の上手が秘曲を尽し縫ひてあり。

（新潮日本古典集成『御伽草子集』新潮社）

ＭＯＡ美術館蔵『浄瑠璃物語絵巻』の義経の衣には、海を隔てて対峙する赤い顔の猿と白い顔の猿の姿が細かく描き込まれており、舞曲「烏帽子折《えぼしおり》」においても義経の衣の模様として同様の記述も見え、相応に広まりを見せていたようである。「ちくらが沖」で唐土の猿と日本の猿とが争うという象徴的な模様は、京を追われて奥州へと下り、鬼の国や天狗の世界、はては地獄にいたるまで異界遍歴の物語伝承を持ち、異界をも往還する境界性を帯びた超人的な英雄義経が背負うのにふさわしい図様といえよう。

このように中世文芸に頻出する「ちくらが沖」だが、具体的にはどこを指したもので、いかなる意味が込められていたのだろうか。「ちくらが沖」は唐と日本の潮境として中世の諸作品に登場していたが、江戸時代になると、朝鮮と対馬の間にある巨済島の古称「瀆羅《とくら》」の転訛とされたり、筑紫と新羅をあわせた略称とされるなど根拠の薄い、誤った解釈もなされるようになり、次第に人々の記憶から忘れ去られていく。こうした解釈に異を唱え、古代の信仰や儀礼から「ちくらが沖」を考察したものに、西郷信綱の詳論がある。[*14] そこでは、「ちくらが沖」に似た言葉として、記紀のスサノヲ神話に見える「千位《ちくら》の置戸《おきと》」や大祓《おおはらい》の詞《ことば》の「千座《ちくら》の置座《おきくら》」をあげ、人々の差し出した祓へ物を載せた台である「千座の置座」は国土の罪の総体を象徴するものと説く。そして、唐と日本の潮境が「ちくらが沖」と呼ばれるようになった背景に、異国と接する西の境界領域で対馬や壱岐の卜部《うらべ》らが大祓に関わっていたことによると推察する。異界との交流や闘争の場となり、不思議なモノの立ち現れる「ちくらが沖」という水域のもつ両義的な境界としての性格を、古代の儀礼や習俗によって解き明かそうとするもので、示唆的である。

一方、海野一隆は古文献や古辞書を博捜し、「ちくらが沖」の位置を『延喜式』の追儺《ついな》の祭文などに見える国土の西端「遠値嘉《とおちか》」と想定し、五島列島の最遠部分、現在の福江島に比定する。*15 そして「ちくらが沖」の地名が幸若舞曲や説経節など主に口承文芸において頻出することから、「値嘉浦《ちかうら》が沖」の中間母音が省略され、「ちかうら」が「ちくら」に短縮して広まった可能性を指摘しており、大いに首肯される。

いずれにしても、お伽草子や幸若舞曲などに繰り返し語られる「ちくらが沖」には、「鬼界が島」とはまた異なる、西海の果ての境界領域に対する中世の人々の辺境イメージがうかがい知れるのであった。

お伽草子が描く海には、中世の人々の豊かな想像力だけでなく、実際の儀礼や習俗、そしてそれらに根ざした当時の人々の意識をも読み取ることができるのである。

注

（1）浦島伝説については、三浦佑之『浦島太郎の文学史』（五柳書院、一九八九年）、林晃平『浦島伝説の研究』（おうふう、二〇〇一年）、三舟隆之『浦島太郎の日本史』（吉川弘文館、二〇〇九年）など多くの研究蓄積がある。

（2）徳田和夫「四方四季の風流」（『お伽草子研究』三弥井書店、一九八八年）参照。なお、お伽草子の四方四季を中心に精査・再検討を加えたものに、勝俣隆「四季の描写と楽園象徴―宇津保物語からお伽草子まで―」（長崎大学教育学部紀要、二〇〇〇年三月）、橋本正俊「鬼の国の風景―御伽草子の四方四季」（アジア遊学、二〇〇五年十二月）がある。

（3）エヴァ・クラフト・北村浩・沢井耐三『西ベルリン本　お伽草子絵巻集と研究』（未刊国文資料刊行会、一九八一年）、辻英子『在外最重要絵巻集成』（笠間書院、二〇一一年）、沢井耐三『室町物語研究―絵巻・絵本への文学的アプローチ』（三弥井書店、二〇一二年）など参照。

（4）問屋真一「御伽草子「月王・乙姫物語（りうくう）」」（神戸市立博物館研究紀要、二〇〇七年三月）参照。

（5）前掲注（3）『西ベルリン本　お伽草子絵巻集と研究』解説参照。

（6）原道生「『大職冠』ノート―近松以前―」（『近松浄瑠璃の作劇法』八木書店、二〇一三年、初出一九七二年）、阿部泰郎「『大織冠』の成立」（吾郷寅之進・福田晃編『幸若舞曲研

究』四、三弥井書店、一九八六年）など参照。

（7）メラニー・トレーデ「ケルン東洋美術館所蔵「大織冠絵」の受容美学的考察」（美術史、一九九六年一〇月）、小林健二「幸若舞曲―絵画的展開」（『中世劇文学の研究―能と幸若舞曲』三弥井書店、二〇〇一年）、泉万里「大織冠図屏風の変容」（小林健二編『中世の芸能と文芸』竹林舎、二〇一二年）など参照。

（8）麻原美子「在外「舞の本」をめぐって」（日本女子大学紀要、一九八四年三月）参照。

（9）恋田知子「比丘尼御所と文芸・文化」（『仏と女の室町　物語草子論』笠間書院、二〇〇八年）、同『薄雲御所慈受院門跡所蔵大織冠絵巻』（勉誠出版、二〇一〇年）

（10）詳しくは前掲注（9）の拙著において検討したので参照されたい。なお、「志度寺縁起」には多くの先行研究があるが、とくに竜宮の描写について詳論したものに、小峯和明「龍宮をさぐる―異界の形象―」（国文学研究資料館編『アメリカに渡った物語絵―絵巻・屏風・絵本』ぺりかん社、二〇一三年）がある。

（11）恋田知子「偽経・説話・物語草子―岩瀬文庫蔵『釈迦并観音縁起』絵巻をめぐって―」（前掲『仏と女の室町』所収）。

（12）村井章介「外浜と鬼界島」（『日本中世境界史論』岩波書店、二〇一三年）など参照。

（13）「ちくらが沖」については、網野善彦・大西廣・佐竹昭広編「いまは昔むかしは今」第四巻『春・夏・秋・冬』（福音館書店、一九九五年）によるところが大きい。

（14）西郷信綱「古代的宇宙の一断面図」（『古代人と死』平凡社、一九九九年）

（15）海野一隆「ちくらが沖―合わせて磁石山も」（『東洋地理学史研究―日本篇』清文堂、二〇〇五年、初出二〇〇二年）

竜宮城はどこにある？

関原　彩

はじめに

竜宮城と聞いたら、まずどんな場所を思い浮かべるだろうか。そこは海底にある世界で、美しい乙姫に迎えられ、四季を全て見渡せる庭があり、衣食住に困らない理想郷であろう。おそらく、多くの人が持っているこの竜宮城のイメージは、昔話「浦島太郎」の世界なのである。

竜宮城へ行ったという印象が強い浦島太郎だが、実は古くから行き先が竜宮というわけではなかった。[*1] 浦島伝説は古くは『日本書紀』『丹後国風土記』などに見られ、その訪問先は「蓬萊山《ほうらいさん》、常世《とこよ》の国」などと表記されていた。[*2] その後、室町時代から近世にかけての御伽草子から、それまでの異界観に仏教の影響が色濃い竜宮が入ったことにより、徐々に行き先が竜宮へと変化していった。つまり、浦島太郎は竜宮を語る上では、少々特殊な作品ということになる。

さて、竜宮城の所在を問われたら、どこをイメージするだろうか。おそらく海底にあることは思えても、具体的な地名を答えられる人は少ないだろう。御伽草子「浦島太郎」では、丹後国から「十日余りの船路[*3]」の果てに竜宮城へ辿り着いたとされているが、具体的な地名は想起しにくい。

実は竜宮にまつわる伝承は日本全国に存在し、竜宮訪問譚と呼ばれる、竜宮へ行って帰ってきたという者の話は数多く存在する。[*4] それらの物語によると、竜宮へと繋がる場所は海や湖などにあり、いくつかの具体的な場所が見えてくる。本稿では、竜宮城はどこにあるのかという観点から、竜宮の出てくる作品を読み解いていきたい。

一　仏典や仏教説話集に見られる竜宮

竜宮という異界の概念は、『法華経』などの仏典によって日本に伝えられたとされている。まずは、仏典などに見られる竜宮城について見ていきたい。『法華経』提婆達多品《だいばだったほん》には、「文殊師利《もんじゅしり》は、（中略）大海の娑竭羅竜宮《しゃからりゅうぐう》より、自然に涌出《ゆじゅつ》して、虚空《こくう》の中に住し」[*5] とある。

そもそも竜宮とは、仏教では竜王の住む場所のことで、インドに起源がある。竜王は仏法を守護する八部衆《はちぶしゅう》の竜族の王のことで、難陀《なんだ》、跋難陀《ばつなんだ》、娑竭羅などの八大竜王がいる。『今昔物語集』巻三第九に「今ハ昔、諸《もろもろ》ノ竜王ハ大海ノ底ヲ以テ栖《すみか》トス」[*6] とあるように、竜王は海の底を栖として、雨水を司り仏法を守護するとされた。

また、漢訳仏典の『長阿含経《じょうあごんきょう》』巻十九には、左のように記されている。

> 大海水底に、沙竭竜王宮《しやかりゆうわうきう》あり。縦広八万由旬《ゆじゆん》なり。宮牆《きゆうしやう》七重にして、七重の欄楯《らんじゆん》、七重の羅網《らまう》、七重の行樹《ごうじゆ》あり。周囲厳飾七宝より成る。乃至《ないし》無数の衆鳥《しゆうてう》相和して鳴く。亦復是《またまたかく》の如し。須弥山王《しゆみせんわう》と佉陀羅山《きやだらせん》との二山の中間に難陀と跋難陀の二竜王宮あり。各々縦広六千由旬なり。[*7]（傍線引用者。以下同。）

大海水の底にあるという娑竭羅竜王の宮殿は、縦横八万由旬《ゆじゅん》あるという。由旬は古代インドで用いられた距離の単位で、帝王の軍隊が一日に進む行程とされていた。一由旬は十六里、三十里、四十里などの説があり、中国で一里は六町（約六五五メートル）とされたので、八万由旬というとその数の大きさが想像できよう。

このように仏典などによって日本に伝えられた竜宮という概念は、はるか海の底にある竜王の栖であった。

さて、日本で竜宮という言葉が用いられた古い文献は勅撰漢詩集『凌雲集《りょううんしゅう》』（弘仁五年〈八一四〉成立）で、菅野真道《すがののまみち》の歌に「王母仙園近ク。竜宮宝殿深シ。[*8]」と記されている。その後仏教説話集などを通じて竜宮という言葉が広まったと考えられている。ここからは仏教説話集に見られる竜宮の例を見ていこう。

永観二年（九八四）成立の『三宝絵詞《さんぼうえことば》』上巻「精進波羅蜜《しょうじんはらみつ》」に描かれる、釈迦の本生譚はその一例である。以下は、そのあらすじである。

波羅奈国《はらなこく》の王子大施太子《だいせたいし》は人々の困窮を救おうと、海中にある如意珠《にょいしゅ》を得ることを決意する。宝の山まで船で向かい、そこから徒歩で海を渡って進み、待ちかまえる苦難を乗り越え、ついに竜王の宮に辿り着く。太子は竜王から如意珠を譲り受けて帰るが、海の竜たちに奪い取られてしまう。そこで太子は珠を返さなければ海の水を汲み干すと言い、天人の協力により多くの海水を汲んでしまった。恐れをなした竜王は詫びて珠を返し、太子は珠の力で宝の雨を降らせて人々を救った。[*9]

竜王のいる竜宮は海を隔てた場所にあり、船や徒歩で辿り着いたことがわかる。

『宝物集《ほうぶつしゅう》』（治承三年〈一一七九〉頃成立）巻五にはこの『三宝絵詞』所収の話の他に、釈迦が天竺の大王に生まれた際の前生時代に、后が竜王に連れ去られるが、大王が多くの猿猴と共に竜宮を攻めて后を取り返すという話がある。そこで南方にあるという竜宮城へ向かうことになる。

南海のほとりにあらざりければ、いたづらに日月をお《（を）》くるほどに、梵天帝釈《ぼんてんたいしゃく》、大王の、殺生をおそれて国をすて、猿猴《あんこう》の、恩をしりて南海にむかふ事をあはれとおぼして、小猿に変じて、数万の猿の中にまじはりていふやう、

「かっていつとなく竜宮をまもるといふとも、かなふべきにあらず、猿一《ひとつ》して板一枚、草一把をかまへて、橋にわたし筏《いかだ》にくみて、竜宮へわたらん」といひければ、小猿の僉議《せんぎ》にまかせて、おの（を）〳〵板一枚、草一把をかまへて、橋にわたし筏にくみて、自然《じねん》に竜宮へいたりぬ。*10

南海にあるという竜宮に辿り着けずにいたのだが、梵天帝釈の助言により、板や草を準備し、橋に渡して筏に組み、竜宮に行くことが出来たのだった。

室町時代中期の辞書で、仏教に関連する語や故事を解説した『塵添壒嚢抄《じんてんあいのうしょう》』巻十七にも、「是ヨリ南大海ノ底。十六万由旬行テ。竜宮城アル」*11とあり、竜宮城の位置が南の海底とされていることがわかる。なおこの一文は、信濃国善光寺の阿弥陀如来像の伝来について記した中で書かれたものである。その来歴とは、善光寺の阿弥陀如来像は、インドから百済、日本へと渡ってきた三国伝来の像とされており、釈迦の弟子である目蓮《もくれん》が得意の神通力を使って竜宮城へ行き、閻浮檀金《えんぶだんごん》という金塊をもらって帰り、その金塊が仏像になり渡ってきたというのである。善光寺の本尊が竜宮城から得た閻浮檀金で作られているという逸話は、『平家物語』巻十二「善光寺炎上」*12でも語られている。

ここまでの仏典や仏教説話集にみられる竜宮は、竜王が住む場所で、海の底深くにあるとされていた。しかし池がその媒体となっている例もある。『今昔物語集』巻三第十一「釈種《しゃくしゅ》、竜王の聟と成れる語」では、釈迦の一族である釈種の男が、ある山の池に住む竜王の娘に思いを寄せられ、親しくなる。そこで前世の罪により竜に生まれてしまったという娘を人間に変えてやると、喜んだ竜王が池から出てくる。

カクテ、竜王、池ヨリ出デ、人ノ形ニテ釈種ニ向テ膝マ突《つき》テ申サク、「忝《かたじけな》ク釈種賤《いやし》キ身ヲ不簡《えらば》ズシテ恠《あや》シキ姿ヲ御覧ジツ。願《ねがは》クハ此ノ栖《すみか》ニ入ラセ給ヘ」ト云ヘバ、云《いふ》ニ随《したがひ》テ竜宮ニ入《いり》ヌ。*13

竜宮で釈種は歓待され、竜の国の王になることを勧められるが、人間界に帰りそこで国王になりたいと答える。すると竜王は剣を渡し、国王にこれを見せた隙に殺すように言う。釈種はその策によって国王となり、人間となった竜の娘を后に暮らしていた。しかし后が就寝すると頭に九つの蛇が姿を現すので、気味悪く思い、蛇を切り捨ててしまった。これにより、国中の人が頭痛に悩まされることになったという。

本話は池から竜宮城に行ったという例で、竜王の娘を助けて竜宮に招待されるという展開は、後述する中国の竜宮譚や、同作巻十六の例と類似している。

以上をまとめると、仏典や仏教説話集における竜宮という概念は、海の下にある別世界とされたと言える。

二　中国における竜宮

中国は竜との繋がりが深い国である。古くから竜という霊獣を畏敬し、数々の伝説が語られてきた。紀元前九一年頃に成立した『史記』に既に竜の話が見えることからも、歴史の深さが窺えるだろう。しかしこの竜への幻想が、竜宮への思慕となるには、唐の時代まで待たなくてはならない。[*14]

もっとも、水の神である河伯《かはく》が住む堂を竜堂と呼んでいたことは、中国古代の民謡を集めた『楚辞《そじ》』九歌に見られ、河伯が水中に住んでいることも歌われている。同書には、中国南東部の内陸にある洞庭湖《どうていこ》（湖南省）を舞台としている作品があり、水に恵まれたこの湖の辺りには、仙郷があるという話が多く存在していたと考えられる。この洞庭湖が竜宮への入口とされた作品が、「柳毅《りゅうき》」（李朝威作、『太平広記《たいへいこうき》』巻四一九所収）である。唐代小説の代表的な竜宮譚とされる、本作のあらすじを見てみよう。

科挙の試験に失敗した柳毅は、故郷に帰る途中で洞庭湖の竜王の娘と出会う。そこで困っている娘のために、柳毅は竜王がいる洞庭湖の竜宮へ行き、窮状を訴えた。すると竜王は恩人である柳毅をもてなし、娘との結婚を勧める。結婚は断ったものの、柳毅は竜王から多くの珍宝をもらい、地上で大富豪となった。当初結婚運が無かったが、三度目の結婚で竜王の娘に似た人と夫婦となり、子どもが生まれた後に、実は竜王の娘だと告げられる。この結婚によって竜王の一族となった柳毅は、不老長寿、水陸自在に往来できる身となった。景勝地として知られる洞庭湖は竜王が住む竜宮へと繋がっていたのである。この柳毅の物語は後代の多くの作品に影響を与えた。

また、「震沢洞《しんたくどう》」（『太平広記』巻四一八所収）では、震沢（江蘇省の太湖）の島に聳える洞庭山の南側にある洞窟に入って、五十里余り進んだところに竜宮があるとしている。この太湖は上海の西側にあり、中国内陸部にある洞庭湖だけではなく、海側の地域にも竜宮譚が語られていたことがわかる。中国の竜宮譚は、既に存在していた神仙の栖が山中にあるという仙洞譚に、竜宮という概念が入ることで、水中に転じて作られたと考えられている。

中国で有名だという竜宮にまつわる逸話をもう一つ紹介しておきたい。それは日本でも広く知られている『西遊《さいゆう》記《き》』にある。明代の一五七〇年頃に成立した長編小説の『西遊記』は、唐僧の玄奘三蔵《げんじょうさんぞう》が孫悟空、猪八戒《ちょはっかい》、沙悟浄《さごじょう》を従えて、様々な妖怪や怪物と戦いながら、仏典を求めて天竺へ行く物語である。孫悟空の得意技といえば、觔斗雲《きんとうん》に乗って空を飛んだり、大きさの変わる如意棒を使うというイメージが強いが、実はこの如意棒は、竜宮で竜王からもらったものなのである。

東勝神州《とうしょうしんしゅう》の傲来国《ごうらいこく》にある花果山《かかざん》の石から生まれ、水簾洞《すいれんどう》に住んでいた孫悟空は、強い武器を求めて竜宮へ向かうことになり、鉄橋の下の水が東海の竜宮へ通じていると教えられる。そして孫悟空は「閉水《へいすい》の法」を使って橋の下の水に潜り込み、水路をかきわけながら、真っ直ぐ東海の底へ行くと、竜宮に辿り着く。そして竜王に如意棒や鎧を無

『絵本西遊記』初編二（文化３年〈1806〉刊）
（学習院大学日本語日本文学科所蔵）

心して、手に入れるのである。[15]

以上のように、中国の竜宮は洞庭湖や太湖などの湖に通じていたと考えられていた。そして『西遊記』では、仏教の世界観の中で、橋の下が竜宮へと繋がっているとされた。

三　中世までの竜宮

今度は、日本において竜宮に繋がると考えられていた場所を具体的に見ていきたい。日本最大の湖である琵琶湖には、早くから竜宮があるとされていた。『朝野群載《ちょうやぐんさい》』（三善為康編、永久四年〈一一一六〉）巻十七には、琵琶湖に竜宮があることが記されている。[16]

竜宮を訪問したことで有名な俵藤太《たわらとうだ》も、琵琶湖の南側に流れる瀬田川から竜宮へ赴いた。俵藤太とは、平安時代中期の武将藤原秀郷《ふじわらのひでさと》のことで、平将門の乱を平定したことで知られている。その俵藤太には、百足《むかで》退治の伝説がある。[17] この伝説は、『太平記』や室町物語の『俵藤

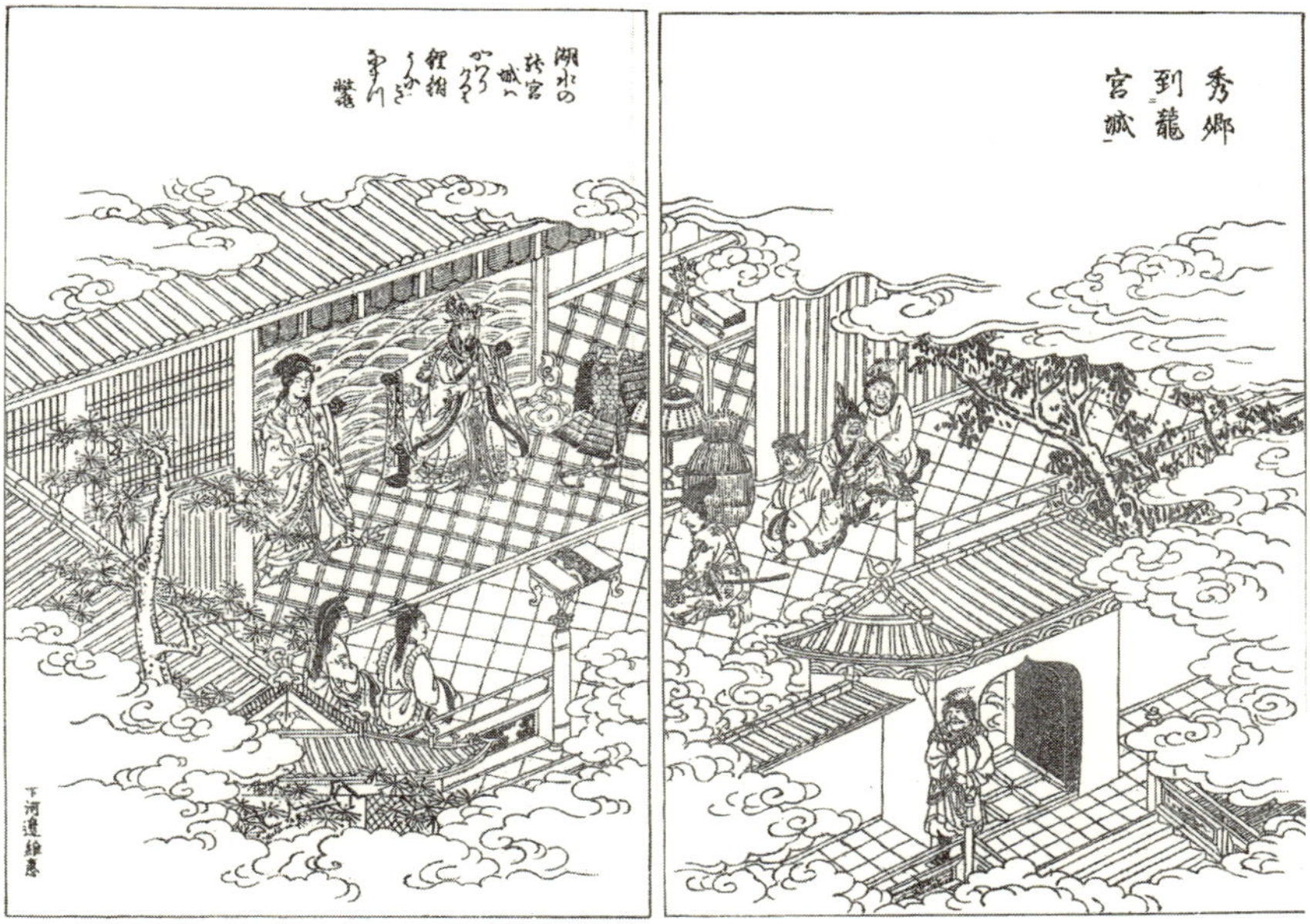

『東海道名所図会』巻二「秀郷龍宮城に到る」（寛政９年〈1797〉刊）
（『日本名所図会全集東海道名所図会』名著普及会、1975年より転載）

太物語』に見え、広く知られるようになった。『太平記』巻十五「竜宮城鐘の事」に見えるそのあらすじは、俵藤太秀郷が瀬田橋で大蛇に出くわしたが、動じず踏んで通った。すると竜王の化身の男が来て、三上山の百足を退治してくれるよう頼む。承諾した秀郷は、男と共に竜宮へと向かう。その竜宮へ行く場面を見てみよう。

二人《ににん》ともに湖水の浪を分けて、水中に入る事五十余町と云ふに、一つの楼門あり。開いて内へ入るに、瑠璃《るり》の沙《いさご》厚く、玉の甃《つみいし》暖かにして、落花自づから繽紛《ひんぷん》たり。朱楼、紫殿、玉の欄干、金《こがね》を鐺《こじり》とし、銀《しろかね》を柱とせり。その粧観《そうかん》奇麗《きれい》、未だかつて目にも見ず、耳にも聞かざりし所なり。[*18]

湖水の中を行くと竜宮の楼門に着いたのである。その描写から、竜宮の煌びやかな世界が想像出来るだろう。そして竜宮に着いた秀郷は、弓矢で三上山の百足を退治する。すると竜神から礼物をもらい、その内の釣鐘を三井寺に奉納したという。

『俵藤太物語』には、この百足退治の伝説がより詳しく語られている。『太平記』とは異なり、俵藤太が百足を退治した後、竜神の化身である美女からお礼に竜宮へ招待されるという展開に変わっている。そして秀郷が竜宮から帰る際も「海中を歩むこと刹那のほどとおぼゆれば、勢田の橋にぞ着かれける」[*19]とあり、竜宮へ繋がる道が琵琶湖の瀬田橋付近にあったことがわかる。

琵琶湖より規模の小さい池にも、竜宮訪問の説話が見える。『今昔物語集』巻十六第十五「観音に仕ふまつる人竜宮に行きて富を得る語」では、山城国宇治郡山科郷の南部、現在の京都市山科区の南部一帯にある小さい池がその入口となっている。そのあらすじは、京に住む観音を信仰する若い男が、南山科の辺りで捕らえられた小蛇を小池に放して助けた。すると美しい女が来て、お礼に竜宮へと案内される。実は助けた蛇は竜王の娘であったのだ。

> 男池ノ辺《ほとり》ニ有テ、気《け》六借《むつかし》ク思フ程ニ、亦、此ノ女出来《いできたり》テ、「将来《ゐてく》ラム。暫ク目ヲ閉テ眠給ヘ」ト云ヘバ、教ヘニ随《したがひ》テ眠リ入ル、ト思フ程ニ、「然《さ》テ、目ヲ見開ケ給ヘ」ト云ヘバ、目ヲ見開テ見レバ、微妙《めでた》ク荘《かざ》リ造レル門ニ至レリ。[*20]

女に言われた通りに池の辺で目を閉じて眠っていると、竜宮に到着する。そこで、竜王から手厚くもてなされ、帰り際に金の餅をもらう。そして帰りも行きと同様の方法で池の辺に戻る。

> 前ノ女子出来テ、有ツル門ニ将出《ゐてい》デテ、「前《さき》ノ如ク眠リ給ヘ」ト云ヘバ、眠タル程ニ、有リシ池ノ辺《ほとり》ニ来ニケリ。

家に帰ると思いの外長い時間が経っていたが、金の餅を少しずつ割って必要なものに換え、一生裕福に暮らしたという。池の具体的な場所はわからないが、山科にある池が竜宮へと繋がっていたのである。

湖や池だけではなく、滝もまた竜宮への入口とされていた。『平治物語』「悪源太雷となる事」では、摂津国箕面《みのお》の滝（現在の大阪府箕面市）が竜宮への入口となっている。平家方の難波三郎経房《つねふさ》という武将は、悪源太こと源義平を斬った後、邪気を払うため箕面の滝の水に打たれることにする。

　滝壺へ走り入り、行方も知らず、遙々《はるばる》と入りければ、水もなき所へ行き出でたり。美しく飾りたる、御所と思しき所あり。[*21]

そこで経房がここはどこかと訪ねると、ここは竜宮だという。そして記念に水晶の塔に仏舎利《ぶっしゃり》を入れたものをもらい、門を出たと思った瞬間、元のように滝壺に浮かび出ていたという。

滝壺が竜宮へ通じていたというのは、『源平盛衰記《げんぺいじょうすいき》』にも見える。『源平盛衰記』巻十一「経俊布引《つねとしぬのびき》の滝に入る」は、前述した『平治物語』の話を踏まえて書かれたとされているが、その場所は布引の滝（現在の神戸市中央区葺合《ふきあい》区）となっている。布引の滝は歌枕としても有名で、生田川の源流の滝である。備前国の難波六郎経俊という人物が、摂津国にある布引の滝へ入っていくと、そこには竜宮があった。

　四五丈モヤ入《いり》ヌラント思《おもふ》程ニ、底ニイミジキ御殿ノ棟木ノ上ニ落立《おちたち》タリケルガ、腰ヨリ上ハ水ニアリ、下ニハ水モナシ。穴《あな》フシギト思ナガラ、サラ〳〵ト軒へ走下タレバ、水ハ遙ニ上ニアリ。[*22]

経俊は辿り着いた美しい世界に立ち尽くしていたが、女がやってきたので、ここはどこかと尋ねると、「是ハ布引ノ滝壺ノ底、竜宮城也」と言う。驚いて棟木の上に立って力を入れて上がると、水の中に入り、暫くすると滝壺に浮かび出たのだった。

このように神秘的な滝壺の下は、竜宮へ繋がっていたと考えられていたのである。

ここまで、湖や滝が竜宮の入口となった例を見てきたが、海から竜宮へ行ったという話も見てみよう。室町時代に成立した幸若舞曲《こうわかぶきょく》「大織冠《たいしょっかん》」では、讃岐国（現在の香川県）の志度《しど》の浦を舞台にした玉取り説話が描かれている。幸

『源平盛衰記図会』（寛政6年〈1794〉刊）
（学習院大学日本語日本文学科所蔵）

若舞とは、室町時代に流行し、戦国時代の武将などに好まれた芸能である。

大織冠藤原鎌足《ふじわらのかまたり》の娘が唐の皇帝から求婚を受けて、后となる。后は日本へ宝珠などの宝を送るのだが、海底に住む竜王はこれを奪おうと企む。宝珠を守護する万戸《まんこ》将軍は、竜宮の阿修羅《あしゅら》軍には勝利したものの、房崎（志度）の沖で竜女にたぶらかされて宝珠を奪われてしまう。これを知った鎌足は自ら宝珠を取り戻すため、房崎の浦へ行く。そこで海女と契って子どもが生まれ、子を世継ぎとすることを条件として、鎌足は海女に宝珠の奪還を命じる。海女は腰に綱を付けて房崎の浦の海から竜宮へ向かい、宝珠を取ってくるが、竜に追われて絶命してしまう。しかし海女が宝珠を胸の下に隠していたことで、宝珠は無事に鎌足の手に渡り、興福寺の本尊の眉間に納められたのだった。

海女は瀬戸内海の志度から海に入り、「数千万里の海路を過ぎ、竜宮の都に着[*23]」いたと言い、竜宮まで遙か遠

「龍宮玉取姫之図」（歌川国芳画、嘉永６年〈1853〉）（『国芳』平凡社、1992年より転載）

い道のりを泳いでいったことがわかる。

この玉取り説話は、謡曲「海人《あま》」にも取材されているが、こちらは後日談で、鎌足ではなく子の不比等《ふひと》の話となっている。以下がそのあらすじである。

鎌足の孫である房前《ふささき》大臣が海女の母を追善するために志度に赴き、一人の海女に会って昔ここであったという玉取りの話を聞く。それは藤原不比等から面向不背《めんこうふはい》の珠の奪還を命じられた海女が竜宮へ行き、命を落としても宝珠を取り返してきたという話であった。そして自分こそがその海女の幽霊であることを明かし、海に消える。これを聞いた房前が母を供養すると、成仏を喜び竜女の姿となって舞を舞う。[*24]

この玉取り説話に登場した藤原氏の氏寺である興福寺も、竜宮と関わりがある。『興福寺流記』（十二世紀中頃成立か）によると、興福寺の金堂の下は竜宮であるとされ、猿沢池も竜池と言われている。[*25]

以上見てきたように、中世までの竜宮は主に畿内を中心とした場所に考えられていたと言える。

四　江戸時代における竜宮

江戸時代に入ると、竜宮城に関わる場所がより広い地域で見られるようになる。『新著聞集《しんちょもんじゅう》』（神谷養勇軒編、寛延二年〈一七四九〉刊）「竜宮城を語て暗唖の子を産む」では、遠州灘に注ぐ天竜川が竜宮への入口となっている。あらすじを見てみよう。

遠江国の天竜川の川筋の鹿島村しんかはきの明神の前の船渡しにて、船が動かなくなったため、平野六太夫という男が船から飛び降りて水底に沈んだ。助ける術もなく三年が経ったある日、六太夫が帰ってきたので、その訳を聞くと、船から落ちて竜宮界に入っていたという。しかし竜宮のことは絶対に語らないようにと禁じられていたため、その後産まれた子どもは唖となってしまった。[*26]

中世までの竜宮訪問譚では、竜宮は宝物などをもらい受ける場所であった。しかし、本作では竜宮に行って良かったことは語られていない。

天竜川の源流でもある、長野県の諏訪湖にも竜宮にまつわる話がある。浮世草子『西鶴諸国はなし』（井原西鶴作、貞享二年〈一六八五〉刊）巻三「行末の宝舟」は、馬方《うまかた》の勘内《かんない》という者が凍った諏訪湖を渡っていたが、氷が溶けたところから湖に落ちて行方知れずになってしまった。しかしその年の七夕、勘内は沖から輝く船に乗って帰ってきた。勘内は、「それがし只今は、竜の中都に流れ行きて、大王の買物使ひになりて、金銀我がままにつかまつる[*27]」と言う。そして竜宮がすばらしいところだと吹聴すると、皆も行きたがり、七人を連れて行くこととなった。出船の時が来ると、一人は命に替える程の用があるとして残った。そして舟は波間に沈み、その後彼らは帰ってこなかったという。

随筆『甲子夜話《かっしやわ》』（松浦静山著、天保十二年〈一八四一〉成立）巻二十三では、箱根の山頂にある湖と竜宮城との繋がりが語られている。

旱《ひでり》の時はかの湖水減ずることあり。其時には水底に屋脊《おくせき》見ゆ。土人は竜宮城の屋根と云《いふ》。此もの見ゆれば程なくして必《かならず》雨降ること違なしとなり。この屋脊の如きもの何物にや。*28

日照りのときに湖の水が減ると水底に屋根が見えるのだが、地元の者はそれを竜宮城の屋根だと伝えている。

川の水が淀んで深くなっている場所を淵というが、この淵も竜宮へ通じると考えられていた。随筆『煙霞綺談《えんかきだん》』（西村白鳥著、安永二年〈一七七三〉刊）巻二に見える記述を見てみよう。

武州川越の商家西村半兵衛といふ者、炭薪《たきゞ》を手船《てぶね》二三艘につみて江都《えど》に廻す時、千住の大川より壱里ほど川上犀《さい》が淵《ふち》といふ所は、竜宮へ貫《ぬき》通りたる淵なるよしいひつたふ。*29

大川は隅田川下流の通称であり、千住から隅田川を一里ほど川上に行った犀が淵という場所が、竜宮へ繋がる場所と言われていたことがわかる。

長門国の長門峡《ちょうもんきょう》（山口県阿武川上流）には、竜宮淵と呼ばれている場所がある。『後太平記《ごたいへいき》』（多々良一竜《たたらいちりゅう》作、延宝五年〈一六七七〉刊）巻十七「三浦介元久竜宮行之事　付神軍《かみいくさ》之事」によると、三浦元久《もとひさ》という武将が鷹狩りに出たある日、長門国の渡川で、鷹が突然淵に行ったまま戻ってこなくなった。元久は淵に飛び込んで鷹を捕らえようとしたが、その瞬間淵の水が裂け分かれて、鷹がその間を飛んでいった。元久もついて行くと、水底の竜宮城に着く。するとそこには安徳天皇や平家一門、また新田義興や山名氏清などの足利氏に滅ぼされた武将がいた。竜王は命を落とした武将は本来魔界に入るべきところを、ここへ招き寄せたと告げる。元久は竜宮で様々なことを見聞し、帰り際に不老不死の薬をもらう。そして「鰐《わに》の背に打乗れば、刹那の中に、本の雄淵に浮び出で*30」たのだった。

『後太平記』は仮作軍記とされ、室町時代の争乱の根源を冥界の者たちの暗躍によるとしており、[*31]ここでも足利氏を滅ぼそうとする竜王が冥界で戦いを繰り広げている。しかし、この地域に伝わる伝説では、竜宮にいるのは平家一門に限定され、更に彼らが元久に一族の追悼を願うという内容になっている。[*32]源平の合戦で敗れ、幼い安徳天皇をはじめとして壇ノ浦に入水した平氏一門が弔いを求めるという方が、心打たれる話に思える。『平家物語』灌頂巻《かんじょう》「六《ろく》道之沙汰《どうのさた》」で、壇ノ浦で入水したものの救助された建礼門院が、平家一門が竜宮城にいる夢を見たことを語る場面がある。[*33]このことからも、長門国は平家と竜宮に深い関わりを持つ場所であることがわかる。

海を越え、琉球が竜宮であるという説もある。寺島良安著の百科事典『和漢三才図会《わかんさんさいずえ》』（正徳二年〈一七一二〉成立）の竜宮の項には、竜宮に行った者の話として、浦島子、俵藤太、源為朝らの物語が挙げられているが、「後白河帝の朝、鎮西八郎為朝、竜宮に赴くと云《い》ふは乃ち琉球の島なり」[*34]と記されている。

また曲亭馬琴の著した読本『椿説弓張月』（文化四年〈一八〇七〉～八年刊）続編巻一の冒頭部分には、琉球に関する考証が書かれており、そこには「愚按ずるに、竜宮は琉球也」[*35]と馬琴の考えが記されている。

一方で、大坂の町人学者山片蟠桃《やまがたばんとう》の『夢ノ代《しろ》』（文政三年〈一八二〇〉成立）では、以下のように琉球説を否定している。

> 神代ニ竜宮ト云《いふ》ハ琉球ノコトナリト云ハ、音《おん》ヲ以テ云ナラン。ソノ上、日向《ひゅうが》ヨリ方角ノコトユヘ、モットモト思ハル、コトナレドモ、神后《じんこう》ノトキニ、近キ三韓〈壱岐・対馬ヲコヘテ凡《およそ》百里〉シラザレバ、二百里ノ遠キ琉球ニ通ズベカラズ。況《いわん》ヤ婚ヲヤ。コレハ屋久島・種ガ島ノ内ナルベシ。[*36]

このように、それまで語られていた竜宮伝説に、実在の場所を求めるという姿勢が見られるようになる。

以上のように江戸時代は、天竜川、諏訪湖、箱根、隅田川の淵といった東日本、長門峡、琉球といった西日本の各地へ、竜宮とされる地は広範囲に広がっていったのである。江戸時代は交通網も広がり、旅もさかんに行われた。また、名所図会類の刊行などと相俟って、諸国の名所への関心も強まった。そのため、竜宮とされる地も日本全国に渡るようになったのではないだろうか。

おわりに

以上、本稿では竜宮城がどこにあるのかという視点で、様々な作品を見てきた。仏教の概念から生まれた竜宮は、深い海の底にあり、竜王のいる宮殿は美しく飾られた理想郷であった。中国では、仙郷と融合して考えられ、湖に竜宮を求めた。そして日本では、中世までは畿内を中心とした地域に見られるが、江戸時代になると竜宮に繋がる場所は、全国各地で見られるようになる。その場所は、湖、滝、淵、海と多岐に渡る。

これは、人々が竜宮城という理想郷を身近な水辺へ求めたためではないだろうか。竜宮にまつわる伝承が全国に数多く存在するのは、日本が四方を海に囲まれ、水資源に恵まれているからであろう。

二〇一五年、小惑星探査プロジェクトの目標天体の小惑星に「Ｒｙｕｇｕ」という名称が付けられたという。竜宮は理想郷であるとともに、人々に夢を与え続ける場所なのかも知れない。

注

(1) 浦島伝説に関する代表的な研究は、三浦佑之『浦島太郎の文学史』(五柳書院、一九八九年)、林晃平『浦島伝説の研究』(おうふう、二〇〇一年)などである。また、有賀夏紀「御伽草子「浦島太郎」の亀」(『鳥獣虫魚の文学史 虫の巻』三弥井書店、二〇一二年)も参照されたい。
(2) 『日本書紀』では、「蓬莱山」の語は「トコヨノクニ」と訓まれており、海中にあり仙人が住むとされる蓬莱山と、海の彼方にあり不老不死の理想郷とされた常世の国は混同して考えられていたことがわかる。
(3) 『御伽草子』下(岩波文庫、一九八六年)
(4) 竜宮訪問譚については、久村希望「浦島伝承に於ける異郷の表現とイメージの変遷─常世・蓬莱・龍宮」(『広島女学院大学大学院言語文化論叢』十六号、二〇一三年三月)、また竜宮の入り口となる場所については、三浦佑之「浦島太郎と蓬莱山幻想」(『歴史読本』三七巻十九号、新人物往来社、一九九二年十月)に指摘があり、本稿もこれらを参照した。
(5) 『法華経』中(岩波文庫、一九六四年)
(6) 『日本古典文学大系22 今昔物語集一』(岩波書店、一九五九年)
(7) 『国訳一切経印度撰述部 阿含経』七(大東出版社、一九三三年)
(8) 『校註日本文学大系』二四巻(国民図書、一九二七年)
(9) 『新日本古典文学大系31 三宝絵・注好選』(岩波書店、一九九七年)。なお、『三宝絵』と仏典の比較などの詳しい考証は、金沢英之「平安期における竜宮─『三宝絵』精進波羅蜜の例話を中心に」(『比較文化論叢 札幌大学文化学部紀要』二一号、二〇〇八年四月)参照。
(10) 『新日本古典文学大系40 宝物集・閑居友・比良山古人霊託』(岩波書店、一九九三年)
(11) 『大日本仏教全書 塵添壒囊鈔』(名著普及会、一九八三年)
(12) 『新編日本古典文学全集45 平家物語①』(小学館、一九九四年)
(13) 注(6)に同じ。
(14) 唐代小説の竜宮譚については、近藤春雄「竜宮譚の世界」(『唐代小説の研究』笠間書院、一九七八年)、井波律子「夢の巻 竜宮の夢」(『中国幻想ものがたり』大修館書店、二〇〇〇年)を参照した。
(15) 『中国古典文学大系 西遊記』上(平凡社、一九七一年)
(16) 『新訂増補国史大系 朝野群載』(国史大系刊行会、一九三八年)
(17) 百足退治伝説の詳しい考証については、天野聡一「俵藤太の百足退治」(『鳥獣虫魚の文学史 虫の巻』三弥井書店、二〇一二年)参照。
(18) 『太平記』二(岩波文庫、二〇一四年)
(19) 『新日本古典文学大系55 室町物語集下』(岩波書店、一九九二年)

(20)『新編日本古典文学全集36　今昔物語集②』（小学館、二〇〇〇年）
(21)『新編日本古典文学全集41　将門記・陸奥話記・保元物語・平治物語』（小学館、二〇〇二年）
(22)『中世の文学第一期　源平盛衰記』二（三弥井書店、一九九三年）
(23)『新日本古典文学大系59　舞の本』（岩波書店、一九九四年）
(24)『新編日本古典文学全集59　謡曲集②』（小学館、一九九八年）
(25)『大日本仏教全書　興福寺叢書』一（大法輪閣、二〇〇七年）
(26)『日本随筆大成』第二期五（吉川弘文館、一九七四年）
(27)『新編日本古典文学全集67　井原西鶴集②』（小学館、一九九六年）
(28)『甲子夜話』二（東洋文庫、一九七七年）
(29)『日本随筆大成』第一期四（吉川弘文館、一九七五年）
(30)『通俗日本全史』六巻（早稲田大学出版部、一九一三年）
(31)板垣俊一「近世仮作軍記と魔界の論理―『後太平記』の歴史叙述」（『見えない世界の文学誌―江戸文学考究』ぺりかん社、一九九四年）
(32)『日本伝説大系　山陽編』（みずうみ書房、一九八七年）
(33)『新編日本古典文学全集46　平家物語②』（小学館、一九九四年）
(34)『日本庶民生活史料集成　和漢三才図会』一（三一書房、一九八〇年）
(35)『日本古典文学大系60　椿説弓張月上』（岩波書店、一九五八年）
(36)『日本思想大系43　富永仲基・山片蟠桃』（岩波書店、一九七三年）

『春雨物語』「海賊」の世界

田中　仁

はじめに

上田秋成（一七三四〜一八〇九）の『春雨物語』は、『雨月物語』と並んで江戸時代の前期読本を代表する作品である。『春雨物語』には、「血かたびら」「天津処女」「海賊」「二世の縁」「目ひとつの神」「死首の咲顔」「捨石丸」「宮木が塚」「歌のほまれ」「樊噲」の十話が収録され、とくにその冒頭三話（「血かたびら」「天津処女」「海賊」）は、いずれも奈良朝から平安朝前期にかけての時代を舞台とした作品である。本稿で取りあげる「海賊」は、紀貫之『土佐日記』の世界をふまえた作品であり、貫之と海賊が対面するところから話題が展開していく。

本稿では、秋成がこの「海賊」という作品において、海をどのようなものとして描いているか、また、海賊という存在をどのように造形しているかについて考察してみたい。

一　『土佐日記』との比較

はじめに、「海賊」のあらすじを追ってみよう。場面ごとに大きく区切って示すと、およそ以下の通りである。

1　紀貫之、人々に惜しまれつつ任国土佐を発つ。

2　航海の途中、海賊出没の噂を耳にして不安が募る。

3　和泉の国に到着し、安堵する。

4　あとを追って来た海賊が現れ、一方的な批評が始まる。

4―1　紀貫之に対する批評……『古今集』の恋部編纂と「仮名序」への批判

①「言の葉」という古代に用例のない表現を用いたこと

②中国においても偽妄とされる「六義」の説に対して無批判に依拠したこと

③「政令にたがふ」「淫奔」な和歌を『古今集』に多く採録したこと

④①～③はいずれも総じて学問（学文）の未熟に起因していること

4―2　三善清行に対する批評……「意見封事十二箇条」への褒貶

①「意見封事十二箇条」の優れた文章とその内容への称賛

②学者として先例を重んじる態度を崩さなかったことへの批判

5　海賊が身の上話をし、酒を飲んだ後、再び船に乗って立ち去る。

6　帰京して間もなく、菅原道真について批評した投書を受け取る。
7　投書の本文および副書の内容が示される。
8　学問の友から海賊の正体が明かされる。
9　結語

まずは「海賊」の冒頭、1～3の場面を見てみよう。本文は、紀貫之が任国・土佐での任務を終えて夫人とともに京への帰途につくところから始まる。これは言うまでもなく、紀貫之『土佐日記』の冒頭部分を踏まえた場面設定であるが、傍線で示したように秋成は、表現においても『土佐日記』の本文をかなり強く意識していることが分かる（傍線筆者、以下同）。

「海賊」冒頭の本文

紀の朝臣つらゆき、土佐守にて五とせの任はてて、承和それの年の十二月それの日、都にまうのぼらせたまふ。国人のしたしきかぎりは、名残をしみて悲しがる。民も、「昔よりかかる守のあらせたまふを聞かず」とて、父母の別れに泣く子なして、したひなげく。出舟のほども、人々ここかしこ追ひ来て、酒、よき物ささげきて、歌よみかはすべくする人もあり。船は、風のしたがはずして、思ひの外に日を経るほどに、「海賊うらみありて追ひく」

『土佐日記』の本文

男もすなる日記といふものを、女もしてみむとて、するなり。それの年の十二月の二十日あまり一日の日の、戌の時に門出す。そのよし、いささかにものに書きつく。ある人、県の四年五年はてて…………年ごろよく比べつる人々なむ、別れがたくおもひて、日しきりにとかくしつつののし

と云ふ。安き心こそなけれ、ただたひらかに宮古へと、朝ゆふ海の神にぬさ散して、ねぎたいまつる。舟の中の人々、こぞりてわたの底を拝みす。「いづみの国まで」と舟長が云ふに、くだりし所々はながめ捨てて、さる国の名おぼえず、今はただ和泉のくにとのみとなふる也けり。守夫婦は、国にて失ひしいとし子のなきをのみいひつつ、都に心はさせれど、跡にも忘られぬ事のあるぞ悲しき。「ここいづみの国」と、船長が聞えしらすにぞ、舟の人皆生き出でて、先づ落居たり。嬉しき事限りなし。

るうちに、夜ふけぬ。二十二日に、和泉の国までと、たひらかに願立つ。……京にてうまれたりし女子、国にてにはかに失せにしかば、このごろの出で立ちいそぎを見れど、何言もいはず。京へかへるに、女子のなきのみぞ悲しび恋ふる。……まさつら、酒、よき物たてまつれり。……御館より出でたうびし日より、ここかしこに追ひ来る。この人々ぞこころざしある人なりける。

日記を記す人物の視点で書かれた『土佐日記』の本文では、任国である土佐を離れる際の情景については、比較的淡々とした筆致で描写されている。それに対して、客観的な視点から場面を描く「海賊」の場面1では、土佐守として任務を遂行してきた紀貫之について、領民が「昔よりかかる守のあらせたまふを聞かず」と称賛したり、「名残をしみて悲しが」ったりする様子が描かれている。すなわち、領主としての貫之の姿が読者に示されると同時に、彼が赴任先の人々から慕われるような善政を布いていたことが強調されているのである。『土佐日記』にはなかったこうした新たな脚色は、場面2における「海賊うらみありて追ひく」という噂に現実味を帯びさせ、海賊襲来に対する貫之たちの不安を煽る要因にもなっている。強盗や略奪を繰り返すことで生活の糧を得ていた海賊にとって、領地において善政を布く領主はまさに目の上の瘤であり、「うらみ」の対象であったに違いないからである。この海賊に対する恐怖について、『土佐日記』では次のような形で描写されている。


廿一日。卯の時ばかりに舟出だす。……舟君なる人、波を見て、国よりはじめて、海賊むくいせむといふなる事を思ふ上に、海の又恐ろしければ、頭もみな白けぬ。……

廿三日。日照りて曇りぬ。このわたり海賊のおそりありといへば、神仏を祈る。……

廿五日。楫とりらの、北風あしといへば、舟出ださず。海賊おひ来ということ絶えず聞ゆ。

廿六日。まことにやあらむ、海賊追ふと言へば、夜なかばかりより舟を出だして……

三十日。雨風吹かず。海賊は夜あるきせざなりと聞きて、夜なかばかりに舟を出だして、阿波の水門をわたる。

……今は和泉の国に来ぬれば、海賊ものならず。


右に掲げたように、船路で新年を迎えた正月、二十一日から三十日にかけて、記事にはにわかに「海賊」が頻出する。海賊の存在を読者に想起させ、切迫した恐怖感を味わわせる場面だが、実際に海賊が現れることはなかったのは周知のとおりである。この場面について、神田龍身氏は「海賊への恐怖それ自体を語ることが目的化しており、想像力が稼働する契機として海賊の噂がある」のであり、「不在の対象を出現させるという言葉の力を試すべき状況設定としてそれはあった」(『紀貫之』ミネルヴァ書房、二〇〇九)と述べている。きわめて示唆に富んだ首肯すべき指摘であろう。一方、秋成の「海賊」では、『土佐日記』中、その存在を匂わせながらも実際には姿を見せることのなかった海賊がまさしく目前に現れることになる。

場面3では、貫之一行が和泉国に到着した様子が描かれる。『土佐日記』でも和泉国に到着した際には、「海賊ものならず」と記されているように、ただひたすら海賊襲来の恐怖におののきながらの船旅がようやくここで終わり、「舟の人皆生き出でて、先づ落居たり。」や「嬉しき事限りなし。」といった安堵感に満ちた人々の様子が語られる。

ここで注目したいことは『土佐日記』と「海賊」における二つの大きな違いである。

一つは、すでに述べたとおり、秋成が「海賊」において貫之と海賊の遭遇の場面を仮構していること。そしてもう一つは『土佐日記』における重要な主題の一つ——土佐で亡くなった愛児への追慕という主題が背景化していることである。秋成の「海賊」では、「守夫婦は、国にて失ひしいとし子のなきをのみいひつつ、都に心はさせれど、跡にも忘られぬ事のあるぞ悲しき。」と記してはいるものの、その後の話題の展開に亡児追慕の主題は全くと言っていいほど関わってこない。つまり、『土佐日記』の世界を脚色する過程で、秋成は亡児追慕の主題よりもむしろ海賊との遭遇という出来事に焦点化しようとしているのである。

二　海賊の登場

続いて掲げるのは、貫之たちの目の前に、最も恐れていた海賊が姿を現す場面である。それは無事に和泉の国までたどり着いた矢先のことであり、安堵したのも束の間、彼らは再び極度の緊張と不安に晒されることになる。

ここに釣舟かとおぼしき、木葉のやうなるが散り来て、我が船に漕ぎよせ、笘上げて出づる男、声をかけ、「前の土佐守殿のみ舟に、たいめたまはるべき事ありとて追ひ来たる」と、声あららかに云ふ。「何事ぞ」といへば、「国を出でさせしよりおひくれど、風波の荒きにえおはずして、今日なんたいめたまはるべし」と云ふ。「すは、さればこそ海ぞくの追ひ来たるよ」とて、さわぎたつ。つらゆき舟屋かたの上に出でたまひて、「なぞ、此の男、我に物いはんと云ふや」とのたまへば、「是はいたづら事也。しかれども、波の上へだてては、声を風がとりてかひなし。ゆるさせよ」とて、翅ある如くに吾がふねに乗る。見れば、いとむさむさしき男の、腰に広刃の剣おびて、恐ろしげなる眼つきしたり。朝臣、けしきよくて、「八重の汐路をしのぎて、ここまで来たるは何事」と、とはせたまへば、帯びたるつるぎ取り棄てて、おのが舟に抛げ入れたり。

海賊について、ここでは「声あららか」で、「いとむさむさし」く、「腰に広刃の剣おびて、恐ろしげなる眼つきし」た男として描いている。いかにも粗暴な海賊らしい風貌といったところであろう。一方、それまで海賊を恐れていたかと思われた貫之は、「朝臣、けしきよくて、八重の汐路をしのぎて、ここまで来たるは何事と、とはせたまへば」とあるように、動揺した様子も見せず堂々とした雰囲気で海賊に対峙している。その姿は、土佐守として領民から篤く信頼された人物として相応しいものといえよう。

海賊は「前の土佐守殿のみ舟に、たいめたまはるべき事」があり、「波の上へだてては、声を風がとりてかひなし」と言って、貫之らの乗る船にひらりと飛び移ってくる。こうした勝手気ままな振る舞い一つにも、海賊の大胆さや無遠慮さといった性格がよく表れている。加えて、ここでは「波の上へだてては、声を風がとりてかひなし」という発言にも注目しておきたい。海を隔てた船と船の間には、当然物理的な距離があり、風が吹きすさび、辺りには波音も響き渡っていることであろう。自らが発する声を風にかき消されることを危惧した発言であるが、裏を返せば、そこには海賊自身の発言内容が相手（貫之）に言い聞かせるべきことだという確固とした信念と強い意思が感じられる。以下、本作で繰り広げられることになる海賊による人物批評には、彼の過剰なまでの自己顕示が見受けられるのである。

三　海賊の実像

ところで、平安時代における海賊とはどのような存在であったのだろうか。ここでその実態を概観しておきたい。平安時代の海賊については、今宮新氏による論考（「平安時代初期の海賊について」「慶應義塾大学文学部史学」二〇巻三号、昭和一七年三月）が詳細に論じている。以下、今宮氏の考察の要点を私にまとめると以下の通りである。

1　海賊とは海上の盗賊であり、航行する船から金品や積載物を強奪することを主な目的とした集団である。

2　海賊の発生要因としては、律令政治の衰退、地方における治安維持・警備体制の脆弱化などが挙げられる。

3　海賊行為が多発したのは瀬戸内海や九州西岸の海域であるが、これは各地方と畿内を結ぶ貢物等の運搬航路があったことに由来する。

4　海賊行為が多発した要因としては、天災や飢饉による生活苦のほか、地方為政者や地方豪族の政治的不正の横行とそれに対する一般民の不満が増大したこと、重税や労役からの逃亡や浮浪人が増加したことなどが挙げられる。

今宮氏によれば、浮浪人に強いられた「惨憺なる生活苦と、永い間の放浪生活」が、彼らに「強い反抗心と凶暴なる性格」および「巧みに人心を籠絡する、狡猾陰険なる性格」とを与えたとし、「従来の因襲にとらはれない自由なる行動を為すと共に当時の地方政治の紊乱に乗じて、盗賊殺人等の暴行を働くに至った」のだという。

貫之が土佐から京に帰還したのは、藤原氏が摂関政治の基盤を固めつつある中、政治の中枢部を独占するべく着々と他氏排斥が進められていた時期にあたる。そしてそれは、承平天慶の乱前後、すなわち平将門や藤原純友といった地方豪族が、時として中央に対する不満を露わにして反旗を翻していた時期でもあった。

秋成の「海賊」では、登場する海賊の正体を平安時代前期に実在した公卿・文屋秋津《ふんやのあきつ》［延暦六年（七八七）～承和十年（八四三）］としている。秋津は文官・武官の要職を歴任したのち、承和九年の政変（「承和《じょうわ》の変」）に連座して出雲員外に左遷、不遇のうちに生涯を閉じた人物である。甲斐や武蔵の国守をはじめ、春宮大夫、左右中将、検非違使別当などを務め、天長七年（八三〇）に参議となって公卿に列し、承和八年には、正四位下まで昇進している。祖父の文屋浄三《きよみ》は天武天皇の孫にあたるという名族出身であるが、藤原良房による他氏排斥の口火となった政変に巻き込まれたのであった。確かに、藤原氏一門が要職を独占するようになった朝廷に対して、秋津が恨みや反感を抱いていたとしても何ら不思議ではないが、彼が政治の表舞台から追われたのち、海賊になったかどうかを裏付ける資料は確認できない。秋津が海賊となって貫之と対面したというのは、やはり秋成による虚構と見るべきであろう。

四　海賊による人物批評

そして、話題は本作の核心部分とも言うべき、秋津による一方的な人物批評へと進んでいく。秋津が批評するおもな人物は、紀貫之、三善清行、菅原道真の三人である。秋津は貫之に対して、自身が海賊になってから今日の対面に至るまでの経緯から語り始める（なお、この時点で貫之は海賊の正体を知らず、秋津との面識もなかった。貫之が海賊の正体を知るのは、話の結末部、「学文の友」に問い質す場面でのことである）。

海ぞく也とて、仇すべき事おぼししらせたまはねば、打ゆるびて、物答へて聞かせよ。君が国に、五歳のあひだ、参らんとおもひしかど、筑紫九国、山陽道の国の守等が怠りを見聞きて、其のをちこちしあるきて、けふに成りたる也。海賊は心をさなき者にて、君が国能く守らすのみならず、あさましく貧しき山国にて、あぶるるにたよりなければ、余所にして怠りたるにぞ。都の御たちへ参るべけれど、ことごとしく、且つ、人に見知られたれば、世狭くて、とにかく紛れあるくなり。

秋津はそれまで貫之との対面を望んでいたが、「筑紫九国、山陽道の国の守等が怠りを見聞き」するために日を費やしたこと、そして、貫之が「国能く守らす」だけでなく、その領地が「あさましく貧しき山国」であるため、略奪の対象としなかったことなどを語っている。そして、本来ならば京の貫之邸を訪問するべきところだが、「ことごとしく、且つ、人に見知られ」ているため、「世狭くて、とにかく紛れあるく」のだという。この子細ありげな言動からは、先に指摘した海賊＝秋津の強烈な自己顕示とは別の側面――世の中の衆目を恐れ憚り、世間に「紛れ」て生きるという自己韜晦の意識が見てとれる。つまり、本作における秋津の言動からは、彼の自己顕示と自己韜晦という背反する心理状況が垣間見えるのである。また、海賊としての行為について「仇」「あぶるる」などと自ら表現する一方で、「筑紫九国、山陽道の国の守等が怠りを見聞きて、其のをちこちしあるき」などする姿勢は、海賊としての自らの行為とその善悪（正義／不正）といった倫理観とを客観化するものである。事実、秋成は本作において、海賊＝秋津の人物像に対して善か悪か、あるいは正義か不正かといった判断を下すことはしておらず、読者もまた、それを判断するだけの材料を与えられてはいない。

さて、第一の批評の対象となったのは、面前の紀貫之その人であった。ここでの批評は、とくに『古今集』編纂方針と仮名序に対するものである。「言の葉」という古代に用例のない表現を用いたこと、中国においても偽妄とされる「六義」の説に対して無批判に依拠したこと、「政令にたがふ」「淫奔」な和歌を『古今集』に多く採録したこと、貫之を含む『古今集』編纂者についていずれも総じて学問（学文）が未熟であることなどを非難するものとなっている。

先に「一方的な人物批評」と述べたとおり、以下に続く秋津の批評は、いずれも目の前にいる相手に反駁や議論の間を与えぬほど矢継ぎ早に繰り出され、そもそも相手から意見が出るのを待って議論を展開しようとする意図は全く見られない。

第二の批評の対象は、三善清行［承和十四（八四七）年～延喜十八年（九一九）］である。清行に対する批評は、前半が①「意見封事十二箇条」についてその優れた文章と内容への称賛、後半が②学者として先例を重んじる態度を崩さなかったことへの批判が中心となっている。

「意見封事十二箇条」のうち、秋津は、口分田や班田の制度の見直し、大学寮の荒廃に対する改善、荒廃した魚住泊の修築といった三箇条を取り上げて、いずれの請願も現実に即しておらず、それぞれ「いたづら事」「心ゆかざ（る）」「むなしきもの」「聖教にあらぬ老婆心」などと手厳しく非難する。清行の「意見」が現実に対する柔軟性に欠け、硬直した理想主義にとらわれていることを批判したものである。

ここまで清行への批評をひとしきり述べたところで、秋津は再び以下のように身の上を語り始める。

我は詩つくり歌よまざれど、文よむ事を好みて、人にほこりにくまれ、遂に酒のみだれに罪かうぶり、追ひやらはれし後は、海に浮かびわたらひす。人の財を我がたからとし、酒のみ肉くらひ、かくてあらば、百年の寿はたもつべし。（略）

「遂に酒のみだれに罪かうぶり」とあるのは、酒に酔うと泣き上戸になったとされる秋津に関する史実を踏まえたものであろう。『続日本後紀』巻十三、承和十年三月の項には、次のような記載がある。

三月庚寅朔辛卯　出雲権守正四位下文室朝臣秋津卒。大納言正二位智努王之孫。従四位下勲三等大原王之第四子也。弘仁七年叙従五位下。明年除甲斐守。後任武蔵介。天長之初。補左兵衛権佐。二年加正五位下。遷左近衛中将。八月叙四位。六年拝参議。七年兼右大弁。九年兼武蔵守。遷左大弁。十年兼春宮大夫。承和元年上表。乞停左大弁左近衛中将等職。勅停左大弁。二年遷右近衛中将。七月。任右衛門督。監察非違。最是其人也。亦論武芸。足称驍将。但在飲酒席。似非丈夫。毎至酒三四坏。必有酔泣之癖故也。九年秋七月。連座伴健岑等謀反之事。左降出雲員外守。遂終于配処。時年五十七。

右の記事によれば、彼は武芸に秀でた強く勇ましい武将であったが、酒に弱く数杯飲むと必ず酔って泣く癖があったという。実際に酒乱のために罪に問われたということはなかったようだが、秋津という一人の人間の中に全く異なる二つの性格が同居していて、それが「酒」という媒介によって乖離していくという不思議に、秋成の創作意欲がかき立てられたのであろうか。いずれにせよ、雄々しさと傍若無人ぶり、そして、強烈な自己顕示を下支える直情的な性格などといった秋津の人物像について、秋成は史実と虚構を巧みに綯い交ぜながら形作っているのである。

その後、貫之に用意させた酒と肴を思うままに飲み食いした秋津は、興が尽きたところで再び自分の舟に乗って瞬く間にその場から去っていく。

それからしばらくして、京の貫之宅に秋津からの投書が届く。第三の人物批評はその投書に書き付けられた菅原道真に対するものである。

批判の中心は、道真が藤原菅根の頬を打ちつけて罵辱したこと、道真が三善清行の忠言を容れなかったこと、清行の推挙を阻害して優秀な人材が宮中で活躍する機会を奪ったことなどに向けられている。さらにその投書の副書には、貫之の名前の読みに関する難癖が記され、しばらく歌をやめて文章を学ぶべきだとも書き付けられていた。

これらの批評に共通して指摘できるのは、秋津があらゆる事物、事柄、人物に対して常とは異なる側面から客観的かつ自由に切り込んでいる点である。すなわち、「常識」や「当然」といった先入観を排除した形で、新たな倫理や価値を示そうとしているのである。

おわりに

ここまで見てきたように、本作「海賊」において秋成は、秋津という海賊について人々を武力で威嚇したり、恐怖や損害を齎したりするような誰が見ても単純明快な悪の存在として描くことはしていない。むしろ、周囲の人々を煙に巻くかのような掴みどころのない思考と批判を繰り出すこの人物が「完全無欠ではない存在」として造形されている点にこそ注目しなければならないだろう。はたして、「海賊」とは、どのようにして社会から切り離された者であったのか。秋津は、自ら進んで社会に見切りをつけて飛び出した者であったのか。それとも社会から外へと出ざるを得なかった者であったのか。都＝陸上という国家や法、制度などの秩序が安定した世界と、鄙あるいは海上というどこにも所属せず誰にも支配されない無秩序で混沌とした世界という、二項対立的な世界として把握してみた場合、海賊とはまさに後者のような世界に生きる者たちなのである。彼らは海上という永遠の境界領域に漂い続ける者たちであり、決して陸には上がらず、その社会の制度や論理、価値観を客観的な立場から傍観し、あるいは批判することができる者たちである。

他者や社会に対して攻撃的に批判する海賊＝秋津の論理や価値観には、複雑な人間精神の有り様や善悪や価値判断の基準に見られる多面性が露わに描き出されているとも言えよう。社会から自らの意思ではみ出した存在としての海賊は、社会においてある一つの論理から見れば異質・異端の存在であり、安穏な日常を損なう不安や恐怖をもたらす悪となるであろう。また、一方で、社会からいや応なく放り出された存在としての海賊からすれば、自分たちを締め出し、排除した社会こそが悪であり、不正であるということにもなりうる。ある一つの物事について、見方を変えればそれが善にも悪にもなり、正義にも不正にもなるということは、往々にしてあることだが、すでに出来上がっている論理、価値、倫理といったものに対して、それを外側から突き崩していく行為としての「批評（批判）」を展開するのが、海賊＝文屋秋津なのである。

参考文献

・上田秋成／井上泰至訳注『春雨物語　現代語訳付き』（角川ソフィア文庫、二〇一〇年）
・木越治『秋成論』（ぺりかん社、一九九五年）
・長島弘明『秋成研究』（東京大学出版会、二〇〇〇年）
・飯倉洋一『秋成考』（翰林書房、二〇〇五年）
・一戸渉『上田秋成の時代　上方和学研究』（ぺりかん社、二〇一二年）

※　引用に際して、『土佐日記』本文については三谷栄一訳注『土佐日記』（角川文庫）に、『春雨物語』「海賊」本文については井上泰至訳注『春雨物語』（角川ソフィア文庫）に依った。

『椿説弓張月』の海

天野　聡一

はじめに

本稿で取り上げる『鎮西八郎為朝外伝椿説弓張月《ちんせつゆみはりづき》』（以下『弓張月』）は、曲亭馬琴によって著された長編読本である。五年にわたって刊行され、その長さは全六十八回におよぶ。後年出版された『南総里見八犬伝』と並ぶ馬琴の代表作である。

『弓張月』の主役である源為朝《ためとも》は、源為義《ためよし》の八男として保延五年（一一三九）に生まれた。保元の乱で父為義とともに崇徳院方につき、人並み外れた強弓で敵方を大いに恐れさせるも敗走。やがて捕らえられ伊豆大島に流罪となったが、近隣の島々を従えて狼藉をはたらいたため、伊豆介工藤茂光の討伐軍に攻められ、自害した。[*1]

さて、その為朝が難を逃れ、琉球へ渡っていたという伝説は、『本朝神社考』や『和漢三才図会』等に見え、近世期においては比較的よく知られていた。たとえば、『和漢三才図会』巻十三「異国人物」琉球の条によれば、為朝は伊豆大島から琉球に行き、そこで魑魅《ちみ》を退治して人民から慕われ、没後は舜天太神宮として崇《あが》められたという。武勇の士でありながら不遇に終わった為朝。だが、実は琉球で大いに活躍していた、というわけである。

こうした伝説に想を得、本土・伊豆諸島・琉球を舞台として為朝の波乱の生涯を描いたのが『弓張月』である。『弓張月』は文化四年（一八〇七）に前篇が刊行、以後、後篇（同五年刊）、続篇（同五年刊）、拾遺（同七年刊）、残篇（同八年刊）と続いた。挿絵は葛飾北斎が担当し、『弓張月』の勇壮な世界を躍動感あふれる大胆な構図で表現している。

以下、本稿では『弓張月』の物語展開に即しつつ、海を舞台とする場面を中心に適宜本文を取り上げ、馬琴が「海」という題材をどのように作中に取り入れ、物語の構成や演出に生かしているのかを見てゆくこととする。

一　琉球渡海

『弓張月』は移動の小説である。為朝をはじめとする登場人物は、ある時は下命に応じて、またある時は自らの意志によって諸所へ移動する。物語の舞台は、本州、九州、琉球、伊豆諸島、四国、そしてまた九州、琉球と次々に移り変わり、その都度、読者の視界には新たな風景が映し出される。本章では、為朝が最初に琉球へ渡海する場面を取り上げる。

権力者信西の恨みを買った為朝は、父為義によって筑紫へと下された。そこで持ち前の武勇を発揮して九州を平定した為朝だったが、信西の策謀により、かつて源義家が放った鶴を捕まえなければならなくなった。[*2] 以上をふまえ、ここからはやや詳しくみてゆこう。

夢告と占いにより、鶴は今「南海《なんかい》の果《はて》」にある琉球にいることが分かる。為朝は琉球へ行こうとするが、舅阿曾忠《あそのただ》国《くに》は、琉球は薩摩潟から「大洋《たいよう》三百七十里」も離れているのだから渡航は無理だと反対する。しかしこの時、琉球出身の祖父を持つという紀平治《きへいじ》が進み出て、琉球の地理・風土を詳しく講義する。紀平治によると、七日あれば琉球に到着できると言う。結局、為朝は紀平治と二人で琉球へ赴くのだが、その渡海場面は至極あっさりとしたものである。

> 薩摩潟《さつまかた》、沖《おき》の小島《こじま》より便船《びんせん》して、順風《じゆんぷう》に真帆揚《まほあげ》させ、日《ひ》ならず琉球《りうきう》へ渡海《とかい》し給ひけり。

この通り、「南海の果」「大洋三百七十里」彼方にある琉球への海路は、たった一文で片付けられてしまう。非常に展開が早い。近代以前は、海の状態さえ良ければ、海路は陸路よりもずっと早かった。つまり、作者は海路という設定を持ち出すだけで、いとも簡単に、それでいて自然に登場人物を遠方に移動させることが出来る。馬琴は『弓張月』中、随所でこの手法を用いており、テンポ良く登場人物を移動させている。登場人物が頻繁に渡海するという条件をうまく利用した筆法と言うべきだろう。

もちろん、同様の描写が判で押したように毎回使われるわけではない。それでは物語の展開が単調になってしまう。先ほどの琉球渡海に関して言えば、その場が一息で語られたのは、直前に長々と描かれた紀平治の講義場面との関係からと考えられよう。すなわち、極めて順調な琉球渡海は、紀平治の琉球についての深い知識を裏付け、それを読者に印象づけるためのものだったわけである。

かくして無事に琉球に渡った為朝は当地で鶴を得て帰国の途につく。しかしこの時、同行していた紀平治は為朝とはぐれていた。紀平治は為朝を乗せた船が出航するのを目にする。為朝もまた紀平治を見つけ、船を戻すよう舟人に頼むが無視される。いったん風を受けて走り出した船は簡単に帰すことが出来ないのである。往路において為朝主従を琉球へ運んだ海は、復路では一転して二人を引き離そうとする。しかし、ここからが紀平治の見せ場である。船が戻らないことを悟った紀平治は海に飛び込み、泳いで追いつこうとする。手に汗握る名場面である。

> 元来《もとより》その身西海《さいかい》に人となりてよく水戯《すいれん》を得たりしかば、瀬に寄る亀に異ならず。浮きつ沈みつ泅《およ》ぐ程に、やや彼《かの》船にちかくはなれど、高浪逆波《かうらうげきは》に隔《へだて》られ、潮《うしほ》はやければ左右《さう》なく泅《およぎ》つくべうもあらず。為朝はこの光景《ありさま》を見そなはして、「あれ助《たすけ》よ」と焦燥《いらだち》給へども、鎮西八郎といふ事は船人にもしらせず、ふかく名を匿《かく》して渡海し給ひつ

紀平治は船を追いかけ、鉄球を投げ入れる

れば、「われうけ給はらん」といふものなし。加旃《しかのみならず》大洋を走る船は船人といへどもその進退を心にまかせず。こは紀平治を見つつ殺すかと悶《もだへ》給ふ折しも、紀平治は予《かね》てかかる時の為にとて身を放さずもて来りし鉄丸《まろかせ》に数十丈の緒を著《つけ》たるを、泅《およぎ》ながら犢鼻褌《ふみとほし》の間《あはひ》より抜出《ぬきいだ》し、左手《ゆんで》にて浪を切り、右手《めて》を高くさし揚《あげ》て彼鉄丸を投つくるに、緒の端は手首《たなくび》にとどまり、鉄丸は過《あやまた》ず船の中へ礑《はた》と入るを、為朝丁《ちやう》と受《うけ》とどめ、しづかに手繰《たぐり》よせ給ふに、紀平治は労せずしてやがて船に跳《とび》乗れは、為朝はじめてこころ安堵《おちゐ》て且《かつ》感じ且悦《よろこ》び、

たくみに泳いで船に近づこうとする紀平治を高波が阻む。助けを求める為朝だが、舟人達はやはり協力しない。「大洋を走る船は、船人といへどもその進退を心にまかせず」とあるように、海上の船はすでに舟人の意志を超えて進んでいるのである。もはやこれまでかという時、紀平治は紐を

つけた鉄球を船に投げ込む。為朝はこの鉄球を受け取り、紀平治を引き上げるのであった――。紀平治の泳力、とりわけ投石技術の比類なさが、海を舞台にして余すところなく描かれている。加えて、一連の描写が為朝目線で描かれていることで、読者は為朝とともに緊張感（本文中の表現で言えば「焦燥」）と解放感（同じく「安堵」）を味わうことになる。このあたりの筆力はさすが馬琴と言って良いだろう。そしてここにいたって、往路の簡略な描写は、帰路をことさら克明に描くためのものでもあったということが了解される。馬琴は海の特性と物語構成を勘案しつつ、略述と詳述、言い換えれば物語展開の緩急を、意識して使い分けているのである。

二　伊豆巡島、大島脱出

琉球から帰国した為朝だったが、やがて保元の乱が勃発。崇徳院方についた為朝は敗将となり、伊豆大島へ流された。しかし、そこで為朝は牛馬の飼育法を教えるなどして大島の民から信望を集め、当地を支配していた悪代官忠重《ただしげ》を屈服させて事実上の為政者となる。これを皮切りに、為朝は近隣の島々を巡り、そこで善政を敷いて自らの版図を広げてゆく。

三宅島まで至った為朝は、さらに「海上百里ばかり」先にある女護島《にょごのしま》へ行こうとする。これに対し、当該海域における潮流の激しさを知る三宅島の島長は、「瞬《またたき》の中《うち》に数千里を押流《おし》され、活《いき》てふたたび帰るものなし」とその危険性を訴え、必死に為朝を止めようとする。だが、為朝は島長の言を笑い飛ばし、「夥《あまた》の島を経歴しながら、今彼島《かの》を見のこさんは、いと遺憾《のこりおほ》し。とく船を出せ。直《ただ》に彼処《かしこ》へ渡るべきぞ」と息巻く。

先ほどの琉球渡海と同じく、危険な遠島へ渡海しようとする場面である。だが、紀平治が地理上の知識を充分に

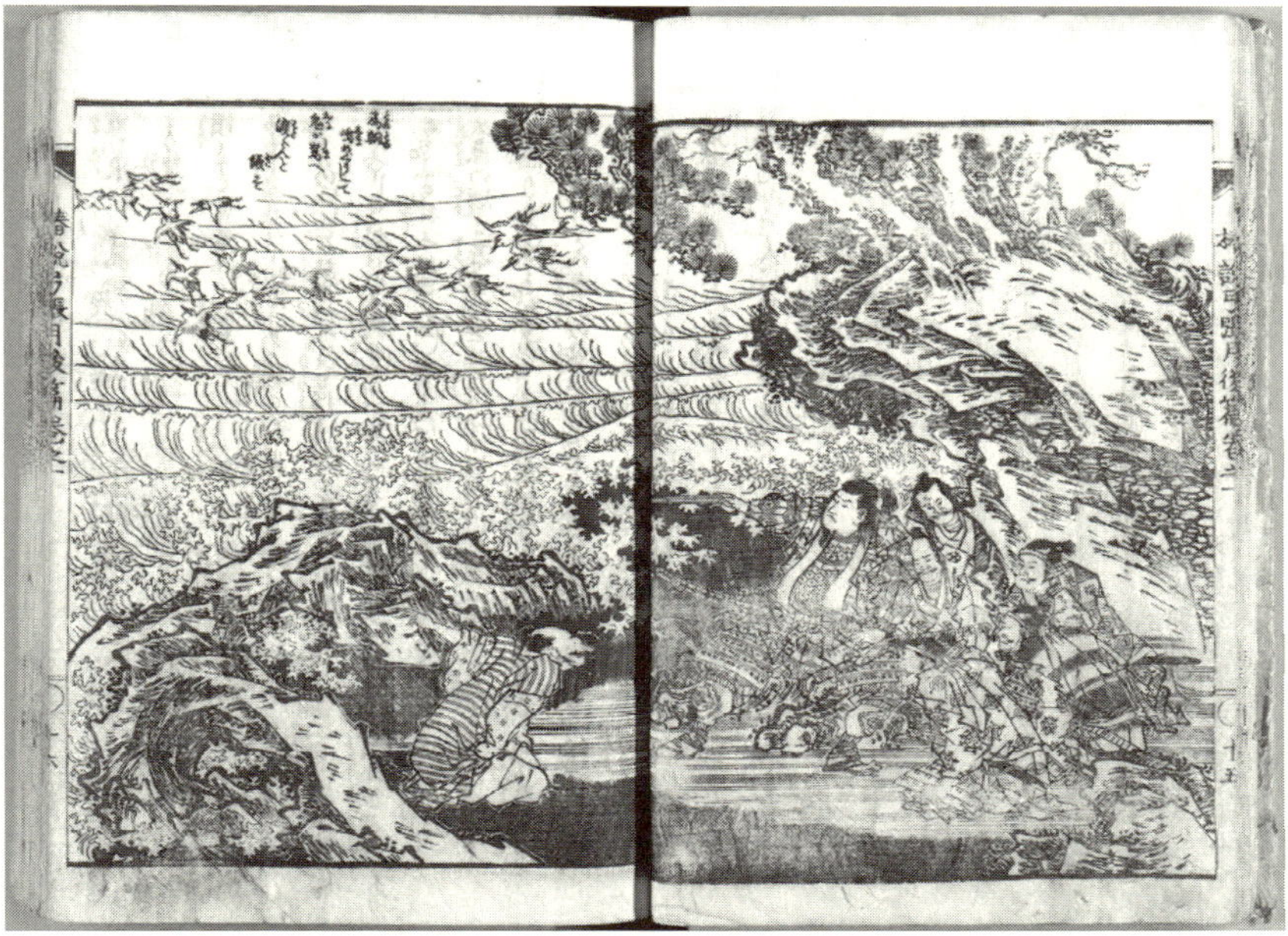

為朝は三宅島からさらに向こうへ渡ろうとする

持った上で渡海を訴えたのに対し、為朝は逆に地理上の知識を有する島長の説得を一蹴して渡海を強行しようとする。未知の島に対する好奇心と、そのためには危険も厭わないという剛胆さが強く表れた場面である。こうした為朝の人物造型とともに注目したいのは、為朝の台詞に「思ふに女護鬼が島も、原《もと》日本の内なるべけれ」とあることである。この発言からは、女護島渡海が単なる個人的冒険にとどまらず、日本の辺境を開拓していこうとする精神に基づくものであることがうかがわれる。[*3]それはまた、馬琴や読本読者をはじめとする当時の人々の海外に対する意識を反映しているのだろう。『弓張月』前篇が刊行された文化四年は、前年から相次いだロシアによる開国を求める政治的圧力を受け、知識人の間で攘夷論と開国論が盛んに議論された年であった。[*4]日本の海域を視察するかのような為朝の行為には、当時の人々の間に根差し始めていた「海の向こう側」への強い関心と国土意識が読み取れるのである。

さて、為朝は四人の従者とともに女護島行きを決行する。

さる程に為朝は、主従只五人、島船にとり乗《のり》て、風のまにまに走り帆の、いとも遥《はる》けき青海原《あをうなばら》を、其処《そこ》ともしらず艚《こが》せ給ふ。元来為朝は筑紫の果《はて》に人となりて、船路によく馴《なれ》給ひしかば、自針盤《みづからじしやく》を守り、「面《おも》よ、檝《かぢ》よ」と告《のり》しらし給ふに、四人の船子《ふなこ》共も、身命をなげ打《うち》て、ここを先途と働きける程に、只一夜の中に、海上五六十里をのり著《つけ》て奇《あや》しき島にぞ歇《かか》りける。

船は順風を受け、一晩のうちに女護島へと到着した。先の琉球渡海同様、距離の割に簡潔な描写である。琉球渡海より文字数が増えているのは、そこに為朝の能力が書き加えられているからである。すなわち、為朝は優れた航海術を有し、自ら磁石を持って方角を把握し、船子達に適確に指示を下す人物として描かれている。

女護島に到着した為朝は、島には女しかおらず、男は男《お》の島で生活していることを知る。為朝は「我今彼等を教化して、男女を一ツに住《すま》し、伊豆七島のうちに加へば、後の世に益なるべし」と思い立ち、女護島の女達を教え諭し、また男の島に渡って男達を武威で従え、両島を男女同棲の島とする――。為朝は武力だけではなく知識によって島民を教化し、彼らの生活を向上させたわけである。先述した大島での牛馬飼育指南や優れた航海術ともあわせて、単なる剛勇の武士にとどまらない、智者としての為朝像が見て取れる。それはまた、あくまで立場上は罪人として配流されている為朝を、勧善懲悪の英雄にふさわしい人物として読者に提示してゆこうとする、馬琴の苦心の結果と解すべきだろう。伊豆諸島ならびにその海域は、為朝が自らの能力をいかんなく発揮し、主人公としての善性ないし正当性を獲得してゆく舞台となっているのである。

こうして次々に勢力を広げる為朝だったが、悪代官忠重の訴えにより、討伐軍が差し向けられる。大島に帰っていた為朝は、忠重が乗る船を強弓で沈めるなど奮戦。一旦は自害しようとするも、周囲から説得され大島を脱け出す。

天この忠臣を憐み、義士を祐《たすけ》給ひけん、俄頃《にはか》に海上靄《もや》たちて、咫尺《しせき》の間《あはひ》も見えわかねば、寄手《よせて》の船にはこれをしらず。為朝は西国にて人となり、又大島に十余年の月日を送りたまひしほどに、船を遣《や》ること陸《くが》をゆくがごとく、みづから楫《かぢ》をとつて艚《こぎ》走らし、

為朝は寄せ手の目をかいくぐって出航し、自ら舵を取って自在に船を走らせる。ここでも為朝の優れた航海術が発揮されている。しかし注意したいのは、文中に「天この忠臣を憐み、義士を祐給ひけん」とあることである。すなわち、大島脱出は為朝一人の能力ではなく、神助によって成し遂げられたかのように描かれているのである。こうした表現は、これまでの為朝の渡海場面には見られないものだった。来島まで逃げ延びた為朝が、「この島までは渡海いと難義なるに、かく速《すみや》かに来つること不志議《ふしぎ》なり」とつぶやくのも同様である。為朝は、これまで伊豆の海を舞台として、きわめて能動的にふるまっていた。それが、大島脱出のあたりから神意に救われる受動的な立場へと変わってゆくのである。

為朝は「とてもかくても死《しに》おくれし玉の緒を風にまかして讃岐国に押《おし》渡り、新院の陵《みささき》に参りて臣が孤忠を訴《うたへ》奉り、かしこけれど御廟を首《まくら》にして腹を切らんものを」と、最後の場を崇徳院の墓前と決め、そこで切腹することを決意する。為朝は「渺々《びやうびやう》たる青海原《あをうなはら》を、風の随意《まにまに》」出航する。すると、「海神《わたつみ》」が憐れんだのか、船は「矢を発《いる》ごとく」走り出す。こうして為朝は「行《ゆく》すゑ遥《はる》けき青海原を、風にまかして」進み、讃岐国へと到着したのだった――。この渡海場面には、もはや航海術が出る幕もない。為朝の命は、自身「風にまかして」と言うように、すでに自らの手中にないのである。ここでは、為朝が海を渡るというよりも、海が為朝を運んでいる。やはりこのあたりの描写には、神意によって生かされているという為朝の一面が顕著に表れているといってよいだろう。[*5] 言い換えれば、伊豆巡島の際

には後景に退いていた海が、ここに至って神意の象徴として焦点化され、為朝を新たな場所へ導く役割を演じているのである。

三　薩南沖海難

讃岐に着いた為朝は、崇徳院の霊験を得て肥後へ向かった。そこで為朝は、紀平治、在九州時代に結婚した妻白縫《しらぬい》と再会。白縫との間に一子舜天丸《すてまる》を儲ける。やがて時を経て、為朝等は宿願の平家打倒のため京へ向かって船を出す――。「波静《しづか》にして順風」と天気に恵まれた出船だったが、その様相は明け方に一変する。霧が深く立ちこめ、飛び魚の群れが現れ、海面は濁って泡だち、くらげが船の周囲に充満するのである。一行が動揺する中、為朝はすぐにその現象が暴風（颱）の予兆であることを理解する。以下、為朝の暴風に関する長台詞が続く。海についての優れた知識を開陳する場である。しかし、その為朝の能力も荒れ狂う海の中では何の役にも立たない。むしろこの場で存在感を放つのは、為朝と同じ船に乗っていた白縫である。白縫は、女である自分が同船しているせいで海神が怒っているのだと言い、入水して嵐をおさめようとする。為朝は必死に止めるが、白縫は落ちる涙を押しぬぐって為朝をなだめ、その身を海に投じる。

「（前略）良人《をつと》をはじめ、船中の党《ともがら》はさらなり、わが子の船も恙《つつが》なく、湊《みなと》のかたへ吹寄《ふき》せ給へ」と高やかに祈請《きしよう》しつ、引《ひき》とめられし袖ふり払ひ、瀾《なみ》を披《ひら》きて千尋《ちひろ》の底へ、身を跳《おど》らして没《いり》給ふ。あはれはかなき最期なり。

夫婦が同船して嵐に遭い、妻が夫を救おうと入水する。この一連の場面は、日本書紀や古事記に見られる、ヤマトタケルを救うためにオトタチバナヒメが入水する場面を下敷きにして描かれている。参考までに『日本書紀』の該当

為朝一行を乗せた船を暴風が襲う

箇所を以下に引用しよう。*6

乃《すなは》ち海中《わたなか》に至り、暴風《あからしまかぜ》忽《たちまち》に起り、王船《みふね》漂蕩《ただよ》ひて渡るべくもあらず。時に、王《みこ》に従《したが》ひまつる妾《をみな》有り。弟橘媛《おとたちばなひめ》と曰《い》ふ。穂積《ほづみの》氏《うぢの》忍山宿禰《おしやまのすくね》が女《むすめ》なり。王に啓《まを》して曰《まを》さく、「今し風起り浪泌《はや》くして、王船《みふね》没《しづ》まむとす。是、必ず海神《わたつみ》の心なり。願はくは賤《いや》しき妾《やつこ》が身を以《も》ちて、王の命《みいのち》に贖《か》へて海に入らむ」とまをす。言訖《まをすことをは》て、乃ち瀾《なみ》を披《おしわ》けて入る。

このように、オトタチバナヒメは入水の決意を述べてすぐさまそれを実行している。簡潔な描写である。一方、白縫も同様に実行しようとするが、為朝に抱き止められ、以下、入水を引き止めようとする夫と、自らの命を犠牲にしようとする妻の、死別を前にした尽きない嘆きが細やかに記される。馬琴は、白縫の入水を近世演劇でいう愁嘆場にあたる場面として、ことさら人情に訴えるよう描いている。言い換えれば、海を舞台とする先行作品を吸収し、近世小説に相応しい一場面として再生しているのである。

白縫の入水もむなしく嵐はなお収まらない。オトタチバナヒメとは真逆の展開だが、物語展開の上からすれば当然の結果でもある。もし嵐が止めば、舞台を琉球に移すことが出来なくなるからである。この海難場面は『弓張月』全六十八回の中間、具体的には第三十一回と第三十二回のほとんどを費やして描かれる。渡海描写の中では異例の長さだが、それはつまり、この場面がそれほど重要な局面として設定されているということである。すなわち、当該場面は、本土と伊豆を主な舞台とする前半部と、琉球を舞台とする後半部の中間に位置し、前者から後者へと大きく物語を展開させる役割を担っているのである。

為朝達はこの海難によって琉球へと漂着する。しかし、その過程はそれぞれである。為朝は白縫や郎党が次々に命を落としてゆくのを見て絶望し、自害しようとする。その時、崇徳院の「神勅」を受けた天狗たちが傾く船を操って再び走らせ、琉球の属島・佳奇呂麻《かけろま》へと導く。為朝はここでもまた神助によって救われるのである。一方、為朝の子舜天丸は、紀平治とともに別の船に乗っていた。紀平治は船が破壊されたのを見て、まだ幼い舜天丸を抱いて荒波に飛び込む。「左手《ゆんで》には板子《いたご》をとつて身を浮《うか》し、右手《めて》には舜天丸を高くさし揚《あげ》て」泳ぐ紀平治だが、さらに試練は続く。恐ろしい鰐鮫が大口を開けて襲いかかるのである。しかしその時、為朝の従者夫婦の亡魂が鰐鮫に乗り移り、二人を琉球の属島・姑巴汎麻《こはじま》へ運ぶ。舜天丸はすでに息絶えていたが、福禄寿が現れて蘇生させる。

こうして為朝と舜天丸の親子は両者ともに神助によって救われ、別々に琉球へと辿り着いた。注目したいのは、それぞれを救い導く神霊が、為朝と舜天丸で異なることである。為朝は崇徳院によって救われた。一方、舜天丸を救ったのは従者夫婦の亡魂であり、福禄寿である。薩南沖海難は、為朝と舜天丸を琉球へ運んで後半部のお膳立てをするだけでなく、彼らが何によって生かされているのかを分明にする。そしてそのことは次章で述べる『弓張月』の結末へとそのままつながってゆくのである。

四　海国琉球

話は琉球に移る。時の琉球国王尚寧《しょうねい》は暗愚な人物で、琉球開闢《かいびゃく》の時、天孫氏《てんそんし》が妖魔を鎮めたという虬塚《みずちづか》を掘り起こし、妖術使いの曚雲《もううん》を出現させてしまう。王は王位を奪おうとする曚雲の悪心に気づかず、逆に彼が見せる妖術に尊信の念を抱く。そして曚雲の意のまま、王は一人娘で世継ぎの寧王女《ねいわんによ》に兵を差し向け、王女を討伐しようとする。敵の刃は容赦なく王女を襲い、ついに殺害したと見えた。だがその時、一つの鬼火が忽然と現れ、王女の体に入りこんだ。するとたちまち王女は勇敢な女性となって敵をなぎ倒す。薩南沖で入水した白縫の魂が王女に乗り移ったのである。王女は言う。

われ近曾《ちかごろ》、夫とともに渡海の船中、風涛《ふうとう》の難によつて身を海底に投《しづむ》といへども、灵魂《れいこん》はこの琉球に漂泊して、ここに夫を俟《まつ》こと久し。（中略）且《しばら》くこの身体《からだ》を借りて良人《つま》と子どもに物いひかはし、その創業を輔《たすけ》んとす。かかれば王女《わんによ》にして王女にあらず、白縫にして白縫にあらず。孝女と節婦と合体して、ある時は王女たり、又ある時は白縫たらん。

白縫の入水は無駄に終わったのではなかった。白縫は入水したことによって魂魄となり、琉球へ渡って王女と「合体」したのである。かくして白縫王女は敵の手を逃れた。そこに為朝が合流し、すでに王を殺害して琉球を牛耳っていた曚雲を打倒するべく共闘する。為朝は曚雲の妖術に手こずり、一度は敗走するが、やはり崇徳院の神助によって救われる。その後、為朝は舜天丸と紀平治に再会し、舜天丸の放った矢によって曚雲を撃退。舜天丸は琉球国王として即位した。

以上、舜天丸即位までの展開をごく大まかに述べたが、ここで白縫と王女の合体に話を戻そう。というのも、この趣向は『弓張月』の構想上、大きな意味を持っていたに違いないからである。『弓張月』の前篇刊行後、馬琴は考証の中で『中山伝信録』という清代成立の史料を目にし、そこに琉球中興の祖舜天が為朝の子であるという記載を発見した。当初、馬琴は「はじめに」で紹介した『和漢三才図会』の記事、すなわち〈舜天＝為朝〉という想定に基づき、『弓張月』を執筆していた。つまり、為朝自らが琉球国王になるという構想である。しかし、『和漢三才図会』よりもはるかに資料的価値の高い『中山伝信録』に〈舜天＝為朝の子〉とあるのをうけ、馬琴は前篇執筆時の構想に大きな変更を強いられることになったのである。[*7] 主人公はあくまで為朝、しかし最終的に琉球国王になるのは為朝の子でなければならない。こうして為朝の嫡男舜天丸は創り出された。ただ、まだ問題が残る。為朝と白縫の子である舜天丸には琉球国王正統の血が流れておらず、王となるための正統性が全く無いのである。この問題は、そもそも正統の血を引く王女に舜天丸を生ませておけば解決するかのようにも思われるが、すでに白縫は為朝と婚儀を挙げており、正妻（本文中では「嫡室」）としての地位は揺るぎない。舜天丸が為朝の嫡子としての正統性を得るには、やはり白縫の子でなければならなかった。白縫と王女の合体は、本来は白縫の子である舜天丸を王女の子ともするために考え出された秘策であったと思われる。[*8] すなわち、白縫王女の誕生を以て、舜天丸は嫡子としての正統性と琉球王としての正統性を二つながら獲得したわけである。もっとも、後者については擬似的なものに過ぎない。曚雲退治後、王女の体は白縫の魂が抜けて亡骸《なきがら》となる。その際、為朝が「惜しいかな、天孫氏の正嫡ははや絶《たえ》たり」と言うように、天孫氏以来の血脈は、王女を最後に実質的に途絶えてしまうのである。だが、物語展開上はむしろそこが肝要で、そこで初

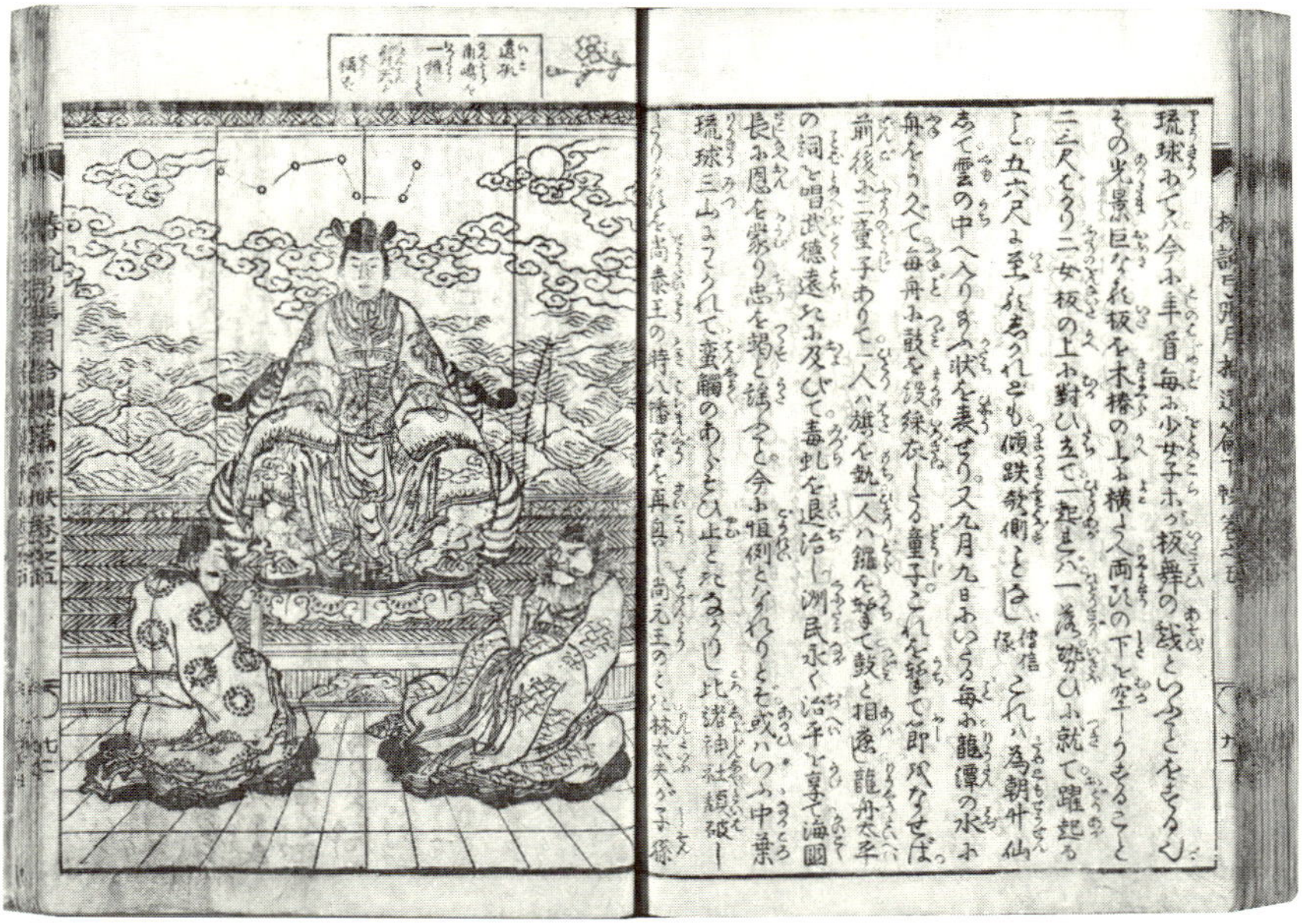

舜天丸は舜天王として琉球国の王位に即く

めて空位となった琉球国王の座に舜天丸が即位する余地が生まれる。馬琴はさらに舜天丸即位の布石を打つ。福禄寿による説諭である。

　為朝等の前に現れた福禄寿は、自らの正体が天孫氏の父阿摩美久《あまみく》であり、かつ海神《わだつみ》でもあるという。福禄寿は続けて、自身の長女君々《くんくん》が、釣り針を求めてやって来た彦火火出見尊《ひこほほでみのみこと》に豊玉姫として召され、鸕鶿草葺不合尊《うがやふきあはせずのみこと》を儲けたのだ、と語る。彦火火出見尊と豊玉姫の話は記紀に載るもので、山幸彦の神話としてよく知られている。つまり馬琴は、そこで山幸彦の訪れる竜宮が実は琉球であったという説に基づき、天孫氏と豊玉姫が福禄寿の子どもであったという虚構を設けたわけである。*9 こうして福禄寿によって打ち明けられた事実は、舜天丸にとって限りなく大きい。福禄寿の娘である君々が豊玉姫であるのなら、福禄寿の血は豊玉姫、鸕鶿草葺不合尊を経て、そのまま天皇家へ流れたということになる。となると、清和天皇に端を発する源氏にも、当然その血は受け継がれていることになる。要するに、天孫氏の嫡流は途絶えても、福禄寿を祖とする血脈は舜天丸の体に脈々と流れていたのである。[*10] 福禄寿は言う。

八郎（天野注、為朝のこと）は蓋世《かいせい》の義士なれば、生を貪《むさぼ》り栄利《えのり》に走らず、君父の仇を撃ざるを恨とす。君父の仇を忘れずは、この国には留《とどま》るべからず。しかればここに王たるものは、舜天丸の外に誰かあらん。

為朝の宿命は、あくまで「君父」すなわち崇徳院と為義に忠孝を尽くすことである。したがって、一旦琉球に漂着したとはいえ、そのまま逗留するわけにはいかない。逆に言えば、崇徳院への忠に縛られない舜天丸は琉球国王となるのに何の支障も無い。舜天丸は崇徳院への忠の外側に生きているからである。話を遡ると、薩南沖海難の際、舜天丸を救ったのが崇徳院ではなく福禄寿だったことは、そうした舜天丸のありかたを示す象徴的な事例だったのである。かくして舜天丸は琉球国王の座につくに至った。一方、為朝は福禄寿とともに雲に乗り、天上高く昇っていく。そして崇徳院の廟前で切腹を果たし、仙人となって昇天する。為朝の生涯はここにおいて、崇徳院への忠の内に見事完結したのである。

おわりに

先に『弓張月』は移動の小説であると述べた。『弓張月』において、その移動はもっぱら海を通して行われる。海は、ある時は人々を驚くべき速さで遠方へ運び、またある時は容赦なく水底に沈めようとする。こうした海の持つ両面性を馬琴は存分に作中に生かしていた。最初の琉球渡海、そして伊豆巡島の際には、海は登場人物の能力を発揮する場として描かれていた。それが大島脱出のあたりから、神助によって登場人物を導く運命的な場へと変容してゆく。薩南沖海難はその最たる場であった。海は登場人物に試練を与え、彼らが何によって生かされているのかを明示させる。海はまた、神話的世界へとつながる。白縫はオトタチバナヒメの例にならって入水し、福禄寿は琉球が山幸彦の訪れた竜宮であることを明かす。そしてこの二点を契機として、為朝の嫡子舜天丸は琉球国王として即位。物語は大団円を迎える。

『弓張月』は執筆途中で結末の構想を変更せざるをえなくなるという異例の作であった。それがとにもかくにも軌道修正され完結を見たのは、馬琴が以上述べた海の要素を駆使し、話の筋を〈舜天＝舜天丸〉という結末に収斂させたからだと言えるだろう。『弓張月』執筆中、海は馬琴にとっても格闘の場だったのである。

注

(1) 『国史大辞典』「源為朝」参照。

(2) 『弓張月』における鶴の役割については、糸川武志「『椿説弓張月』の鶴」(鈴木健一編『鳥獣虫魚の文学史　二（鳥の巻）』、三弥井書店、二〇一一年八月）が詳しい。

(3) 徳田武『馬琴京伝中編読本解題』(二〇一二年三月)「椿説弓張月」。

(4) 藤田覚『近世後期政治史と対外関係』(東京大学出版会、二〇〇五年一二月) I・3「文化四年の「開国論」」。

(5) 後に為朝は、伊豆巡島をも「神仏の擁護」の結果だったと捉えるに至る。

(6) 本文は新編日本古典文学全集による。本書は近世期流布本を底本としている。

(7) 構想の変更については、大高洋司「『椿説弓張月』論―構想と考証―」(『読本研究』六上、一九九二年九月)、同「『椿説弓張月』の構想と謡曲「海人」」(『近世文藝』七九、二〇〇四年一月)を参照。

(8) 久岡明穂「舜天丸と琉球王位―『椿説弓張月』試論―」(『光華日本文学』七、一九九九年八月)。舜天丸の嫡子としての正統性については、筆者が私に見解を加えた。

(9) 『弓張月』の構成と山幸彦の神話との関係については、久岡明穂「『椿説弓張月』と彦火出見尊神話―福禄寿仙の〈種明かし〉の意味―」(『叙説』三六、二〇〇九年三月)を参照。

(10) これは琉球と日本をきょうだいの国とする設定であるが、琉球に伝わる天孫氏系が途絶え、その後を日本に伝わる君々系が継ぐという物語展開は、日本側からすれば、琉球を日本の内に編入させるということになる。この展開が有する政治性については、風間誠史「『椿説弓張月』の「琉球」」（『相模国文』三三、二〇〇六年三月）が論じる。

※『弓張月』の本文は日本古典文学大系により、適宜表記を改めた。挿絵は国立国会図書館蔵本による。

青柳種信『瀛津島防人日記』

壬生　里巳

はじめに

宗像《むなかた》三《みはしらの》女神《ひめがみ》の田心姫命《たごりひめのかみ》を祀る宗像大社沖津宮が鎮座する沖津島（現・福岡県宗像郡大島村沖ノ島）は、古来より島全体が神域とされ、現在も島に上陸するために禊《みそぎ》を行うこと、女人禁制などの禁忌が厳守されている。また、四～九世紀に国家的な祭祀が行われ、その祭祀跡からは多くの国宝が出土したことから「海の正倉院」とも言われ、現在、世界遺産への登録に向けて活動がなされている。

さて、沖津島は江戸時代に地理的な要所として在番が置かれ、福岡藩の足軽であった青柳種信《たねのぶ》も在番役として出かけた一人である。その渡航記ともいうべき作品が『瀛津島《おきつしま》防人《さきもり》日記』（以下、『防人日記』と称す）である。種信は福岡藩儒井上周徳の学僕となり、寛政元年（一七八九）春、江戸に出仕する際、伊勢松坂に立ち寄り本居宣長《もとおりのりなが》の面識を得ている。江戸在勤中には、賀茂真淵《かものまぶち》の門人野田諸成《もろしげ》について国学、特に万葉学を学び、真淵著『万葉考』を借用し書写したことでも知られる。[*1] 帰郷後も国学の研鑽を積み、筑前の国学者として名を馳せた一方で、文化九年（一八一二）、伊能忠敬の筑前国測量の補佐を勤め、『宗像宮略記』『後漢金印略考』などの考古学的な分野の著作も数多く残

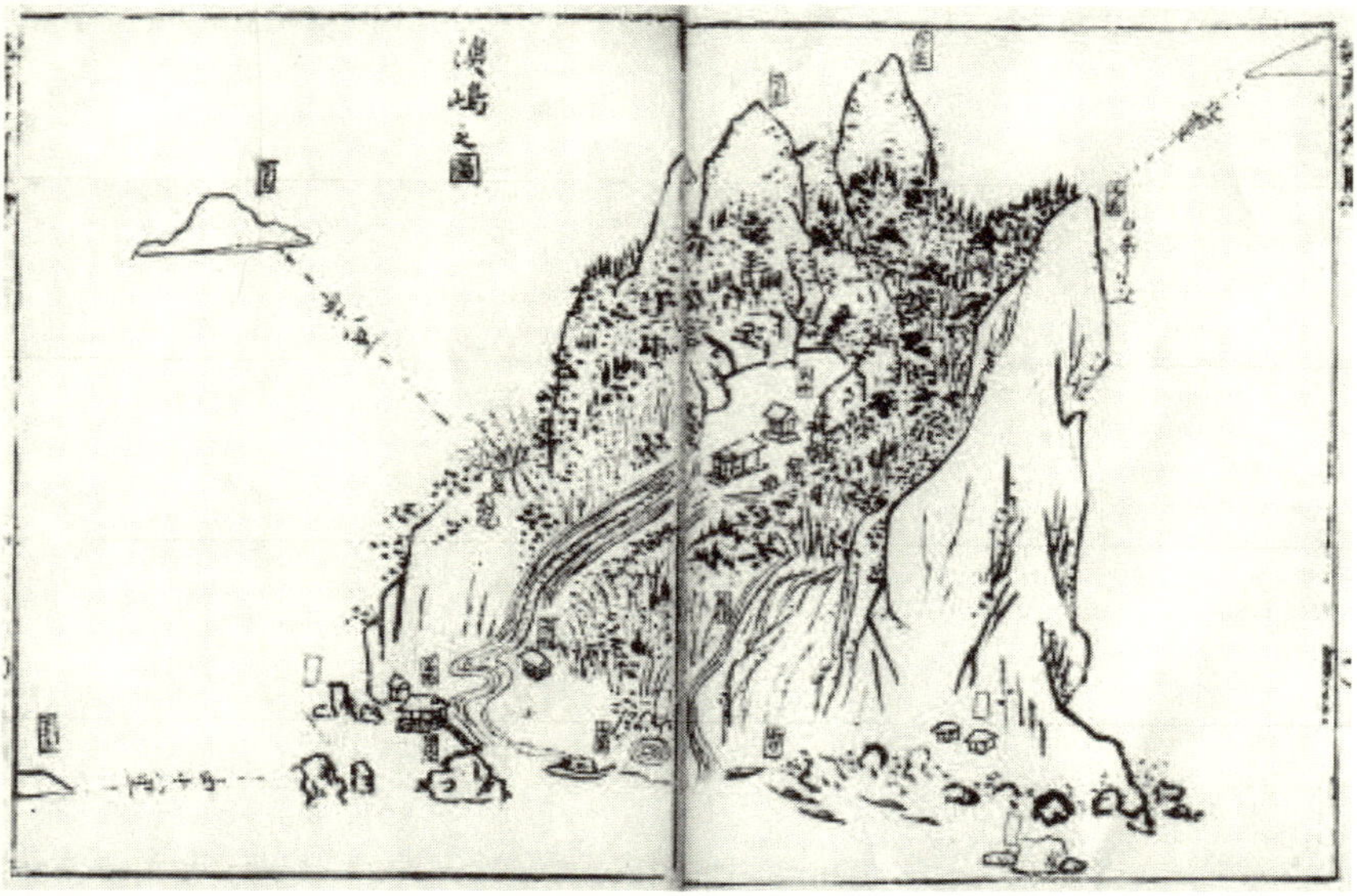

澳嶋図（『筑前名所図会』）

している。

ところで、種信が沖津島に出立したのは、寛政六年二月に江戸より福岡に帰郷した直後、三月二十八日である。その点で、『防人日記』は、江戸での研鑽の成果を示すものとして書かれたのだろう。また、旅の記録を「日記」として日次で綴る形式を用い、旅を記述するにあたって「其よしいさゝか物に書きつく」と表現するなど、同じく海上を旅した『土佐日記』の影響下にあることも指摘されている。[*2]

本稿では、『万葉集』や『土佐日記』といった古典が『防人日記』の執筆にどのように影響を与えたのかという点を考察していきたい。

一　『防人日記』に見る万葉歌の影響について

まず、旅日記の題名に「防人」と付し、作品冒頭において「寛政六とせといふとしの弥生の廿八日、宗像郡の瀛津しまにさきもりにまかる。其よしいさゝか物に書きつく。此島は国の北のわた中をそきて、新羅辺に近きしまにしあれば、常に防人を遣して守らせ給ふ」と記しているように、自らを当代の「防人」と位置づけている。[3] また、出発に際し「いにしへの防人等が東の国よりはろ〴〵と溟渤《おほきうみ》をわたりてつかへまつりしさま、思ひ出られてあはれにこそ。今かりそめの旅だに、別るといへば悲しかりけり」と、古代の防人に思いを馳せることもあった。

さらに、種信は自らを「防人」に擬するにあたり、『防人日記』中の和歌や長歌に積極的に万葉語を摂取している。以下、『万葉集』の類似表現と思われる箇所に、傍線を付した。

A　沖津浪千重《ちへ》に立ともぬさまつり君し祈らば豈《あに》さはらめや

・『万葉集』巻十五・三五八三
　ま幸《さき》くて妹《いも》が斎《いは》ば沖つ波千重に立つとも障《さは》りあらめやも

B　いつしかも見むと思ひし宗像の沖津みしまを見るかともしさ

・『万葉集』巻十五・三六三一
　いつしかも見むと思ひし粟島をよそにや恋ひむ行くよしをなみ

Aの歌について。三五八三番歌は、新羅に派遣される人との別れを惜しみ詠んだ歌の一首である。種信の歌は、旅立つ側から見送る側へと転換しつつも、旅の安全を願う心情を『万葉集』の言葉に仮託して表現する。Bの歌においても、万葉歌の「いつしかも見む」という表現を借用し、見えない沖津島へ行かなければならないという旅の不安と期待の心情を示すものとなっている。このような歌作態度について、林田正男氏が江戸での『万葉集』研究など古学の研鑽によって得た古学意識に基づき、「防人という抒情の共通性や万葉歌への憧憬が類句の頻用をもたらし」たと指摘する通りであろう。[*4] しかし、これらの歌からは、古代の防人たちのような辛苦や悲痛はあまり感じられない。なぜなら、種信の「防人」としての体験は、古代とは全く異なるものであったからだろう。

まず沖津島の在番は、古代の防人と比べて任期は百日と短く、玄界灘の孤島とはいえ郷里からの距離も比較的近い。また、種信はその任務を「此島は国の北のわた中をそきて、新羅辺に近きしまにしあれば、常に防人を遣して守らせ給ふ」と、国境警備のためと記すが、在番の心得を記した「沖嶋勤記」という史料によれば、基本的には遠見、また変事があった際の通報であったという。[*5] そのため、滞在中は「防人等はひたすら神に仕ふる人のごとく、朝夕に御前に落散たる木の葉をはらひ、石をしきなんどしてつかへまつる」とあるように、時には祭礼の準備を手伝ったり、神官に「豊後国風土記」と「延喜式の大祓《おほはらへ》」を書写し、奉納したりして過ごしている。

とはいえ、種信が古代の「防人」との間に共通性を見出したことは明らかであり、当代の「防人」という意識が、海上の旅を描く際にどのような影響を与えたのか。次節で考えてみたい。

二 「防人」としての旅——大島から沖津島へ

まず、旅の行程についてまとめておく。三月二十八日に、荒津崎（現・福岡県博多）の西の海辺より乗船し、志賀《しかの》島《しま》に上陸する。その後、二十九日に阿閉島《あへのしま》（現・相ノ島）に着く。三十日に大島に渡り、「瀛津しまにわたる人、こゝより朝毎に海に入て身そぎす」るという習俗に従う。しばらく天候不順が続き、任地である沖津島に到着できたのは、四月九日のことである。その後、およそ三カ月間の滞在を経て、七月二十九日に沖津島を出発し、大島に着く。しばらく大島に逗留し、八月三日に出発。阿閉島より別の船に乗り換え、志賀島を経由して、八月四日に福岡に帰着する。

　では、種信たちの旅はどのようなものであったか、最大の難所であった大島から沖津島に渡航する場面を取り上げてみたい。次に挙げるのは、四月九日、大島にて天候不順のため足止めされていた一行がようやく、沖津島に向けて出発するところである。〔　〕は割注。


　九日。風波もかなひぬればとて、神つかさかり行て占ふに、中らのほどすこしあし。こは風のなくにやあらむ。〔追風に帆をあげて行ざれば、船路長き故に漕てはえ堪ず。依て風のなくをもあしとはいふなり。〕着のほどよろしければ、心にまかせぬは神にいのりまつらむ。〔大島より沖津しまにわたる海中、四十八里程の中に小島一つもなく、大洋中なれば船寄べき島崎なし。依て風波のよき日を見て海上の事を占ふ。其うち船を出す時と、海の真中と、島に着ほど、三つを占ふなり。出る時と、真中とは心のごとくならずとも、着のほど吉れば船を出す。若し出・中の二つは吉也とも、着凶ければ船を出す事なし。〕いざよそひたゝせよ、吾も共に船出せんとて漕出たり。〔神主は恒例の祭に仕奉るとて、島に渡る也。〕

　まず沖津島は大島より北西に四十九キロほどに位置し、その間に中継地となるような小島もない、玄界灘に浮かぶ孤島であった。[*6] 出航するにあたり、「船を出す時と、海の真中と、島に着ほど」をそれぞれ占い、到着時が吉となった場合にのみ船出できたという。種信一行も、ようやく条件を満たし、沖津島へ向けて出航できたのである。

　ところで、この沖津島へ出立するまでの経緯を見ても、船路の厳しさが予想されるものの、種信は道中の様子についてほとんど触れていない。次に挙げるように、航海の安全を神に祈願するため、和歌を詠む場面が描かれている。

ちなみに、「神中」は、大島から沖津島へ行く中間あたりを指し、出航前の占いで「中らのほどすこしあし」と出ていたように、風の状態が懸念される時間帯であった。

神中に行ける時、手向《たむけ》すとて、〔大島の海士等、沖津しまと大島との海の真中を、神中といふ。〕
蒼海原《あをうなばら》神のみなかに幣《ぬさ》まつりさきくもかもとこひのむ我は

「蒼海原」とは、一面海が広がっている様子を表す。「青海原風波なびき行くさ来さつつむことなく船は早けむ」（万葉集・巻二十・四五一四）。「さきくもかも」は、無事であったらなあ、という意。「…漕ぎ行く君は　波の間を　い行きさぐくみ　ま幸くも　早く至りて…」（万葉集・巻二十・四三三一）。「幣」は、神に祈りを捧げる際の供え物で、麻、木綿、紙で作った。「荒津の海我幣奉り斎《いは》ひてむはや帰りませ面《おも》変はりせず」（万葉集・巻十二・三二一七）等のように旅の安全を願う際に用いられた。「こひのむ」は、神に祈願するという意。種信は、万葉語を並べ、古代の旅人が旅の安全を願ったように、海神に航海の無事を願ったのである。

ちなみに、『土佐日記』にも、貫之が航海中に旅の安全を神に祈願する場面がある。

二十六日。まことにやあらむ、海賊追ふ、といへば、夜中ばかりより船を出だして漕ぎ来る。途《みち》に、手向けするところあり。楫取《かぢとり》して、幣奉《たいまつ》らするに、幣の東《ひむがし》へ散れば、楫取の申して奉る言《こと》は、「この幣の散る方《かた》に、御船《みふね》すみやかに漕がしめたまへ」と申して奉る。

（土佐日記・一月二十六日の条）

このとき、貫之が旅の安全を願ったのは、単に道の神に幣を捧げる場所があったというよりも、海賊に追われているという切迫した事情があったからである。貫之の「手向ける」行為について、加藤宇万伎《うまき》・上田秋成『土佐日記解』（寛政二年序）[*7]では、次のように解釈している。

　万葉集に船はつる対馬のわたりわた中にぬさとりむけてはやかへりこね、[*8]ともいへり。いづくにても手むけはする也。海神をまつるなるべし。「ぬさのちる」といふは、きざみぬさなるべし。

　ここに引用されているように、万葉歌にも海中で旅の安全を願う例を確認できる。もちろん、旅の緊張度が増した神中で祈る行為をするのは自然だが、それを旅の記録としてわざわざ記したのは、『万葉集』や『土佐日記』の記述を念頭に置いていたからではないか、と考えられる。

　さらに、続く場面で大海や自分たちの乗る舟の様子を記す際にも、『万葉集』や『土佐日記』からの表現の摂取が見られる。

　ひだりみぎりと見めぐらせど、向伏《むかぶす》雲のみなり。あへて漕出し七の舟は木の葉の浮たらんよりもちひさし。浪の立とにはあらねど大海のゆらふに、人々心あしみしてかしらを舟簀《ふなす》につきあて、物をもえいはず、船子どもは、神の御心にかなひ給へる人々にこそあらめ、年毎に行かへども、かゝるしづけき海をわたりしをりなんなきとぞいふ。近づくまに〳〵あふぎみれば、そのさまいと奇異《あや》しくて他国に漂着《たゞよひ》たる心して、天皇《すめらき》の所食《しろしめす》国内《くぬち》ともおもひたらず。

白浪の八重折《やへをる》がうへにくすしくもいます神かも瀛津みしまは

「向伏雲」とは、はるか遠くの方に横たわる雲の意。『万葉集』に「天雲の向伏す極み…」（巻五・八〇〇）とあり、真淵は吉野山の桜を詠んだ歌で「…天雲の　向ぶすきはみ…」と広大な景色を表す表現として用いている。また真淵の万葉調和歌の継承者と言われる楫取魚彦《かとりなひこ》の歌にも「天雲の向伏すをちのわたつみの霞める方《かた》ゆ船ぞみえくる」（楫取魚彦詠藻・安永六年〈一七七七〉成）とある。[*9] 種信は、「向伏雲」という語のイメージによって広大な海を描き、それに対して、自分たちの舟を「あへて漕出し七の舟は木の葉の浮たらんよりもちひさし」と説明する。舟を木の葉に例える表現は、『土佐日記』一月二十一日の条に、「卯《う》の時ばかりに、船出だす。みな、人々の船出づ。これを見れば、春の海に、秋の木《こ》の葉しも散れるやうにぞありける」とある。これは、貫之一行が、天候が回復してようやく船出できた喜びを表現したものである。しかし、『防人日記』には、そのような喜びや明るさはなく、大海に浮かぶ舟の小ささを際立たせることで、この旅の困難さを示している。ちなみに、『土佐日記』の最古の注釈書である池田正《まさ》式《のり》『土佐日記講註』（慶安元年〈一六四八〉成）には、「春の海に、秋の木の葉しも散れる」について、「古今やらんに、水の上に秋の木の葉のうかべるを海士の流せる舟かとぞ見る、と言歌あり」[*10] として、「白浪に秋のこの葉のうかべるをあまのながせる舟かとぞ見る」（古今集・秋下・三〇一・藤原興風）を典拠として指摘する。

「大海のゆらふ」の「ゆらふ」は、とどまっている、という意。波が穏やかであっても、人々は船酔いに苦しんだという。このような場面は、船旅特有のもので『土佐日記』にも見られる。そして、ようやく見えた沖津島に対して「いと奇異しく」、まるで他国に漂着したかのように感じている。このような率直な感想もまた、旅の実情を伝えるものとなっている。種信の歌の「白波の八重折がうへ」という表現は、『万葉集』に「今日もかも沖つ玉藻は白波の八重折るが上に乱れてあるらむ」（巻七・一一六八）とある。

以上のように、大島から沖津島への渡航の記述において、海を描くに際し『万葉集』の表現を積極的に活用していることを確認できた。また、旅の緊迫した様子や厳しさを、海中で祈ったり、大海と小舟とを対比したり、船酔いのエピソードを挿入することによって表している。その際、同様の場面を描いた『土佐日記』を大いに参考としたことだろう。さらに、慣れない舟旅、目的地の遠さ、とりわけ異国のような地に到着したという感慨はみな、古代の防人を連想させるものでもある。ここにも、種信が防人としての旅を意識して描こうとしていたことが伺えよう。

三　『防人日記』中の『土佐日記』の言及について

さらに『土佐日記』は船旅の描写にとどまらず、種信自身にも深く影響を与えている。たとえば、四月八日の記述では、波が高く出航できなかったという状況の類似性によって、『土佐日記』の一場面を想起している。

> 八日。追風なれど、浪高しとて船出せず。かゝるをりにや、むかし貫之ぬしの、土佐へ率《ゐ》てこしわらはの海つ路にて、
>
> 　立ばたちゐれば又居る吹風と波とは思ふどちにや有らむ
>
> とよめりしも思ひ出られたり。（傍線部は引用者による。以下、同じ）

傍線部は、『土佐日記』一月十五日の条で、貫之が思うように進まない旅路にいら立ちを感じた時、女童が「立て

ば立つゐればまたゐる吹く風と波とは思ふどちにやあるらむ」という和歌を詠んだ場面を指す。この時の種信も、思うように進まない舟旅に不満を募らせている。この三日前の五日の記述には、「はか〴〵しく物かたらふべき人もなければ、いと侘《わび》しくて、日々に山に登り、磯に出つゝ、同じところをとほる」とある。どうにもならない現実世界にあって、貫之と自分の身を重ねることで、古典の世界に慰めを得ていたのであろう。

また、在番の交替の時期を迎えた七月十五日の夜もまた、月を契機として、次のように貫之の歌を思い起こしている。

同十五日。こよひ月いとおもしろし。月は海の底よりぞ出る。

照月の流るゝ見れば天の河いづるみなとは海にざりける

とよめりしも今にしられて、からやまとの古き歌の、をりにつけておもひ出らるゝを打誦《うちず》してながめあかす。

月人《つきひと》の天の河門《と》を船出していづことまりとさして漕らむ

おのれ、この四《よ》とせ五《いつ》とせがほど、江門にありて月見しに、草より出て草にいるはあれど、今宵の月にはくらぶべくもあらず。物かはにぞ思ひ過さる。出るも入るも、唯波の立さわぐかとのみ見えて、雲かとまがふ山の端もなければ、大ぞらも海のやうに思はれて、南の海はおしなべて白銀をたゝみたらんがごとし。

終夜《よもすがら》流るゝ月の影見れば波のあなたや泊《とまり》なるらん

この夜、種信は月が海の底から昇ってきたように見えた。それは、『土佐日記』の中で「照月の」という歌が詠まれた状況と類似しているように思えたのだろう。

八日。さはることありて、なほ同じところなり。今宵、月は海にぞ入る。これを見て、業平の君の、「山の端《は》逃げて入れずもあらなむ」といふ歌なむ思ほゆる。もし海辺にてよまましかば、「波立ちさへて入れずもあらなむ」ともよみてましや。今、この歌を思ひ出でて、ある人のよめりける、

てる月の流るるみれば天の川出づる港は海にざりける

とや。（土佐日記・一月八日の条）

『土佐日記』では、貫之が「月は海にぞ入る」という光景を見て、在原業平の「飽かなくにまだきも月の隠るるか山の端逃げて入れずもあらなむ」（古今集・雑上・八八四、『伊勢物語』八十二段）を思い起こした場面である。月を長く楽しみたいという気持ちを業平が「山の端逃げて」と山に託したのを、貫之は海を旅している自分は、「波立ちさへて」と海に託すと転換し、業平との唱和を行っている。さらに、業平との邂逅は、貫之に新たな詩情を起こさせ、「てる月の」の歌を生み出す契機ともなった。

さて、『防人日記』の、月によって貫之と唱和するという構成もまた、『土佐日記』を踏襲したものであろう。種信の歌の「月人」は月を擬人化した表現で、『万葉集』に「秋風の清き夕に天の川舟漕ぎ渡る月人をとこ」（十巻・二〇四三）等の用例を確認できる。海に沈む月を見た貫之に対し、自分は海から昇ってきた月を見たので、月に対してどこへ旅に行くのかと転換したところは、業平と貫之との唱和を連想させる。また、月は、種信に内省を促し、新たな旅情へと駆り立てている。「終夜流るゝ」の歌は、沖津島から見た実景を写実的に詠んだものであるが、この波の遠く

に月の港があるのだろう、と詠んだ自歌に対する回答にもなっているという趣向も、『土佐日記』から学んだものと思われる。

以上のように、種信にとって『土佐日記』の記述を追体験することは、時に単調な旅の慰めとなり、時に自らの旅の抒情を催させるものであった。そもそも、種信が『土佐日記』の記述を随時思い起こすことができたのは、『土佐日記』を船路を記すための範として意識していたからに他ならない。しかし、それ以上に万葉歌の世界との同化を目指す国学者として種信の姿勢が、貫之への共感や同化を促したのではないかと考えられる。

おわりに――旅の記録から考証へ

最後に、種信の古典主義の傾向は、『防人日記』の中で、和歌に詠まれた土地の考証という形でも表れている。まず、筑前の歌枕として知られる鐘の岬について、「万葉集にも、ちはやぶるかねのみさき、としもよみたれば」と指摘し、その地にまつわる伝承を紹介している。また、福岡藩儒であった貝原益軒が編纂した地誌『筑前国続風土記』（宝永六年〈一七〇九〉成）の内容について、「こゝの事也と貝原翁のいへり」と考証する箇所が多数見られる。

たとえば、岩に波が当たる際に鼓に似た音がするという「鼓岩」については、次のように記している。

防人のやどりの南の磯に鼓岩とてあり。岩の根、地中より生出たるにあらず。磯にはへたる岩の上に居《すわ》りたる岩なり。このいはの下のほど間《ひま》ある中に、波の打入て引落す音、鼓を撃《うつ》に似たり。故《かれ》鼓岩といふ。立波につゞみの音をうちそへてから人よせぬ沖津しま守とよめるも、此ところ也と貝原翁いへり。此岩浪の打寄たび毎に、ゆら

〳〵と動くを人々あやしみて、其大さを量《はか》りみるに、高さ三丈一尺三寸、長さ四丈四尺、横二丈五尺あり。（七月二十七日）

ここで益軒が指摘する「立波に」の歌は、「たつ波につづみの声をうちそへてから人よせくおきのしまより」（夫木和歌抄・巻三十五・一六七五四・顕仲）である。ちなみに、『筑前国続風土記』（巻十六・宗像郡上・奥津島の項）の記述には、「大岩海中に差出たり。夫木の歌によめるは此所成べし。荒舟に近し。昼夜潮の満干に、此石に当りて鳴ひゞく。故に太鼓を打がごとし。塩の満干しるゝ也」[*11]と簡潔な説明である。それに比べて種信の記述は、先人が訪れた地であるという感慨よりも、岩の形状や岩場の様子など客観的な記述を重視している。ちなみに、『防人日記』の後半は、旅の記録よりも、地名の考証に重きが置かれていく。

ところで、当代の「防人」の旅を描くことと、和歌に詠まれた土地を考証することは、一見別物のように見えるが、種信の古典世界への憧憬を底流にするという点で同じである。そして、この『防人日記』に見える『万葉集』をはじめとする古典に対する豊富な知識と旅を客観的に記したり土地を考証したりする実証主義的な姿勢は、のちに地誌の編纂や考古学上の調査にも大いに生かされることになる。

注

（1）春日和男氏「幕末における九州の万葉学―種信と廣足―」（『九州文化史研究紀要』二三号、一九七八年三月）、白石良夫「江戸の長瀬真幸と青柳種信」『江戸時代学芸史論考』（三弥井書店・二〇〇〇年刊）、白石良夫「青柳種信と野田諸成―附、小山正筆写『青柳種信宛書翰集』紹介」（『佐賀大国文』三九号、二〇一〇年十二月）などによって、交流の様子をすることができる。

（2）林田正男氏『万葉防人歌の諸相』第七章「一『防人日記』（青柳種信）の考察」（新典社、一九八五年刊。初出「九州大谷研究紀要」創刊号、一九七二年十二月）によれば、『土佐日記』と「海路日誌で紀行の性質を帯びる海洋文芸であり風趣や特色に通ずる」などといった共通点を指摘した上で、『防人日記』は『土佐日記』に「構成力や統一組織的手腕」を学んだとする。

（3）当時、沖津島の在番役を「防人」と呼ぶ習慣はなく、種信の古典趣味によるものであろう。

（4）林田氏（2）書に同じ。二三四頁。さらに、種信が意識したのは、万葉集の歌の中でも「遣新羅使関係の歌や防人歌など博多湾に関係した歌」であると指摘する。

（5）「沖嶋勤記」は、原宏氏校注「瀛津島防人日記」（『日本庶民生活史料集成』二巻、三一書房、一九六七年刊）に所収。

（6）割注に大島と沖津島の距離を「四十八里」とするが、原宏氏（注5）書では、「大島から沖ノ島（引用者注・沖津島に同じ）まで約四十九キロである。この部分だけでなく、距離表示については現代の測量学の測る数値のようには読み取れない」と指摘する。

（7）辻和良氏「名古屋女子大学　和文庫本『土佐日記（解）』翻刻（3）」（『名古屋女子大学紀要（人文・社会）』四三号、一九九七年三月）による。

（8）「ありねよし対馬の渡り海中に幣取り向けてはや帰り来ね」（巻一・六二）

（9）『防人日記』より後代の例になるが、村田春海『琴後集』（文化十年〈一八一三〉刊）一六四八番歌に「擬レ送二遣唐使一歌」として、「天雲の　むかぶす空は　朝はふる　風こそい吹け　…　異国に　い行き向はば　荒潮の　汐の八百重に　ありたゝし　…　幣取りしでて　海中に　手向よくせよ　…」とある。

（10）『未刊國文古註釋大系』一三巻に所収。

（11）『益軒全集』四巻に所収。「立波に」の歌の下の句を「唐人よせぬおきの島守」とする。

［付記］　本文は、内閣文庫蔵本を底本とし、原宏氏「瀛津島防人日記」（『日本庶民生活史料集成』二巻、三一書房、一九六七年刊）を参考とし、濁点句読点等を私に付した。さらに旧字体を新字体にする等、一部表記を改めたところもある。また、『万葉集』は『新日本古典文学大系』、『土佐日記』は『新編古典文学全集』の本文によった。

海の化物、海坊主

——化物の変遷をたどる

門脇　大

はじめに

海にまつわる怪談や奇怪な伝承は数多い。それらは、海で不幸な死を遂げた者たちや、人知を超えた海獣たちの織りなす物語としてつむがれ続けている。そして、物語として昇華する以前のハナシとしての小品は、妖しい光彩を放って散らばっている。このような妖しいハナシや物語を生み出す海の化物を見つめてみよう。そこには、人々が海に抱いた様々な心性が反映しており、特異な海の風景が浮かび上がる。

ここでは、文献上に現れている海坊主を中心に見てゆくこととしたい。そうすることで、多種多様に伝承・記録された在地の化物が都市文芸と融合してゆく様相を鮮明に観察することができるだろう。海という、一昔前までは現在よりもずっと死と近く、未知なるモノたちが跋扈していた場に出現した海坊主という化物の変遷をたどってみよう。

一　海坊主――化物の混淆

はじめに、海坊主とはどのような化物であるのかを見ておこう。海坊主の形態は、大きく分けて二種類ある。亀の姿をしているものと、巨大な坊主の姿をしているものとである。そして、この二つの形態と、その性質とは、ある程度の相関関係を有している。このあたりを整理しつつ確認しておこう。

まず、亀の形をしているものから見てみよう。例えば、大朏東華《おおでとうか》『斉諧俗談《さいかいぞくだん》』（宝暦八年〈一七五八〉刊）「海坊主《うみぼうず》」には、次のように記されている。[*1]

> 相伝て云。西国の大洋に海坊主といふものあり。そのかたち、鱉《すつぽん》の身にして、人の面なり。頭に毛なく、大なるものは五六尺あり。漁人、是を見る時は、不祥なりと云伝ふ。果して漁に利あらず。たま〳〵このものを捕へて殺さんとする時は、手を拱《こまぬい》て泪を流し救を願ふ者の如し。因て詰て云、汝が命を免べし。この以後、吾が漁に仇をすべからずといふ時、西に向ひて天に仰ぐ。是その諾といふ形なり。すなはち助て放ちやる。是中華にていふ和尚魚《おせううを》なりと云。

スッポンの体に人の顔がついた姿と説明されている。また、出会うと不祥（不吉）であると記されているのみであって、具体的な実害は記されていない。この記事から、亀の形の海坊主の形態と性質の一端がうかがえるけれども、じつはこの文章は、寺島良安『和漢三才図会』（正徳五年〈一七一五〉刊）をほぼ忠実になぞったものである。『和漢三才図会』は、近世中期に刊行された百科事典の類である。巻四十六「介甲部」には、「和尚魚（おしやういを／うみぼうず／ホウシヤンイユイ）」として立項されており、「俗云海坊主」と記されている。[*2] そして、人面の亀の図が掲載されている。

次に、同時代の辞書・百科事典の記述を見てみよう。例えば、越谷吾山《こしがやござん》『物類称呼《ぶつるいしょうこ》』（安永四年〈一七七五〉刊）巻二「和尚魚」である。[*3]

> をしやううを○西海にて○海坊主《うみばうず》と云。下総銚子浦にて○正覚坊《がくばう》といふ。漁人の云、むかし僧有。此江に溺《をほれ》死す。其幽魂《ゆうこん》こゝに止りて、たま〳〵顕《あらはる》。容《かたち》泥亀のごとくにて、四つの手足、指わからず。頭は猫の如し。これを捕得る時は、漁人あはれみて酒を飲せて命をたすく。

この資料には注目すべき記述がある。まず、西海では海坊主と呼び、銚子浦では「正覚坊」と呼ぶと記されている。さらに、正覚坊とは、溺死した僧の幽魂が化生したものだという。つまり、亀の姿をした正体不明の化物ではなくて、固有名詞とその由来・伝承を持った化物として説明されているのである。また、亀の姿ではあるけれども、猫のような頭であるといい、微妙に異なる形態でもある。在地の伝承を想起させるとともに、異なる背景を持つ海坊主である。

和漢三才図会
（国立国会図書館蔵）

別の資料を見てみよう。津村正恭《つむらせいきょう》『譚海《たんかい》』（寛政七年〈一七九五〉跋）は、奇事異聞の宝庫とでも称すべき随筆である。巻九には、次の記事が見出せる。[*4]

> 若狭の海には、大亀のかしら僧に似たる有。漁人、亀入道と号し、時々網に入るなれども、殺す時はたゝりありとて、酒をのましめて放しやるといへり。漢に海和尚といへるもの成べし。

化物の名称を「亀入道」、「漢に海和尚といへるもの」と記している。名称が異なっているけれども、「海和尚」と海坊主とは近似した名称といえよう。また、その形態や特徴から、同様の化物と

奇異雑談集
（『西鶴と浮世草子研究』第二巻CD-Rより転載）

考えられる。酒を飲ませて放す、という点が『物類称呼』と共通していることも傍証となるだろう。この資料では、名称に若干の違いがあるけれども、似通った形態や性質を持つ、坊主頭の亀の化物が若狭という別の地域で伝承されていたことが確認できる。

ここまで、少ない用例ではあるけれども、十八世紀の資料に散見する亀の形態の海坊主を見てきた。似通った形態と性質とを持つ化物が、日本の近海で記録されている。それらは、海坊主という名称や、似通った名称で呼ばれていたことが確認できる。

それでは、もう一つのタイプを見てみよう。坊主姿の海坊主は、諸書に記録されているし、各地の口碑伝承にも数多く遺っている。こちらの方がよく知られた形態であろう。

このような海坊主は、はやく近世期の類書に記録されていた。孤山居士『本朝語園』（宝永三年〈一七〇六〉刊）巻十の下「嘉頼逢二異類一《よしよりあふいるいに》」には、次のように記されている。*5

> 又、海入道《うみにふたふ》と云ふ者《の》あり。長《たけ》六、七尺ばかりありて、色黒《くろ》く眼鼻手足《かんびしゆそく》もなくて、海の面《をも》てにあらわる。ケ様《やう》の者《の》出来《いでき》たらば、物をいふべからず。又、其形皃《のかたち》を見るへからず。若《し》、あれはいかなる、なと云へば、其《の》詞の終《をは》らざるに、舟破《ふねやぶ》る、と云へり。

この記述は、海上でのいくつかの怪異現象を述べた中の一つである。「海入道」という、似通った名称の化物を挙げている。そして、その性質は、禁忌を犯すと船を転覆させる恐ろしい化物と説明されている。

航海の禁忌を犯したために化物が出現するという話は、近世初期の怪談集『奇異雑談集《きいぞうたんしゅう》』（近世初期成、貞享四年〈一六八七〉刊）巻三の五「伊良虞《いらこ》のわたりにて、独女房《ひとりばう》、船《ふね》にのりて、鰐《わに》に、とられし事」にもある。*6 話の詳細は省略するけれども、明応年中（一四九二〜一五〇一年）、伊勢の伊良虞において、船上で化物に襲われる話である。そこに描かれた化物は、「入道鰐」という名称であり、「黒入道」と形容されている。

『本朝語園』や『奇異雑談集』に描かれている化物は、海坊主と明記されているわけではない。しかし、「入道・坊主」という名称や形容の類似が認められることは事実である。ここからいえることは、近世初期においては、海上に出現する船の転覆をはかる化物を、坊主姿を連想させる名称やイメージで捉えていたということである。そして、亀の姿をした海坊主と比較してみると、形態も性質も大きく異なっている。名称の類似が認められるけれども、形態と性質とが異なる海坊主という化物をどのように考えたらよいだろうか。

列国怪談聞書帖
（『叢書江戸文庫43　十返舎一九集』より転載）

このことを考えるために、別の資料を見てみよう。時代が隔たるけれども、十返舎一九『列国怪談聞書《れっこくかいだんききがき》帖《ぞうし》』（享和二年〈一八〇二〉刊）である。「海坊主《うみぼうず》」は、次のように記されている。*7

いつの頃《ころ》にや有けん。備前《びぜん》の国牛窓《まど》の沖《おき》に、夏月《かげつ》梅雨《ばいう》の比《ころ》かゝり船《ふね》あまた錠《いかり》を下《おろ》し、友綱《づな》を結《むすび》て、西国渡海《とかい》の便《たより》を待《まつ》一夜海上混々《こんく》として、浪《なみ》を動《うごか》し、小山の如くなるもの顕《あらは》れ、形有て無《なき》がごとく、彷彿《ほうふつ》として乍《たちまち》大となり、乍小となり、煙《けふり》の如く風に靡《なびき》て、頓《やが》て元船の表《おもて》の方へ慣《もた》れかゝると見へしが、舳先《へさき》斜《なゝめ》に沈《しづん》で浮《うか》む事なし。船子《せんどう》共恐怖《きやうふ》して伺《うかゞひ》見るに、全《まつたく》人の貌《かたち》にして、大なる事、島山の涌出《わき》しかと悞《あやまた》る。少頃《しばらく》あつて、又何地《いづち》ともなく立退《たちさる》。是を海坊主なりと云。

備前国牛窓《うしまど》、瀬戸内海沖の伝承が記されている。多くの船が停泊していた夜、正体不明の小山のようなモノが現れ、元船（親船）を沈めてしまったという。ここでは、「是を海坊主なりと云」と明記されている。そして、文章は次のように続いている。

累《るい》年海底《かいてい》に沈《しづみ》し、人の霊魂《れいこん》各《おの〳〵》、着想《ちやくさう》の一致《いつち》なるを以て、混《こん》じて其形大なりと云。訝《いぶか》し。又西国の人語《かた》りけるは、海坊主は形章魚《たこ》の如く、晴天に克波上《よくはしやう》に頭を出して、屢《しば〳〵》人の目に遮《さへぎ》る。今も西国渡海の人、目撃《まのあたり》見たる者多しといふ。予も備中玉島《びつちうたましま》の海上にて、幽《かすか》に章魚のごときものを見侍《はべ》りし。是海坊主なりと人のかたりき。

海坊主とは、海底に沈んだ人の霊魂が混ざりあったもの、という説に疑問を抱いて別の説を紹介している。海坊主とは、タコのような形をしたモノだという。そして、筆者自身も実見したというのである。この資料では、巨大な人面の海坊主の伝承と、タコの形をした海坊主の伝承とが併記されている。新たな形態の海坊主である。この資料は、形態と性質とが異なる化物が、同じ名称で呼ばれていたことを示している。つまり、海坊主という化物は、複数の形態と性質とを併せ持って伝承されていたといえる。そして、海坊主は亀と坊主の姿の化物としてのみ伝承されていたわけではないことが確認できる。

前に述べたように、坊主姿の海坊主は多数の資料に筆録されている。しかし、単純にこのイメージのみが広まっていたわけではない。海坊主という名称で書物に載せられている化物は、他にもある。例えば、北尾政美『夭怪着到《ばけものちやくとう》牒《ちよう》』（天明八年〈一七八八〉刊）に描かれた海坊主である。[*8] 巨大な人面魚のような姿が描かれており、その説明は非常に簡略である。

　これはしやうめいのうみぼうず。かいちうにうかみ出、ふな人をとる。おそろしきはけものなり。

　これが「しやうめい」（正銘）の海坊主だという。この巨大な半魚人のような奇怪な図像からは、これまで見てきた海坊主とは大きく異なる印象を受ける。しかし、これも海坊主として描かれているのである。

　さらに、海坊主の形態や性質に着目すれば、じつに多様な海坊主が各地で伝承・記録されていることがわかる。そして、それらの中には別の化物や怪異現象の特徴を備えているものもある。[*9] このことは、化物の混淆とでもいうべき事態を想定させる。すなわち、本来は異なる性質の別種の化物が同じ名称の元に統合されていったという可能性である。

天怪着到牒
（東京都立中央図書館蔵）

　ここで他の化物と細かく比較・検討はしないけれども、海の怪談の代表といってもよい船幽霊との混淆は、留意しておきたい。船幽霊とは、一種の幽霊船であって、出会った際に誤った対処をすると、取り憑かれたり船を沈められたりする。そして、船幽霊には多様な伝承が存在する。船幽霊に関しては、関山守彌氏の畢生の研究が備わり、[*10] 花部英雄氏が船幽霊伝承の分類・分析を行っている。[*11] それらによれば、船幽霊伝承にはいくつかの類型が認められるし、その名称も複数存在する。その中に、海坊主という名称で伝承されている話が多々あるのである。船幽霊との混淆は興味深い問題であるけれども、本稿で扱う範囲を超えるために、ここでは指摘に留める。

ここまで、近世期の書物に記された種々の海坊主を見てきた。その形態と性質とは二種類に大別できるけれども、それ以外にも多様な海坊主が認められた。ここから考えられることは、化物の混淆という現象である。つまり、海で出逢う不可思議な化物や現象が、海坊主という名称で統合されてゆくという事態である。細かな時期は確定できないけれども、おそらく十八世紀はじめには海坊主という名称が知られるようになり、いくつかの化物や奇怪な現象が海坊主と呼称されるようになっていったと考えられる。そして、名称が定着すると、一定のイメージが定着するようになる。海坊主の場合は、海に現れる漆黒の坊主姿の化物というイメージが流布し、定着した。そして、人々の間で共通のイメージを得た海坊主は、都市文化の中に流れ込んでゆくのである。

二　都市の海坊主

これまで検討してきた海坊主は、おもに十八世紀の辞書や、地方の伝承を収録した資料である。次に、十九世紀中頃の都市文化の中の海坊主を検討してみよう。

江戸時代後期の人々に最もよく知られていた海坊主の話は、おそらく桑名屋《くわなや》徳蔵《とくぞう》の話であろう。海坊主とおぼしい化物が描かれた印象的な浮世絵がある。歌川国芳「東海道五十三対　桑名」（弘化年間〈一八四四～四七〉刊）である。[*12] 二つの目玉がついた巨大な黒い影を大向こうにして、荒れ狂う浪間に浮かぶ船上の勇壮な漁師が描かれている。そして「船のり徳蔵の伝」という釈文が付けられている。

桑名屋徳蔵は無双の船のり也。大晦日には船を出さぬ法也けるに、ある年、大晦日に船を出し、沖中にて俄に大風大波立て、大山の如き大坊主、船の先へ出ける。徳蔵、少しも恐れずかちを取り行に、くだんの化物、いかに徳蔵こわくはなきやと尋るに、徳蔵びくともせず、渡世より外にこはきものはなし、と大おんによばわりけれは、かの化物此一言におそれけん、雪霜のごとくきえうせ、波風なく本の如くに船ははしりしとなん。徳蔵が大たんのほどこれにてしるべし。

桑名屋徳蔵という漁師が禁忌を犯して漁に出たために、海上で大坊主に遭遇して、問答を交わす話である。大坊主が「自分が怖くはないのか」と問い、徳蔵が「渡世の他に怖いものはない」と答えたという問答である。

桑名という土地を描いた浮世絵に、上述の釈文が添えられていることは注目される。ここでは、桑名屋徳蔵という人名と桑名という地名とが結びつけられていることは明らかである。では、桑名という土地を描く際に、なぜこの話が添えられているのであろうか。名称の共通性はたしかであるけれども、この話はどういった性質の話なのか。先行研究を参照しつつ、徳蔵話を検討してみよう。

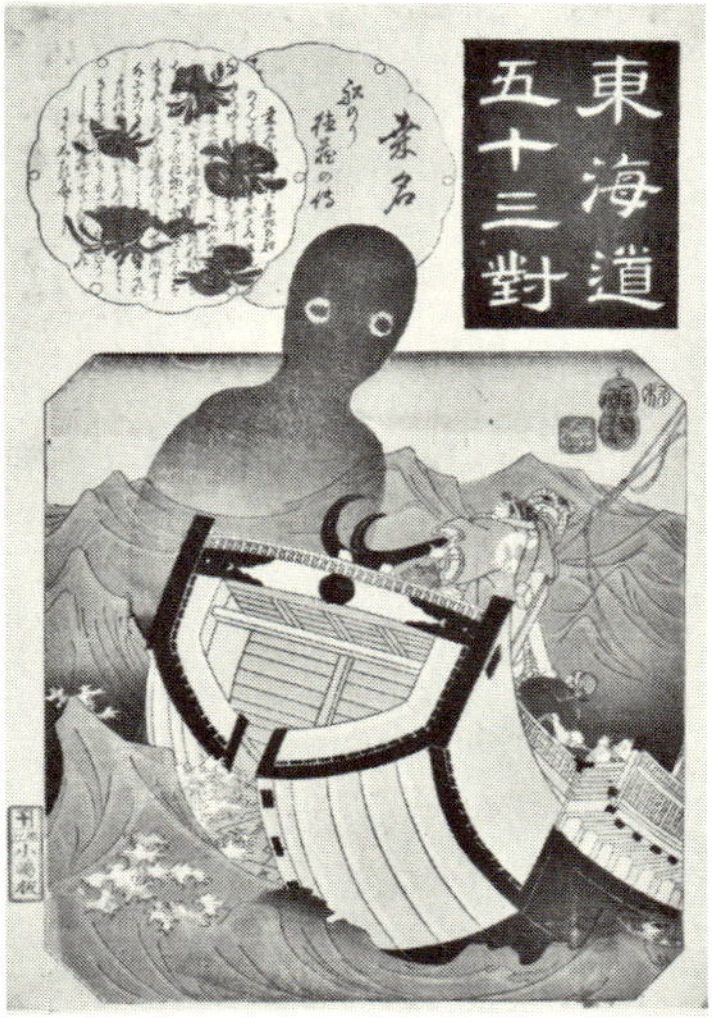

東海道五十三対　桑名
（国立国会図書館蔵）

この話をいち早く検討したのは、南方熊楠である。[*13] そして、花部英雄氏が発展的に考究している。[*14] 花部氏によると、この話の淵源は『賢愚因縁経《けんぐいんねんきょう》』（北魏の時代に漢訳された経典）にあり、『宝物集』（平安末期成）に取り入れられて、近世初期の法語集『盲安杖《もうあんじょう》』（鈴木正三《すずきしょうさん》、慶安四年〈一六五一〉刊）に継承されたという。そして、このような仏教説話が俗化して、徳蔵話が成立したという。この話は近世期の随筆や小説に取り入れられており、広く知られた話であったこと

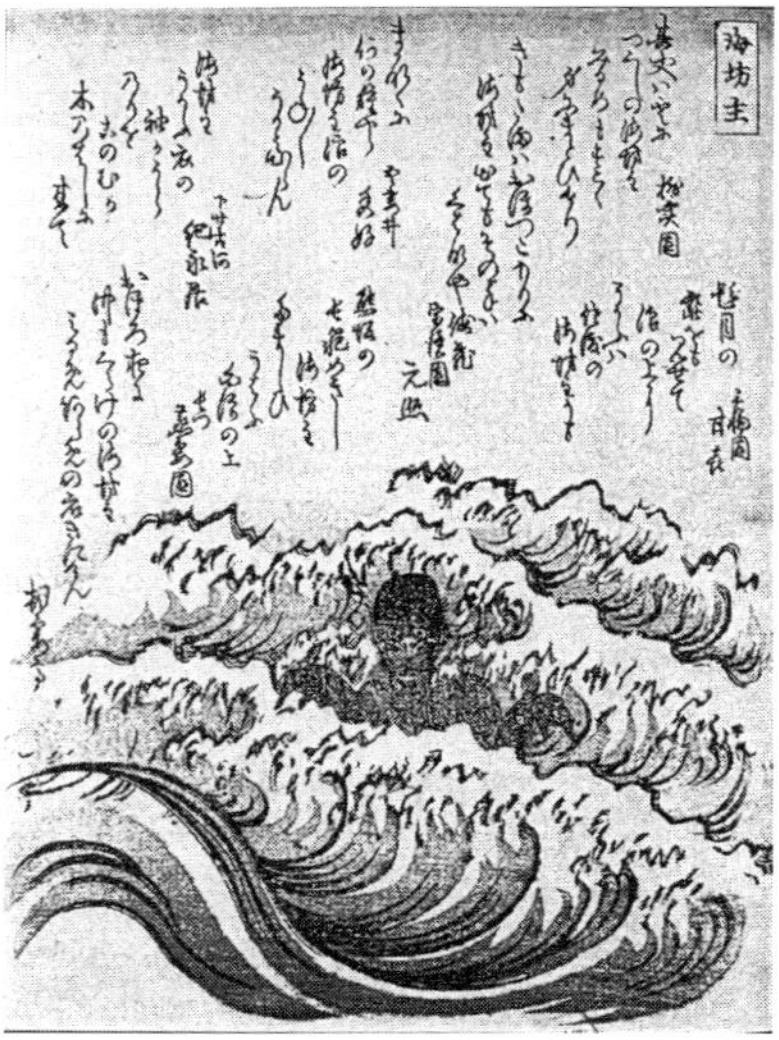

狂歌百物語
（『妖怪画本・狂歌百物語』より転載）

が指摘されている。例えば、上田秋成『諸道聴耳世間猿』（明和三年〈一七六六〉刊）五之巻第三回「浮気は一花嵯峨野の片折戸」の冒頭部などがある。また、並木正三《なみきしょうぞう》作の芝居「桑名屋徳蔵入船噺」（明和七年〈一七七〇〉初演）に取り入れられている。さらに、民間伝承としても流布していたという。なお、桑名屋徳蔵に関しては、その素性は不明としながらも、桑名の海運業を担っていた桑名衆との関係を推定している。

　桑名屋徳蔵の話は、江戸の文化の中に定着していたと考えてよい。桑名と徳蔵との具体的な関係は確定できないけれども、少なくとも、桑名屋徳蔵話は周知の話であったといえる。そして、この浮世絵は、よく知られた話の主人公と地名とを結びつけて成立している。逆にいえば、徳蔵話が広く知られていなければ、この浮世絵は成立しないであろう。土地の名称と絵・釈文との関連性が想起されなければ、この作品を十分に味わうことはできないからである。そして、そこに登場する化物は海坊主を彷彿とさせる。海上に現れて船の転覆をはかる、巨大な黒坊主の化物である。この化物が海坊主として認識されていたことは、この後に検討する資料でより明確になるだろう。徳蔵話は、都市文化の中に流入した海坊主の一例である。この海坊主は、すでに真実味を帯びた恐怖の対象ではなく、多くの人々が思い浮かべることのできる話の中の化物と化している。

　次に、狂歌に詠まれた海坊主を見てみよう。例えば、天明老人編『狂歌百物語』四編（嘉永六年〈一八五三〉刊）には、海坊主を題に詠まれた狂歌が掲載されている。ここでは、数首を取り上げてみよう。[*15]

肝玉は大晦日《おほつごもり》に海坊主　出てもその手は桑名屋徳蔵　宝鏡園元照

徳蔵話をふまえて詠まれた一首である。ここでは、はっきりと海坊主という名称が用いられている。徳蔵話の化物は海坊主として認識されていたことが確認できる。「桑名」は、「（その手は）くわない」との掛詞である。また、「その手は桑名の焼き蛤」（うまいことをいっても騙されない、の意）という洒落言葉もふまえているだろう。歌意は、肝玉（物事に動じない心）とは、大晦日に海坊主が出ても、その手はくわない桑名屋徳蔵（の豪胆な心）である、というもの。

狂歌に読み込まれた海坊主は、背景に説話や伝承を持った言葉を連ねる知的遊戯の素材となっている。次の一首を見てみよう。

題目の髭をも見せて浪の上に　浮かぶは佐渡の海坊主かも　三輪園甘喜

この一首は、日蓮上人が佐渡流罪の際に、海上に題目「南無妙法蓮華経」を書いて高浪を鎮めたという故事がふまえられている。また、「題目の髭」とは、題目を「法」の字を除いて髭のように書く「鬚題目」を指している。歌意は、題目の髭さえも見せて、浪の上に浮かんでいるのは佐渡の海坊主であることよ、というもの。日蓮上人の故事をふまえて、髭題目と海坊主とを組み合わせた一首である。

また、都市の文芸である狂歌は、演劇の世界と密接な関わりを持っている。次の一首はこのことをよく表している。

熊坂の長範めきし海坊主　たましひ奪ふ白浪の上　長門　蒸露園

熊坂長範《くまさかちようはん》とは、幸若舞『烏帽子折』や謡曲『烏帽子折』、『熊坂』などに登場する牛若丸（源義経）に討たれた盗賊である。歌舞伎にも登場しており、当時はよく知られた人物であった。歌意は、熊坂長範のようになった海坊主は、白浪の上で魂を奪う、というもの。海坊主が魂を奪う様子を、演劇世界の著名な盗賊に例えた一首である。

次の一首は、言葉遊びのおもしろさがよく表れている。

朧夜に沖も暗げの海坊主　見る目荒目の衣着にけん　朝霞亭

「暗げ」は「暗そう」と「水母《くらげ》」、「見る目荒目」は「見た目が粗い」と海藻の「海松布《みるめ》、荒布《あらめ》」の掛詞である。歌意は、朧夜《おぼろよ》には沖も暗そうで、水母の海坊主は見た目の粗い海松布や荒布の衣を着ていたのであろうか、というもの。水母を海坊主に見立て、掛詞を用いて洒落た一首といえよう。

『狂歌百物語』に収まる海坊主をいくつか検討してきた。狂歌の世界は、独特な世界観の元で言語遊戯が展開されている。そして、その中の海坊主は、伝承世界の海坊主から大きな変貌を遂げているといえる。すなわち、恐怖の対象から遊びの素材へと変化しているのである。

ここでは、幕末の都市文化と融合した海坊主を検討した。この海坊主は、不可思議さや怖ろしさといった原型を喪失して、知的遊戯や玩弄の素材としての新たな性質を帯びている。しかし、怖ろしい海坊主が姿を消したわけではない。それらは、依然として人々を驚愕させる化物でもあり続けた。海坊主は、明治期以降にも数多く記録され続けている。

三　近代の海坊主

ここまでは、近世期の海坊主を見てきた。最後に、明治期以降の海坊主を探ってみたい。ここでは、新聞記事を中心に検討してみよう。明治・大正期の新聞記事には、海坊主や船幽霊などの怪談話、人魚や海獣とでも呼ぶべき不可思議な生物の目撃・捕獲の記事が散見する。

例えば、明治十二年（一八七九）十月二十日付の『安都満《あづま》新聞』には、次のような記事が見出せる。[*16]

講訳《かうしやく》や狂言で諸君《みなさま》御承知《ごぞんじ》の、船主《せんどう》桑名屋徳兵衛が海上で出合たと言《いふ》、海坊主《うみぼうず》といふ怪物が、此頃眼前に顕れたと言咄《いふはな》し。

桑名屋徳蔵（ここでは徳兵衛）話が、海坊主の出る話としてよく知られていたことがわかる。この後に、海坊主との遭遇譚が記される。怪事が起こったのは、「本月七日の事、上総国《かづさのくにい》夷隅郡《すみごほりぶ》部原浦《はらうら》の松魚《かつを》釣船の長吉、次郎、初《はじめ》九人」が漁を行っていた時の出来事である。日没後、部原浦の沖合に化物が出現した。その様子は、次のように記されている。

闇《くら》く成行《なりゆく》沖合を漕行舟《こぎゆくふね》の右のかた一丁余りも隔りたる浪間を分て、突然と海上へ顔をさし出たる怪物《くわいぶつ》は、其大きさ四斗樽を三つもよせたる程にして、馬の如き鼻づらに両眼《りやうがん》は鏡の如く四辺《あたり》を見廻す容体《ありさま》に、船中一同ハツト斗《ばかり》、恐しさに櫓《ろ》を放ちて手をも放ちて、絶入斗《たへいるばかり》。生たる心地はなかりしが、暫時《しばらく》にして、ガハと音して、其儘《そのまゝ》海底へ沈みたれは、漸く一同息を出して、命から〴〵漕帰《こぎかへ》り、村内《むらうち》の者へ期々《かう〳〵》と有《あり》し次第を物語るを、人々聞て果《あき》れしに。

安都満新聞
（『明治期怪異妖怪記事資料集成』より転載）

海坊主の様子が具体的に描写されている。注目すべきは、この後の展開である。前の引用に続く箇所である。

八十歳余の老人が、夫《それ》は世に言《いふ》、海坊主といふ怪物なるべし。此沖合にて、其昔出逢し者ありし、と言咄《いふはな》しを若き時に聞《き》ゝぬ。無難に帰りしは目出たし、とて酒汲《くみ》かはして祝ひしが。其見し姿を絵に写し、虎列刺除《これらよけ》なりとて、同村にては毎戸門《いゑごとかど》に張置《はりおく》よし。不思議に、同村には悪病に感染せし者一人もなければ、全く海坊主様がお守りなさる程と言はやし、此図像《ゑぞう》を頼りに信仰すると言。

老人の説明によると、その怪物は海坊主という怪物であって、昔も遭遇した者がいたという。そしてその後、海坊主の姿を描いて「虎列刺（コレラ）」除けのまじないに用いたというのである。その効果は絶大であったという。幕末から明治期にかけて、たびたびコレラが流行したことは事実である。いうまでもなく、当時、コレラは死亡率の極めて高い死病であった。そして、コレラを祓うための様々な祭やまじないが各地で行われた。海坊主の姿絵もその一つとして機能していたのである。化物や疫病神を祭祀することによって魔を祓う、という民間信仰の一端がうかがえる。この記事の海坊主は、新たな意味づけがなされていて興味深い。明治・大正期の新聞紙上に記録された化物たちは、それ以前の化物たちとは別の相貌を帯びているのである。

また、明治期の民衆の心の裡《うち》には、奇異なるモノへの興味が横溢している。例えば、明治二十一年（一八八八）十二月二十六日付の『都新聞』に載る「海坊主の捕獲」という記事を見てみよう。[*17]

紀州名草郡《なくさごほり》三井寺近傍には、先頃より、時々老猿《おひざる》の如き怪物出没して、里人を驚かすこと度々なりしにぞ。同地の人々は、如何《いか》にもして捕へん者《もの》、と百方手を尽し居りしが。去る十四日、同郡毛見浦《けみうら》にて捕へたる由《よし》。其大さは七、八尺、頭髪は茶色にして老猿の如く、眼《まなこ》は橙《だいだい》の大さあり、口は鰐《わに》に似て腹は魚《うを》の如く、尾を鰕《ゑび》にまがひ、両脇の鰭《ひれ》には指を生じて人間の両手の如く、目方六、七十貫もあり。叫ぶときは懶牛《らんぎう》の如く、いと物《もの》すさまじき者なりといふ。

和歌山県毛見浦で捕獲した怪物の記事である。その様子が詳細に報告されているけれども、記事の真実性を疑うほどに奇怪な化物である。記事の見出しは「海坊主の捕獲」となっており、この化物も海坊主として考えられたようである。しかし、この海坊主は、これまで見てきた海坊主とはあまりにも異なるモノである。この記事からも、海で遭遇した不可解な化物を海坊主という名称で呼ぶ、化物の混淆という事態が想起される。これは一例に過ぎないけれども、明治期に入ってからも新たな海坊主伝承が広がっている様相がうかがえる。

最後に、いささか変わった記事を見てみよう。大正八年（一九一九）十月十二日付の『福島民友新聞』に載る「海坊主とは真赤な嘘—牛の臓腑にフォルマリン液を濺《そゝ》ぎ看客を欺いた香具師《やし》」という見出しの記事である。[*18]

福島市県社稲荷神社《けんしやいなりじんじや》祭典の為《た》め同所に来り、九日以来開業し居たる栃木県宇都宮市字清水町一六香具師《やし》岩沼新吉（二四）は、海坊主なりと詐称し、牛の臓腑にフォルマリンを濺《そゝ》ぎたるものの外、怪しきものを陳列して木戸銭を取りて観覧せしめつつありしを、福島署の伊藤刑事部長に看破され、新吉は十日午後九時福島署に召喚、将来を戒められたりと。

偽物の海坊主を見世物とした詐欺譚である。地方の小さな記事ではあるけれども、興味深い。見世物に供された海坊主は、海上に出現する巨大な化物ではなく、ただの珍しいモノの一つとなってしまっている。この海坊主は、驚異や恐怖を与える化物とはほど遠い存在になってしまっている。しかし、見方を変えれば、このような見世物が成り立つということは、海坊主という化物が広く一般に認知されていたということの証左でもある。この事例は、様々な遍歴をたどった海坊主がたどり着いた、おかしな末路である。

明治・大正期の新聞紙上に現れる化物たちはおもしろく、興味が尽きない。記者も読者も、どこまで本気なのかはわからないけれども、他の時代とは異なる雰囲気が溢れている。海坊主に限ってみても、近世期とは異なる事例が散見する。ここでは、その一部を検討したに過ぎない。しかし、各地で伝承・記録された化物が、時代を超えて多種多様な変遷をたどる様相を観察することができたであろう。

おわりに

時代やジャンルを超えて、海坊主をとりまく伝承・記録や文芸作品を検討してきた。そして、多種多様な海坊主の様相が浮かび上がってきた。海坊主には、いくつかの海の化物や怪異現象の集合体としての側面がある。そこには、異界としての海への恐怖や畏怖の念が反映しているだろう。また、文学史という観点から見つめ直すならば、各地の伝承・記録が都市文芸に取り入れられて、多彩な表徴の繁茂を見せるという流れも認められる。そこでは、海坊主が元来有していた怖ろしさは希薄となり、新たな相貌を帯びてゆく様相が認められた。

本稿では、海坊主という海の化物のイメージや表象の変遷をたどった。一体の化物を追究することにより、人々のイメージが複雑に交錯して、豊かな表象世界を形作ってゆく様子が見えてきた。ただし、海の怪談は数多く、その一例を見てきたに過ぎない。海坊主に限っても、割愛した資料は数多い。特に、口碑伝承の世界に目を向けると、各地で多種多様な海坊主の伝承が報告されている。また、さらに視野を広げるならば、現代怪談の世界でも海を舞台とした話は数多い。それらを含めて総合的に検証してゆけば、さらに豊かな海の物語が見えてくるだろう。妖しく怖ろしい海の物語は、今も増殖し続けているのである。

注

（1）『日本随筆大成』第一期第十九巻（吉川弘文館、一九七六年）による。
（2）国立国会図書館デジタルコレクションによる。
（3）『近世方言辞書集成』第三巻（大空社、一九九八年）より翻字した。現在通行の字体とし、句読点を付した。翻字は以下も同じ方針で行った。
（4）『日本庶民生活史料集成』第八巻（三一書房、一九六九年）による。句読点と表記とを改めた箇所がある。
（5）倉島節尚解説『本朝語園〈下〉』（古典文庫、一九八三年）より翻字した。片仮名を平仮名に改め、記号を省略した。
（6）『仮名草子集成』第二十一巻（東京堂出版、一九九八年）による。
（7）棚橋正博校訂『叢書江戸文庫43　十返舎一九集』（国書刊行会、一九九七年）による。
（8）東京都立中央図書館蔵本による。
（9）大藤時彦「海の怪異」（柳田國男編『海村生活の研究』、日本民俗学会、一九四九年、所収）は、民間伝承における海の怪異現象や化物を幅広く挙げており、海坊主に関しても多様な伝承を収載している。他の化物との比較にも有益である。
（10）関山守彌『日本の海の幽霊・妖怪』（初版は、関山トシエ編、学習研究社、一九八二年。再版は、中央公論新社、二〇〇五年）。
（11）花部英雄「船幽霊の型」（『昔話伝説研究』十号、一九八三年七月）。
（12）国立国会図書館デジタルコレクションによる。また、『北斎・広重・国芳―浮世絵に見る東海道五十三次・桑名―』（桑名市博物館、二〇一三年）「作品解説」（杉本竜）を参照した。「東海道五十三対」に関しては、赤間亮「江戸後期浮世絵の共作見立揃物―「東海道五十三対」の意義をめぐって―」（『論究日本文学』九十五号、二〇一一年十二月）に詳しい。
（13）南方熊楠「桑名徳蔵と橋杭岩の話」（初出は、『現代』二巻二・三号、一九二一年二・三月。後に、『南方熊楠全集』第三巻、平凡社、一九七一年に収録）。
（14）花部英雄「桑名屋徳蔵話と海運」（初出は、原題「世間話の盛衰」、『世間話研究』二号、一九九〇年三月。後に、『漂泊する神と人』、三弥井書店、二〇〇四年に収録）。
（15）鈴木健一氏にご教示いただいた。京極夏彦・多田克己編『妖怪画本・狂歌百物語』（国書刊行会、二〇〇八年）による。（　）内の注釈は省略した。
（16）湯本豪一編『明治期怪異妖怪記事資料集成』（国書刊行会、二〇〇九年）による。振り仮名を適宜省略し、句読点を付した。以下も同じ。
（17）前掲注（16）に同じ。
（18）湯本豪一編『大正期怪異妖怪記事資料集成（上）』（国書刊行会、二〇一四年）による。なお、大正八年十月十四日付の『秋田魁新報』には、「海坊主説諭さる」の見出しで同内容の記事が載る。

付記

貴重な資料の閲覧、引用、画像掲載を許可していただいた各所蔵機関にあつく御礼申しあげます。

本稿は、怪談文芸研究会（京都精華大学堤邦彦研究室）での発表をふまえたものである。堤邦彦氏、北城伸子氏をはじめとして、研究会の方々にご指摘、ご教授いただいた。あつく御礼申し上げます。

本稿は、科学研究費補助金（研究課題番号25770082）による成果の一部である。

成島柳北『航西日乗』の海

堀口 育男

はじめに

成島《なるしま》柳北《りゅうほく》は、明治五年（一八七二）から翌年にかけて洋行した。[*1]『航西日乗《こうせいにちじょう》』（以下『日乗』）は、その時の漢文体の日記を基に書き下し文の形にした作品であると考えられ、出発から米国到着までの部分が明治十四年から同十七年にかけて『花月新誌《かげつしんし》』に連載せられた。[*2]

柳北洋行の大まかな旅程を述べる。九月十三日、横浜でフランス郵船ゴタベリー号に乗り込み、翌日出航。九月二十一日、香港で船を大型新鋭艦メーコン号に乗換える。セイロン島、インド洋、紅海を経、開通したばかりのスエズ運河を通って地中海に入る。十月二十八日、マルセイユ着。三十日、パリ着。翌年四月下旬まで（この間、太陽暦に改暦）、パリ滞在とイタリア旅行。四月二十七日、渡英し、ロンドンに滞在。五月二十二日、リバプール出港、六月一日、ニューヨーク着。以下、現存『日乗』には無いが、アメリカ大陸を横断し、六月十六日、サンフランシスコを出港、七月九日、横浜に到着したと考えられる。

『日乗』には、八十首の漢詩（七言絶句七十九首、五言絶句一首）が含まれており、大江敬香は「純粋の詩人にして万《ばん》里《り》の行を試むる、実に柳北を最《さい》とす。航西日乗は即ち当日の紀行にして、景に触れ情に感じ、挿《さしはさ》むに詩を以てす。海外の風物写して詩に入る、（中略）真に詩人的眼光を以てしたるは柳北に始まる。」と高く評価している。[*3] 本稿では、『日乗』の漢詩を主な対象に、そこに現れる「海」に注目して見て行くことにしたい。なお、漢詩以外の『日乗』の地の文を、以下「本文」と呼ぶことにする。

「海」という観点からすれば、横浜出発から一ヶ月半かけてマルセイユに至る大航海が中心になる。これを（一）出発から日本近海（二）東アジア（三）東南アジアからインド洋（四）中東（紅海）（五）スエズ運河から地中海、と区分することにする。この間『日乗』に載る漢詩は約四十首であるが、中には寄港地に上陸しての作など、海と関わらないものもある。これに（六）として、大西洋横断時の絶句三首が加えられる。[*4] 本稿では、この中から柳北の旅程に従って、興味深いと思われる漢詩二十二首を取り上げて見て行くことにする（便宜上、通し番号を附す）。

なお、『日乗』の元になった漢文体日記の九月十一日から十月二十二日までの分を抄写したと見られるものが『松《まつ》本《もと》白華《はっか》航海録《こうかいろく》』[*5] に含まれている。これを『見聞集』に倣い〈原文〉と呼ぶ。また、『柳北詩鈔』（明治二十七年（一八九四）刊）には「航西雑詩」として、この洋行の時の漢詩が米国以降のものも含めて収められている。これ等に載る詩は『日乗』所載のものと本文や掲載順序等に一部、異同がある他、収載する詩自体にも若干の出入りがある。[*6] 本稿は『日乗』の記述に従うのを原則とするが、これ等も適宜、参照した。

一　『日乗』の「海」の詩

（一）出発から日本近海

①右望巴黎城上月　　右に望む　巴黎《パリ》城上の月
左瞻龍動埠頭雲　　左に瞻《み》る　龍動《ロンドン》埠頭《ふとう》の雲
快哉万里風濤上　　快なるかな　万里風濤の上
要作人間得意文　　作らんと要す　人間《じんかん》得意の文

九月十三日。出港前夜、横浜港に碇泊中のフランス郵船ゴタベリー号上での作。但し、〈原文〉では、それより早く、十一日条の前に置かれる。横湾は、横浜港。前半は対句で、フランスのパリとイギリスのロンドンとを渡航先を象徴する場所として挙げ、これに配するに月と雲とを以ってする。後半、出発に当たっての柳北の心境が述べられる。風濤は、勿論、風と大波の意だが、海を象徴するものとして、以後も度々登場する。[*7]「万里風濤の上」とは、航海して行く海の上、ということであるが、ここでは陸地も含め旅程全体が含まれる。風濤は、杜甫「渡江」詩に「春江　渡るべからず、二月　已《すで》に風濤。」とある如く、行路（航路）の障碍をなすものとの意味合いにもなり、ここも旅程の困難さの含意があろうが、それを含めて「快哉」と叫んでいるのが興味深い。多少の困難あってこそ旅は面白いということであろうか。明治五年ともなれば、欧米への渡航は、未知の世界へ危険を冒して行くという悲壮感よりも、憧れの地を訪ねる期待感の方が圧倒的に強くなっていたのである。結句に「人間得意の文」、即ち、この世でわが意にかなった詩文を作るのだ、という柳北の抱負が示される。それは、具体的には、この『日乗』を指すものに他なるまい。政治でも、軍事でも、商売でもなく、「文」がこの旅の目的だ、というところに柳北の面目躍如たるものがある。

②回頭故国在何辺　頭《かうべ》を回《めぐ》らせば故国　何《いづ》れの辺にか在る
休唱頼翁天草篇　唱《とな》ふるを休《や》めよ　頼翁《らいをう》　天草《あまくさ》の篇
一髪青山看不見　一髪　青山　看れども見えず
半輪明月大於船　半輪の明月　船よりも大なり

九月十六日。本文に「海門岳《かいもんだけ》ヲ望ム（中略）此山ヲ失ヘバ全ク本邦ノ地ヲ離ル、ヲ以テ　衆皆悵然《ちやうぜん》トシテ回顧スル久シ　夜間詩有リ」とあり、わが国土の見納めとして薩摩の開聞（海門）岳を眺めた夜の作とする。〈原文〉では十八日条。「頼翁　天草の篇」とは、頼山陽《らいさんよう》の「泊天草洋」（天草洋《あまくさなだ》に泊す）と題する次の詩を指す。

雲耶山耶呉耶越　雲か山か呉か越か
水天髣髴青一髪　水天髣髴《はうふつ》　青一髪
万里泊舟天草洋　万里舟を泊す　天草洋
煙横篷窓日漸没　煙は篷窓《ほうさう》に横たはりて　日漸く没す

瞥見大魚波間跳　瞥見《べつけん》す　大魚の波間に跳《をど》るを
太白当船明似月　太白　船に当りて　明らかなること月に似たり[8]

太白は、宵の明星。柳北の詩が、前半のみならず、後半も山陽の詩を意識したものであることは明らかである。

柳北の詩の承句は、山陽の「泊天草洋」の詩を口ずさむのはやめてくれ、ということであるが、柳北が、そう言う理由は何であろうか。日野龍夫氏は、承句と転句を「山陽翁の天草の詩を吟じたりしなさんな。水と天の間の一筋の髪の毛のようだと歌われた山々も、もう見えなくなっているのだから。」と訳す。[9]『見聞集』は「もはや故国の陸地はすっかり見えなくなったのだから、それを想い出させる山陽の詩を唱えるのはやめてくれ、の意。」とする。いずれも、日本の国土（九州）がもはや見えなくなっている状況において、山陽の詩の第二句「水天髣髴　青一髪」、即ち、水平線上微かに青く陸地らしきものが見える、というのが、日本の国土を思い起こさせ、懐郷心を掻き立てるが故に、それを唱えるのはやめてくれ、の意と解釈している。しかし、山陽は、「呉か越か」と言うのからも明らかな如く、海の彼方の大陸の方を向いて目を凝らしているのであり、日本本土の方は全く意識していない。したがって、山陽の詩を日本の国土を遠望する情景と重ねるのは聊かそぐわないのではなかろうか。

柳北の詩は、日本の国土はもはや視界から去り、さりとて進行方向にも陸地が全く見えない、という情況下、かつて山陽は、海の彼方に微かに陸地らしきものが見えると言ったが、実際、大海原に乗り出してみるとそんなことはない（少なくとも今、航行している場所からは何も見えない、即ち、山陽の詩は当てにならない）、というものではなかろうか。知識として知っていること（山陽の詩）を実地で確かめようとする態度が窺われるとも言えよう。

結句は、山陽の詩における宵の明星と月との明るさの比較を変奏して、海から昇ってくる月と舟との大きさの比較としたのである。半輪とあるが、陰暦十六日の詩なので、所謂、半月ではあり得ない。『見聞集』は「海上から昇りかけている月。」とする。海から半分ほど姿を現した月ということであろうか。〈原文〉では「半輪」を「当船」に作っており、一層、山陽の詩に即している。

③何物半宵掀我牀　何物か　半宵《はんせう》　我が牀《とこ》を掀《うごか》す
乍天乍地奈飄颻　乍《たちま》ち天　乍ち地　飄颻《へうやう》を奈《いか》ん
記他前夕雲容悪　記《き》す　他《か》の前夕　雲容の悪《あ》しきを
也値陽侯一夜狂　也《ま》た陽侯《やうこう》一夜の狂に値《あ》ふ

九月十七日。本文に「風雨俄《にはか》ニ起リ船身掀颺《きんやう》シ　余モ亦《また》起《た》ツ能《あた》ハズ　房中ニ困臥スルノミ」とある。出航直後、十四日、十五日と風波が高く、一日おいた十七日も風雨が激しかったのである。詩は、まず起句で、夜中に一体、何物が自分の寝台を持ち上げるのか、と突如起こった不可解な事態にとまどいを示す。承句は、これを敷衍して、天高く舞い上がったかと思うと忽ち地に落とされるが、自分ではなす術も無い、と言い、まだその原因は明かされず、聊か諧謔味が漂う。後半はその種明かしで、昨夜、雲の様子が怪しかったことを思い出し、風波の神である陽侯[*10]が一晩荒れ狂ったのだ、即ち、暴風雨の所為だったのだ、とする。これ程風波に翻弄せられる様子が詠ぜられるのは、長い航海中、まだ日本近海にいたこの時一回だけ、というのは聊か皮肉めいていなくもない。尤も船自体が転覆する懼れがあるような危機感はなく、航行自体にも影響はない。

（二）　東アジア

④書在筐中酒在瓶　書は筐中《きやうちう》に在り　酒は瓶《びん》に在り
心安不覚度滄溟　心安《やすん》じて覚えず　滄溟《さうめい》を度《わた》るを
艙窓眠足閑無事　艙窓《さうさう》　眠り足りて　閑　事無し
坐聴朝餐第一鈴　坐して聴く　朝餐の第一鈴

九月十八日。本文に「舟人云フ　台湾ヲ過グト　刮目見ル所無シ」とある。滄溟は、青海原。「朝餐の第一鈴」というのは、朝食の合図のベル。落着いた穏やかな航行と書物と酒を旅の連れとする船中の生活が詠われる。

⑤唯看漁舟数葉翻　唯《た》だ看る　漁舟　数葉翻へるを
茫々無際碧乾坤　茫々　際無し　碧乾坤
按図海客呼吾語　図を按ずる海客　吾を呼んで語る
一抹雲山是厦門　一抹の雲山　是れ厦門《アモイ》

九月十九日。本文に「始テ支那ノ漁船数隻ヲ見ル　右ニ遠ク厦門ヲ望ム」とある。果てしなく広がる青い空と海、幾隻かの小船が点景となっている。碧乾坤という表現で天も地（海）も碧一色という情景を表す。海客は、海の旅人、ということだが、ここは乗り合わせた外国人であろう。結句の末尾に地名を詠み込んで、その土地を印象づける手法は、この後も多用せられる。以下、これを「地名結び」と呼ぶことにする。

⑥昌黎駆鱷已千秋　昌黎《しやうれい》　鱷《わに》を駆る　已に千秋
驚見巨魚波上浮　驚き見る　巨魚の波上に浮ぶを
回首洋雲渺無際　首《かうべ》を回《めぐ》らせば洋雲渺《べう》として際無し
天辺何処是潮州　天辺　何《いづ》れの処か　是れ潮州

九月二十二日。前日、「ゴタベリイ号ニ比スレバ其ノ壮大殆ド倍」の新鋭艦メーコン号に乗換え、この日、香港を出港した。本文に「島嶼数百ヲ経過シテ大洋ニ出ヅ」とある。昌黎は唐の韓愈の字。鱷は、ワニ。鱷魚《がくぎょ》。起句は、韓《かん》愈《ゆ》が潮州刺史に左遷せられた時、跋扈していたワニに対して「鱷魚文」という文章を書いて退去を命じた故事に拠り、「已に千秋」即ち、それがすでに遠い昔のことになった、という。潮州は、現在の広東省潮安県。香港の東三百キロ程。江戸から明治期の教養ある人々にとって、潮州といえば、縁語のように韓愈、そして「鱷魚文」という連想が働いたのである。[*11]この詩も地名結び。

「鱷魚文」には「潮の州、大海其の南に在り。鯨鵬《げいほう》の大なる、蝦蟹《かかい》の細なる、容帰して以て生じ以て食せざる無し。鱷魚、朝に発して夕べに至れ。」とあり、韓愈はワニを南の海へ遷れと命じている。承句は、韓愈が「鱷魚文」を書いたのは遠い昔なのに、今でもその韓愈の言葉通りに、ワニ乃至それに類する巨大な魚が棲息している、という事実を目にして柳北が驚いた、ということであろう。[*12]なお、ワニも「鱷魚」という語が示すように魚の類である。これも書物で熟知している知識を実地と結びつけようとする態度といえよう。

⑦亜刺羅山在那辺
風濤淼漫碧涵天
艙間併載牛羊豕
彷彿千秋諾亜船

亜刺羅山《アララット》は那辺《なへん》にか在る
風濤　淼漫《べうまん》　碧　天を涵《ひた》す
艙間《さうかん》　併せ載す　牛羊豕《ぎうやうし》
彷彿《はうふつ》たり　千秋　諾亜《ノア》の船

『日乗』では、⑥と並んで載る。但し、〈原文〉では十月八日条（セイロン島からアデンに向う途中）。アララット山は、トルコの最高峰で、『旧約聖書』創世記に見えるノアの箱舟の話で、大洪水の後、箱舟が漂着したと伝えられる山。柳北は、船に食用の牛、羊、豚などの動物が積み込まれていることから、ノアの箱舟の話を想起し、それが漂着したという山はどの辺りかと、大海原を見渡しているのである。[*13]

香港沖で潮州を想起するのは自然であるが、トルコにある山を探すのは場違いというものであり、〈原文〉のように十月八日条にある方が遥かに自然である。それにも関わらず、二首を並べているのは、何故であろうか。東洋と西洋、それぞれの古典を踏まえた詩であり、共に「千秋」の語が用いられている。しかも、⑥の後半と⑦の前半はどちらも果てしなく広がる大海原を見渡して、知識として知っている場所について、一体どの辺りであろうか、と思いを馳せている点、よく似ている。ここには東洋と西洋を並列する興味があったように思われる。[*14]

（三）　東南アジアからインド洋周辺

⑧四辺無復一螺青

四辺　復《ま》た一螺《ら》の青無し

雲影濤声数日程　雲影　濤声　数日の程
巴里賈人龍動女　巴里《パリ》の賈人《こじん》　龍動《ロンドン》の女
幾多生面已諳名　幾多の生面　已に名を諳《そら》んず

九月二十三日。本文に「一髪ノ山ヲ見ズ」とある。三首並ぶ中の第一首。穏やかな大洋上の航海が詠われる。前半、僅かな島影すら全く見えず、目にするものは空に浮かぶ雲、耳にするものは波の音、という情景。螺は、巻貝。これを山や島の比喩とするのは、唐、劉禹錫《りゅううせき》「洞庭を望む」詩に「白銀盤裏《はくぎんばんり》の一青螺」とあるのに由るが、当時としては、かなり常套化していた表現である。

⑨午餐罷処水風徐　午餐罷《や》む処　水風徐《おだや》かに
茶味可人微酔余　茶味　人に可なり　微酔の余
浪静行舟平似席　浪静かにして　行舟席《むしろ》よりも平らかなり
満窓晴日写郷書　満窓の晴日　郷書を写す

第二首。第一首と同じく、穏やかな航海のゆったりした船中生活。ほろ酔いを醒ます紅茶とたっぷりした陽射し、故郷への手紙。

⑩天気和時人快然　天気和する時　人快然

風濤起日只貪眠　　風濤　起こる日　只だ眠りを貪る
誰知一笑一顰裏　　誰か知らん　一笑一顰《びん》の裏《うち》
経過南洋程幾千　　経過す　南洋　程《てい》幾千

第三首。前半、天気の穏やかな日と風雨の日との、船中での過ごし方が対比的に述べられる。天気がよければ、勿論、快適であるし、風雨の日とても、自分の船室で寝ていればよいのだから、気楽なものである。後半では、これを、一笑一顰、即ち、笑ったり眉をひそめたりしているうちに、船は大海原を何千里も進んでいるのだ、と言って、多少の天候の良し悪しや乗客の一喜一憂などは問題にしない近代的蒸気船の威力に目を向けている。

⑪一鳥不翔雲水間　　一鳥　翔《かけ》らず　雲水の間
鷲瀾呑吐碧孱顔　　鷲瀾呑吐す　碧孱顔《へきさんがん》
離家万里安南海　　家を離る　万里　安南海
無復風光似故山　　復《ま》た風光の故山に似たる無し

九月二十四日。本文に「右ニ峰巒ヲ望ム　是レ安南ナリト」とある。鷲瀾は、大きな荒波。碧孱顔は、樹木に覆われた峻険な山。安南は、ベトナム。起句は、鳥一羽飛んでいない大海原。承句、船上から陸地を望見し、緑の山が波間に見え隠れするのを見て、大波が山を呑んだり吐いたりしている、と表現しているのが奇抜である。後半はやや常套的。

⑫万里来航印度洋　万里　来り航す　印度洋《インド》
凄風吹尽客懐長　凄風《せいふう》吹き尽して客懐《かくくわい》長し
波瀾涵碧朝暾紫　波瀾　碧を涵して朝暾《てうとん》紫なり
報道行舟近錫狼　報道す　行舟　錫狼《セイロン》に近しと

十月七日。インド洋からセイロン島を遠望した詩。前半は概括的だが、転句が印象的な情景を描き出している。涵碧は、水や空などが一面にみどり色に見えること。朝暾は、朝日であるが、それが「紫」というのは、特徴的な表現のように感ぜられる。[*15]水蒸気や光線の具合で紫色に見えたものかも知れないが、縦いそうであっても、馴染みのある東アジア世界とは異なる、異世界的雰囲気を醸し出す表現である。地名結びの「錫狼」という字面[*16]もその感じを高める。紅海（後出）の前触れと言うべきか。

⑬断巌千尺海門開　断巌千尺　海門開く
大月晩従洋底来　大月　晩に洋底より来たる
万里壮遊探絶勝　万里壮遊　絶勝を探る
愧吾独少老坡才　愧《は》づ　吾が独り老坡《らうは》の才を少《か》くを

十月十五日。アデン港（アラビア半島西南部）。本文に「此夜《このよ》明月断巌千尺ノ上ニ出《い》デ風景奇絶　恰《あたか》モ十月望ナレバ坡翁後赤壁《はをうこうせきへき》ノ遊ビヲ想像シ　余ガ壮遊ノ坡翁ニ優ル有テ劣ル無キヲ知リ深更マデ月ヲ賞シテ寐《い》ネズ」とある。偶々この日が、蘇軾の名文「後赤壁賦」に述べられる、二度目の赤壁の遊と同じ十月十五日であったことに因んでいる。本文と起句冒頭に重出する「断巌千尺」も、「後赤壁賦」に「江流声有り、断巌千尺、山高く月小に、水落ち石出づ。」とあるのに拠る。前半の情景描写、特に承句の、大海原の底から大きな月が昇って来た、という表現がこの詩の見所。敢えて「後赤壁賦」の「山高く月小に」の逆を行ったものであろう。後半は理屈で、余り面白くない。

(四)　中東（紅海）

十月十六日、本文に「進ンデ紅海ニ入ル」とある。

⑭電光夜掣万重山　電光　夜掣《せい》す　万重の山
爛々砕紅波浪間　爛々　紅を砕く　波浪の間
毒熱侵人烈於火　毒熱　人を侵して火よりも烈《はげ》し
行舟正過鬼門関　行舟　正に過ぐ　鬼門関

十月十九日。本文に「夜ニ入リ海峡広サ十里許《ばかり》ノ処ヲ過グ　峡口漸ク狭窄《けふさく》ニナリシ地ニ燈台アリ　既ニシテ月輪輾《きし》リ上リ風景極メテ奇ナリ」とある。絶句二首の第一首。電光は、稲光。掣は、引く、おさえる。前半、稲光が畳なわる山々に光りわたり、波間に映ずる紅い光が小波で砕かれて見える、という。おどろおどろしい異世界的な情景が描き出されている。電光について、『見聞集』では「「電」は稲妻のことだが、ここでは直前に出てきた灯台の光をこう表現した。」とする。本文の「月輪輾リ上リ」という記述からすれば、その可能性が高いであろう。但し、後出のメッシナを過ぎる時の詩⑲では、灯台のある風景を詠じながら、全く違った雰囲気の詩となっている。紅海を殊更に異世界的な場所として詠じているように思われる。

その異世界性は詩の後半で極点に達する。毒熱が猛火よりも烈しく旅人を侵し、今まさに通過しているのが「鬼門関」だというのである。鬼は死者のことであるから、鬼門関とは文字通りには、亡者の出入りする関門、あの世への入り口、といった意になる。[*17] まさに異世界である。

⑮溽熱蒸空月亦紅　　溽熱《じよくねつ》　空を蒸《む》して　月も亦た紅なり
紫瀾万頃夜無風　　紫瀾　万頃《ばんけい》　夜　風無し
昨来艙裏人如酔　　昨来　艙裏《さうり》　人　酔へるが如し
不識舟行埃及東　　識《し》らず　舟は行く　埃及《エジプト》の東

⑭に続く第二首。溽熱は、蒸し暑さ。蒸すような熱気が空にまで立ち籠めて月を紅く染め、海面は紫色の小波が立ってそよとの風もない、とする。天空の「紅」い月、海面の「紫」の浪、と特徴的な色彩表現でこの地域の異世界性を表現している。風のない夜の航行であるから、転句の「人酔へるが如し」も、所謂、船酔いというより、この地域の苛烈な熱気、⑭に言う「毒熱」に当てられたことを言うのではなかろうか。しかし、そんな乗客の状態にはお構いなしに船はひたすら進んでいく、というのが、いかにも近代的な航海なのである。

（五）スエズ運河から地中海

⑯一道新渠両海通　　一道の新渠《しんきょ》　両海通ず
当知神禹譲其功　　当《まさ》に知るべし　神禹《しんう》　其の功を譲るを
熱埃堆裏涼風迸　　熱埃堆裏《ねつあいたいり》　涼風　迸《ほとばし》り
巨艦往来砂漠中　　巨艦往来す　砂漠の中

十月二十日。一八六九年（明治二年）に完成したばかりのスエズ運河を通過する際の詠。転句の「熱埃堆裏　涼風迸り」は、熱気に閉ざされた中東地域を「熱埃」で表し、それを突き抜けた彼方、地中海（欧州世界）を象徴するものとして「涼風」が詠ぜられているようにも思われる。運河を通して、欧州の涼やかな風が吹き込んで来る、というのである。

⑰客舟忽入大濤間　　客舟　忽ち入る　大濤の間
凛々朔風吹裂顔　　凛々たる朔風　吹いて顔を裂く
千古誰呼地中海　　千古　誰か呼ぶ　地中海
四辺杳渺不看山　　四辺　杳渺《えうべう》　山を看ず

十月二十二日。本文に「四時三十分港ヲ発シ地中海ニ入ル　風急ニ浪大ナリ」とある。船はここで地中海に出た。もはや欧州世界に入ったも同然である。紅海の炎熱とは一転して、朔風、即ち、北風が強く吹き寄せる。

⑱人定連房燈影残　人定まりて　連房　燈影残す
汽機声裏夜方闌　汽機声裏　夜　方《まさ》に闌《たけなは》なり
玻瓈窓底独欹枕　玻瓈《はり》窓底　独り枕を欹《そばだ》つれば
星彩水光相映寒　星彩　水光　相ひ映じて寒し

十月二十三日。本文に「此夜枕上ニテ一絶ヲ得タリ」とある。乗客が寝静まっても、蒸気機関は規則正しく動き続けるのが近代的な汽船の旅である。玻瓈（ガラス）窓から星明りと水面に反射する光線を見ている、というのは、欧州世界に入ろうとする象徴的光景のようにも感ぜられる。

⑲江山咫尺水烟含　江山咫尺《しせき》　水烟　含む
明滅篝燈一二三　明滅の篝燈《こうとう》　一二三
涼雨凄風人不語　涼雨　凄風　人語らず
征帆夜過墨西南　征帆　夜過ぐ　墨西南《メシナ》

十月二十五日。本文に「夜ニ入リメシナヲ過グ　雨気冥濛　燈台ト人家ノ燭影トヲ認メ得ルノミ」とある。⑱に続き、静かな夜の航海。メシナ（メッシナ）はシチリア島の港。また、イタリア半島とシチリア島との間の海峡。地名結び。

この後、エルバ島、コルシカ島を過ぎ、ナポレオンを偲ぶ詩を作っているが、略す。

⑳四旬経過怒濤間　　四旬　経過す　怒濤の間
報道今宵入海関　　報道す　今宵海関に入ると
雲際遥看燈万点　　雲際　遥かに看る　燈　万点
満船無客不開顔　　満船　客の顔を開かざる無し

十月二十八日。「望馬耳塞港作」（馬耳塞港《マルセイユ》を望む作）と題がある。いよいよマルセイユ港が目前に見えて来た。四十日余りの航海が「四旬　経過す　怒濤の間」と振り返られる。柳北ならずとも、目的地への無事の到着が確実になったことに胸を撫で下ろすとともに喜びの気持ちが湧いて来たのは当然のことであろう。

（六）大西洋

㉑経過東球三大洲　　東球の三大洲を経過して
直将余勇向西球　　直《ただち》に余勇をもつて　西球に向ふ
閣龍針路吾能認　　閣龍《コロンブス》の針路　吾　能《よ》く認む
山大風濤葉大舟　　山大の風濤　葉大の舟

六月一日。本文に「大西洋航海中　僅二三絶アリ」とある第一首。閣龍はコロンブス。細かい情景描写はないが、結句の、山のような大波とそれに揉まれながら進む木の葉のような船、という対比的な表現は、大西洋を航行する船の雰囲気をよく表している。

㉒長天積水碧茫々　　長天　積水　碧　茫々
独倚鉄欄潮気涼　　独り鉄欄に倚《よ》れば潮気涼し
万丈風濤一輪月　　万丈の風濤　一輪の月
客舟夜度大西洋　　客舟　夜度《わた》る　大西洋

第二首。起句、空と水だけが青々と果てしなく広がる世界。承句の「潮気涼し」には、心地よさが感ぜられる。転句、「万丈の風濤」と「一輪の月」との対比。果てしなく広がる大西洋に相応しい景物であり、結句がうまく決まっている。第三首は略す。

結び

『日乗』の漢詩を「海」との関わりから見てきた。単に広々とした大海原を詠ずるだけであれば、わざわざ大航海をせずとも、日本にいても出来るし、実際、そのような詩は、山陽の「泊天草洋」詩を始めとして、数多く詠まれている。『日乗』に見るべきは、むしろ、近代的汽船による航海を題材にした作品であるように思われる。そこでは大海原を進む船の中で、概ね安穏な生活が楽しまれているのだが、それは洋風なものであり、すでに欧州文明を初歩的に体験し始めている。アラビア半島のアデン港までは、総じてそうした航海である。但し、船が紅海に入ると、雰囲気は一変する。そこは異世界であった。炎熱により月までもが紅く、海には紫色の波が立つ。鬼門関——まさにあの世への入口であったが、そこをひたすら近代的汽船の力で通過する。スエズ運河という隘路を潜り抜けると、船は穏やかな航海を回復する。その向こうには、憧れの欧州の世界が待っていた。柳北の欧州への旅において、紅海は、言わば、胎内くぐりのような場としての役割を果していた、と解するのは強引に過ぎるであろうか。

大西洋を横断する詩、特に二首目は豪快な自然の中、人間の行為の微小さが対比せられ、無限の感慨がある。『日乗』の「海」の詩では、これを圧巻とすべきであろう。

注

(1) マシュー・フレーリ「成島柳北の洋行」(『国語国文』第七十一巻第十一号　二〇〇二年十一月)に詳細な考察がある。

(2) 新日本古典文学大系明治編『海外見聞集』(二〇〇九年六月　岩波書店。以下、『見聞集』)所収。『日乗』の基本的事項は同書の扉部分の概要説明及び巻末解説に拠る。また、本稿での引用も原則としてこれに拠る(附訓等、一部改変)。なお、米国到着以後の部分は、柳北の健康状態の悪化により掲載せられず、該当部分の日記乃至原稿も佚失したと見られる。本稿は、基本的に現存『日乗』を対象とする。

(3) 「明治詩壇評論」(『明治漢詩文集』筑摩書房　一九八三年八月)。私に濁点、附訓及び句読点を附した。同氏の柳北評は「明治詩家評論」(同書所収)等にもある。なお、具島美佐子「成島柳北の米国体験」(『図書館情報メディア研究』第九巻一号　二〇一一年十一月)もこれに注目している。

(4) 他に欧州滞在中、英仏海峡を詠じた詩が一首ある。

(5) 『真宗史料集成』第十一巻(一九八三年五月　同朋舎出版)所収。松本白華は柳北の同行者の一人。

(6) 『見聞集』の脚注及び補注に詳細な校異がある。

(7) 早く元治元年(一八六四)頃の詠作と思われる「書懐」詩に「黒海風濤紅海月、扁舟何日載吾行。」(黒海の風濤　紅海の月、扁舟　何れ日にか吾れを載せて行かん)とある。日野龍夫注『成島柳北　大沼枕山』(一九九〇年十二月　岩波書店)参照。

(8) 石川忠久氏は、この作品を「新しい海洋文学をうち樹てた日本漢詩の金字塔」（『日本人の漢詩』（二〇〇三年二月　大修館書店）とする。

(9)　注（7）『成島柳北　大沼枕山』。

(10)　柳北「航小豆島舟中所見」（小豆島に航する舟中所見）詩（『柳北詩鈔』所収）に「陽侯為我放新晴」（陽侯　我が為に新晴を放つ）とある。明治二年（一八六九）の作。

(11)　マシュー・フレーリ「航西の東道主人」（京都大学『国文学論叢』二〇〇二年六月）

(12)　『見聞集』は「（韓愈がもし今生きていたら）洋上に浮かぶ巨大な魚ならぬこの船を見て驚いたろう。」とする。〈原文〉『詩鈔』は共に「驚」を「時」に作っており、それならば、時々見かける、ということで、「見」の主語を韓愈とする解釈は成り立ちにくいと思われる。「驚」としても、主語は韓愈ではなく、作者柳北と解するのがよかろう。

(13)　ノアの箱舟の話は、元々は『旧約聖書』に出るものであるが、近世末にはすでにわが国に知られており（山村昌永『西洋雑記』、齋藤竹堂『蕃史』等）、必ずしもキリスト教の受容と関係付ける必要はないと思われる。

(14)　マシュー・フレーリ氏の「漢詩の題材という点から見れば、柳北にとって、キリスト教の古典は、中国の古典と同じ平面に置かれていた。」（注（1）論文）という指摘が首肯せられる。ただ、「キリスト教」は「西洋」と言い換えた方が一層、適切ではなかろうか。

(15)　『見聞集』は朝暾を「朝焼け」とする。紫色の朝日では奇妙だということからそう解釈したものか。しかし、ここは素直に「紫色の朝日」と解するのがよいのではないかと思う。

(16)　柳北が船中で披閲していた斌椿『乗槎筆記』、渋沢栄一・杉浦譲『航西日記』（注（11）論文）共にセイロンを「錫蘭」と表記する。ただし、箕作省吾『坤輿図識』では「斉狼」と表記。

(17)　『旧唐書』地理志四（嶺南道）に「鬼門関」という地名が見え、瘴癘（南方特有の毒気）のため、通過した者は十人に一人も生きて帰れないところとする。紅海に鬼門関と呼ばれる場所があったことは、渋沢栄一・杉浦譲『航西日記』にも見えている（『見聞集』）。マシュー・フレーリ氏は「従来険悪な毒気に満ちた地域を「鬼門関」と喩える漢語の習慣と、西洋人が当地を「鬼門関」と呼ぶ習慣が柳北の一首にうまく重なる。」とし、「西洋人の当地の名称については、色々似たようなものがあったようである。」として、具体的に名称を示している（注（11）論文）

尹善道「漁父四時詞」の海

——日韓詩歌の「海」の比較を試みながら

兪　玉姫

四方が海に囲まれている島国の「日本」と、大陸に繋がっている半島である「韓国」とは、海に対する人々の感覚にどのような共通性があり、またどのような相違点があるのだろうか。

「海」は、その広さと深さを持って全てを抱擁するものとして、または、想像を絶する威力を持って全てを破壊する恐怖の対象として、太古より人間の前に存在してきた。海という大自然は、地上や天空の自然物と違い、人間が直接経験したか否かによってその感じ方が大きく変わってくると思う。マスコミもなく、旅もままならぬ昔は、海をみたこともないまま一生を終える人も多かったのだろう。

人間は海とどのように接してきたのだろうか。海辺に住みながら実際漁労に携わる人、他国に向かって船で航海する人、海の上で生死の戦いを行う人、政治の中心部から追放され流罪に行かされる人などがあろう。または、海を眺めながら、或いは見たこともないまま「異界」への想像を膨らます人もあろう。

ヨーロッパの人なら、「海」と言えば「オデッセイ」の航海のような大冒険を思い浮かべるかもしれない。ところが、韓国と日本の人々において、特に古典詩歌においては海は周辺部として存在してきたと言わざるを得ないようである。海そのものが活動の舞台だというより、神秘の根源、生死の別れの場、外部からの侵入者が入ってくるところ…など

甫吉島　禮松里の海辺

のイメージが主流をなしてきたのではなかろうか。日常的に航海や漁労に携わる人が詩歌を詠む場合はあまりなかったのである。

ところで、儒者でありながら、日常的に漁労に携わり、「海」そのものを「興」じ、心の自由を求めた人がいる。十七世紀、韓国の朝鮮時代、「丙子胡乱」後の乱世から逃れ、甫吉島（ボギルド）で悠々自適しながら晩年を過ごした尹善道（一五八七〜一六七一、号は孤山）である。筆者は以前、「孤山尹善道と松尾芭蕉の自然観の比較研究」[*1]と題して日本の松尾芭蕉と比較しながら日本に紹介したことがある。そこでは、「漁父四時詞」についてはあまり述べる機会がなかった。

本稿では海と関連して主に「漁父四時詞」について述べてみようと思う。尹善道は晩年「漁父」としての日常を送りながら、海の四季の風光と、生動感あふれる漁船の情緒、漁労の写実的な描写、海での素朴な飲食の楽しみを、音楽的な調べに乗せ描いている。この「漁父四時詞」を、海をモチーフとした日韓の詩歌の対比の文脈と照らし合わせてみるとき、その特徴が鮮やかに浮き上がってくるように思われる。また、韓国詩歌史においても、同じく儒者の文学と言える「江湖詩歌」や、「漁父歌」の系列と比較することによって、その類似性や特殊性が明瞭に見えてくるだろう。

しかしながら、日韓の詩歌における「海」の全貌を探るのはとても手に負えない作業と言わねばならない。ここでは、筆者の目にとまった海に関連する詩歌を概観しながら、「漁父四時詞」の分析を行ってみたいと思う。

一　日本詩歌の「海」と「心象風景」

日本詩歌のもっとも重要な特徴は、四季の移り変わりを基盤にした季節情緒であろう。『万葉集』から既に季節意識は顕著に現れ、勅撰和歌集の「部立」を経て、俳諧の「季語」に定着したのである。季節感を持っている素材は詩歌の中心素材となって愛でられてきた。

今、論点とする「海」は季節の題ではないため、季節の題より出現頻度は少ない。今試みに『国歌大観』CD-ROMや、『古典俳文学大系』CD-ROMを利用して、月、雪、花などの頻度と比較してみると海は頻度が圧倒的に少ない。現代において海のレジャーの発達から夏の季語だと思われる場合もあったりするが、まだ季語としては定着していない。

海はどうしても叙事性の強い神話、物語、お伽草子などとの関連が深い。『古事記』に出てくる「国生み」、「山幸彦・海幸彦」などの数々の「海」をモチーフとした神話と、『平家物語』、「浦島太郎」などはそれを証明してくれる。神話や散文文学と違い、詩歌における海は「活動の場」というよりも「眺める対象」とならざるを得ない。詩歌の主な詠み手は海の生活とは掛け離れた上流階級や知識人が多かったためである。ここで全体像を眺望するのはとても無理であるが、特徴的なものとして目にとまった作品を対象として述べてゆくことにする。

『万葉集』においては「海原」、「荒海」、「荒波」、「白波」、「潮」、「磯」などを詠んだ数多くの歌が収録されており、海が日本人の情緒の形成に大きく影響を与えてきたことを示している。

①大和には　群山あれど　とりよろふ　天の香具山　登り立ち　国見をすれば　国原は　煙立ち立つ　海原は　鷗立ち立つ　うまし国ぞ　蜻蛉島《あきづしま》　大和の国は　（舒明天皇　万葉集・巻一・二）

②大船を荒海《あるみ》に出だしいます君障《つつ》むことなく早《はや》帰りませ　（作者未詳　万葉集・巻十五・三五八二）

いかにも『万葉集』的な勇壮な構図の歌である。①は、「国見」の歌で、海に囲まれた国土を鳥瞰して讃えており、長閑な海は平和の象徴となっている。②は、新羅に遣わされる使者の無事を祈る歌で、荒海を航海することに対する心細さが現れている。

平安時代や中世になると、海は内面の心情を写し出すものとして詠まれる歌が多い。

①わたの原八十島《やそしま》かけて漕ぎ出でぬと人には告げよ海人のつり舟　（小野篁《たかむら》）

②来ぬ人をまつほの浦の夕なぎに焼くや藻塩《もしほ》の身もこがれつつ　（藤原定家）

これらにおいては、海という空間が人間の哀感を増幅させる機能をしている。「海人のつり舟」は孤独感のメタファーであり、「藻塩焼く」は「忍恋」のメタファーとなっている。

海そのものをクローズアップした源実朝《さねとも》（一一九二〜一二一九）の次の歌は、海の歌の絶唱だと言えよう。

①おほ海の磯もとゞろによする波われてくだけてさけて散るかも　（金槐和歌集）

②世の中はつねにもがもななぎさこぐあまの小舟の綱手かなしも　（小倉百人一首）

①の雄大な詠みぶりは海の全景とそのエネルギが視聴覚的にクローズアップされているという点で、心に迫ってく

るものがある。ところが、②の百人一首に載っている海はやはり、政争に明け暮れる世の中を嘆く「心象風景」だと言えよう。

近世俳諧になると、海はたくさん詠まれてはいるものの、海は「季語」ではないため、情緒的な背景として登場する場合が多い。次のような作品では、海が作品全体の情緒を支配している。

①海くれて鴨のこゑほのかに白し　（芭蕉）
②菜の花や昼一しきり海の音　（蕪村）
③亡き母や海見る度に見る度に　（一茶）

芭蕉の①の句は、夕暮れ時の海の風景と芭蕉の旅愁が見事に呼応し、視覚と聴覚が交差する境地を詠んでいる。②の蕪村の句と、③の一茶の句における海は両方とも内面の憂愁や悲しさを醸し出す時空になっている。

このように、海は豊かな国の象徴となったりもするが、多くの場合「眺める海」で、内面の哀感が増幅される空間としてよく登場する。使者として遣わされたり、流罪に行かされる場合以外は、詩歌の詠み手は海上に出て海そのものを体験したり、海で楽しみ、興じるといった接し方はあまりしなかったためであろう。広大無辺、荒れ狂う海というのは、基本的に繊細な感性を重んじる日本の詩歌にはそれほど合わなかったのだろうか。

二　韓国の詩歌の「海」と「観念」

韓国においても、神話および民衆小説などの散文文学において海と関わる想像力豊かな話が生まれた。『三国遺事』に出る神話には、水の神「河伯」の娘と結んで高句麗の始祖を生んだ「解慕漱（ヘモス）」の話、また、巨大な卵の形で海の彼方から来た新羅の「昔脱解（ソクタルへ）」などの話があり、河や海は神霊の宿った場所というイメージがあった。朝鮮時代の民衆小説『洪吉童傳』に描かれる「栗島國」、『許生傳』の「無人空島」は海の理想郷として描かれている。また『沈清傳』では主人公の沈清が荒れ狂う海の海神に生け贄として捧げられるが、竜王によって蓮の花に乗せられ海面に浮ぶ。

詩歌において海は一つの象徴として取り上げられる場合が多くなる。新羅の「郷歌《ヒャンガ》」では、「果てしない功徳の海」（稱讃如來歌）と、海のイメージを借りて仏の加護を称え、「衆生の海」、「仏の海」（普賢回向歌）などと比喩的な意味として詠まれている。新羅は仏教が隆盛し、この時代に建てられた寺である「海印寺」の名前も、『華厳経』の「海印三昧」（静かな海はすべてを映出し、すべてが海に流れ込み、蔵されるように、一切を明瞭に悟る仏の三昧）から、取っている。

朝鮮時代に発達した定型詩「時調」における海はどうであろうか。時調には「海」より「江湖」（江湖と言っても主に「江」）が頻出する。儒者たちは治世の理念を実現するため出仕したが、政争に敗れ思いを遂げないとき、自由を求めて「江湖」に逃れた人が多かった。いわゆる「江湖歌道」で、中国の朱子が武夷山の渓谷で「武夷九曲図歌」を詠んだことから影響を受け、李栗谷の「高山九曲歌」、李退渓の「陶山十二曲」などが詠まれている。絶え間のない河の流れとその音で「洗心」するという「修養」の性格が濃い。李退渓の「陶山十二曲」のなかの一首を見よう。

青山は何故に　永久に　青々たる
流水は何故に　昼夜　絶えることなき
我も絶えることなく　万古常青ならむ

（陶山十二曲、十二）

儒者たちにとって「河」は「無常」の象徴というより、絶え間なく流れ続ける「不変」であった。江湖の詩歌に比べ、「海」は出現頻度が少ない。[*2] 曺圭益は「朝鮮時代の代表的叙情様式である時調において以外にも海の登場が微々たるという事実は、時調がやはり観念的思考に耽っていた両班士大夫の専有物であったという点に負うところ大きいと言える。（中略）生活自体が海と関連したことが少なかったため、海は神秘的で恐ろしい対象として眺められただけなのである。」としている。[*3] 稀に詠まれるにしても海は観念的、比喩的な詠まれ方をしている。

① 大海原の海中に　中針細針　沈みたり
　十数人の船頭　棹持て一気に針に通し　引き上げしとなん
　百人が百語　語るとも　真実を察せよ
（青丘永言）

② 風よ吹け　雨を誘ふる風よ　吹け
　小雨止みては　豪雨　降らせよ
　大路　海となりて　愛しき人の　足止めなむ
（古今集）

①は、海に沈んだ針を掬い上げたという嘘を信じてはいけないと言い、②は、大雨が海になるまで降り続け、恋しき人の足を止めたいという。両方とも「海」は人間の力の及ばない「広くて深い空間」という「観念」として詠まれている。

このような脈絡の中で、次のような尹善道の「漁父四時詞」は、海上での歌で、海そのものを楽しんでいる点で独自性を持つ。視線において陸から海を眺めるのではなく海から人間界を眺めるのである。

　水国に　秋来たれば　魚みな　太りおる
　帆を揚げよ　帆を揚げよ　萬頃澄波を　心行くばかり　楽しまん
　ぎいこ　ぎいこ　よいしょ　人間を顧ば　遠からんほど　嬉し

尹善道は自らの意志で積極的に「漁父」となり、海上ならではの四季の美しさと解放感を感じるといった、体験的な海を詠んでいる。では、「漁父四時詞」の特徴的な詠み振りを鑑賞してみることにしよう。

三　「漁父歌」の由来と「漁父四時詞」

儒者が自らを漁師に擬して歌うことについては東アジアの詩歌において長い伝統があると言える。「江湖文学」においては「漁父」は漁を業とする「漁夫」と違い（日本では漁父と漁夫を同じ漁師の意味に使っている）、自然とともに悠々自適して生活する人を指し、「漁翁」という言葉と同じように使われる。しばしば「歳月を釣り、自然を釣り、人生を釣る風流の人」と言われたりもする。なかには完全な「世捨て人」ではなく、国からのお呼びがあると再出仕する人もいて、漁翁は仮の姿という意味で「仮漁翁」と言われることもある。

「漁父歌」、「漁父図」は煙霞のなかで釣をする隠者の姿を描いているが、もとを遡ると屈原の「漁父辭」に出る「濯纓歌」にたどり着く。楚の屈原が朝廷から追われ、河辺で遊んでいたところ、漁父に会って対話をする。漁父は、次のように歌う。

滄浪之水清兮　可以濯吾纓　滄浪之水濁兮　可以濯吾足

滄浪の水が清ければ纓（冠の紐）を洗い、滄浪の水が濁れば足を洗えばいいと、世の中とうまく付き合っていくことを屈原に忠告する。屈原はそれを受け入れず結局汨羅水に身を投げた。その忠義は「魚腹忠魂」（離騒）と称えられ、儒者の間でよく引用される。尹善道も「漁父四時詞」の夏の章において、「魚腹忠魂」を詠んでいる。今となっては悠々自適の生活はしているものの、あくまでも忠義を忘れない儒者だったので、屈原の故事は必ず思い起こすべきものであった。

水濁れば　足洗うに良からずや
漕げよ　漕げよ　呉江に行く勿れ　千年の怒涛悲し
ぎいこぎいこ　よいしょ　楚江に行く勿れ　魚腹忠魂　釣るやも

「呉江に行く勿れ」は、呉の夫差に諫言をしたが、自決させられた忠臣、伍子胥のこと、「楚江に行く勿れ」は、忠義を守るため妥協せず汨羅水に身を投げた屈原の逸話を指している。

中国から伝来した「漁父辭」はいろいろな形に変容しながら詠み継がれてきたが、なかでも尹善道が直接影響を受けたのは朝鮮中期の文人、李賢輔（一四六七〜一五五五）の「漁父短歌」（全五章）と「漁父長歌」（全九章）である。「漁父長歌」の三章を見ることにしよう。

終日、船を浮かべ　烟裡のなかを去って行き
暮れれば棹を差して　月光のもとを還って来る
漕げよ　漕げよ　我が心に従うままに　機心を忘れる
ぎいこ　ぎいこ　よいしょ　棹を叩き　流れに乗れば　定期なぞ無し

冒頭部は白居易の「漁父」の詩句「盡日泛舟烟裏去　有時搖棹月中還」から取り、終日、船に乗り、霧の中を流れていっては、月光とともに帰ってくる日常を詠んでいる。魚を釣ることに目的があるのではなく、「機心」を忘れることに意味がある。「機心」とは機会に左右される心を意味し、「機心を忘れる」とは、ここでは世俗的な名利に拘束されない境地を言う。末尾の「棹を叩き　流れに乗れば　定期なぞ無し」は、世俗的な時間を超越する達観の境地を表している。

尹善道が建てた洗然亭

四　「漁父四時詞」と海

（一）魚父の四季と日常

尹善道は六十五歳（一六五一）のとき、政争から逃れ済州島に向かう途中、美しく穏やかな甫吉島（ボギルド、全羅南道の南）の風光に見とれ、定住した。甫吉島は韓国全羅道の沿岸の島で、暖流の影響で穏やかな海洋性の気候を持ち、美しい風光で名高い。尹善道は甫吉島に「心」の字をかたどった洗然池を作り、「洗然亭」を建てた。「洗然」は「心を洗いありのままの自然に戻る」という意味である。「漁父四時詞」は、この甫吉島周辺の海で閑寂な日を過ごすなかで詠まれた。

「漁父四時詞」は高麗時代から伝わっている漁父詞（樂章歌詞）を李賢輔が漁父歌九章に改作し、これを尹善道が四十章に改作して詠み直したものである。詩想は李賢輔から借りているが、余韻（リフレイン）だけを除くと三章六句からなる時調の形式になっており、韓国固有語の調べで、音楽的なリズムを持っている。

「漁父四時詞」には、尹善道が自らを漁父に擬して実際漁労をしながら春夏秋冬の季節別に各十首ずつ四十首を詠み、それぞれ港を出港して一日中漁労をして戻ってくるという海の「日常」の形を取っている。すなわち、漁父の日常として表された海の季節感である。

春は船を浮かべ港を離れる光景を詠んでいる。遠景で眺める漁村の風景を生動感あふれる筆致で描く。あたかも一幅の東洋画の世界である。夏は釣竿を担いで出かける漁父の心持を詠んでいるが、屈原の「漁父辞」の故事を通して閑人でありながらも忠義心を捨てないことを示しており、他の季節よりは文学性の劣る部分もある。秋は、「海は秋が最高だ」と興じ、その歓びが韓国固有語の調べで表現されている。そして、海での魚焼きと濁り酒という素朴な日常を楽しむ光景が描かれる点が興味深い。冬は、天地はすべて「閉塞」（枯れて塞がれている）されているのに、海は尚美しく羅を伸べたようだと賛嘆する。冬の暖かい日には海深く潜っていた魚が水面に上ってくるので釣りにもってこいと悦び、波浪があっても俗世の騒音を防ぐからそれもよしと興じ、最後には心行くばかり興じたので、「竹窓」の月を眺め、休もうとする。

（二）「物外閒人」

李賢輔の「漁父長歌」に言う「機心を忘れる」境地は、尹善道の「物外閒人」という境地と通じる。これは、世間の煩雑さから脱し、長閑に暮す人のことである。海は俗世間から脱出できる空間であった。

物外に　楽しきは　漁父の境涯なり
船を浮かべよ　船を浮かべよ　漁翁を笑う勿れ、絵ごとに描かれり

ぎいこ　ぎいこ　よいしょ　四時の興のうち、秋の海　最も美し　（秋一）

「物外」の最高の境地が「漁父の生涯」だとする。そして、人はあざ笑うかもしれないが、すべての絵に漁父が描かれているじゃないかと言い返す。実際、河や海を描いた山水画には必ずと言っていいほど、「漁父」の姿を見ることができる。

①浦の孤松　独り何故に　斯くぞ　凛々たるや
　船を繋げよ　船を繋げよ　荒雲　恨む勿れ　世を隠さむ
ぎいこ　ぎいこ　よいしょ　波の音　嫌う勿れ　騒音を防がむ　（冬二）

②酔ひて寝なば　いざ瀬に降りなんとす
　船を繋げよ　船を繋げよ　紅落ち流れ　桃源近からむ
ぎいこ　ぎいこ　よいしょ　人世の紅塵　如何ほど隠さるるや　（春八）

③衣の上に　霜降れども　寒くあらず
　錨を下ろせ　錨を下ろせ　釣船狭けれど　浮世に勝つなり
ぎいこぎいこ　よいしょ　いざ、今日も斯くし、明日も斯くせむ　（秋九）

人世の騒音を隠す波の音、陸から離れた解放感は海だからこそ可能な境地であった。「今日も斯くし、明日も斯くせむ」というのは、多忙な人世の時間に対し、「物外閒人」たらんとする意志の表明だと言える。

(三) 海からの視線

大概、海を詠んだ詩歌は、陸から海を眺めた視線が殆んどであるが、「漁父四時詞」の視線は、海から陸を眺め、また、海上での情趣を詠んでいることに注目される。これによって海ならではの実感が生じる。視野を遮るものもなく、解放された空間から遠く俗世を眺めることができるのである。

①水国に　秋来たれば　魚みな　太りおる
帆を揚げよ　帆を揚げよ　萬頃澄波を　心行くばかり　楽しまん
ぎいこ　ぎいこ　よいしょ　人間を顧ば　遠からんほど　嬉し　（秋二）

②鳴くは郭公や　青きは柳や
船を漕げよ　船を漕げよ　浦の小家　霧中に　見えつ隠れつ
ぎいこ　ぎいこ　よいしょ　浄く深き沼に　魚躍る　（春四）

③蓮の葉もて飯を包み　肴は要なし
帆を上げよ　帆を上げよ　笠はかぶれり　蓑もてまいれ
ぎいこぎいこよいしょ　無心の鷗を我追いしや　鷗が我を追いしや　（夏二）

①では、「人間を顧ば　遠からんほど　嬉し」と、海から人世を眺める境地を楽しんでいる。②では、「郭公鳴き柳青し」といわず、「鳴くは郭公や　青きは柳や」と疑問形に表現して、自然に溶け込み、ただ目に映り、耳に入ることに自分をまかせる没我の境地にいることを示す。そして、「浦の小家　霧中に　見えつ隠れつ」は、陸の家々が見え隠れすることで走り行く船の速度感を示し、魚の踊りは心踊りを示す。③の「無心の鷗を我追いしや　鷗が我を追いしや」も、高く飛び回る「鷗を自分が追っているのか、鷗に自分が追われているのか区別の付かない混融の境地

を言っている。

(四) 海を楽しむ「興」

「漁父四時歌」の重要な特徴の一つは音楽的なリズム感で「興」をそそっている点である。すべての章に入っている余韻句(船を漕ぐ音)とがその興を盛り上げている。「漁父四時詞」四十首とも共通的に「ぎいこ　ぎいこ　よいしょ」という掛け声が入っている。そして、各季節ごとの十首の歌には次のような段階で間斂句(船乗りの掛け声)が出てくる。全季節すべて同じである。時調でありながらも船歌の効果を挙げている。

一．船を浮かべよ　船を浮かべよ↓　二．錨を上げよ　錨を上げよ↓　三．帆を上げよ　帆を上げよ
↓四．船を漕げ　船を漕げ↓　五．船を漕げ　船を漕げ↓　六．帆を下げよ　帆を下げよ
↓七．船を泊めよ　船を泊めよ↓　八．船を繋げよ　船を繋げよ↓　九．錨を下ろせ　錨を下ろせ
↓一〇．船を陸につけよ　船を陸につけよ

船を浮かべ、錨を上げ、帆を上げ、船を漕ぎ漕ぎ、一日中海で遊んでは帰港するとき、帆を下げ、船を泊め、繋ぎ、錨を下ろし、船を陸につける、といった漁父の日常の動的な動きを余韻句を通して楽しく構成している。

陽光暖かし　水面に魚上りて泳ぐ
帆を揚げよ　帆を揚げよ　白鷗　二つ三つ　飛び回る
ぎいこ　ぎいこ　よいしょ　児らよ　釣竿は早持てり　濁り酒は載せたるや
(春二)

冬の間、海深く潜っていた魚が、暖かい春の日に、海面に上って力強く泳いでおり、白鷗も餌を狙い飛び回っているのを見ると、早く魚釣に出なければという、心踊りと興奮が生き生きと表れている。心が浮き浮きし、急いで釣竿

を持ち、濁り酒はどうなったと催促するのが写実的に描かれる。

①銀唇玉尺（艶良き大魚）　如何ほど釣りしや
漕げよ　漕げよ　芦花に火をつけ　選び焼きては
ぎいこ　ぎいこ　よいしょ　児らよ　素瓶を傾け瓢箪に注げよ　（秋五）

②秋色美しき崖壁　絵屏風の如く取り囲む
船を泊めよ　船を泊めよ　鱸なぞ釣れずともよし
ぎいこ　ぎいこ　よいしょ　児らよ　我は孤舟の蓑笠　興じ居る　（冬七）

①では、海の釣の楽しみが具体的に描かれている。一般的な漁父歌の系列は乱世を嘆きながら江湖の風景で鬱憤を晴らすというふうに詠むのとは異なっている。水辺に豊富に生えている芦花を摘んでは火をつけ、釣った魚を焼き、素朴な瓢箪に酒を注いで飲むといった、漁父の「生活感情」が表されている。

また「漁父四時詞」四十章には「興」という言葉が九回も使われている。それだけ心の向くまま興じているということを、強く打ち出していることが分かる。「残りし興　いまだ尽きざれば　帰り道を忘れたり」（春九）、「永き日　暮れるを　興に狂い　知らざりし」（夏六）などのように、興の尽きることを知らないという。

「興」のなかでも「清興」という言葉がよく使われる。「清興」というのは韓国の古典によく出る言葉で、清らかな興と趣きという意味である。これは河と海で感じられる興だと言える。

横風そよ吹き　上げ置しままの帆にて　帰らんとす
帆をおろせよ　帆をおろせよ　暮れ色　染まりしが　清興いまだ尽きず
ぎいこ　ぎいこ　よいしょ　紅樹清江　飽くこと知らぬ　（秋六）

折しも横風が吹き、船はおのずと陸に向かおうとする。すでに日も暮れようとするが、まだ美景に酔い、「興」尽きないゆえ、帆を下ろせというのである。

芳草を踏みつ　蘭草　白根川芎も採りてみむ
船を泊めよ　船を泊めよ　一葉の如き小船に乗せたは　何ぞや
ぎいこ　ぎいこ　よいしょ　行きは霧のみ　帰りは月のみ

江上釣魚図（17C、趙榮祐筆）

「一葉の如き小船に乗せたは　何ぞ　／　ぎいこ　ぎいこ　よいしょ　／　行きは霧のみ　帰りは月のみ」という表現は、白居易や李賢輔を意識しつつも、行きは霧を帰りは月を「船に乗せた」と興じているところに換骨奪胎したところがある。魚を載せているのではなく、霧と月を載せたということで、釣をしても魚を取ることには関心がないことを間接的に語っている。

結びに変えて

以上、韓国の海の文学の白眉と言われる尹善道の「漁父四時詞」に現れた海を、日本と韓国の詩歌に描かれた海に照らし合わせてみながら、分析してみた。日本の詩歌においては「心象風景」としての「海」がしばしば詠まれており、韓国の時調においては、「観念」的に詠まれる場合が多かった。ところが、「漁父四時詞」は、海における実体験が伴われ、海辺の四季と「漁父」としての日常が生き生きと描かれていた。

「漁父四時詞」においては海の哀感より海を積極的に楽しみ「興」じていることに特徴があると言える。陸から離れた海における「物外閒人」としての開放感、船で気ままに走る速度感、見え隠れする陸の家々を海から眺めやる楽しみ、海に浮かんでは目に入り耳に聞こえるに任せ、鷗と一体になったような境地を楽しむ。また、出港と船の走り、漁、「乾坤相繋がる」出世間のような境地（秋八）、名残惜しく帰港する過程が韓国固有語のリズムと掛け声で音楽的に奏でられている。そして、具体的な釣りそのものの楽しさ、魚を焼いて酒を添えて楽しむといった日常的な行為も「興」をそそる要因となる。

申ウンギョンは、「山‐海の空間記号と欲望の進退」において「山と違い、海は開かれた空間、力動的な感性を誘発する」ところだとしている。[*4] 山に「隠れた」世捨て人とは違い、尹善道は海に「解放された」自由人の立場を標榜していたと言える。

「漁父四時詞」は、屈原の故事に関連した「漁父辞」に影響を受けた「漁父歌」、また、朱子の「武夷九曲歌」に影響を受けた「江湖詩歌」などの流れに関連はしている。また、もちろん、屈原関連の成語が出たりするのは「治世」という儒者の倫理観からは完全には自由になれない立場を見せるものでもあろう。しかし、ここでは「忠義」、「修養」などの理念に拘束されず、のびのびとした海の興趣を詠んでいる。

尹善道は海の文学を、上流階級だけではない一般読者も親近感を持って鑑賞できるように引き降ろしながら、芸術性を遥かに高めた人だと言うことができよう。

注

（1）拙稿「孤山尹善道と松尾芭蕉の自然観の比較研究」『総合研究所紀要』桃山学院大学、一九九六年六月。

（2）ビョン・スング「時調に現れた海の心象考」（『韓国古典研究』26集、韓国古典研究学会、二〇一二年）によると、海が出ている時調は、時調五〇九八首のうち、一五六首しか出てこない。

（3）曺圭益「韓国古代詩歌に現れた海について」（『海士論文集』第十九集　一九八四年）、九頁。

（4）申ウンギョン、「山―海の空間記号と欲望の進退」（『国語国文学』一五六　韓国国語国文学会）、一六二頁。

参考文献

・ユン・ソングン『尹善道作品集』（蛍雪出版社、一九七七年）
・曺圭益「韓国古代詩歌に現れた海について」（『海士論文集』第十九集、一九八四年）
・朴乙洙『韓国時調大事典』（亜細亜文化社、一九九二年）
・兪玉姫「孤山尹善道と松尾芭蕉の自然観の比較研究」『総合研究所紀要』（桃山学院大学、一九九六年六月）
・申栄勲『尹善道と甫吉島』（朝鮮日報社、一九九九年）
・シン・ウンギョン「〝山―海〟の空間記号と欲望の進退」（『国語国文学』一五六、韓国国語国文学会、二〇一〇年）
・ビョン・スング「時調に現れた海の心象考」（『韓国古典研究26、韓国雖点研究学会、二〇一二年）
・オ・セジョン「韓国神話における海の意味」（『韓国古典研究26、韓国古典研究学会、二〇一二）
・兪玉姫「儒者たちの時調―その気迫と自由と」（『NARASIA Q』5、二〇一三年）

日本の海と中国の海

日原 傳

はじめに

日本は周囲を海に囲まれた島国である。当然海を目にする機会も多い。『万葉集』にも海はしばしば登場し、「熟田《にきた》津《づ》に船乗《ふなのり》せむと月待てば潮《しほ》もかなひぬ今はこぎ出でな」のように船で海に乗り出すことを詠う歌も多い。和歌の歌枕に関しても「塩釜」「松島」「象潟《きさがた》」「有磯海《ありそうみ》」「奈呉の浦」「田子の浦」「阿漕《あこぎ》ヶ浦」「須磨」「明石」「天橋立」「由良《ゆら》の門《と》」「和歌浦」「松帆の浦」「熟田津」「松浦潟《まつらがた》」など海と結び付いた歌枕が数多く挙げられる。昔から多くの日本人にとって海が身近な存在であったことを示す例と言えよう。

一方、中国の文明は内陸で起こり、内陸を中心に発展してきた性格が強く、多くの中国人にとって海は身近な存在ではなかった。中国の名勝のうち海に関わるものは少ない。また近代に到るまでは、実際に海を見た経験を持つ詩人も少なかったと思われる。清の康熙帝勅撰『佩文斎詠物詩選』を見ても、「海類」詩は二十三首を収めるに過ぎず、「水」関連の中でも「江類」詩七十四首、「湖類」詩九十首、「池類」詩八十九首にはるかに及ばない。

「海」との距離感の違いは、当然「海」に対するイメージの形成に大きく影響を及ぼすことになるであろう。中国および日本で作られた漢詩文を素材として、両国の「海」に関するイメージの違いを考察することが本稿の目的である。

一　中国古典に見える海のイメージ

中国の古典に登場する「海」について、その代表的なものを幾つか拾ってみよう。

まず、『論語』公冶長《こうやちょう》篇の孔子の言葉が挙げられる。

　子曰《い》はく、道行はれず、桴《いかだ》に乗りて海に浮かばん。我に従ふ者は其れ由《ゆう》なるか。子路《しろ》これを聞きて喜ぶ。子曰はく、由や勇を好むこと我に過ぎたり。材を取る所無からん。

自分の理想とする政治が行なわれない状況のもとで思わず発した孔子の言葉。この箇所の「海」について、吉川幸次郎は「内陸をのみ往来した古代の中国人にとって、海は晦《くら》い世界の果てであったとともに、やはり自由解放を意味する空間でもあったであろう」と解説する。[*1] この「海は晦《くら》い世界の果て」という捉え方は中国の古書に見える説に基づく。例えば、「海」という漢字について、後漢の劉熙《りゅうき》の撰になる辞書『釈名《しゃくみょう》』に「海は晦《かい》なり。穢濁《わいだく》を承《う》くるを主《つかさど》る。其の色黒くして晦《くら》きなり」とあるのがその一例である。ちなみに藤堂明保『漢字語源辞典』は「海」の項目に『釈名』のこの箇所を引き、「今日の玄海や渤海の水の色は暗い。北方の漢人の知っていたのは、この『暗いうみの色』であった」と解説を加えている。

『荘子』逍遥遊篇の冒頭にも「北冥」「南冥」として海が登場する。

　北冥に魚有り。其の名を鯤《こん》と為《な》す。鯤の大いさ、其の幾千里なるやを知らざるなり。化して鳥と為る。其の名を鵬《ほう》と為す。鵬の背は、其の幾千里なるやを知らざるなり。怒《ど》して飛べば、其の翼は垂天の雲の若《ごと》し。是《こ》の鳥や、海運《めぐ》れば、則ち将に南冥に徙《うつ》らんとす。南冥とは、天池なり。

「北冥」は、北のはての暗い海。赤塚忠は「北冥」について、「『冥』（暗い）は、溟の仮字。海の意。溟も海も、暗黒色の大水の意でできた字。古代には、中国の外辺は蛮族の住む荒れた土地、さらにその外辺の果ては、日光も薄くて、荒波立つ海が囲んでいると考えた」と説明する。*2

この「晦《くら》い海」というイメージで「海」が詠まれた漢詩としては、『唐詩選』に採られている、王維（七〇一〜七六二）の阿部仲麻呂（七〇〇頃〜七七〇）を送る詩が有名である。

送秘書晁監還日本国（秘書晁監《ひしょてうかん》の日本国に還るを送る）　王維

積水不可極　安知滄海東　積水　極むべからず　安《いづく》んぞ知らん　滄海の東
九州何処遠　万里若乗空　九州　何《いづ》れの処か遠からん　万里　空《くう》に乗ずるが若《ごと》し
向国惟看日　帰帆但信風　国に向つて　惟《た》だ日を看　帰帆　但だ風に信《まか》すのみ
鰲身映天黒　魚眼射波紅　鰲身《がうしん》　天に映じて黒く　魚眼《ぎよがん》　波を射て紅《くれなゐ》なり
郷樹扶桑外　主人弧島中　郷樹　扶桑《ふさう》の外　主人　弧島の中
別離方異域　音信若為通　別離　方《まさ》に異域　音信　若為《いかん》してか通ぜん

「秘書晁監」は阿倍仲麻呂のこと。「秘書監」は官名。仲麻呂の中国名は「晁衡《ちょうこう》」。「積水」は海。「鰲」は巨大な亀。「扶桑」は日本を指す。日本への海路で遭遇するかもしれないものとして、黒々と天に映ずる「鰲身」、赤く波を照らす「魚眼」といった恐ろしげな生物の姿が描かれている。「海」に関するこのようなイメージの背景には地理書『山海経《せんがいきょう》』の影響が指摘される。

『山海経図』夔

大蟹《たいかい》は海中に在り。陵魚《りようぎよ》は人面手足魚身、海中に在り。大鯾《たいべん》は海中に居《を》る。明組《めいそ》は海中に邑居《いふきよ》す。蓬莱山《ほうらいさん》は海中に在り。大人《たいじん》の市《し》は海中に在り。（『山海経』海内北経）

東海の渚中《しよちゆう》に神有り。人面鳥身、両黄蛇《りやうくわうだ》を珥《じ》し、両黄蛇を践《ふ》む。名づけて禺虢《ぐうがう》と曰ふ。黄帝禺虢を生み、禺虢禺京《ぐうけい》を生む。禺京は北海に処《を》り、禺虢は東海に処る。是《こ》れ惟《こ》れ海神《かいしん》なり。（『山海経』大荒東経）

東海の中《うち》に流波山《りうはざん》有り。海に入ること七千里。其の上に獣《けだもの》有り。状は牛の如く、蒼身にして角《つの》無く、一足なり。水に出入すれば必ず風雨あり。其の光は日月の如く、其の声は雷《らい》の如し。其の名を夔《き》と曰ふ。（『山海経』大荒東経）

海の中には大きな蟹、顔は人で体が魚それに手足が付いたもの、顔は人で体は鳥であるもの、蒼い色をした牛のような一本足の怪獣などがいるというのである。なお、陶淵明（三六五〜四二七）は「山海経を読む」と題した詩を連作のかたちで十三首詠んでいる。其一には「周王の伝を汎覧し、山海の図を流観す」という句が見える。絵入りの『山海経』が陶淵明の時代にすでに存在し、その絵を見ながら詩に詠んでいることが分かる。ちなみに魯迅も子どものころ挿絵入りの『山海経』を宝物にしていた事を「阿長と『山海経』」という随筆に記している。

晋の木華《ぼくか》の「海の賦」（『文選』巻十二）にも「海童《かいどう》路を邀《さへぎ》り、馬銜《ばかん》蹊《みち》に当たる有り。天呉《てんご》乍《たちま》ち見《あらは》れて髣髴《はうふつ》たり、蝄《まう》像《ざう》暫《たちま》ち曉《あらは》れて閃屍《せんし》たり。群妖遘迕《こうご》し、眇䁥冶夷《べうえうやい》たり」といった記述があり、「海童」「馬銜」「天呉」「蝄像」といった海の怪物や海神が船の行く手をさえぎるものとして登場する。「閃屍」はしばらく見える。「遘迕」は遭遇して犯す。「眇䁥」は凝視するさま。「冶夷」は妖しいさま。同様の記述は魏の王粲《おうさん》「海に遊ぶ賦」、文帝「滄海の賦」、晋の潘岳《はんがく》「滄海の賦」、庾闡《ゆせん》「海の賦」、孫綽《そんしゃく》「海を望む賦」等にも見られる。

なお、清の万斯同《ばんしどう》（一六三八～一七〇二）に大艦隊を率いて東南アジアからインド・アフリカ東岸まで遠征した明の鄭和《ていわ》（一三七一？～一四三四？）の大航海を詠じた「西洋に下る」詩がある。その冒頭は「西洋万里 人蹤《じんしょう》絶《た》ち、洪波《こうは》淼淼《べうべう》 誰か能く越えん、舲《れい》を揚げて憚《はばか》らず 黿鼉《げんだ》の居、濤《なみ》を凌《しの》ぎて直《ただ》ちに簸《は》す 蛟龍《かうりゅう》の窟《くつ》」と始まる。鄭和がそれらを乗り越えてゆくという内容であるが、海には怪しい生物が生息するという考えは受け継がれている。「洪波」は大波。「淼淼」は水の果てしなく広がるさま。「舲」は屋形船。「黿鼉」は大すっぽんとわに。「簸」は取り除く。「蛟龍」はみずち。

『山海経図』天呉

一方、主に海の広大さを述べる文献もある。『荘子』秋水篇には黄河の神である「河伯」が秋の大水の時節に北海（「渤海」と推定される）に到ってその大きさに驚く話がある。「井のなかの蛙《かはず》、大海を知らず」ということわざの出典である。「天下の水、海より大なるは莫《な》し」という文が示すように、海の広大さがそこでは述べられている。

また、皇帝やそれに準ずる者が巡幸や遠征の過程で海を観る例がある。場所は渤海のほとりの碣石山《けっせきざん》。秦の始皇帝は始皇三十二年（紀元前二一五）、漢の武帝は元封元年（紀元前一一〇）の東巡時に碣石山に来ている。魏の曹操は後漢の建安十二年（二〇七）から翌年正月にかけて遼東・遼西・右北平三郡に蟠居していた異民族の烏桓《うかん》を征伐した。時候はちょうど冬に向かい、兵糧は乏しく、軍馬数千匹を殺して食糧に当て、凍土三十余丈を鑿《うが》ってやっと水を得るという状況であったという。その東征の帰りに碣石山に登り、次のような詩を詠んでいる。『古詩源』では詩題を「観滄海（滄海を観る）」とする。

東臨碣石　以観滄海　　東のかた碣石に臨み　以て滄海を観る
水何澹澹　山島竦峙　　水　何ぞ澹々《たんたん》たる　山島　竦峙《しょうじ》せり
樹木叢生　百草豊茂　　樹木　叢生し　百草　豊茂す
秋風蕭瑟　洪波湧起　　秋風　蕭瑟《せうしつ》として　洪波《こうは》　湧起《ようき》す
日月之行　若出其中　　日月の行　其の中より出づるが若《ごと》く
星漢燦爛　若出其裏　　星漢　燦爛として　其の裏《うち》より出づるが若し
幸甚至哉　歌以詠志　　幸《かう》甚だ至れる哉　歌ひて以て志を詠ず

雄大な海の光景を描き、為政者の志を示した作。「澹澹」は水のゆったりと揺れ動くさま。「竦峙」は高くそびえるさま。「蕭瑟」は秋風のもの寂しく吹くさま。

なお、秦の始皇帝に関する海の話としては、「徐福伝説」がある。徐福は始皇帝の時代の方士。『史記』始皇本紀および淮南衡山列伝に記述が見える。始皇帝の命を受けて童男童女数千人を連れて仙人を探しに海に出たが、結局帰らなかったという伝説である。

二　中国における航海の体験の記述

船に乗り、実際に航海を体験した中国人の話を拾ってみよう。

建康（今の南京）に都を置いた六朝時代は比較的海が身近にあった時代と言えようか。東晋の謝安（三二〇〜三八五）らが海で遊んだ話が『世説新語』雅量篇に見える。

> 謝太傅《しゃたいふ》、東山に盤桓《ばんくわん》す。時に孫興公《そんこうこう》諸人と海に汎《うか》びて戯る。風起り浪涌き、孫・王の諸人、色並びに遽《あは》て、便ち還らしめんことを唱ふ。太傅は神情方《まさ》に王《さかん》にして、吟嘯して言はず。舟人、公の貌閑《ばうのど》かにして意説《よろこ》べるを以て、猶ほ去《ゆ》きて止まず。既に風転《うた》た急に、浪猛《たけ》し。諸人皆諠動《けんどう》して坐せず。公徐《おもむ》ろに云ふ、此《かく》の如くんば、将《は》た帰ること無からんや、と。衆人即ち響《ひび》きを承けて回《かへ》る。是に於いて其の量の以て朝野を鎮安するに足るを審《つまび》らかにす。

「謝太傅」は謝安。「盤桓」は遊び楽しむさま。「孫興公」は孫綽。「諠動」はやかましく騒ぐさま。謝安が会稽（今の浙江省紹興市）の東山で悠々自適の生活を送っていた頃の話。海で舟遊びをした際、風が起こって波が湧き立つと同乗の孫綽や王羲之は慌てふためいたが、謝安は全く動じなかった。謝安の胆の太さを示す逸話。東晋の時代に海で舟遊びをしていたことが分かる。

南朝宋の謝霊運（三八五〜四三三）には「赤石に遊び進みて海に汎《うか》ぶ」詩がある（『文選』巻二十二）。「帆を揚げて石華《せきくわ》を采《と》り、席《むしろ》を挂《かか》げて海月《かいげつ》を拾ふ、溟漲《めいちやう》は端倪《たんげい》無きも、虚舟は超越する有り」というあたり、舟を巧みに操って海上を走らせるさまが描かれていて興味深い。「石華」はところてん草。「海月」はたいらぎ貝。「溟漲」は大海原。「端倪」は始めと終わり。「虚舟」は物を載せない軽い舟。

北宋の蘇軾（一〇三六～一一〇一）は晩年海南島に流罪となり、三年当地で過ごした。「澄邁駅《ちょうまいえき》の通潮閣二首」は元符三年（一一〇〇）海南島から本土に戻る時の作。其二を引く。

余生欲老海南村　　余生　老いんと欲す　海南の村
帝遣巫陽招我魂　　帝　巫陽《ふやう》をして　我が魂《こん》を招かしむ
杳杳天低鶻没処　　杳々《えうえう》として　天低《た》れ　鶻《こつ》没する処
青山一髪是中原　　青山一髪　是れ中原

「巫陽」はみこの名。『楚辞』招魂に見える言葉。「杳杳」は遥かなさま。「鶻」はハヤブサ。海南島から海越しに中国本土を望んだ作。転結句は広大な光景と中国本土に対する作者の思いが二つながら盛られ、力強い表現になっている。蘇軾はこれに続き「六月二十日夜海を渡る」詩を詠んでおり、夜の航海を体験していることが分かる。その頷聯《がんれん》では「雲散じ月明らかにして　誰か点綴《てんてい》せん、天容　海色　本《もと》　澄清」と月の照る夜空と清らかな海のさまを描いている。「点綴」は飾りをちょっとつける。ここでは、誰も空に雲を点じ得ない、の意。

過零丁洋（零丁洋《れいていやう》を過ぐ）　　南宋・文天祥（一二三六～一二八二）

辛苦遭逢起一経　　辛苦　遭逢《さうほう》　一経より起こる
干戈落落四周星　　干戈《かんか》　落々たり　四周星
山河破砕風漂絮　　山河　破砕して　風　絮《じょ》を漂はし
身世飄揺雨打萍　　身世　飄揺　雨　萍《ひよう》を打つ

皇恐灘辺説皇恐　皇恐灘辺《こうきょうだんぺん》に皇恐を説き
零丁洋裏嘆零丁　零丁洋裏に零丁を嘆ず
人生自古誰無死　人生　古《いにしへ》より　誰か死無からん
留取丹心照汗青　丹心を留取して　汗青を照らさん

「零丁洋」は広州の珠江の河口の海の名。南宋末期の宰相である文天祥はモンゴル軍に対する最後の抵抗を続けていたが、祥興元年（一二七八）に俘虜となる。掲詩は北京へ送られる船中で作った詩。首聯は、経書を修めて進士に及第した後、国事に奔走して苦難に遭ったことをいう。「干戈」は戦争の喩。「落落」は物事の思い通りにならないさま。「四周星」は四年。徳祐元年（一二七五）の起兵からの歳月をいう。「皇恐灘」は江西省の贛水《かんすい》にある十八灘（難所）の一。頸聯《けいれん》は固有名詞のなかの言葉「皇恐（恐れること。ここでは国家存亡の危難）」「零丁（落ちぶれるさま）」を重ねて使っているところに修辞的な工夫がある。

游普陀（普陀《ふだ》に游ぶ）　元・趙孟頫《ちょうもうふ》（一二五四～一三二二）

縹緲雲飛海上山　縹緲《へうべう》　雲は飛ぶ　海上の山
掛帆三日見潺湲　帆を掛くること　三日　潺湲《せんくわん》を見る
両宮福徳斉千仏　両宮の福徳　千仏斉《ととの》ひ
一道恩光照百蛮　一道の恩光　百蛮を照らす
潤草岩花多瑞気　潤草　岩花　瑞気多く
石林水府隔塵寰　石林　水府　塵寰《ぢんくわん》を隔《へだ》つ
鯫生小技真栄遇　鯫生《そうせい》　小技なるに　真に栄遇され

何幸凡身到此間　何の幸ひか　凡身　此の間に到る

普陀山は寧波《ニンポー》の東約百五十キロメートルの海上に浮かぶ舟山群島のなかの小さな島。五台山、峨眉山、九華山とともに中国の仏教四大聖地の一つに数えられる。島内には普済、法雨、慧済の三大禅寺や多くの禅庵がある。寧波から三日の船旅を経て到着したのであろう。「縹緲」は遠くはるかに見えるさま。「潺湲」は水のさらさらと流れるさま。島の中の小川をいう。「百蛮」は南方の蛮族の総称。海上に浮かぶ普陀山一帯の島々にもともと住む人々を指すのであろう。「水府」は水神や龍王の住まい。また、水の深いところ。「塵寰」は俗世間。「鯫生」は取るに足りない者。自身の謙称。「小技」は小さな技芸。趙孟頫は詩文のほか、書画にも巧みであった。それを言うか。

泛海（海に泛かぶ）　　明・王陽明（一四七二～一五二八）

険夷原不滞胸中　険夷《けんい》　原《もと》　胸中に滞《とどこほ》らず
何異浮雲過太空　何ぞ異ならん　浮雲の太空を過ぐるに
夜静海濤三万里　夜は静かなり　海濤　三万里
月明飛錫下天風　月明　錫《しやく》を飛ばして　天風に下る

王陽明は文臣であるが、兵を率いて武功も立てた。掲詩は戦いに利あらず、船で海上に逃れた時の作と言う。「険夷」は逆境と順境。「錫」は僧や道士が持つ錫杖。孫綽の「天台山に遊ぶの賦」（『文選』巻十一）に「王喬は鶴を控《ひ》いて以て天に沖し、応真は錫を飛ばして以て虚を躡《ふ》む」とある。転結句には天風を受けた船の月夜の大海原を飛ぶように走る爽快感が詠まれている。

以上、謝安・謝霊運の例からは海で舟遊びする姿が認められる。趙孟頫の詩も遊山の雰囲気が強いが、詩中に用いられた「百蛮」「水府」という措辞には古くからの伝承である異界としての海のイメージが揺曳する。蘇軾・文天祥・

王陽明の例は左遷あるいは戦争などの外的な圧力によって船上の人となった背景をもつ詩である。

三　日本漢詩に詠まれた海

和歌の世界では『万葉集』の時代から広大な海を詠み込んだ作品が作られている。「おほ海の磯もとどろによする波われてくだけてさけて散るかも」といった源実朝（一一九二～一二一九）の作品も印象深い。では、日本の漢詩の世界で海は如何に詠まれてきただろうか。

別諸友入唐（諸友の唐に入るに別る）　賀陽豊年《かやのとよとし》（七五一～八一五）

数君為国器　万里渉長流　　数君は　国器為《た》り　万里　長流を渉《わた》る
奮翼鵬天渺　軒鰭鯤海悠　　翼を奮つて鵬天渺《ほうてんとほ》く　鰭《ひれ》を軒《あ》げて鯤海悠《こんかいはる》かなり
登山眉自結　臨水涙何収　　山に登りて眉自《おのづか》ら結び　水に臨みて涙何ぞ収まらん
但此遷天処　空見白雲浮　　但《ただ》此れ　天に遷《うつ》る処　空しく白雲の浮べるを見ん

賀陽豊年は平安初期の学者・文人。延暦二十三年（八〇四）の遣唐使として渡海する友人らに贈った送別の詩という。この時の遣唐大使は藤原葛野麻呂《かどのまろ》、副使は石川道益《みちます》。一行には菅原清公《きよとも》、上毛野頴人《かみつけのえひと》、朝野鹿取がおり、学問僧として空海、最澄の名も見える。「長流」は唐への長い海路。三、四句目の「鵬天（鵬の飛ぶ空）」「鯤海（鯤の泳ぐ海）」は先に引いた『荘子』逍遥遊篇の冒頭の一節を踏まえる。旅立つ友人らが出会うであろう海上の景を想像した。「遷天処」は天と海の接するあたり。

応制賦三山（制に応じて三山を賦す）　絶海中津（一三三六～一四〇五）

熊野峰前徐福祠　　熊野峰前　徐福《じよふく》の祠《し》
満山薬草雨余肥　　満山の薬草　雨余に肥《こ》ゆ
只今海上波濤穏　　只今　海上　波濤穏かなり
万里好風須早帰　　万里の好風　須《すべから》く早く帰るべし

絶海中津は南北朝・室町期の臨済宗の僧。応安元年（一三六八）に明に渡り、永和二年（一三七六）に帰国した。掲詩はその帰国の年に明の洪武帝に謁見し、日本の風土について問われた際に奉呈した帰国請願の詩。この詩に対し、洪武帝は和詩を詠じて与えている。詩題の「応制」は、天子の命で詩文を作ること。「三山」は中国の東方海上にあり、神仙の住むという蓬莱・瀛洲・方丈の三山。ここでは、熊野三山（本宮・新宮・那智）の意を重ね合わせている。先に言及した「徐福伝説」に関連して徐福が紀州の熊野に到達したという説があり、それを踏まえている。転結句は、秦の始皇帝の暴政を嫌って逃げ出した徐福らも明の穏やかな世となった以上帰国するのがよろしい、と洪武帝の治世を讃えている。絶海中津には「赤間関（赤間《あかま》が関《せき》）」を詠んだ詩もある。「赤間が関」は下関の古称。

風物眼前朝暮愁　　風物　眼前　朝暮に愁へ
寒潮頻拍赤城頭　　寒潮　頻《しき》りに拍《う》つ　赤城の頭《ほとり》
怪巌奇石雲中寺　　怪巌奇石　雲中の寺
新月斜陽海上舟　　新月斜陽　海上の舟
十万義軍空寂寂　　十万の義軍　空しく寂々《せきせき》
三千剣客去悠悠　　三千の剣客　去つて悠々
英雄骨朽干戈地　　英雄の骨は朽《く》つ　干戈《かんくわ》の地

相憶倚欄看白鷗　　相憶《あひおも》ひて欄《おばしま》に倚《よ》り　白鷗を観る

明からの帰国の途次の作とされる。「赤城」は赤間が関。「十万義軍」は源氏の軍勢。「三千剣客」は源氏に討たれた平家の武士。壇ノ浦の合戦に思いを寄せた作。

以上の詩に見える「海」はそれ以前の漢詩文に詠まれた「海」のイメージを援用したり、一般的な意味での「海」の概念を示したものであって、実体験を踏まえた広大な海のイメージは伴なっていない。日本漢詩の世界で広大な海を詠む詩が出来たのは江戸時代に入ってからだと石川忠久氏は述べる。その理由として、中国に倣うべき海の詩がなかったことが原因だと指摘する。江戸時代中期、十八世紀あたりから日本の漢詩人たちの力量が格段に高まり、日本人の感性を自在に詠めるようになった。その結果として広大な海のイメージを捉えた詩が出来るようになったという。[*3]

該当する作品を挙げてみよう。

過赤馬関（赤馬が関を過ぐ）　伊形霊雨（一七四五～一七八七）

長風破浪一帆還　　長風《ちやうふう》　浪を破つて　一帆還る
碧海遥環赤馬関　　碧海　遥かに環《めぐ》る　赤馬が関
三十六灘行欲尽　　三十六灘《さんじふろくたん》　行《ゆ》くゆく尽きんと欲す
天辺始見鎮西山　　天辺　始めて見る　鎮西《ちんぜい》の山

「赤馬関」は「赤間関」に同じ。伊形霊雨は肥後の人。藩命によって京都に遊学。帰郷後は藩校時習館助教に任ぜられた。掲詩は安永五年（一七七六）京より肥後へ帰国するに際し、下関海峡を通過した時の作。「長風」は遠くから吹いてくる風。「破浪」は船が白波を立てて突き進むさま。起句は李白「行路難三首」其一の「長風　浪を破る　会《かなら》ず時有り、直《ただ》ちに雲帆《うんぱん》を挂《か》けて滄海《そうかい》を済《わた》らん」を踏まえる。「三十六灘」は数多くの難所。結句の「鎮西」は九州の別称。冒頭に置かれた「長風」という措辞が転結句の展開に働きかけ、航行してきた瀬戸内海の行程を読み手に想起させる効果をあげている。

舟発壹岐（舟にて壱岐《いき》を発す）　松崎慊堂《まつざきこうどう》（一七七一～一八四四）

霧雨雪濤嗥白鼉　霧雨雪濤　白鼉《はくだ》嗥《ほ》ゆ
便風始快解牂牁　便風《べんぷう》始めて快く　牂牁《さうか》を解く
舵師胆大応如斗　舵師《だし》胆大《たんだい》　応《まさ》に斗の如くなるべし
千里崩山抵掌過　千里の崩山　抵掌《ししやう》に過ぐ

松崎慊堂は肥後の人。昌平黌に学び、遠江国掛川藩の藩学教授に迎えられる。掲詩は文化八年（一八一一）朝鮮通信使応接のために対馬に向かう折の作。朝鮮通信使は江戸時代を通じて十二回派遣されているが、その最後に当たる文化八年の場合は江戸までは来ず、対馬で応接した。双方の費用削減のためとされる。朝鮮側一行は金履喬を正使とした三百六十六名。日本側は小倉侯小笠原忠固《ただかた》を正使とし、大学頭林述斎、昌平黌教官古賀精里が同行した。述斎の随員として慊堂も選ばれたのである。述斎らは二月二十九日に江戸を出発。掛川にいた慊堂は三月四日に大井川で合流。佐賀の呼子浦から壱岐を経由して対馬に渡るのだが、良い風が吹かず、対馬到着は五月一日になった。「白鼉」は白い鰐。「便風」は順風。「牂牁」は船を繋ぐ杭。「舵師」は舵取《かじとり》。転句の「如斗」は『三国志』蜀書の姜維《きょうい》伝の注に見える故事。蜀の大将軍姜維が死んだ時、腹を剖くと胆が一斗枡ほどもあったという。「崩山」は崩れる浪の形容。「抵掌」は掌を打ち、奮い立つさま。

泊天草洋（天草洋《あまくさなだ》に泊《はく》す）　頼山陽（一七八〇～一八三二）

雲耶山耶呉耶越　雲か山か呉か越か

水天髣髴青一髪　　水天髣髴《はうふつ》　青一髪
万里泊舟天草洋　　万里　舟を泊す　天草の洋《なだ》
烟横篷窓日漸没　　烟《けむり》は篷窓《ほうさう》に横たはりて　日漸《やうや》く没す
瞥見大魚波間跳　　瞥見《べつけん》す　大魚の波間《はかん》に跳《をど》るを
太白当船明似月　　太白船に当たりて　明　月に似たり

文政元年（一八一八）八月の作。この年の三月から翌年八月にかけて山陽は九州を旅行し、数多くの名作をものにしている。詩題の「天草洋」は熊本県天草諸島および長崎県島原半島の西方の海域。雄大な海の光景を描く冒頭の二句は長崎の詩人吉村迂斎「葭原雑詠」詩の「青天万里国無きに非ず、一髪晴れて分つ呉越の山」に暗示を得たとされる。「青一髪」は、迂斎の詩とともに先に引いた蘇軾「澄邁駅通潮閣二首」其二の結句「青山一髪是れ中原」を踏まえる。「篷窓」はとまを掛けた舟の窓。「瞥見」はちらりと見ること。「太白」は金星。

以上の三者の詩には船旅の実体験を踏まえた海の広大さが存分に描かれている。

四　海を詠む日本漢詩の多様さ

江戸時代の漢詩を読むと様々な角度から海が詠まれてことにも気付かされる。行徳玉江（一八二八～一九〇一）編『日本名勝詩選』には江戸時代の名勝詩が数多く集められている。その詩題から海に関する名勝を挙げると「須磨」「舞子」「二見浦」「阿漕浦《あこぎがうら》」「志摩」「田子浦」「画島」「房州」「浪太《なぶと》」「九十九里」「天橋」「隠岐」「明石」「鞆浦」「厳島」「御《お》塔《んど》門」「上関」「赤間関」「和歌浦」「淡路島」「鳴門」「小豆島」「燧洋《ひうちなだ》」「箱崎」「長崎」「壱岐」「対馬」といった地名を拾うことが出来る。そこから二例を引く。

御塔門　梁川星巌（一七八九〜一八五八）

連山中断一江通　連山中断して　一江通ず
禹鑿隋開豈譲功　禹鑿《うさく》隋開《ずゐかい》　豈《あ》に功を譲らんや
薄夜潮声駆万馬　薄夜　潮声　万馬《ばんば》を駆《か》る
平公塔畔月如弓　平公塔畔《へいこうたふはん》　月は弓の如し

詩題の「御塔門」は音戸《おんど》の瀬戸《せと》。広島県安芸郡倉橋島北端の音戸町とその対岸の呉市警固屋《けごや》との間の狭い水道をいう。平清盛が開鑿したという伝説がある。承句はそれを踏まえ、禹が洪水を治めるために水路を鑿《うが》ち、隋の煬帝が大運河を開いたことにも劣らぬと清盛の功績を讃えた。転句は流れの速い瀬戸の潮声を万馬が走る音に喩える。結句の「平公塔」は倉橋島寄りの岩礁に立つ清盛の供養塔。比喩として用いられている「馬」「弓」という二語が、言葉として暗に響き合っている点に修辞的な効果が認められる。

鳴門　仁科《にしな》白谷《はつこく》（一七九一〜一八四五）

帝使龍人穿混沌　帝《てい》　龍人《りようじん》をして混沌を穿たしむ
鳴門気勢亦雄哉　鳴門の気勢　亦た雄なるかな
海唇欲噏乾坤去　海唇《かいしん》　乾坤を噏《す》ひ去らんと欲し
鯨目時双日月来　鯨目《げいもく》　時に日月《じつげつ》を双《なら》べて来《きた》る
不尽盤渦渾是谷　不尽の盤渦《ばんくわ》　渾《す》べて是《こ》れ谷
無辺激浪豈唯雷　無辺の激浪　豈《あ》に唯雷《ただいかづち》のみならん

眼中自有生寒処　　眼中　自《おのづか》ら寒を生ずる処有り
狂雪倒驕万丈隈　　狂雪　倒《さか》しまに驕《おご》る　万丈の隈

鳴門海峡の渦潮を詠んだ豪快な詩である。「龍人」は龍神を言うか。「穿混沌」は『荘子』応天王篇に見える渾沌寓話を踏まえる。「海脣」は海のくちびる。「盤渦」は渦潮をいう。晋の郭璞「江賦」（『文選』巻十二）に「盤渦谷のごとく転じ」とある。なお、白谷が編んだ『十九友詩』には亀田鵬斎（一七五二～一八二六）の「鳴門」詩を収める。同じく鳴門の渦潮を詠んだ十八句からなる作。

海での漁をテーマとした作品も日本漢詩の特色のよく現われた分野と言えよう。

北條霞亭（一七八〇～一八二三）の『微山三観』には、文化十三年（一八一六）の初夏に備後の山南《さんな》に鯛網を見に行って詠んだ「山南観漁」という連作を収めている。その中心をなす「鯛網行」は三十八句からなる大作である。その一部を引く。

風収波恬平於席　　風収まり波恬《しづ》かにして　席よりも平らかなり
忽見小舟鳴榔走　　忽ち見る　小舟の榔《らう》を鳴らして走るを
髯叟立舷時一麾　　髯叟《ぜんそう》　舷《ふなばた》に立ちて　時に一麾《いつき》すれば
木板鉄椎争乱扣　　木板　鉄椎《てつつい》　争つて乱扣《らんこう》す
大舟撒網截海面　　大舟　網を撒じて　海面を截《き》り
須臾四舟合左右　　須臾にして　四舟　左右より合す
三四十人皆赤裸　　三四十人　皆赤裸
斉挽長紐横臂肘　　斉しく長紐《ちやうちう》を挽《ひ》きて　臂肘《ひちう》横《よこた》はる

一人の統領のもとで組織だって進められる鯛網漁のさまを活写する。「榔」は追い込み漁で用いる船端を叩く棒。「一麾」は指図するさま。「乱扣」は乱れ打つさま。

第九代大学頭である林檉宇（一七九三〜一八四六）に『澡泉録』という紀行文がある。天保五年（一八三四）に熱海に湯治に出かけた時の記録である。その乙丑（九月三日）の記事に漁民を雇って地引網を引かせ、採れた魚を賞味したことが見える。海面の波光によって数里も離れた所から集まる魚の種類が見分けられるという老漁夫の話を載せる。

江戸時代に盛んになった鯨漁を詠んだ詩もある。まず、鯨漁の概要を知るために嘉永六年（一八五三）刊の暁鐘《あかつきのかね》成《なり》『西国三十三所名所図会』の「熊野浦鯨取《くまのうらくぢらとり》」の記事を引こう。

太地《たいぢ》が崎にて漁す。此浦里は一村ともに漁師にして鯨を捕《とる》を産業《さんげふ》とす。其豪家《そのがうか》を和田何某と云。漁師千人を属《したが》へ鵃舠《くぢらぶね》数百艘を持てり。岬《みさき》の端《はし》には遠望《とほみ》の小屋ありて平生《つね》々遠目鏡《とほめがね》をもつて海上をうかがふ。土人の云、鯨海中を游《およ》ぐときは必らず潮《うしほ》を噴き海を転倒す。大《おほき》さ丘山《をかやま》のごとし。其長《そのをさ》相［合］図をなすときは舟攅《あつま》ること箭《や》のごとくに集《つど》ひ、槍《ほこ》を空中に抛《なげ》うてば翻《ひるがへ》つて下つて鯨を刺す。須臾《しばらく》の間《あひだ》に其背《そのせ》に槍《ほこ》の立こと篁《たかむら》を植《うゆ》るがごとし。終《つひ》に浜辺に引上《ひきあげ》て是を屠《ほふ》るとなり。鯨を刺す小《ちひさ》き矛《ほこ》のごときものを猎《もり》といふ。此矛《このほこ》みな生鉄《なまがね》を用ひて製す。鯨の皮肉《かはにく》は厚くして鋼《はがね》は却《かへつ》て佳《よろ》しからずと。故に此肉を屠《ほふ》る刀いづれも生鉄《なまがね》を用ゆといふ。

『珮川詩鈔』巻二に収める草場佩川（一七八七〜一八六七）の「観捕鯨行」は文政三年（一八二〇）の作。*4 五十句からなる大作の一部を引く。

摠海網罟天来大　摠海《そうかい》の網罟《まうこ》　天来大《てんらいだい》に
設施幾重左右会　設施《せつし》　幾重《いくちよう》　左右に会す
擲空鏢矛如雨氷　空に擲《なげう》つ鏢矛《へうぼう》　氷の雨《ふ》るが如く

『西国三十三所名所図会』熊野浦鯨取

艇子葉乱駕澎湃
就中一箇手剣索
突入不測穿頷齶
探驪搏蛟只尋常
輪箇勇功実卓落

艇子《ていし》　葉のごとく乱れ　澎湃《ほうはい》に駕す
中に就いて　一箇　剣索を手にし
不測に突入して　頷齶《がんがく》を穿《うが》つ
驪《り》を探《さぐ》り蛟《かう》を搏《う》つは只だ尋常
輪《ゆ》箇《こ》の勇功　実《じつ》に卓落たり

鯨に対し大きな網を左右から幾重にも打ち、光って氷のように見える銛を投げ、最後は一人の漁師が剣と縄を手に鯨の巨体に挑み、あごのあたりを穿って縄を結び付けるまでを描写している。「摠海」に関しては「舟名」という注がある。「網罟」はあみ。「天来」は神妙で人間業でないさま。「設施」は計画し実行すること。ここでは網を打つ行為をいうのであろう。「鏢矛」は鯨を仕留めるための銛。「艇子」は小舟。「澎湃」は水勢の盛んなさま。「剣索」は剣と縄。「不測」は深さの知れぬ危険な海。「頷齶」はあご。「驪」は黒い龍。「蛟」はみずち。「輪」は運ぶ。「勇功」は鯨に縄を結び付けるべく海に身を投じた一漁師の武勇をいうのであろう。「卓落」は優れているさま。

清の兪樾《ゆえつ》の『東瀛詩選《とうえいしせん》』には菊池渓琴（一七九九〜一八八一）の「鯨魚来」詩を採る。渓琴は紀州有田郡栖原《すはら》村の人。十三歳で父に伴われて江戸に出て、大窪詩仏の門に入った。もともとの家業は農業と遠洋漁業だという。

鯨魚来栖原之海　　鯨魚《げいぎよ》は来たり　栖原の海
鯨大海浅鯨常餒　　鯨《くぢら》は大きく海は浅く　鯨常に餒《う》う
蹄涔轍鮒汝当悔　　蹄涔轍鮒《ていしんてつぷ》　汝当に悔ゆべし
横海之志何所施　　横海《わうかい》の志　何ぞ施す所あらん
撼山長鬣徒磊磈　　山を撼《ゆる》がす長鬣《ちやうれふ》　徒《いたづ》らに磊磈《らいくわい》
山人傷之為裁詩　　山人　之《これ》を傷み　為《ため》に詩を裁す
鯨兮鯨兮慎勿陥禍機　　鯨よ鯨よ　慎みて禍機《くわき》に陥ること勿《なか》れ
世路崎嶇不可近　　世路崎嶇《せいろきく》として　近づくべからず
淳朴古風今皆違　　淳朴なる古風　今皆違《たが》ふ
吁嗟鱗介之族何荼毒　　吁嗟《ああ》　鱗介《りんかい》の族　何ぞ荼毒《とどく》せらる
短鋋長鏑相追随　　短鋋長鏑《たんせんちやうてき》　相追随す
独有南溟堪窟宅　　独り南溟の窟宅《くつたく》に堪《た》ふる有り
一帯予山翠如囲　　一帯の予山《よざん》　翠　囲むが如く
好潜此間莫軽出　　此の間に好《よ》く潜《ひそ》み　軽出すること莫《なか》れ
待我騎汝朝紫微　　我の汝に騎して紫微《しび》に朝するを待て

栖原は湯浅湾にのぞむ地。自注によると、天保六年（一八三五）故郷の海に数十頭の鯨が入り込み捕獲されたことを詠んだようだ。「蹄涔」は牛馬の足跡にたまった水。「轍鮒」はわだちに溜まった水の中にいる鮒。「蹄涔轍鮒」で浅い海に入りこんだ鯨を意味するのであろう。「横海」は海を渡る。「山人」は渓琴の自称。「禍機」はわざわいの生ずるきざし。「世路崎嶇」は世渡りの困難なさま。「荼毒」は苦しめる。「短鋋長鏑」は鯨漁に使われる道具をいうのであろう。「鋋」は短いほこ。「鏑」はやじり。「南溟」は南の海。「窟宅」は棲む。「予山」は伊予の国の山。「紫微」は京師。

原采蘋（一七九八〜一八五九）の詩集『東遊漫草』にも「波太《なぶと》」という鯨漁を詠んだ詩がある。

空洋一碧渺茫中　　空洋《くうやう》　一碧《いっぺき》　渺茫《べうばう》の中《うち》
鵬際無辺何処通　　鵬際《ほうさい》　無辺　何《いづ》れの処にか通ずる
人道鰌魚駆鰯至　　人は道《い》ふ　鰌魚《しうぎょ》　鰯《いわし》を駆《か》りて至り
長呼狂走促漁翁　　長呼　狂走　漁翁を促すと

原采蘋は筑前秋月藩の藩儒原古処の娘。文政十年（一八二七）に没した父の遺命に従って江戸に赴き、二十年間滞在している。『東遊漫草』は江戸滞在中の弘化四年（一八四七）から翌年にかけて房総半島を旅した折の作品を纏めたもの。「波太」は現在の鴨川市太海《ふとみ》に当る。起承句は海と空の広大さを描き、転結句は近世より当地で盛んであった鯨漁を詠む。「鰌魚」は「海鰌魚（せみくじら）」をいう。「長呼（声を長く引いて叫ぶ）」「狂走」は漁師たちの所作。

漁の成果の海産物を詠んだ詩もある。柏木如亭（一七六三〜一八一九）の『詩本草』は日本の各地で口にした美味珍肴の思い出と漢詩とを記した随筆。(5) 海の幸としては「鯛」「海茸《うみたけ》」「蟹」「太刀魚《たちうお》」「鰹」「鮭」「松魚」「鯖」「黄顙魚《こうそうぎょ》」「鰒魚《あわび》」「比目魚《ひもくぎょ》」「魣魚《いな》」「鱸魚《すずき》」「河豚《ふぐ》」が見える。七言古詩の「鰹」詩を引く。

東海旧蕩風吹緑　　東海の旧蕩《きうたう》　風　緑を吹く

上店時新斫赤玉　店に上《のぼ》る時新《じしん》　赤玉《せきぎよく》を斫《き》る
正是江都清和天　正に是れ　江都　清和の天
此時口饞遂所欲　此の時　口饞《こうさん》　欲する所を遂《と》ぐ
去年四月在北方　去年の四月　北方に在り
越海到処不可嘗　越海《えつかい》　到る処　嘗《な》むべからず
今日関外一咀嚼　今日　関外　一たび咀嚼す
大勝夜夢向家郷　大いに勝《まさ》れり　夜夢《やむ》の家郷に向ふに

文化四年（一八〇七）の初夏、駿河で初鰹を口にした喜びを詠った詩。「時新」は初物。「赤玉」は鰹の赤い身を讃えて言う。「江都」は江戸。「清和」は陰暦四月の異称。「口饞」は食いしん坊。「越海」は越後の海辺。かつては江戸で初夏になると鰹を堪能していた如亭は江戸を捨て、越後方面に長く滞在する身となった。かの地では鰹を食べられなかったのであるが、たまたま到った駿河の地で食することが出来たというのである。そのような事情を細かに詠じている。「鰒魚」詩では、文化二年に越後の能生の海浜に遊んだ折、船を雇って沖の小島に酒と鰒魚を携えて渡って楽んだが、一月後に再訪した時には海が荒れていて舟遊びを断念したといった経緯を詩に詠みこんでいる。

寛政の三博士の一人に数えられる古賀精里（一七五〇～一八一七）には「浦島子《ほとうし》」と題する浦島太郎伝説を三十四句の古詩に仕立てた作品がある。これも海に関する日本漢詩の多彩さを示す一つの例と言えよう。

おわりに

中国の古典に登場する「海」は広大なもの、遥か彼方にある異界といった意味を基本にしながら「晦《くら》い」「魔物が棲む」といったイメージの加わることが多かった、時代が下ると実際に船に乗って海に浮かぶ体験を詠んだ詩も出現するが、自ら望んで遠く沖へと乗り出した例は少ない。

一方、日本では島国ゆえに移動の手段として海を船で渡る機会は多く、広大な海という素材が和歌の世界では古くから詠まれていた。漢詩の世界では広大な海を詠った作品の成立は和歌に較べて遅れたが、江戸時代中期以降になるとそれが可能になっている。また江戸時代の漢詩においては名勝詩や詠史詩の素材としても海がしばしば登場するようになり、航海の体験を自在に描写することが出来るようになった。海で行なわれる大掛りな漁や海産物を詠んだ作品は日本漢詩の特色の出た分野と言えるだろう。

注

（1）吉川幸次郎『新訂中国古典選2　論語（上）』（朝日新聞社、一九六五年）

（2）赤塚忠『全釈漢文大系17　荘子（上）』（集英社、一九七四年）

（3）石川忠久『日本人の漢詩―風雅の過去へ―』（大修館書店、二〇〇三年）

（4）池澤一郎『江戸時代　田園漢詩選』（農山漁村文化協会、二〇〇二年）参照。

（5）揖斐高校注『詩本草』（岩波文庫、二〇〇六年）参照。

参考文献

・茂木敏夫「中国の海認識」（濱下武志ほか編『海のアジア5　越境するネットワーク』岩波書店、二〇〇一年）

・高西成介「中国古伝承のなかの海」（静永健編、小島毅監修『東アジア海域に漕ぎだす6　海がはぐくむ日本文化』東京大学出版会、二〇一四年）

あとがき

小学生の時に、『日本海海戦』という映画を観るため、父に映画館へ連れて行ってもらった。広瀬中佐が戦死する場面は、とても怖かった。今でもふとした拍子にあの暗い海を思い出すことがある。

高校生の時に、辻邦生『北の岬』を読んだ。主人公は、紅海を航行する船中で魅力的な修道女に出会う。こんな恋をしてみたい！　当時男子校の生徒だった私はそう願った。

大学生の時に、シベリア横断鉄道に乗ろうと思い、横浜港からナホトカ行きの船に乗った。三陸沖で海が荒れて、精神的にも身体的にもかなり苦しかった。その一方、海の中に抱かれているという感覚も強く残った。

東日本大震災の津波の記憶は、まだ生々しい。

海は、わたしたちにどのようなものをもたらすのだろうか。

本書が、その豊かさと厳しさを感じ取る一助となれば幸いである。

二〇一六年六月

鈴木　健一

堀口育男

茨城大学人文学部教授。

「『村居三十律』訳註稿」（一）～（七）（茨城大学人文学部紀要『人文学科論集』第36号～第42号、2001年～2004年）。「齋藤竹堂撰『鍼肓録』訳註稿」（一）～（十八）（茨城大学人文学部紀要『人文コミュニケーション学科論集』第２号～第19号、2007年～2015年）。

兪　玉姫（ゆ　おくひ）

1959年生まれ。啓明大学教授。博士（文学）。

『芭蕉俳諧の季節観』（日本　信山社、2005年）、『俳句と日本的感性』（韓国　Ｊ＆Ｃ出版、2010年）、『蕪村俳句と生活の美学』（韓国　Ｊ＆Ｃ出版、2015年）、「韓国の時調に現れた季節の美と興」（『東アジア比較文化研究』７、2008年）。

日原　傳（ひはら　つたえ）

1959年生まれ。法政大学教授。

「小野湖山「養蚕雑詩」をめぐって―蚕種製造家田島弥平との交流」（『斯文』第120号、2011年３月）、『素十の一句』（ふらんす堂、2013年）。

芝﨑有里子（しばざき　ゆりこ）
1985年生まれ。明治大学大学院博士後期課程。
「「しれもの」面白の駒をめぐって―『落窪物語』における文人作者的な要素―」（『解釈』第60巻3・4月号、2014年4月）、「『光源氏物語抄』「俊国朝臣」について―鎌倉期における紀伝道出身者の源氏学をめぐって」（『中古文学』第95号、2015年6月）。

恋田知子（こいだ　ともこ）
1973年生まれ。国文学研究資料館助教。博士（文学）。
『仏と女の室町　物語草子論』（笠間書院、2008年）、『薄雲御所慈受院門跡所蔵大織冠絵巻』（勉誠出版、2010年）。

関原　彩（せきはら　あや）
1988年生まれ。学習院大学大学院博士後期課程在籍。
「草双紙における魂図像の変遷―『心学早染草』善玉悪玉の図像の成立まで―」（『日本文学』64巻9号、2015年9月）、「『心学早染草』善玉悪玉の影響―明治期―」（『学習院大学人文科学論集』24号、2015年10月）。

田中　仁（たなか　ひとし）
1980年生まれ。国立小山工業高等専門学校講師。博士（日本語日本文学）。
『江戸の長歌　『万葉集』の享受と創造』（森話社、2012年）、「渡忠秋の経歴と和歌―明治期の活動を中心に―」（「和歌文学研究」第108号、2014年6月）。

天野聡一（あまの　そういち）

1981年生まれ。九州産業大学准教授。博士（文学）
「俵藤太の百足退治」（『鳥獣虫魚の文学史3』、三弥井書店、2012年）、『三弥井古典文庫　雨月物語』（共著、三弥井書店、2009年）。

壬生里巳（みぶ　さとみ）
1977年生まれ。日本女子大学非常勤講師。博士（文学）。
「祇園南海「詠孔雀」」（『鳥獣虫魚の文学史―日本古典の自然観（2）鳥の巻』、三弥井書店、2011年8月）、「『江戸名所図会』にみる〈教養〉の伝達」（『浸透する教養―江戸の出版文化という回路』、勉誠出版、2013年11月）。

門脇　大（かどわき　だい）
1982年生まれ。滝川第二高等学校非常勤講師。博士（文学）。
「江戸の見立化物―『古今化物狐心学』、心学の化物」（『怪異・妖怪文化の伝統と創造―ウチとソトの視点から』、国際日本文化研究センター、2015年）、「天狗と風―怪異観をめぐる一考察―」（『天空の文学史』、三弥井書店、2015年）。

執筆者紹介

兼岡理恵（かねおか　りえ）
1975年生まれ。千葉大学准教授。博士（文学）。
『風土記受容史研究』（笠間書院、2008年）、「契沖と風土記」（『国語と国文学』93巻1号、2016年1月）。

月岡道晴（つきおか　みちはる）
1975年生まれ。國學院大学北海道短期大学部教授。
「近江荒都歌の構造と視点―「いかさまに思ほしめせか」と「諾しこそ」―（『美夫君志』第91号、2015年）、「夢に姿を見る―人麻呂歌集巻十・二二四一歌の訓みをめぐって―」（『國學院雑誌』第115巻10号、2014年）。

大井田晴彦（おおいだ　はるひこ）
1969年生まれ。名古屋大学准教授。博士（文学）。
『うつほ物語の世界』（風間書房、2002年）、『竹取物語　現代語訳対照・索引付』（笠間書院、2012年）。

鈴木宏子（すずき　ひろこ）
1960年生まれ。千葉大学教授。博士（文学）。
『王朝和歌の想像力―古今集と源氏物語』（笠間書院、2012年）、「『古今集』から『万葉集』へ―紀貫之を起点として―」（『文学　隔月刊』2015年５、６月号）。

富澤萌未（とみざわ　もえみ）
1987年生まれ。学習院大学大学院博士後期課程。
「『うつほ物語』における「抱く」「膝に据う」」（『日本文学』第64巻10号、2015年10月）、「『うつほ物語』〈孤児〉の物語」（『物語研究』第15号、2015年３月）。

木谷眞理子（きたに　まりこ）
成蹊大学教授。博士（文学）。
「伴大納言絵巻の詞と絵」（『成蹊國文』2016年）、「源氏物語――なぜ原作と絵画化はくい違うのか」（『データで読む日本文化』風間書房、2015年）。

原田敦史（はらだ　あつし）
1978年生まれ。岐阜大学准教授。博士（文学）。
『平家物語の文学史』（東京大学出版会、2012年）、「源頼政挙兵の発端―覚一本と『源平盛衰記』―」（『日本文学』第64巻第７号、2015 年７月）。

吉野朋美（よしの　ともみ）
1970年生まれ。中央大学教授。博士（文学）。
『後鳥羽院とその時代』（笠間書院、2015年）、『西行全歌集』（共著、岩波書店、2013年）。

■編者

鈴木　健一（すずき　けんいち）

1960年生まれ。学習院大学文学部教授。博士（文学）。

著書

『江戸古典学の論』（汲古書院、2011年）

『古典注釈入門　歴史と技法』（岩波現代全書、2014年）

『江戸諸國四十七景　名所絵を歩く』（講談社選書メチエ、2016年）ほか。

編著

『源氏物語の変奏曲―江戸の調べ』（三弥井書店、2003年）

『鳥獣虫魚の文学史』全四巻（三弥井書店、2011～2012年）

『天空の文学史』全二巻（三弥井書店、2014～15年）ほか。

海の文学史

平成28年7月25日　初版発行

定価はカバーに表示してあります。

発行者　　吉田栄治

発行所　　株式会社 三 弥 井 書 店

〒108－0073東京都港区三田3－2－39

電話03－3452－8069

振替00190－8－21125

ISBN978-4-8382-3302-1　C0093　整版･印刷エーヴィスシステムズ